AF294959

C. S. Harris, auch bekannt als Candice Proctor und C. S. Graham, ist die *USA-TODAY*-Bestsellerautorin von mehr als zwei Dutzend Romanen, darunter die historische Krimi-Bestsellerserie rund um Sebastian St. Cyr. Als ehemalige Akademikerin mit einem Doktortitel in europäischer Geschichte hat Candice einen Großteil ihres Lebens im Ausland verbracht und in Spanien, Griechenland, England, Frankreich, Jordanien und Australien gelebt. Heute wohnt sie zusammen mit ihrem Ehemann, dem pensionierten Armeeoffizier Steven Harris, in New Orleans, Louisiana.

DIE TOTE VON BRIGHTON

Ein Sebastian St. Cyr Krimi

C.S. HARRIS

Deutsche Erstausgabe März 2021

© 2021 dp Verlag, ein Imprint der DIGITAL PUBLISHERS GmbH

Made in Stuttgart with ♥
Alle Rechte vorbehalten

Die Tote von Brighton

ISBN 978-3-96817-613-0
E-Book-ISBN 978-3-96817-392-4

Copyright © 2006 by The Two Tallers, LLC
Titel des englischen Originals: When Gods Die
Published by Arrangement with TWO TALERS LLC.
Dieses Werk wurde vermittelt durch die Literarische Agentur
Thomas Schlück GmbH, 30161 Hannover.

Covergestaltung: Buchgewand
Umschlaggestaltung: ARTC.ore Design
Unter Verwendung von Abbildungen von
shutterstock.com: © Alexey Fedorenko
depositphotos.com: © releon8211
stock.adobe.com: © FJM, © ExQuisine, © rodjulian
Korrektorat: Stefanie Wenke
Übersetzt von Katharina Radtke
Satz: dp DIGITAL PUBLISHERS GmbH
Druck und Bindung: Books on Demand GmbH, Norderstedt

Kapitel 1

The Royal Pavilion, Brighton, England.

Mittwoch, 12. Juni 1811

Er hatte gewusst, dass sie zu ihm kommen würde. So war es immer. Seine Königliche Hoheit George, Prince of Wales und seit etwa vier Monaten auch Regent Großbritanniens und Irlands, schloss die Tür des Privatzimmers hinter sich und ließ seinen Blick über die üppigen Kurven und die entblößte Haut der Frau schweifen, die vor ihm lag. „Haben Sie es sich also anders überlegt, gnädige Frau? Und noch einmal überdacht, dass Sie meine Freundschaft so vorschnell abgelehnt haben?"

Sie sagte nichts und die flackernden Kerzen warfen einen Schatten auf ihre Züge, sodass er ihren Gesichtsausdruck nicht lesen konnte. Im Liegen hatte sie eines ihrer blassen Handgelenke aufreizend auf die vergoldete, mit Schnitzereien verzierte Armlehne des Sofas gelegt, das neben dem Feuer stand. Die meisten Menschen beschwerten sich darüber, wie warm es in den Gemächern des *Pavilion* war, die George für gewöhnlich – selbst in einer so milden Sommernacht wie dieser – beheizen ließ. Aber diese Frau schien die Hitze zu genießen; ihr Kleid glitt ihr raffiniert von den Schultern und ihre Füße blitzten nackt und verführerisch darunter hervor. George leckte sich über die Lippen.

Auf der anderen Seite des Zimmers ertönten hinter der verschlossenen Doppeltür die Klänge eines Bach-Konzerts, in das sich das Gemurmel der Stimmen seiner zahlreichen kultivierten Gäste mischte. Irgendwo in der Ferne war das leise, hohe Lachen einer Frau zu hören.

Beim Klang dieses Lachens spüre George, wie sich sein Magen plötzlich vor Nervosität verkrampfte. Der Empfang heute Abend hatte einen besonderen Reiz auf seine adligen Gäste ausgeübt, denn der Ehrengast war kein Geringerer als der entthronte französische König Louis XVIII. Aber all die höhnischen, herablassenden Damen und Herren der besseren Gesellschaft kamen jeden Abend hierher. Sie tranken seinen Wein und aßen seine Speisen und erfreuten sich an seiner Musik, aber er wusste, was sie wirklich von ihm hielten. Sie lachten immerzu über ihn und nannten ihn einen Gecken. Sie flüsterten sich zu, dass er genauso verrückt sei wie sein Vater. Sie dachten, er würde das nicht bemerken, aber das tat er. Und daher wusste er auch, dass sie lachen würden, wenn er zuließe, dass diese Frau ihn wieder einmal zum Narren hielt.

Warum sagte sie denn nichts?

Argwöhnisch baute sich George zu seiner vollen Größe auf und schob den Brustkorb heraus. „Was soll das, gnädige Frau? Haben Sie mich etwa hierhergelockt, nur um mit mir zu spielen? Wollen Sie mich vielleicht zum Narren halten?"

Er machte einen Schritt auf sie zu, schwankte und streckte hastig eine fleischige Hand aus, um sich an der geschwungenen Rückenlehne eines Stuhls festzuhalten, der in der Nähe stand. Natürlich war sein Knöchel schuld. Das blöde Ding knickte immer unter ihm weg, so, wie gerade eben. Es lag nicht am Wein – er vertrug jede Menge. Mehr als die meisten Männer, die gerade einmal halb so alt waren wie er. Das sagten alle.

Die Kerzen in den vergoldeten Wandleuchtern loderten hell auf, dann wurde es dunkel. Er erinnerte sich nicht daran, dass er sich hingesetzt hatte. Aber als er die Augen öffnete, saß er zusammengesackt im Sessel neben dem Feuer und sein Kinn war tief in die kunstvoll arrangierten Falten seines weißen Halstuchs gesunken. Er spürte, wie ein dünnes Rinnsal aus Speichel an einem seiner Mundwinkel herunterlief. George wischte sich mit dem Handrücken über das Kinn und hob den Kopf.

Sie lag noch genauso da wie zuvor: Ein entblößter Fuß hing vom Rand des mit gelbem Samt gepolsterten Sofas und ihr schimmernd smaragdgrünes Kleid war verführerisch von ihren nackten Schultern gerutscht. Aber sie starrte ihn mit großen, merkwürdig ausdruckslosen Augen an.

Guinevere Anglessey war eine bemerkenswert schöne Frau: Die sanften Kurven ihrer halb entblößten Brüste waren so weiß wie *Clotted Cream* und ihr Haar schimmerte im Kerzenlicht blauschwarz. George rutschte vom Sessel und sank auf die Knie. Ihm entwich ein Schluchzen, als er ihre kalte Hand umfasste. „Mylady?"

George spürte, wie sein ganzer Körper vor Beunruhigung zu kribbeln begann. Er hasste Szenen mit viel Aufsehen und wenn sie einen Schwächeanfall oder dergleichen erlitten hätte, würde es eine schreckliche Szene gegeben. Er schob seine Hände unter ihre nackten Schultern und zog sie hoch, um sie sanft zu schütteln. „Sind Sie ... ach du meine Güte, sind Sie krank?" Diese andere, noch viel entsetzlichere Erklärung jagte ihm einen kalten Schauer über den Rücken. Er war sehr anfällig, was ansteckende Krankheiten anging. „Soll ich Dr. Heberden rufen?"

Er wollte sich sofort wieder von ihr entfernen, aber sie lag in einem so ungünstigen Winkel da, halb auf der Seite, dass es ihm schwerfiel, sie wieder auf dem Sofa zu positionieren. „Hier, lassen Sie es mich Ihnen bequemer machen und dann schicke ich jemanden, um –"

Er verstummte und drehte ruckartig den Kopf herum, weil die Doppeltür des Salons aufgerissen wurde. Die heitere Stimme einer Frau sagte: „Vielleicht versteckt sich der Prinz ja hier drinnen."

George, der gerade dabei ertappt worden war, wie er die schöne, bewusstlose junge Frau des Marquis of Anglessey unbeholfen in seinen Armen umklammert hielt, erstarrte. Er war sich seiner lächerlichen Pose schmerzlich bewusst und leckte sich über die plötzlich trockenen Lippen. „Sie ist in Ohnmacht gefallen, möchte ich meinen."

Lady Jersey hatte eine Hand um den Türknauf gekrampft. Ihre Wangen erbleichten unter dem Rouge und sie starrte ihn mit weit aufgerissen Augen an. „Ach du lieber Gott", sagte sie und schnappte nach Luft.

Kreischende Frauen und ernst dreinblickende Männer drängten sich in die Tür. Er erkannte seinen Cousin Jarvis und den mordlüsternen Sohn Lord Hendons, Viscount Devlin. Und alle starrten sie. Es dauerte einen Moment, bis George merkte, dass sie nicht ihn anstarrten, sondern den juwelenbesetzten Griff eines Dolches, der aus dem nackten Rücken der Marchioness of Anglessey ragte.

George schrie. Es war ein hoher, weiblich anmutender Schrei, der seltsam widerhallte, als das Licht der Kerzen sich wieder verdunkelte und dann erlosch.

Kapitel 2

Eine kühle Brise blies über die Steyne und brachte den salzigen Duft des Meeres mit sich. Sebastian Alistair St. Cyr, Viscount Devlin, hielt auf dem gepflasterten Platz vor dem *Pavilion* inne und sog die frische Luft tief in seine Lungen.

Überall um ihn herum hallten panische Rufe nach Kutschen durch die dunklen Straßen, gemischt mit den gehetzten Schritten von Sänftenträgern, während juwelengeschmückte Damen und Herren in festlichen Kniehosen durch die offenen Türen des Palasts in die Nacht hinausströmten. Einige warfen Sebastian vielsagende, ängstliche Blicke zu. Und alle machten einen auffällig großen Bogen um ihn.

„Diese Narren", ertönte eine schroffe, wütende Stimme hinter ihm. „Was denken sie denn? Dass *du* die Frau getötet hast?"

Sebastian drehte sich um und betrachtete die grobschlächtigen, besorgten Züge seines Vaters, Alistair St. Cyr, des fünften Earl of Hendon. Sebastian verzog den Mund zu einem ironischen Lächeln. „Vermutlich finden sie diese Erklärung tröstlicher als die Alternative – nämlich, dass ihr Regent gerade einer schönen jungen Frau einen Dolch in den Rücken gestoßen hat."

„Prinny ist gar nicht fähig zu solch einer Gewalttat und das weißt du auch", blaffte Hendon.

„Nun, irgendjemand hat sie aber umgebracht. Und ich weiß zumindest, dass ich es nicht war."

„Lass uns zu Fuß gehen“, sagte Hendon und schickte mit einer Handbewegung seine Kutsche davon. „Ich brauche ein bisschen frische Luft.“

Sie wandten sich in Richtung ihres Hotels auf der Marine Parade. Keiner von ihnen sagte etwas, nur ihre Schritte hallten leise in der Dunkelheit wider. Die vertrauten Gerüche – nach dem Meer, das die Felsen umspülte, und nach nassem Sand – hingen schwer in der warmen Nachtluft und das Mondlicht flutete die Straßen. In dieser Stadt geisterten gemeinsame Erinnerungen von Vater und Sohn umher, über die keiner von ihnen sprechen wollte. Seit Jahren hatten sie beide Brighton gemieden, wann immer es möglich gewesen war. Aber Hendons Stellung als Finanzminister und der derzeitige Besuch der enteigneten französischen Königsfamilie hatte die Anwesenheit des Earls hier in Brighton unumgänglich gemacht. Sebastian selbst war nur zu Hendons sechsundsechzigstem Geburtstag hier herunter gefahren. Das andere noch lebende Kind des Earls, Amanda, war aus Gründen ferngeblieben, über die nicht gesprochen wurde.

„Diese Frau …“, begann Hendon, hielt aber gleich darauf inne, wobei er seinen Unterkiefer vor und zurück bewegte, so, wie er es immer tat, wenn er nachdachte oder beunruhigt war. Im schwachen Schein einer Straßenlaterne, die in der Nähe stand, wirkte sein Gesicht blass und das Mondlicht ließ seinen weißen Haarschopf leuchten. Er räusperte sich und setzte erneut an. „Sie sah Guinevere Anglessey außerordentlich ähnlich.“

„Weil es die Marchioness of Anglessey war“, sagte Sebastian.

„Großer Gott." Hendon rieb sich mit einer Handfläche über das Gesicht. Seine Züge waren vor Bestürzung erstarrt. „Das könnte Anglessey ins Grab bringen."

Einen Moment lang schwieg Sebastian. Es kam in ihrer Welt oft genug vor, dass schöne junge Frauen wohlhabende, adlige ältere Männer heirateten. Aber selbst in der besseren Gesellschaft galt der Altersunterschied, der zwischen dem Marquis und seiner jungen Frau fünfundvierzig Jahre betrug, als übermäßig.

„Ich muss gestehen", begann Sebastian behutsam, weil er um die langjährige Freundschaft zwischen Hendon und Anglessey wusste, „ich hätte sie nicht für die Art von Frau gehalten, die sich den Reihen von Prinnys Geliebten anschließen würde."

Hendons Augen funkelten wütend. „Denk nicht einmal daran. Sie war kein leichtes Mädchen. Nicht Guinevere."

„Was zum Teufel hatte sie dann in seinem Privatzimmer zu suchen?" Hendon stieß heftig die Luft aus. „Ich weiß es nicht. Aber das hat nichts Gutes zu bedeuten. Weder für Anglessey noch für Prinny – und auch nicht für dich", fügte er hinzu. „Das Letzte, was du jetzt brauchst, ist, dass man deinen Namen mit noch einer ermordeten Frau in Verbindung bringt."

Sebastian legte die Stirn in Falten, denn sein Blick war an dem königlichen Wappen hängengeblieben, das auf der Vertäfelung einer Kutsche prangte, die vor ihrem Hotel stand. „Glaub mir, ich habe nicht die Absicht, für diesen Mord den Kopf hinzuhalten."

Hendon sah ihn überrascht an. „Wie kommst du bloß überhaupt auf so eine Idee?"

Wortlos hob Sebastian das Kinn und deutete in die Richtung des livrierten Lakaien neben den unruhigen Pferden, die vor die Kutsche gespannt waren.

„Was soll das werden?", fragte Hendon.

Der Diener trat vor und verbeugte sich. Seine Livree war unverkennbar: Der Mann gehörte, genau wie die Kutsche, zu dem Hausstand des Prinzen. „Lord Devlin? Lord Jarvis würde gerne mit Euch sprechen, Mylord. In seinem Büro im *Pavilion*."

Offiziell war Lord Jarvis nichts weiter als ein entfernter Cousin des Königs, ein wohlhabender Adliger mit einem skrupellosen Ruf: Er war bekannt für seine Gerissenheit und sagenhafte Allwissenheit, die daher rührte, dass er über ein weitläufiges Netzwerk von Auftragsspionen verfügte. Aber in Wirklichkeit war Jarvis der Strippenzieher in der königlichen Familie und ein skrupelloser Intrigant, der sowohl England als auch der Monarchie – beides war für ihn untrennbar miteinander verbunden – zutiefst ergeben war. „Zu dieser späten Stunde?", fragte Sebastian.

„Er sagt, es sei überaus dringend, Mylord."

In Anbetracht seiner bisherigen Begegnungen mit Jarvis war Sebastians erster Impuls, den Diener mit einer möglichst kurz angebundenen Antwort wieder zu seinem Herrn zurückzuschicken. Aber dann dachte er an Guinevere Anglessey, die blass und leblos in dem von Kerzen beleuchteten Privatzimmer des Prinzen lag, und zögerte.

„Sagen Sie Ihrem Herrn, dass Lord Devlin ihn am Morgen empfangen wird", blaffte Hendon und knirschte verärgert mit den Zähnen.

Sebastian schüttelte den Kopf. „Nein. Ich werde gleich bei Tagesanbruch nach London zurückfahren." Noch bevor die Treppe heruntergelassen wurde, sprang er in die Kutsche und sah der Begegnung wachsam, aber auch gespannt entgegen. „Warte nicht auf mich", sagte er zu seinem Vater und ließ sich nach hinten in den mit Plüsch gepolsterten Sitz fallen, als der Lakai die Tür schloss.

Kapitel 3

Charles, Lord Jarvis, hatte sein Büro in Gemächern im Palast eingerichtet, die sein Cousin, der Prinzregent, eigens für ihn bereitgestellt hatte.

Die Liebe des Prinzen zu dem kleinen Küstenstädtchen Brighton währte schon dreißig Jahre oder noch länger und stammte aus den Tagen, als er jung und gutaussehend gewesen war und sogar beliebt bei den Menschen – obwohl es Jarvis sonderbar vorkam, wenn er jetzt daran zurückdachte. Noch immer kam der Prinz hierher, so oft er konnte, um seinen aufgedunsenen Körper in Meerwasser zu baden, endlose Musikabende und Kartenspielrunden zu geben und eine Reihe extravaganter Anbauten für seinen *Pavilion* oder dessen Neudekoration zu planen.

Gegenwärtig hingen in Jarvis' Gemächern Kronleuchter mit Drachenornamenten, außerdem waren die Räumlichkeiten mit Möbeln aus Bambusimitat und einer pfauenblauen Tapete ausgestattet, bemalt mit exotischen Tieren und verziert mit Blattgold. Aber noch bevor der Sommer zu Ende war, konnte sich diese Optik wieder ändern und vielleicht würden die Zimmer dann das opulente Flair eines Sultan-Harems oder eines Maharadscha-Tempels annehmen. Jarvis selbst machte sich wenig aus dem orientalischen Stil, in den der Prinz so verliebt war. Aber Jarvis verstand besser als die meisten anderen Menschen, dass der *Royal Pavilion* – wie auch das *Carlton House*, die Londoner Residenz des Prinzen – ein paar hübschen Bausteinen gleichkam, die man einem fetten, überaus verwöhnten Kind zum

Spielen gab. Die endlosen Umbauprojekte mochten zwar kostspielig sein, aber sie hielten den Prinzen bei Laune und sorgten dafür, dass er stets eine Beschäftigung hatte, sodass klügere, vernünftigere Männer sich der Aufgabe widmen konnten, das Land zu regieren.

Mit seinen beinahe zwei Metern Körpergröße und der inzwischen beleibten Figur – er war siebenundfünfzig Jahre alt – war Jarvis ein imposanter Mann. Allein seine Größe wäre schon eindrucksvoll gewesen. Aber es waren Jarvis' intellektuelle Fähigkeiten, die die meisten Männer einschüchterten – sein eindrucksvoller Intellekt und die Tatsache, dass er sich in seiner Hingabe an König und Vaterland gnadenlos über alle Moral hinwegsetzte. Das Amt des Premierministers hätte sofort ihm gehören können, wenn er den Posten gewollt hätte. Aber das tat er nicht. Er wusste genau, dass man Macht viel effektiver und mit zufriedenstellenderen Ergebnissen ausüben konnte, wenn man im Verborgenen die Fäden zog. Und der derzeitige Premierminister, Spencer Perceval, verstand auch, wo sein Platz war. Genau wie die meisten anderen Mitglieder des Kabinetts. Nur zwei Männer in der Regierung wagten es überhaupt, sich gegen Jarvis zu wenden. Der eine war der Earl of Hendon, der Finanzminister.

Der andere war dieser Mann, der Earl of Portland. Lord Jarvis zog eine zierliche, aus Elfenbein geschnitzte Schnupftabakdose aus seiner Tasche und musterte den Adligen, der in diesem Moment auf dem grün-goldenen türkischen Teppich im Zimmer auf und ab schritt. Der große, schlaksige Portland war ein nervöser, energiegeladener Mann und seit zwei Jahren Innenminister. Er galt gemeinhin als klug. Natürlich war er bei weitem nicht so klug wie Jarvis, aber dennoch klug genug, um Ärger zu machen.

„Warum tun Sie das?", fragte Portland fordernd. Das Licht der Kerzen in den Wandleuchtern fiel schimmernd auf seinen rotbraunen Schopf, während er mit langen Schritten wieder im Zimmer auf und ab ging. „Der Untersuchungsrichter hat erklärt, dass der Prinz auf keinen Fall in den Vorfall verstrickt war. Lassen Sie die Angelegenheit damit gut sein! Je länger sich die Sache hinzieht, desto belastender wird das alles für den Prinzen. Die Ärzte mussten ihm bereits ein Beruhigungsmittel geben."

Jarvis hob eine feine Prise Tabak an eines seiner Nasenlöcher und schnupfte. Der Premierminister, Perceval, hatte sich zum Gebet in die Kapelle zurückgezogen und sich damit begnügt, die schmutzige Angelegenheit Jarvis zu überlassen. Aber nicht Portland. Allmählich war der Mann nicht mehr bloß eine Plage; er wurde zu einem richtigen Problem.

„Der Untersuchungsrichter ist ein Dummkopf", sagte Jarvis und klappte seine Schnupftabakdose zu. „Genau wie jeder, der ernsthaft denkt, man könnte die Leute glauben machen, dass Lady Anglessey Selbstmord begangen hat, indem sie sich einen Dolch in den Rücken gestoßen hat."

Portland hatte eine ungewöhnlich helle Haut, beinahe so blass wie die einer Frau, und seine hohen Wangenknochen waren von ein paar zimtfarbenen Sommersprossen bedeckt. Diese Haut verriet ihn oft, so wie jetzt, wo er vor Verärgerung errötete. „Theoretisch ist das möglich. Wenn sie den Dolch genau so positioniert hat und dann auf ihn gefallen ist -"

„Ich bitte Sie“, entgegnete Jarvis. „Die Hälfte der Leute, die heute Abend hier waren, glaubt bereits, dass der Prinz die Frau getötet hat. Wenn wir zulassen, dass der Untersuchungsrichter diese Ansicht öffentlich macht, tun wir nichts anderes, als auch noch die andere Hälfte davon zu überzeugen.“

„Machen Sie sich nicht lächerlich. Niemand könnte wirklich glauben, dass der Regent in der Lage wäre ...“ Portlands Augen weiteten sich, so, als wäre ihm plötzlich etwas eingefallen, und er verstummte.

„Eben“, sagte Jarvis. „Sie werden sich alle wieder an Cumberlands Kammerdiener erinnern. Die Untersuchung seines Todes kam ebenfalls zu dem Schluss, dass es Selbstmord war, wenn Sie sich erinnern. Aber was glauben Sie, wie viele Leute wohl tatsächlich davon überzeugt sind, dass der arme Kerl sich selbst die Kehle aufgeschlitzt hat? Von links nach rechts, wo er doch Linkshänder war?“

„Cumberland ist ein gefährlicher und jähzorniger Mann. Das würde niemand leugnen. Aber was man auch sonst über Prinny sagen mag, er ähnelt seinem Bruder kein bisschen.“

Jarvis zog still und ungläubig eine Augenbraue hoch. Wieder zeigte sich dieses schwache Erröten auf Portlands blasser Haut. „Na schön. Ich verstehe Ihren Standpunkt. Aber warum haben Sie nach Devlin geschickt? Er wurde von jedem Verdacht freigesprochen, was diese schrecklichen Morde im letzten Winter angeht.“

„Offiziell schon“, sagte Jarvis und drehte sich um, weil sein Lakai in der Tür erschienen war und sich verbeugte.

„Viscount Devlin, Mylord."

Jarvis konnte ihn jetzt sehen: Er war ein großer, schlanker junger Mann mit dunklem Haar und seltsamen, beinahe animalisch wirkenden Augen, die angeblich die unheimliche Fähigkeit besaßen, nachts so scharf zu sehen wie die einer Katze. Einen Moment lang empfand Jarvis stille Genugtuung. Er hatte fast damit gerechnet, dass Devlin nicht kommen würde. Er war ein höchst unberechenbarer Mann, dieser Viscount; ungestüm und gefährlich und verblüffenderweise durch und durch brillant.

Jarvis warf dem Innenminister einen vielsagenden Blick zu. „Wenn Sie uns bitte entschuldigen würden, Lord Portland?"

Portland zögerte, so, als wäre er versucht, darauf zu bestehen, dass er bliebe. Dann verbeugte er sich und sagte knapp: „Natürlich."

Mit schmal zusammengepressten Lippen schritt er zur Tür. Aber Jarvis bemerkte den plötzlichen, nachdenklichen Glanz in den Augen des Mannes, bevor er den Kopf beugte und kurz angebunden sagte: „Lord Devlin."

Kapitel 4

„Treten Sie ein, Mylord", sagte Jarvis und ließ einen Arm in einer ausladenden Geste durch die Luft schweifen. Er war von Natur aus mit einem charmanten, entwaffnenden Lächeln gesegnet, das sich oft als erstaunlich wirkungsvoll erwies. Dieses Lächeln setzte er jetzt ein, als der Viscount innehielt, kaum, dass er über die Türschwelle ins Zimmer getreten war. „Die Einladung überrascht Sie sicherlich. Wenn ich mich recht erinnere, haben Sie mir bei unserem letzten Treffen eine Pistole an den Kopf gehalten. Und meine Tochter entführt."

Devlin stand reglos da und auch seine Miene verriet nichts. „Ich hoffe, sie hat keine bleibenden Schäden davongetragen."

„Hero? Gewiss nicht. Aber das Dienstmädchen ist seitdem nicht mehr sie selbst." Jarvis nahm eine Karaffe aus Kristall von einem Tablett und hielt sie hoch. „Brandy?"

Devlins Blick verengte sich. Der junge Viscount hatte wirklich unmenschliche Augen: so gelb und wild wie die eines Wolfes. „Ich denke, wir können uns die Höflichkeiten sparen."

Jarvis stellte die Karaffe beiseite. „Also gut. Dann wollen wir nicht um den heißen Brei herumreden. Sie wurden hergebeten, weil der Regent Ihre Hilfe braucht."

„Meine Hilfe."

„Ganz recht. Er möchte, dass Sie herausfinden, was genau heute Abend im *Pavilion* passiert ist."

Der Viscount schien belustigt. Er lachte kurz auf; ein schrilles Geräusch, das auch ein wenig hämisch klang.

Jarvis' Stimme blieb freundlich. „Es ist nicht unsere Absicht, Ihnen diesen Mord anzuhängen, falls Sie das befürchten."

„Wie beruhigend. Das wäre wohlgemerkt auch recht schwierig, weil ich das Musikzimmer den ganzen Abend lang nicht verlassen habe."

„Dennoch flüstern sich einige Menschen zu, dass Ihre Anwesenheit bei der Soiree heute Abend, nun ja, recht ... vielsagend war."

„Ah, ich verstehe. Es ist also in meinem eigenen Interesse, den Mörder zu finden – wollen Sie das damit sagen?"

„So in etwa."

Der Viscount schlenderte durch das Zimmer und blieb einen Moment lang stehen, um eines der goldfarbenen Fabelwesen zu betrachten, die auf der Tapete abgebildet waren. „Wenn es mich kümmern würde, was die Leute von mir denken, wäre ich vielleicht versucht, einzuwilligen", sagte er, ohne sich umzudrehen. „Aber glücklicherweise ist dem nicht so."

Jarvis wechselte mühelos die Taktik: Sein Lächeln verblasste, seine Stimme wurde laut und ernst. „Ich fürchte, dieser Mord kommt zu einer krisenhaften Zeit in der Geschichte unserer Nation. Unsere Armeen schlagen sich auf der Halbinsel nicht so gut, wie es zu wünschen wäre, und es gibt besorgniserregende Anzeichen dafür, dass die diesjährige Ernte ausfallen könnte. Die Menschen sind beunruhigt. Haben Sie eine Ahnung, was ein solcher Skandal in unserem Land anrichten könnte?"

Devlin drehte sich um. In seinen sonderbaren gelben Augen lag ein befremdlicher Glanz. „Zumindest kann ich mir sehr gut vorstellen, was er im Hinblick auf Prinnys ohnehin schwindende Beliebtheit anrichten könnte."

Jarvis griff erneut nach der Karaffe, schenkte sich einen Brandy ein und nahm dann nachdenklich einen langen Schluck. „Ich fürchte, es geht hier nicht nur um den Prinzen. Haben Sie gehört, was man sich erzählt? Dass nicht nur der alte König verrückt ist? Die Leute sagen, das ganze Haus Hannover sei mit diesem Makel behaftet."

Obwohl Jarvis nicht die Absicht hatte, es zu erwähnen, steckte natürlich noch mehr dahinter. In letzter Zeit waren ihm beunruhigende Berichte über gefährliche Gerüchte und verstohlenes Geflüster zugetragen worden. Manche Leute behaupteten, dass das Haus Hannover mehr als nur verrückt sei, dass es verflucht wäre – und somit auch England, solange jemand aus diesem Haus auf dem Thron säße.

Der Viscount wirkte ein wenig gelangweilt. „Dann schlage ich vor, Sie weisen den örtlichen Untersuchungsrichter an, den Mann, der heute Abend diesen Mord begangen hat, so schnell wie möglich aufzuspüren."

„Nach Aussage unseres hochgeschätzten hiesigen Untersuchungsrichters hat die junge Marchioness of Anglessey Selbstmord begangen."

Devlin schwieg einen Moment lang, dann sagte er: „Eine beachtliche Leistung nach dem, was ich gesehen habe."

„Eben." Jarvis nahm noch einen Schluck von seinem Brandy. „Leider haben die Leute, die sich normalerweise mit solchen Angelegenheiten befassen, einfach zu viel Angst davor, jemanden aus der besseren Gesellschaft zu verärgern, um uns wirklich von Nutzen zu sein. Wir brauchen einen Mann, der sowohl intelligent als auch erfinderisch ist und der sich nicht scheut, die Wahrheit aufzuspüren, egal, was sie auch enthüllen mag."

Devlin war kein Narr. Seine Lippen bogen sich zu einem vagen, verächtlichen Lächeln. „Dann beauftragen Sie einen Bow Street Runner mit dem Fall. Verdammt, heuern Sie die ganze Truppe an."

„Hätten wir es hier mit einem gewöhnlichen, mordenden Verbrecher von der Straße zu tun, würde das wohl genügen. Aber Sie wissen genauso gut wie ich, dass hier etwas vor sich geht, das sehr viel schwerwiegender ist. Wir brauchen jemanden, der Teil unserer Lebenswelt ist. Jemanden, der unsere Kreise versteht und ebenso weiß, wie man der Spur eines Mörders folgt." Jarvis machte eine bedeutungsvolle Pause. „Sie haben das doch schon einmal gemacht. Warum tun Sie es nicht wieder?"

Devlin drehte sich zur Tür um. „Verzeihen Sie. Ich bin nur nach Brighton gereist, um ein paar Tage mit meinem Vater zu verbringen. Morgen werde ich wieder zurück in London erwartet."

Jarvis wartete, bis sich die Hand des Viscounts um den Türknauf schloss, dann sagte er: „Bevor Sie gehen, sollten Sie sich noch etwas ansehen. Etwas, das Ihre Familie genaugenommen in direkten Zusammenhang mit der Tat bringt."

Das ließ ihn innehalten, so, wie Jarvis es vorausgesehen hatte. Der Viscount drehte sich ruckartig um. „Was?"

Jarvis stellte sein Glas ab. „Ich zeige es Ihnen."

Der Tod war Sebastian nicht fremd. Sechs Jahre voller Kavallerieangriffe, bei denen Säbel niederfuhren und ihre Opfer aufschlitzten, und voller geheimer Einsätze im feindlichen Lager hatten ihm schmerzvolle Erinnerungen beschert, deren Bilder ihn noch immer in seinen Träumen heimsuchten. Er musste sich zwingen, Jarvis durch die Tür zu folgen, die zum Privatzimmer des Prinzen führte.

Das Feuer im Kamin war bis auf die glühenden Kohlen heruntergebrannt, trotzdem war es im Raum noch warm. Der süßliche Duft des Todes erfüllte die stickige Luft. Als Sebastian über den bunt gemusterten Teppich ging, hallten seine Schritte dumpf im Zimmer wider. Guinevere Anglessey lag auf der Seite und war halb von dem Sofa gerutscht, auf das der Prinz sie in seiner Aufregung fallen lassen hatte. Sebastian stand vor ihr und ließ seinen Blick über die weichen Konturen ihrer Stirn und Wangen und über ihre fein geschwungenen Lippen gleiten.

Sie war blutjung, höchstens einundzwanzig oder zweiundzwanzig Jahre alt. Einmal hatte er sie in Begleitung ihres Mannes auf einer Dinnerparty getroffen, die Hendon ausgerichtet hatte. Er erinnerte sich an eine schöne Frau mit einem scharfen Verstand und dunklen, traurigen Augen. Ihr Ehemann, der Marquis of Anglessey, war schon fast siebzig Jahre alt.

Sebastian warf einen Blick zurück zu Jarvis, der im Türrahmen stehengeblieben war und ihn aufmerksam beobachtete. „Es ist immer tragisch, wenn ein so junger Mensch stirbt", sagte Sebastian mit fester Stimme. „Aber trotzdem geht mich die Angelegenheit nichts an."

„Sehen Sie sich die Marchioness genauer an, Mylord."

Widerwillig blickte Sebastian auf die Frau hinab, die vor ihm lag. Der smaragdgrün schimmernde Satin ihres Abendkleides fiel locker über ihre Schultern, die Bänder waren gelöst und das Mieder heruntergeschoben worden – beinahe bis zu den Spitzen ihrer vollen, ebenmäßigen Brüste. Aus dieser Perspektive konnte er von dem juwelenbesetzten Dolch, der aus ihrem Rücken ragte, nur den verzierten Knauf sehen. Aber er hatte eine gute Sicht auf die Halskette, die sich im Dunkeln um ihren Hals schmiegte.

Sein Blick verengte sich und sein Atem stockte, als er sich neben die Frau hockte. Er streckte die Hand aus, als wolle er die Halskette berühren, aber dann ballte er die Finger zur Faust und presste sie an seine Lippen.

Es handelte sich um ein antikes Stück, das aus Silber in Form einer von einem Kreis umschlossenen Triskele gearbeitet und mit einer glatten Scheibe des geheimnisvollen blauen Gesteins unterlegt worden war, das man oft in den mysteriösen alten Steinkreisen in Wales fand. Es gab eine Legende, die besagte, dass diese Halskette einst von den Druidenpriesterinnen von Cronwyn getragen worden war. Es hieß, die Halskette sei im Laufe der Jahrhunderte von einer Frau zur anderen weitergegeben worden, wobei das Schmuckstück selbst seine nächste Trägerin auswählte, indem der Stein sich in der Hand der richtigen Frau erwärmte und zu pulsieren begann.

Diese Halskette hatte Sebastian schon als Kind fasziniert. Er war immer auf den Platz neben seiner Mutter geklettert und hatte ihrer sanften, melodischen Stimme gelauscht, während sie ihm die alte Geschichte erzählte. Er konnte sich daran erinnern, wie er das seltsam gearbeitete Stück in der Hand gehalten und sich gewünscht hatte, es würde sich bei ihm erwärmen und zu pulsieren beginnen. Das letzte Mal hatte er die Kette gesehen, als seine Mutter sie um den Hals getragen hatte. Das polierte Silber hatte hell in der Sonne geglänzt, als sie ihm vom Deck der hübschen, kleinen Zweimastyacht zum Abschied zugewunken hatte. Ein Freund hatte das Boot eines Sommertages für einen Vergnügungsausflug angeheuert, als Sebastian elf Jahre alt gewesen war.

An diesem Nachmittag war es ungewöhnlich heiß gewesen und vom Meer her hatte nur eine leichte, kühle Brise geweht. Doch dann war das Wetter rau geworden, dunkle Wolken hatten sich vor die Sonne geschoben und der Wind hatte aufgefrischt. Der Zweimaster geriet bei dem starken Wellengang ins Schwanken und ging mit allen, die an Bord waren, unter.

Den Leichnam der Countess of Hendon – und die Halskette, die sie an diesem Tag getragen hatte – wurden niemals gefunden.

Kapitel 5

„Es kann nicht dieselbe Kette sein", sagte Sebastian. Er realisierte erst, dass er die Worte laut ausgesprochen hatte, als Lord Jarvis ihm antwortete. „Doch, das ist sie", sagte Jarvis und stellte sich neben ihn. „Sehen Sie sich die Rückseite an."

Sebastian drehte mit einem behutsamen Handgriff die Triskele um, sodass seine Fingerspitzen das kalte Fleisch der Frau nur streiften. Im flackernden Licht der Wandleuchter konnte er die eingeritzten Initialen *A.C.* erkennen, die kunstvoll mit einem zweiten Monogramm verschlungen waren: *J.S.*

Die Gravur war alt – zwar nicht so alt wie die Halskette selbst, aber trotzdem hatte die Zeit ihre Spuren hinterlassen. Es war über hundertfünfzig Jahre her, dass Addiena Cadel das Collier mit ihren Initialen und denen ihres Geliebten James Stuarts versehen hatte – der James Stuart, der später als James II den britischen Thron besteigen sollte.

Sebastian ging in die Hocke und stützte sich mit gespreizten Händen auf seinen Oberschenkeln ab. „Woher wussten Sie es?", fragte er kurz darauf. „Woher wussten Sie, dass diese Kette einst meiner Mutter gehört hat?"

„Einmal, als ich das Schmuckstück zufällig bewundert habe, hat sie mir die Kette gezeigt. Die Geschichte dahinter ist faszinierend. So etwas vergisst man nicht so leicht."

„Und wussten Sie auch, dass sie die Kette an dem Tag trug, an dem sie starb?"

Jarvis zeigte keine Reaktion, nur seine Augen weiteten sich ein wenig. „Nein. Nein, das wusste ich nicht. Wie ... sonderbar."

Die Erinnerung daran, wie das tote, kalte Fleisch eben seine Hand gestreift hatte, ließ Sebastian keine Ruhe. Gespannt beugte er sich vor, um die Frau genauer zu betrachten. Ihre Fingerspitzen begannen bereits, sich blau zu verfärben, und die Totenstarre hatte ihre Nackenmuskulatur erstarren lassen. Doch ihre Gesichtsfarbe erschien ihm unnatürlich rosa. „Wie lange ist es jetzt her?", fragte er Jarvis.

„Wie lange ist was her?"

„Dass man den Prinzen mit der Marchioness in seinen Armen aufgefunden hat. Was würden Sie sagen? Zwei Stunden, oder kürzer?"

„Nicht einmal zwei Stunden, würde ich sagen. Warum?"

Sebastian legte seine Handfläche auf eine von Lady Anglesseys glatten, jugendlichen Wangen. Sie fühlte sich kühl an. „Sie ist ganz kalt", sagte Sebastian. „Sie dürfte nicht so kalt sein."

Er wandte den Blick zu den glühenden Kohlen im Kamin. Die Jahre, die er beim Militär verbracht hatte, hatten ihm nur allzu deutlich gezeigt, was mit einer Leiche geschah, wenn die Zeit verstrich. Er wusste auch, dass Hitze die körperlichen Prozesse, die nach dem Tod einsetzten, beschleunigen konnte. Aber zumindest hätte das Feuer die Leiche warmhalten müssen.

Jarvis trat einen Schritt näher heran. „Was wollen Sie damit sagen?"

Sebastian legte die Stirn in Falten. „Ich bin nicht sicher. Hat einer der Ärzte des Prinzen sie untersucht?"

Der Regent hatte zwei Leibärzte, Dr. Heberden und Dr. Carlyle. Sie wichen nur selten von seiner Seite.

„Selbstverständlich."

„Und?"

Der andere Mann verzog die vollen Lippen zu einem höhnischen Lächeln. „Beide sind zu demselben Ergebnis gekommen wie der Untersuchungsrichter: Dass sie Selbstmord begangen hat."

Sebastian stieß ein spöttisches Schnauben aus, das nur noch entfernt an ein Lachen erinnerte. „Natürlich sind sie das."

Er drückte sich hoch. Noch immer lag sie so da, wie er sie gefunden hatte, auf der Seite und merkwürdig zusammengerollt. Er streckte die Hand aus und drehte ihren Körper behutsam zu sich. Ihr Satinkleid war in solcher Unordnung, dass ihr Rücken fast vollständig entblößt war. Der Anblick der Dolchklinge, die in ihrer dunkelviolett verfärbten Haut verschwand, hatte etwas Gewaltsames und Anzügliches, ja, beinahe Intimes an sich. Sebastian sog hastig die Luft ein.

Jarvis, der neben ihm stand, schwieg einen Augenblick lang. Dann sagte er: „Großer Gott. Anscheinend wurde sie schlimm geschlagen."

Sebastian schüttelte den Kopf. „Das sind keine Prellungen. Ich habe so etwas schon einmal gesehen, bei Soldaten, die auf dem Schlachtfeld zurückgelassen wurden. Es scheint, als würde sich das ganze Blut nach dem Tod an den am tiefsten liegenden Stellen des Leichnams sammeln."

„Aber sie lag doch auf der Seite und nicht auf dem Rücken."

„Es wäre wohl auch schwierig, anders dazuliegen, wenn man einen Dolch im Rücken hat“, sagte Sebastian. Er hob behutsam das blauschwarze Haar an, das ihren Hals umspielte, öffnete den Verschluss der Halskette und löste das schwere, verschnörkelte Schmuckstück von ihrem Hals. „Ich kenne einen Wundarzt, der sich mit solchen Dingen auskennt – ein Ire namens Paul Gibson. Er hat eine Praxis am Fuße des Tower Hill. Ich möchte, dass sofort nach ihm geschickt wird.“

„Sie wollen einen Wundarzt holen lassen, extra aus London?“ Jarvis lachte. „Aber es wird mindestens zehn Stunden dauern, bis er ankommt. Sicherlich werden wir auch vor Ort jemand Geeignetes finden.“

Sebastian warf dem Mann neben sich einen flüchtigen Blick zu. „Damit er uns dasselbe sagt wie die Leibärzte Seiner Hoheit?“

Jarvis erwiderte nichts.

„Es ist wichtig, dass niemand anderes in dieses Zimmer gelassen wird, bis Gibson eintrifft. Können Sie das einrichten?“

„Natürlich.“

Sebastian drehte sich langsam im Kreis und ließ dabei seinen Blick durch den Raum schweifen. „Fällt Ihnen sonst noch etwas Merkwürdiges auf?“

Jarvis betrachtete ihn mit einem leicht feindseligen Gesichtsausdruck. Das gewinnende Lächeln von zuvor war längst verschwunden. „Sollte es?“

„Wer auch immer sie erdolcht hat, hat gut gezielt. Die Klinge muss wohl ihr Herz durchbohrt haben. Solche Wunden bluten normalerweise stark.“

„Mein Gott“, sagte Jarvis, hob den Blick von dem bläulichen, nackten Rücken der jungen Marchioness und sah Sebastian ins Gesicht. „Sie haben Recht. Da ist kein Blut.“

Kapitel 6

Eine halbe Stunde später betrat Sebastian den Salon in den Gemächern seines Vaters im *Anchor* auf der Marine Parade. Der Earl of Hendon saß in einem gobelinbestickten Sessel neben dem leeren Kamin. Ein aufgeschlagenes Buch lag auf seinem Schoß und sein Kopf war zur Seite gekippt, während er döste.

„Du hättest nicht auf mich warten sollen", sagte Sebastian.

Hendon hob ruckartig den Kopf, dann klappte er leise sein Buch zu und legte es beiseite. „Ich konnte nicht schlafen."

Sebastian lehnte sich gegen den Türrahmen und befühlte mit einer Hand geistesabwesend die Blausteinkette in seiner Tasche. „Erzähl mir vom Marquis of Anglessey."

Hendon rieb sich mit dem gespreizten Daumen und Zeigefinger einer Hand über die Augen. „Er ist ein guter Mann. Zuverlässig. Ehrenwert. Er tut seine Pflicht im Oberhaus, obwohl ihn die Regierung nicht besonders interessiert." Er hielt inne. „Du glaubst doch nicht etwa, dass Anglessey etwas damit zu tun hat, was heute Abend geschehen ist?"

„Ich weiß nicht, was ich glauben soll. Wie gut kanntest du Lady Anglessey?"

Hendon stieß einen langen Seufzer aus. „Sie war so eine schöne junge Frau, Guinevere. Sie haben vor drei Jahren geheiratet – oder vielleicht sind es inzwischen schon vier Jahre. Wegen des Altersunterschieds gab es damals natürlich viel Gerede. Einige hielten es für einen Skandal, dass ein kranker, alter Mann eine so junge Frau heiratet. Aber die Entscheidung, sie zu ehelichen, war durchaus nachvollziehbar."

„Wie das?"

„Anglessey brauchte dringend einen Erben."

„Aha. Und hat er auch einen bekommen?"

„Gerade letzte Woche habe ich erfahren, dass Lady Anglessey ein Kind erwartet hat."

„Gott behüte." Sebastian drückte sich vom Türrahmen weg und trat in das Zimmer. „Heute Abend hat man sie in einer ausgesprochen kompromittierenden Lage aufgefunden. Und trotzdem sagst du, dass solch ein Verhalten untypisch für sie war?"

„Ja. Es gab keinerlei skandalöse Gerüchte, die mit ihr in Verbindung gebracht wurden."

„Was weißt du über ihre Familie?"

„Auch da gibt es nichts Verwerfliches. Ihr Vater war der Earl of Athelstone. Aus Wales. Ich glaube, ihr Bruder, der jetzigeEarl, ist noch ein Kind." Hendon ließ seinen Kopf gegen die bezogene Lehne des Sessels fallen und sah zu seinem Sohn auf. „Was hat das alles mit dir zu tun?"

„Jarvis glaubte, die Umstände, unter denen Lady Anglessey zu Tode gekommen ist, könnten mich interessieren."

„Dich?" Hendon schüttelte den Kopf. „Aber ... warum?"

Sebastian zog die aus Silber und Blaustein gearbeitete Kette aus seiner Tasche und ließ sie zwischen ihm und seinem Vater in der Luft pendeln. „Weil sie das hier um den Hals trug, als sie starb."

Hendons Gesicht wurde plötzlich kreidebleich. Aber er machte keine Anstalten, die Halskette zu nehmen oder sie auch nur zu berühren. „Das ist unmöglich."

Sebastian hob die andere Hand hoch und ließ die Halskette geschickt in seine Handfläche fallen: „Ja, das hätte ich auch gesagt."

Hendon saß vollkommen reglos da und umklammerte mit beiden Händen die gepolsterten Armlehnen seines Sessels. „Sicherlich will man dich nicht beschuldigen, irgendwie in ihren Tod verstrickt zu sein."

Ein schwaches Lächeln bog Sebastians Lippen nach oben. „Diesmal nicht." Er ging zur Feuerstelle hinüber, stützte sich mit einem Arm am Kaminsims ab und starrte mit gebeugtem Kopf auf den leeren Feuerrost hinab. „Mir ist in den Sinn gekommen, dass die Erinnerungen eines Elfjährigen an den Tod seiner Mutter sicherlich ein wenig verzerrt sein könnten", brachte er langsam hervor. Sie hatten nie über dieses Thema gesprochen, über jenen längst vergangenen Sommertag. Nicht an dem Tag, damals, und auch nicht an den nicht enden wollenden, schmerzerfüllten Tagen, die darauffolgten. „Ihr Leichnam wurde nie gefunden, nicht wahr?" Sebastian blickte über seine Schulter.

„Nein. Nie." Hendon bewegte seinen Kiefer vor und zurück, wie er es oft tat. „Sie trug diese Halskette häufig. Aber ich kann wirklich nicht sagen, ob sie sie am Tag ihres Todes getragen hat."

„Sie hat sie getragen. Da bin ich mir sicher."

Hendon drückte sich aus seinem Sessel hoch und ging zu dem Teegeschirr hinüber, das samt Tassen auf einem Tisch in der Nähe stand. Aber er machte keine Anstalten, den Tee einzuschenken. „Dafür gibt es eine logische Erklärung. Ihr Leichnam muss irgendwo an der Küste angespült worden sein."

„Und dort wurde er dann von einem armen Kerl gefunden, der der Leiche ihre Habseligkeiten entrissen und die Halskette verkauft hat, um seine nächste Mahlzeit zu bezahlen?" Sebastian richtete seinen Blick auf den breiten, steifen Rücken seines Vaters. „Das wäre vielleicht eine abenteuerliche Erklärung."

Hendon drehte sich wieder um. Er war so aufgewühlt, dass sein fleischiges Gesicht eine kräftige Farbe angenommen hatte. „Mein Gott. Wie könnte es sonst gewesen sein?"

Über den Raum hinweg trafen sich die Blicke von Vater und Sohn und die verblüffend blauen Augen lieferten sich ein stilles Gefecht mit einem Paar von seltsam goldgelber Farbe. Hendon sah zuerst weg.

„Was hast du vor?", fragte er mit merkwürdig angespannter Stimme.

Sebastian schloss seine Faust fester um die Halskette. „Erstmal, mit Anglessey zu sprechen. Mal sehen, ob er weiß, wie seine Frau zu der Kette gekommen ist. Wobei andere Fragen mir im Moment wichtiger erscheinen, findest du nicht?"

Hendons Unterkiefer klappte herunter. „Du willst es doch nicht ernsthaft auf dich nehmen, diesen Mörder auszuspüren?"

„Doch."

Hendon schien das erstmal verdauen zu müssen und schwieg. Dann sagte er: „Was sagt denn Prinny, was passiert sei?"

„Man hat ihm ein Beruhigungsmittel verabreicht. Ich habe vor, gleich morgen früh mit ihm zu sprechen."

Hendon stieß ein verächtliches Grummeln aus. „Jarvis wird dich nicht in die Nähe des Prinzen lassen. Nicht, wenn du beabsichtigst, ihn etwas zu fragen, was ihn möglicherweise aufwühlen könnte."

„Ich denke schon, dass er mich zu ihm lassen wird."

„Warum sollte er das tun?"

Sebastian drückte sich von dem Kamin weg und drehte sich um. „Weil die Dynastie kurz vor einem Desaster steht. Und Jarvis weiß das."

Kapitel 7

Jarvis war verärgert.

Er wusste nicht gänzlich, wie Devlin es geschafft hatte, ihn dazu zu bringen, diesem Treffen mit dem Prinzen in den frühen Morgenstunden zuzustimmen, aber irgendwie war es dem Viscount gelungen. Selbst unter den günstigsten Umständen war der Regent vor der Mittagszeit selten wirklich ansprechbar. Aber jetzt hatte ihn der Schreck der letzten Nacht beinahe vollkommen durcheinandergebracht. Der Prinz lag in seiner ganzen Pracht, bekleidet mit einem seidenen Morgenmantel, ausgestreckt auf dem gesteppten Samtpolster eines Sofas, das nahe am prasselnden Feuer in seinem Schlafgemach stand. Seine Pupillen waren durch das Laudanum zu stecknadelkopfgroßen Punkten geschrumpft und seine Unterlippe zitterte verdrießlich. Die schweren Satinvorhänge vor den Fenstern waren zum Schutz gegen die Morgensonne fest zugezogen worden.

„Sie glauben wohl, dass ich nicht mitbekomme, was sich die Leute erzählen, aber das tue ich. Ich weiß es! Sie behaupten doch tatsächlich, dass ich Lady Anglessey getötet habe. *Ich*." Die feisten Finger des Prinzen festigten ihren Griff um das Riechsalzfläschchen. „Sie müssen etwas tun, Jarvis. Machen Sie ihnen klar, dass sie falsch liegen. Ganz falsch!"

Jarvis antwortete mit beschwichtigender, aber fester Stimme. „Das versuchen wir, Sir. Deshalb ist es so wichtig, dass Ihr Lord Devlin genau erzählt, was gestern Abend passiert ist."

Der Prinz schluckte schwer und sah zu dem Viscount im makellos geschneiderten Mantel hinüber, der mit den Schultern lässig an der mit chinesischer Tapete bespannten Wand lehnte. Er hatte die Arme vor der Brust verschränkt und seine Aufmerksamkeit scheinbar völlig auf die hochglanzpolierten Spitzen seiner Reitstiefel gerichtet. George mochte vielleicht nicht genau verstehen, warum Devlin sich in diese scheußliche kleine Angelegenheit hatte hineinziehen lassen; er mochte sogar halb glauben, dass der junge Viscount selbst ein Mörder war. Aber Jarvis wusste, dass der Prinz scharfsinnig genug war, um zu verstehen, dass die Versuche seiner Ärzte und des Untersuchungsrichters, den Tod der Marchioness als Selbstmord darzustellen, ihm mehr geschadet als genutzt hatten. George brauchte Hilfe und er war sich dessen bewusst.

Der Prinz bedeckte mit einer Hand seine Augen und atmete zitternd aus. „Bei Gott, ich weiß es nicht."

Devlin sah auf. Auf seinem Gesicht lag ein Ausdruck, der eher von schwachem Interesse zeugte als von der Verärgerung, die Jarvis erwartet hätte. „Denkt an den früheren Abend zurück, Sir", sagte der Viscount und drückte sich von der Wand weg. „Wie kam es dazu, dass Ihr mit der Marchioness im Privatzimmer wart?"

George ließ seine Hand schlaff an seiner Seite herunterfallen. „Sie ließ mir eine Nachricht zukommen, in der sie mir vorschlug, sie zu treffen."

Jarvis überkam ein stiller Anflug von Verwunderung, aber Devlin, dem die Tragweite dieser Aussage nicht bewusst sein musste, fragte schlicht: „Habt Ihr diese Nachricht noch?"

Der Prinz machte ein ratloses Gesicht, dann schüttelte er den Kopf. „Ich glaube nicht, nein. Warum hätte ich den Zettel aufheben sollen?"

„Erinnert Ihr Euch noch genau daran, was darauf stand?"

Der Regent stand im Ruf, Lügengeschichten zu erzählen, sich mit erfundenen Meisterleistungen zu brüsten, die er bei der Jagd errungen haben wollte, und die Gäste bei Tisch mit fantasievollen Berichten darüber zu unterhalten, wie er seine Truppen in die Schlacht geführt hatte, obwohl die einzigen Uniformen, die er je getragen hatte, zeremonieller Art waren. Aber trotz all seiner Übung war George ein entsetzlich schlechter Lügner. Jetzt drohten sich seine Lippen zu einem verräterischen Lächeln zu biegen. Der Prinz erwiderte einfach Devlins Starren und sagte unverblümt: „Nicht im Detail, nein. Nur daran, dass sie mich im Gelben Zimmer treffen wollte."

Jarvis konnte unmöglich sagen, ob Devlin die Lüge bemerkt hatte oder nicht. Der junge Mann besaß die seltene Gabe, seine Gedanken und Gefühle für sich zu behalten. Er sagte: „Also habt Ihr sie dort angetroffen? Im Gelben Zimmer?"

„Ja. Sie lag auf dem Sofa vor dem Feuer." Der Prinz setzte sich beinahe eifrig auf. „Da bin ich mir sicher. Ich erinnere mich noch daran, dass ich bewundert habe, wie der Schein des Feuers über ihre nackten Schultern flackerte."

„Habt Ihr mit ihr gesprochen?"

„Ja, natürlich." Ein Anflug von königlicher Ungeduld war aus der Stimme des Prinzen herauszuhören. „Sie erwarten doch nicht, dass ich mich daran erinnere, was genau ich gesagt habe, oder?"

„Erinnert Ihr Euch daran, ob sie Euch geantwortet hat?"

Der Prinz öffnete den Mund und schloss ihn wieder. „Ich bin nicht sicher", sagte er nach einem Augenblick. „Ich meine, ich kann mich nicht daran *erinnern*, dass sie mir geantwortet hat. Aber das muss sie getan haben."

„Das sollte man meinen", sagte Devlin. „Es sei denn, sie war bereits tot, als Ihr den Raum beteten habt."

Die sonst geröteten Wangen des Prinzen erbleichten. „Mein Gott. Glauben Sie das etwa? Aber … wie kann das sein? Ich meine, das wäre mir doch sicher aufgefallen. Nicht wahr?"

Devlin fixierte das Gesicht des Prinzen mit seinem stechenden Blick. Und für den Bruchteil eines Augenblicks verspürte Jarvis ein seltenes, schwaches Gefühl des Unbehagens und stellte kurzzeitig infrage, wie klug seine Entscheidung gewesen war, den Viscount in die Ermittlungen hineinzuziehen.

„Wie viel Zeit ist vergangen zwischen dem Zeitpunkt, als Ihr das Zimmer betreten habt, bis Lady Jersey die Tür vom Musikzimmer her öffnete?", fragte Devlin in trügerisch gleichgültigem Tonfall.

Der Prinz zupfte mürrisch am Saum seines Morgenmantels. „Ich glaube … Ich glaube eigentlich, dass ich vielleicht eingeschlafen sein könnte."

Diese Aussage implizierte eine belastende Tatsache. Plötzlich leuchtete in den Augen des jüngeren Mannes etwas auf. „Dann habt Ihr allen Grund, ganz sicher anzunehmen, dass die Dame noch nicht tot war, als Ihr das Zimmer betreten habt."

Die Wangen des Prinzen, die eben noch unnatürlich blass gewesen waren, nahmen plötzlich eine dunkelrote Farbe an, als er verstand, welche Schlussfolgerung Devlin unweigerlich aus seinen Worten gezogen hatte. „Nein, nein", sagte er eilig, „Es ist nicht so, wie Sie denken. Ich habe sie nicht angerührt. Da bin ich sicher. Mein Knöchel knickte unter mir weg, als ich durch das Zimmer auf sie zuging, und da habe ich mich auf einen der Stühle gesetzt."

„Und dort seid Ihr eingeschlafen?"

„Ja. Das passiert mir manchmal. Nach einer üppigen Mahlzeit."

Devlin entschied sich – vernünftigerweise, wie Jarvis fand -, nichts darauf zu erwidern. Der Viscount blieb vor einer Etagère aus Bambusimitat stehen, die in einem Nischengewölbe aufgestellt worden war, und ließ seinen Blick über die kunstvoll angeordnete Sammlung filigraner Elfenbeinschnitzereien schweifen. „Wie vertraut wart Ihr mit der Marchioness?", fragte er und schien dabei seine ganze Aufmerksamkeit den Schnitzarbeiten zu schenken.

George schob störrisch seinen Unterkiefer vor. „Ich habe die Frau kaum gekannt."

Devlin warf dem Prinzen einen flüchtigen Blick zu. „Und trotzdem hat es Euch nicht überrascht, als Ihr eine Nachricht von ihr erhieltet, in der sie um ein persönliches Treffen bat?"

Die Atmung des Prinzen beschleunigte sich plötzlich und sein wuchtiger Oberkörper hob sich dabei ruckartig. „Was wollen Sie damit sagen? Die Leute sollten

Anglessey verdächtigen und nicht mich! Ich meine, normalerweise ist es doch der Ehemann, der sich bei solchen Angelegenheiten als schuldig erweist, oder nicht?" Seine feuchten Lippen öffneten sich und seine Nasenlöcher blähten sich auf, während eine beringte Hand nach oben zuckte und der Prinz sich an die Brust griff. „Gütiger Himmel. Ich habe Herzrasen. Wo ist Dr. Heberden?"

Jarvis trat eilig einen Schritt vor, als der Arzt plötzlich aus einer mit einem Vorhang verhangenen Laibung erschien. „Das waren vorläufig genug Fragen, Lord Devlin. Wenn Sie uns jetzt bitte entschuldigen würden?"

Einen äußerst angespannten Augenblick lang zögerte Devlin. Dann verbeugte er sich knapp und drehte sich um.

„Sie werden natürlich untersuchen, inwiefern der Marquis in all das verstrickt sein könnte?", fragte Jarvis leise, als er mit Devlin zur Tür ging.

Devlins Gesichtsausdruck blieb nichtssagend. „Das ist mir tatsächlich in den Sinn gekommen", sagte er und fügte dann hinzu: „In der Zwischenzeit könnten Sie den Kammerdiener des Prinzen bitten, die Taschen des Fracks zu durchsuchen, den der Prinz gestern Abend getragen hat. Es wäre hilfreich, wenn diese Nachricht gefunden würde."

„Natürlich", sagte Jarvis.

An der Tür zur Bibliothek, die als Vorzimmer zum Schlafzimmer des Regenten diente, blieb der Viscount stehen und sah sich um. Ein verkrampftes Lächeln umspielte seine Lippen – ein Lächeln, das Jarvis verriet, dass er ganz genau wusste, dass der Zettel nie gefunden werden würde.

„Und vielleicht könnten Sie den Prinzen, wenn er sich genügend erholt hat, fragen, ob er sich erinnert, wer genau ihm die Notiz von der Marchioness überreicht hat?“

„Falls Dr. Heberden es für ungefährlich hält, das Thema noch einmal anzusprechen, und zur gegebenen Zeit, ja. Sie werden natürlich verstehen, dass der Schutz der empfindlichen Gefühle des Prinzen von höchster Wichtigkeit ist.“

„Ist er wichtiger als die Wahrheit darüber herauszufinden, wer Lady Anglessey getötet hat?“

Jarvis erwiderte den eindringlichen, starren Blick des jüngeren Mannes. „Zweifeln Sie nicht eine Sekunde daran.“

Als er die Gemächer des Prinzen verlassen hatte, hielt Sebastian in dem überhitzten Flur inne. Er hatte eine Hand in seiner Tasche und spielte gedankenverloren mit der Halskette darin. Sebastian wusste, dass einiges von dem, was der Prinz ihm gesagt hatte, wahrscheinlich die Wahrheit war. Die Kunst bestünde darin, die Realität von dem zu trennen, was durch schieren Trotz hinzugedichtet worden war.

Er wollte sich gerade zu den Stallungen aufmachen, als sich jemand nervös räusperte und fragte: „Mylord?“

Sebastian sah sich um und bemerkte, dass ein junger, blasser Mann mit dunklen, buschigen Augenbrauen und hageren Wangen in seiner Nähe herumlungerte. Er erinnerte sich, dass der Mann einer von Jarvis’ Sekretären war. „Ja?“

Der Mann verbeugte sich. „Der Wundarzt aus London ist eingetroffen, Mylord. Er wurde direkt ins Gelbe Zimmer geführt, wie Ihr gewünscht habt.“

Kapitel 8

Sebastian traf Paul Gibson im Gelben Zimmer an, wo er auf dem Boden neben dem Sofa saß und sein Holzbein ungelenk zur Seite ausgestreckt hatte.

„Ach, da bist du ja, Sebastian, alter Junge", sagte er. Als er sich umblickte, weil Sebastian ins Zimmer trat, bildeten sich feine Lachfältchen um seine Augen. Sie waren alte Freunde, Sebastian und der dunkelhaarige Ire mit den fröhlichen grünen Augen und dem spitzbübischen Grübchen auf einer seiner Wangen. Ihre Bande waren inmitten von Blut und Schlamm geknüpft worden und ihre Freundschaft hatte sich selbst in Leid, Not und Todesangst bewährt. Gibson war einst Wundarzt in der Britischen Armee gewesen und er war ein Mann, dessen eiserne Entschlossenheit, notleidenden Menschen zu helfen, ihn oft in Gefahr brachte. Selbst nachdem ihm eine französische Kanonenkugel die untere Hälfte seines linken Beins weggeschossen hatte, war Gibson im Einsatz geblieben. Doch seine anhaltend schlechte Gesundheit – und eine damit einhergehende Schwäche für die wohltuende Linderung, die der Mohnsaft bringen konnte – hatte ihn vor zwei Jahren gezwungen, das Militär zu verlassen und sich eine kleine Praxis in der Stadt einzurichten. Dort widmete er einen Großteil seiner Energie der Forschung und dem Unterrichten von Medizinstudenten und war außerdem den Behörden in Strafsachen mit seiner fachmännischen Meinung behilflich.

„Du bist gut durchgekommen", sagte Sebastian.

„Man kann einem Leichnam seine Geheimnisse nur für kurze Zeit entlocken", sagte Gibson und widmete seine Aufmerksamkeit wieder den sterblichen Überresten von Lord Anglesseys schöner junger Frau Guinevere. „Und dieser hier hat ein paar interessante Geschichten zu erzählen."

Er hatte die Leiche so gerollt, dass sie mit dem Gesicht nach unten auf dem Boden lag. In dem grellen Tageslicht konnte man jetzt sehen, dass sich die Haut an ihrem Nacken rot-grünlich verfärbt hatte. Ein schwacher Geruch, der an verfaultes Fleisch erinnerte, durchdrang das Zimmer, obwohl die schweren Vorhänge zurückgezogen worden waren und man die hohen Fenster geöffnet hatte. Es strömte so viel frische Luft und Sonnenlicht in den Raum, dass der Prinzregent, wäre er dort gewesen, sicher einen Herzanfall erlitten hätte.

Sebastian stellte sich neben die geöffneten Fenster und beobachtete die kreischenden Möwen, die vor dem strahlend blauen Himmel über der *Strand* kreisten. „Was glaubst du, wann sie gestorben ist?"

„Es ist schwierig, das genau zu sagen, aber ich denke, gestern am frühen Nachmittag ist wahrscheinlicher als gestern Morgen."

Sebastian drehte sich um. „Nicht gestern Abend?"

„Nein. Daran besteht kein Zweifel."

„Du weißt, was das bedeutet, oder nicht? Die Bediensteten müssen vor Beginn der Darbietung gestern Abend in diesem Zimmer gewesen sein, um Feuer zu machen. Die Leiche kann unmöglich so lange unbemerkt hier gelegen haben. Sie muss anderswo getötet worden und dann hierhergebracht worden sein, kurz bevor der Prinz sie entdeckt hat."

Gibson hockte sich auf sein gesundes Bein und legte die Stirn in Falten. „Du glaubst, das wurde alles inszeniert, um absichtlich den Verdacht auf den Prinzen zu lenken?“

„Es sieht ganz danach aus, nicht wahr?“ Sebastian schritt den Raum ab, auf der Suche nach etwas – irgendetwas –, das er vielleicht übersehen haben könnte. Die Wände des Zimmers waren mit Leinen bespannt, das mit Astwerk und apfelgrünem Laub vor einem zartgelben Hintergrund bemalt war. Der Raum wurde von einer Reihe gewaltiger Gewölbebögen umgeben, in denen jeweils eine lebensgroße vergoldete Figur einer chinesischen Frau stand. Die Dekoration des Zimmers hatte einen starken orientalischen Einfluss: Es gab Tische und Stühle aus hellem Holz, die so geschnitzt waren, dass sie wirkten wie Bambus, und eine große, lackierte Truhe zwischen zwei der Bögen, die mit gemalten Drachen verziert war. „Der Prinz behauptet, er habe einen Zettel mit einer Nachricht von Lady Guinevere erhalten“, sagte Sebastian und inspizierte eine der vergoldeten Damen. „In dieser Nachricht soll sie ein Rendezvous hier mit ihm vereinbart haben. Aber wie hätte sie ihm eine solche Nachricht zukommen lassen können, wenn sie bereits tot war?“

„Sie hätte die Nachricht schon früher an dem Tag schreiben können.“

„Das wäre wohl eine Möglichkeit. Leider kann sich Seine Königliche Hoheit nicht genau erinnern, wann oder wie der Zettel in seine Hände gekommen ist.“

„War wieder betrunken, was?“

„Es hört sich danach an, ja.“ Sebastian ging zu den hohen Fenstern hinüber, um die Schlösser daran zu überprüfen. Sie waren alle intakt. Andererseits wäre es für jemanden, der Zugang zum Palast hatte, ein Leichtes gewesen, eines der Fenster von innen zu öffnen. Er fragte sich, wie viele Menschen den gestrigen Musikabend besucht hatten. Die Anwesenheit der enteigneten französischen Königsfamilie hatte sogar diejenigen hergelockt, die den *Pavilion* normalerweise mieden, sodass die Empfangszimmer überfüllt gewesen waren.

Sebastian verengte den Blick, um seine Augen gegen das grelle Sonnenlicht zu schützen, und starrte auf den Park hinaus. Man musste außerordentlich kaltblütig sein, um einen Leichnam über die gut einsehbaren Gärten des *Pavilions* zu tragen, während der Musikabend des Prinzen in vollem Gange war. Außer ...

Außer natürlich, die Leiche wäre von einem anderen Ort *innerhalb* des Palastes in das Gelbe Zimmer gebracht worden.

„Dem Muster der Leichenflecke nach", begann Gibson nachdenklich, „wurde die Leiche offensichtlich mehrere Stunden lang auf dem Rücken liegen gelassen, bevor ihr jemand die Klinge in den Rücken stieß.

„*Was?*" Sebastian sah sich überrascht um. Ihm war zwar aufgefallen, dass nirgendwo im Zimmer Blut zu sehen war, aber er hatte schlicht angenommen, dass der eigentliche Mord folglich anderswo geschehen sein musste. Es war ihm nicht in den Sinn gekommen, dass Guinevere Anglessey bereits tot gewesen war, als man auf sie eingestochen hatte. „Aber wenn der Dolch sie nicht getötet hat, was dann?"

„Das kann ich unmöglich sagen. Zumindest nicht ohne eine gründliche Obduktion." Gibson sah auf. „Besteht die Möglichkeit dazu vielleicht?"

Sebastian stieß ein spöttisches Schnauben aus. „Den örtlichen Untersuchungsrichter wird man sicher nicht dazu bringen können, das anzuordnen. Er hat den Tod der Dame bereits als Selbstmord deklariert."

„Selbstmord? Wie um alles in der Welt ist er denn darauf gekommen?"

„Die Leibärzte des Regenten waren sich darüber einig."

Gibson schwieg einen Augenblick lang. Dann sagte er: „Ich verstehe. Bloß keinen Verdacht auf den Prinzen lenken. Glaubst du, man könnte ihren Ehemann dazu bringen, eine Obduktion anzuordnen?"

„Das hängt wohl davon ab, ob der Marquis of Anglessey etwas mit ihrer Ermordung zu tun hat oder nicht."

Gibson streckte die Hände aus und breitete ein weißes Tuch über den Leichnam zu seinen Füßen aus. „Er scheint der Hauptverdächtige zu sein, oder nicht? Was weißt du über ihn?"

„Anglessey? Er gilt allgemein als sehr vernünftiger Mann – er kümmert sich gut um seine Ländereien und verbringt seine Zeit sonst mit seinen Pflichten im Oberhaus." Dann fügte Sebastian hinzu: „Oder zumindest galt er bis zu seiner letzten Heirat als vernünftig."

Paul Gibson sah überrascht zu ihm herüber: „War sie denn eine so unangemessene Wahl?"

„Was ihre Stellung angeht nicht, nein. Aber dem Alter nach. Anglessey ist ein oder zwei Jahre älter als mein Vater."

„Großer Gott."

„Anglessey hätte ein Motiv gehabt, sowohl seine Frau zu töten als auch zu versuchen, den Prinzen in ihre

Ermordung zu verwickeln, falls er entdeckt hätte, dass er ihm die Hörner aufgesetzt hat.

„*War* sie denn eine Geliebte des Prinzen?“

„Ehrlich gesagt: Ich weiß es nicht. Der Prinz behauptet, dass sie sich kaum gekannt hätten.“

„Aber das glaubst du ihm nicht.“

„Irgendetwas von dem, was er gesagt hat, ist gelogen. Ich weiß nur nicht, was.“

Gibson begann, seine verstreuten Utensilien einzusammeln, um sie in seiner schwarzen Ledertasche zu verstauen. „Hast du diesen Zettel, den der Prinz erhalten haben will, überhaupt gesehen?“

„Nein. Er ist verschwunden.“

„Zufällig oder mit Absicht, frage ich mich?“ Gibson drückte sich hoch, bis er stand. Er schwankte ein wenig, als er das Gewicht wieder auf sein Holzbein verlagerte. „Das ist jammerschade. Ich glaube, wenn du herausbekommen könntest, wo dieser Zettel herstammt, hättest du wahrscheinlich auch deinen Mörder gefunden.“

„Vielleicht. Obwohl ich vermute, dass unser Mörder viel zu gerissen ist, um sich so einfach schnappen zu lassen.“

Sebastian spürte, dass Paul Gibsons intensive grüne Augen ihn musterten. „Was hat das alles mit dir zu tun, Sebastian?“

Vor jedem anderen hätte Sebastian die Wahrheit wohl verborgen. Aber ihn und den Iren verband eine tiefe Freundschaft. Sebastian zog die Halskette seiner Mutter aus der Tasche. „Als sie starb, trug Lady Guinevere das hier.“

„Ein sonderbares Schmuckstück." Gibson zog die Augenbrauen zusammen. „Aber noch einmal: Was hat das mit dir zu tun?"

Sebastian wog die Halskette in seiner Handfläche. Es war ihm immer so vorgekommen, als würden die Steine, wenn sie seine Haut berührten, ein bisschen warm werden. Aber als sie in der Hand seiner Mutter lagen, hatte er gesehen, wie so viel Energie durch die Steine geflossen war, dass sie sich beinahe heiß angefühlt hatten ... oder zumindest war ihm das als Kind so vorgekommen.

„Diese Kette gehörte meiner Mutter", sagte er schlicht.

Paul Gibson hob den Blick und sah seinem Freund ins Gesicht. „Etwas Merkwürdiges geht hier vor sich, Sebastian. Etwas, das gefährlich werden könnte. Und zwar für jeden, der in die Angelegenheit verwickelt ist."

„Wenn du nichts weiter damit zu tun haben willst, verstehe ich das."

Gibson machte eine hastige, ungeduldige Bewegung mit einer Hand. „Sei nicht albern. Du bist derjenige, um den ich mir Sorgen mache. Wer hat dich da mit hineingezogen?"

„Vorgeblich der Prinz. Und in Wirklichkeit Jarvis."

„Und du vertraust ihm?"

Sebastian starrte auf den übel zugerichteten Körper der Frau hinab, der unter dem Laken verborgen war. „Ganz und gar nicht. Aber irgendjemand hat Guinevere Anglessey getötet. Irgendjemand hat den Dolch in das bläuliche Fleisch ihres nackten Rückens gestoßen und ihren Leichnam hierhergebracht, um ihn in einer absichtlich anzüglichen Pose auf dem Sofa zu drapieren. Lord Jarvis' einziges Anliegen bei alledem ist es, den

Prinzen zu beschützen. Aber meine Intention ist eine andere. Ich werde herausfinden, wer diese Frau getötet hat, und ich werde dafür sorgen, dass er dafür bezahlt."

„Wegen der Halskette?"

Sebastian schüttelte den Kopf. „Weil es niemand sonst tun wird, wenn ich es nicht tue."

„Warum ist dir das so wichtig?"

Eine von Guineveres schlanken weißen Händen schaute unter dem Laken hervor. Ihre Finger waren wegen der Totenstarre leicht gekrümmt. Dieser Anblick erinnerte Sebastian an eine andere Frau, die man auf den Stufen eines Altars dem Tod überlassen hatte, deren Kehle brutal aufgeschlitzt und deren Körper auf obszöne Weise geschändet worden war; und an noch eine weitere, die man wie unachtsames Wild gejagt und dem gleichen schrecklichen Ende zugeführt hatte.

Er machte sich wenig Illusionen über die Welt, in der er lebte. Er wusste um die erschütternde Ungleichheit zwischen ihren privilegierten und ihren armen Bewohnern und er war sich der grausamen Ungerechtigkeit eines Rechtssystems bewusst, das einen achtjährigen Jungen hängen ließ, weil er einen Laib Brot gestohlen hatte, während ein Königssohn mit einem Mord davonkam. Einst hatten ihn die grobe Barbarei und diesinnlose Grausamkeit der Kriege, die sein Volk im Namen von Freiheit und Gerechtigkeit führte, derart abgestoßen, dass er sich damit begnügt hatte, sich ziellos und einsam treiben zu lassen. Aber jetzt wurde ihm klar, dass dieses Verhalten sowohl egoistisch als auch ein wenig feige war.

Sebastian hockte sich neben den Leichnam der jungen Frau namens Guinevere, zog das Laken über ihre blasse, wehrlose Hand und sagte leise: „Es ist mir wichtig."

Kapitel 9

Sebastian überquerte gerade den Hof – er war auf dem Weg zu den mit Glaskuppeln überdachten, dem legendären Xanadu nachempfundenen Stallungen des Palastes –, als er hörte, wie jemand seinen Namen rief. „Lord Devlin."

Er drehte sich um und erblickte den Innenminister, Lord Portland, der über das Pflaster auf ihn zukam. Die Mittagssonne ließ das feuerrote Haar des Adligen hell leuchten, aber sein Gesicht war blass und angespannt, so, als wäre er in Sorge.

„Gehen Sie ein Stück mit mir, Mylord", sagte Portland und wandte seine Schritte einem sich abzweigenden Pfad zu, der über die weitläufige, grüne Rasenfläche hinter dem *Pavilion* führte. „Wie ich höre, haben Sie eingewilligt, bei der Aufklärung des eigenartigen Vorfalls gestern Abend zu helfen."

Sebastian kannte den Earl of Portland nur flüchtig, obwohl er im Verlauf des Jahres, seit Sebastian vom Festland zurückgekehrt war, mehrere Abendgesellschaften und Soirees in der Gesellschaft des Earls besucht hatte. Wie Jarvis und Hendon war auch Portland ein Anhänger zutiefst konservativer Politik; er setzte sich dafür ein, dass der Krieg mit Frankreich andauerte und dafür, die englischen Institutionen auch angesichts der immer lauter werdenden Rufe nach Reformen zu bewahren.

Doch was auch immer Sebastian von den rückständigen Überzeugungen dieses Mannes halten mochte, er konnte nicht umhin, ihn zu achten. Der Earl of

Portland war einer der wenigen Männer in Regierungskreisen – oder auch außerhalb davon – die sich weigerten, sich von Jarvis wie eine Schachfigur benutzen zu lassen. Aber es hatte etwas Geschmackloses, fast schon Schäbiges an sich, den Tod einer quicklebendigen jungen Frau als *eigenartigen Vorfall* zu bezeichnen.

„Wenn Sie die Ermordung Lady Anglesseys meinen", begann Sebastian, „dann lautet die Antwort: Ja."

„Sowohl der Untersuchungsrichter als auch die Leibärzte des Prinzen sagen, dass ihr Tod Selbstmord war."

Sebastian zog eine Augenbraue hoch. „Glauben Sie das auch?"

Portland stieß barsch die Luft aus und schüttelte dann den Kopf. „Nein."

Eine Weile gingen sie schweigend nebeneinanderher, wobei Portland mit den Zähnen auf seiner Unterlippe herumkaute. Schließlich sagte er: „Irgendwie habe ich das Gefühl, das sei alles meine Schuld."

„Wieso das?"

„Wenn ich dem Prinzen diesen Zettel nicht gegeben hätte -"

Sebastian wandte den Kopf und sah ihn an. „*Sie* haben dem Prinzen die Nachricht von Lady Anglessey übergeben?"

„Ja. Obwohl ich natürlich nicht wusste, wer die Frau war. Sie war verschleiert."

„Wann war das?"

„Kurz nachdem das Kammerorchester des Prinzen gestern Abend zu spielen begonnen hatte. Ich wurde von einer verschleierten jungen Frau angesprochen, die mir ein versiegeltes Schreiben gab und mich bat, es dem Prinzen zu überreichen." Portland zögerte und seine blasse Haut errötete. „Es war schwerlich das erste Mal, dass jemand mit einer solchen Bitte an mich herangetreten ist."

Sebastian behielt seine Gedanken für sich. Die Liebhaberinnen, die der Prinz im Laufe der Jahre gehabt hatte, reichten von gewöhnlichen Operntänzerinnen und Schauspielerinnen wie Mrs Fitzherbert bis hin zu den Grande Dames der besseren Gesellschaft – darunter auch Lady Jersey und Lady Hertford. Es war nicht ungewöhnlich, dass sich diejenigen, die dem Prinzen nahestanden, unfreiwillig in der Rolle eines Kupplers wiederfanden.

„Genaugenommen kenne ich Guinevere Anglessey sehr gut", sagte Portland. „Sie ist – war – eine Freundin meiner Frau Claire aus Kindertagen. Es ist mir nicht in den Sinn gekommen, dass ich es mit ihr zu tun hatte."

„Das hatten Sie nicht."

Sebastian beobachtete, wie sich die hellgrauen Augen des Mannes weiteten, bis die anfängliche Erschütterung einem anderen Gefühl wich, das merkwürdigerweise nach Angst aussah. „Wie bitte?"

„Als das Kammerorchester des Regenten gestern Abend zu spielen begann, war Lady Anglessey immerhin schon seit sechs bis acht Stunden tot."

Portland blieb abrupt stehen. „*Was?* Aber ... das ist nicht möglich."

„Nach dem Tod geschehen einige vorhersehbare Veränderungen am menschlichen Körper. Die Temperatur und die Todesart können den Prozess beschleunigen oder auch verzögern, aber nicht in diesem Maße. Ich fürchte, hier liegt kein Irrtum vor."

„Aber ich sage Ihnen: Ich habe sie *gesehen*. Sie hat mir die Nachricht gegeben."

„Sie haben eine verschleierte Frau gesehen. Erinnern Sie sich daran, wie sie gekleidet war?"

Portland stand reglos da, so, als wäre er ganz in sich gekehrt und versuche angestrengt, sich zu erinnern. Aber schließlich schüttelte er bloß den Kopf. „Nein. Ich bin mir bei alldem nicht mehr sicher. Ich meine, ich würde sagen, dass sie ein grünes Satinkleid trug, so wie Lady Anglessey. Aber wenn stimmt, was Sie sagen, dann kann das nicht sein, oder?"

„Vielleicht – oder vielleicht doch."

Der Innenminister schüttelte wieder den Kopf. Sein Gesicht war vor Verwirrung ganz verkniffen. „Ich verstehe nicht. Wer könnte sie gewesen sein?"

„Das weiß ich noch nicht", sagte Sebastian und hob seinen Blick zu den Möwen, die über der *Strand* ihre Kreise zogen. „Aber wer auch immer sie war, sie war offensichtlich in die Ermordung Lady Anglesseys verwickelt."

***

Sebastian schickte einen Lakaien los, um seinen Zweispänner zu holen, dann stellte er sich auf die kiesbedeckte Auffahrt zum *Pavilion* und beobachtete, wie sein Pferdeknecht, Tom, sein genau aufeinander abgestimmtes Gespann aus zwei Fuchswallachen Halt machen ließ.

Diese Praxis, seine erstklassigen Pferde in die Obhut von Jungen zu geben, die man mit schwarzgelb gestreiften Westen herausschmückte, was ihnen den Spitznamen „Tiger" eingebracht hatte, war bei allen Herren der besseren Gesellschaft, die etwas auf sich hielten, überaus beliebt. Zwar hielt Sebastian nicht viel davon, aber Tom hatte sich bei seiner neuen Aufgabe als Naturtalent erwiesen, was ihn überrascht hatte. Zudem war Tom noch mit anderen Begabungen gesegnet, die sich normalerweise bei dem Tiger eines Adligen nicht finden ließen – Begabungen, die Sebastian bisweilen sehr nützlich gewesen waren.

Tom war ein dunkelhaariger Junge von zwölf Jahren mit scharf gezeichneten Gesichtszügen, aber er wirkte jünger, weil er immer noch klein und von drahtigem Körperbau war, auch, wenn seine Wangen neuerdings rosig leuchteten und von guter Gesundheit zeugten. Vor vier Monaten war er noch einer von tausenden namenlosen Gassenkindern gewesen, die ein gefährliches und mühevolles Leben auf den Straßen Londons führten; ein Taschendieb mit einer dunklen Vergangenheit und einer heimlichen Leidenschaft für Pferde. Inzwischen war seine Loyalität Sebastian gegenüber unerschütterlich.

Als der Junge Sebastians Blick auf sich spürte, blieb er mit einer ausladenden Geste stehen. „Heut' Morgen macht sie bestimmt der Hafer ein bisschen verrückt, Meister", sagte er und zeigte in einem breiten Lächeln seine Zahnlücken.

„Ich werde ihnen sicher auf dem Weg zu Lord Anglessey eine Weile die Zügel schießen lassen." Sebastian sprang auf die Kutsche und nahm Tom die Zügel aus der Hand. „Ich möchte, dass du dich noch ein bisschen hier umsiehst. Versuch, herauszufinden, was man sich in der Küche und in den Stallungen erzählt. Irgendjemand von den Bediensteten muss gestern Abend etwas gesehen oder gehört haben. Ich interessiere mich besonders für jeden, der vielleicht etwas Ungewöhnliches herumgetragen hat. Etwas Großes.“

Tom sprang mit leuchtenden Augen vom Sitz herunter. „Ihr meint, etwas, das groß genug ist, um eine Leiche darin zu verstecken?“

Zweifellos: Der Junge war nicht schwer von Begriff. Sebastian lächelte. „In der Tat, ja.“

Tom machte einen Schritt zurück und eine Hand schnellte hoch, um sich den Hut fester auf den Kopf zu drücken, als eine salzige Brise von der *Strand* heraufwehte. „Falls jemand was gesehen hat, Meister, dann werd’ ich ihn finden, keine Sorge.“

„Ach, und Tom?“, fügte Sebastian hinzu, als der Junge davoneilen wollte. „Stiehl niemandem die Geldbörse, hörst du? Nicht einmal zur Übung.“

Tom straffte mit gekränkter Würde seine Schultern und schnaubte. „Als ob ich sowas tun würde.“

Kapitel 10

Im Gegensatz zu den meisten Mitgliedern der besseren Gesellschaft, die sich während der Sommermonate schmale Stadthäuser in den Straßen Brightons anmieteten, besaß Oliver Godwin Ellsworth, der vierte Marquis of Anglessey, ein eigenes Anwesen am Stadtrand.

Es war eine seiner bescheideneren Liegenschaften und im Vergleich zu seinem Hauptsitz in Northumberland recht klein, aber das Haus war gepflegt und gemütlich und gut gelegen – an einem Hang mit freiem Blick auf den Küstenstreifen und das Meer und in angemessener Entfernung zu dem Lärm und der Hektik, die in den Straßen Brightons herrschten.

Sebastian gab die Füchse in die Obhut eines Stallknechts. Den Marquis traf er in einem Garten mit moosbewachsenen, aus Ziegelsteinen gepflasterten Wegen und sorgfältig gepflegten Rosen an, die im Windschatten hoher Mauern gediehen, geschützt vor den salzigen Böen, die vom Meer hinaufwehten. Als er Sebastians Schritte vernahm, drehte sich Anglessey um. Er war ein alter Mann mit ehemals dunklem Haar, das inzwischen mit unzähligen grauen Strähnen durchsetzt war. Obwohl er nur wenige Jahre älter war als Hendon, wirkte er deutlich betagter: Sein Körper war dünn, sein Gesicht gezeichnet und faltig, denn sein schlechter Gesundheitszustand hatte Spuren hinterlassen. Außerdem verrieten seine faltigen Züge unübersehbar, dass er schwer an der Last seines Kummers zu tragen hatte.

„Danke, dass Sie zugestimmt haben, mich in einer solch schweren Zeit zu treffen", sagte Sebastian und blieb auf einer hellen, von der Junisonne beschienenen Grasfläche stehen. „Ich kann Ihnen nicht sagen, wie leid mir tut, was geschehen ist."

Der Marquis machte sich wieder daran, die welken Blüten einer zartrosafarbenen Rose abzuschneiden, die am Wegrand um eine wuchtige Säule rankte. „Aber das ist nicht der Grund, weshalb Sie hier sind, oder?"

Die Direktheit der Frage verwunderte Sebastian. „Nein", antwortete er ebenso unverblümt. „Lord Jarvis hat mich gebeten, die Umstände zu untersuchen, unter denen Ihre Frau zu Tode gekommen ist."

Die Faust des Marquis schloss sich fester um seine Rosenschere. „Um den Prinzen zu schützen, natürlich." Seine Worte waren keine Frage, sondern eine Aussage.

„Das ist sein Beweggrund, ja."

Der Marquis drehte sich um und sah ihn mit einer hochgezogenen Augenbraue an. „Aber nicht der Ihre?"

„Nein." Sebastian erwiderte den festen, klugen Blick des alten Mannes. „Glauben Sie, dass er es getan hat?"

„Der Prinz?" Anglessey schüttelte den Kopf und fuhr damit fort, die Rose zu stutzen. „Der Prinz mag ein trunkener, verwöhnter, hypochondrischer Idiot sein, aber er ist nicht gewalttätig. Nicht so wie sein Bruder, Cumberland." Er hielt inne, um sein Werk kritisch zu inspizieren, wobei er auf eine Art und Weise den Kiefer anspannte, die sowohl über sein Alter als auch seine Gebrechlichkeit hinwegtäuschte. „Aber in einem können Sie sicher sein: Falls ich falsch liege – falls ich herausfinden sollte, dass Prinny etwas mit Guins Tod zu tun hatte -, werde ich ihn nicht ungestraft davonkommen lassen. Prinzregent hin oder her."

Sebastian musterte das zornige, schmerzerfüllte Gesicht. Der Marquis mochte zwar alt sein, aber an seiner Entschlossenheit und an seinem Verstand war nichts gebrechlich oder schwach. „Was glauben Sie, wer Ihre Frau getötet hat, Sir?"

Ein merkwürdiges, verhaltenes Lächeln umspielte die Lippen des alten Mannes. „Ist Ihnen bewusst, dass Sie der erste Mensch sind, der mich das fragt? Das kommt wohl daher, dass jeder, der nicht glaubt, dass der Prinz Guinevere getötet hat, ganz selbstverständlich annimmt, dass ich es gewesen bin."

Der Marquis ging zur nächsten Rose über. Sebastian wartete, während die Sonne warm seine Schultern beschien. Nach einem Augenblick sagte der Marquis: „Man wollte mir Guineveres Leichnam nicht überlassen. Wussten Sie das? Es heißt, dass ein Wundarzt aus London käme. Und, dass er sie sich anschauen soll."

„Paul Gibson. Er ist sehr gut auf diesem Gebiet. Er hätte gern Ihre Erlaubnis, eine vollständige Autopsie durchführen zu dürfen."

Anglessey blickte über die Schulter. „Warum?"

Sebastian erwiderte den schmerzerfüllten, verhärmten Blick des alten Mannes. „Weil Lady Anglessey nicht letzten Abend getötet wurde. Sie wurde bereits irgendwann gestern Nachmittag getötet und ihre Leiche wurde dann in das Gelbe Zimmer gebracht, damit der Prinz sie dort finden konnte."

Wut flackerte in den Augen des alten Mannes auf. „Was soll das? Ist das eine Geschichte, um den Verdacht von dem Prinzen abzulenken?"

„Nein. Um genau zu sein, vertreten die Ärzte des Prinzen die Meinung, dass Lady Guinevere Selbstmord begangen hat."

„*Selbstmord!* Wenn ein Dolch aus ihrem Rücken herausragte?"

„Eben." Sebastian zögerte, dann fügte er hinzu: „Allerdings hat sie nicht der Dolch getötet. Gibson zufolge war sie wahrscheinlich schon mehrere Stunden tot, bevor damit auf sie eingestochen wurde."

„Oh Gott. Was wollen Sie damit sagen?"

Sebastian schüttelte den Kopf. „Wir wissen nicht, woran sie gestorben ist, Sir. Deshalb möchte Gibson ja Ihre Erlaubnis für eine Obduktion. Ohne eine solche wird es schwer, überhaupt jemals zu verstehen, was Ihrer Frau zugestoßen ist."

Einen Moment lang herrschte Stille, die nur vom Schnappen der Gartenschere des Marquis und dem fernen Geschrei der Möwen unterbrochen wurde. Dann sagte er: „Na schön. Ihr Dr. Gibson hat meine Erlaubnis." Über die Schulter warf er Sebastian einen erbitterten Blick zu. „Aber ich möchte über alles informiert werden. Haben Sie mich verstanden? Sie sollen mir nichts vorenthalten, aus Rücksicht auf mein Alter oder meinen Gesundheitszustand oder irgend so einen Blödsinn."

„Ich werde ihnen nichts vorenthalten."

Anglessey presste die Lippen zusammen und seine Nasenlöcher blähten sich auf, als er eilig tief Luft holte. „Ich weiß, was die Leute über meine Ehe mit Guinevere denken. Ein alter Mann wie ich, der eine Frau heiratet, die jung genug ist, um seine Enkeltochter zu sein.

Sie tun so, als wäre das etwas Schändliches oder Schmutziges gewesen – als ob es mir durch den Altersunterschied von fünfundvierzig Jahren irgendwie unmöglich gewesen wäre, sie zu lieben."

Er verharrte und seine Hände hielten in ihren Bewegungen inne, während sein Blick zum Ende des Gartens schweifte. Mit leiser Stimme sagte er: „Aber ich habe sie geliebt, wissen Sie. Nicht, weil sie schön war – bei Gott, das war sie. Aber sie war noch so viel mehr als das. Sie war ... sie war wie ein frischer Lufthauch, der in mein Leben gekommen ist. So voller Tatkraft und Leidenschaft. So fröhlich, so entschlossen, das Leben mit beiden Händen zu packen und daraus das zu machen, was sie wollte -" Er verstummte und schnappte kurz nach Luft, bevor er leiser hinzufügte: „Ich kann nicht fassen, dass sie tot ist."

Sebastian wartete einen Moment und fragte dann noch einmal leise: „Was glauben Sie, wer sie getötet hat, Sir?"

Anglessey ließ sich auf einer verwitterten Holzbank nieder, die in der Nähe im Schutz einer Laube stand, und legte die Hände in den Schoß. „Guinevere war meine dritte Frau", sagte er. Seine Stimme war fest, er hatte sie jetzt wieder unter Kontrolle. „Die erste starb innerhalb weniger Stunden, nachdem sie mir einen totgeborenen Sohn geschenkt hatte. Die zweite war unfruchtbar."

Sebastian nickte. Der Marquis musste nichts weiter erklären. Er und Sebastian gehörten derselben Welt an, einer Welt, in der ein jeder nur zu gut verstand, dass ein Mann in ihrer Position einen legitimen Erben hervorbringen musste. Selbst mit seinen achtundzwanzig

Jahren hatte Sebastian diesen Druck schon auf seinen Schultern lasten gespürt, sowohl weil sein Vater es von ihm erwartete als auch, weil er sich selbst nur allzu bewusst war, was er seinem Hause und seinem Namen schuldig war.

„Seit dem Tod meines Bruders vor zwanzig Jahren“, begann Anglessey, „war mein Erbe mein Neffe, Bevan.“

Was daraus folgte, lag auf der Hand. Sebastian musterte den verschlossenen, verärgerten Gesichtsausdruck des alten Mannes. „Halten Sie ihn für fähig, einen Mord zu begehen?“

„Ich glaube, Bevan Ellsworth könnte jemanden töten, der zwischen ihm und dem steht, was er als das Seine ansieht, ja. Und nach Bevans Meinung gehören meine Ländereien ihm eigentlich bereits. Er hat meine Ehe mit Guinevere als persönliche Kränkung aufgefasst. Er hat sogar damit gedroht, dass er versuchen würde, die Ehe annullieren zu lassen – als ob er das könnte.“

„Trotzdem sind seit der Hochzeit schon einige Jahre vergangen. Warum sollte er Lady Anglessey ausgerechnet jetzt töten?“

Anglessey stieß einen gequälten Seufzer aus. „Bevans Ausgaben haben schon immer seine Einnahmen überstiegen. Wenn man ihn fragt, so liegt der Fehler natürlich ausschließlich bei der Unzulänglichkeit seiner Einnahmen und nicht bei seinem verschwenderischen Lebensstil. Mein Neffe kleidet sich immer nach der neusten Mode. Leider ist er auch dem Glücksspiel verfallen. Solange er mein Erbe war, waren seine Gläubiger bereit, ihm im Großen und Ganzen freie Hand zu lassen. Ich vermute, seine Situation muss sehr unangenehm geworden sein, als bekannt wurde, dass meine Frau ein Kind erwartete."

„Aber das Kind hätte auch ein Mädchen sein können", fügte Sebastian hinzu, um den Gedankengang weiterzuspinnen, „und in diesem Fall wäre Bevan Ellsworths Stellung als Ihr Erbe gesichert gewesen."

„Ja, das Kind hätte ein Mädchen sein können", stimmte Anglessey zu. „Aber ehrlich gesagt glaube ich nicht, dass Bevan es sich leisten konnte, dieses Risiko einzugehen."

Sebastian stand absichtlich mit der Sonne im Rücken, sodass sein eigenes Gesicht im Schatten lag, während er die Miene des älteren Mannes studierte, der nun still und nachdenklich dasaß. Die neuen Falten, die die Trauer jüngst auf seinen Zügen hinterlassen hatte, waren nicht zu übersehen, ebenso wie die qualvolle Leere in den glasigen, blassgrauen Augen des Marquis' und die Trauer, die auf seinen schmalen, betagten Schultern lastete.

Auch Wut konnte Sebastian in den Zügen des Mannes lesen, denn sein Kiefer war angespannt und er hatte seine dünnen Lippen zu einer straffen Linie zusammengepresst. Es war Wut über den plötzlichen, unerwarteten Verlust eines so überaus geliebten Menschen und über die selbstsüchtige Gier des Neffen, von dem er glaubte, er habe ihm diesen Menschen, der ihm so wichtig gewesen war, genommen. Und trotzdem … trotzdem wurde Sebastian das Gefühl nicht los, dass hier noch etwas anderes vor sich ging; etwas, das er bisher übersehen hatte.

„Wann haben Sie Ihre Frau das letzte Mal lebend gesehen?", fragte er plötzlich.

Anglessey sah auf und kniff die Augen zusammen, weil er direkt in die Sonne blickte. „Das ist schon fast zehn Tage her.“

Sebastian sog scharf die Luft ein. „Das verstehe ich nicht ganz.“

„Meine Frau fühlte sich in letzter Zeit nicht gut. Nichts Ernstes, Sie wissen schon.“ Ein trauriges, wehmütiges Lächeln umspielte die Lippen des alten Mannes. „Das kommt manchmal vor, wenn eine Frau in anderen Umständen ist. Sie hatte geplant, mit mir nach Brighton zu fahren. Sie hat die Wochen, die wir jeden Sommer hier verbracht haben, immer genossen. Aber schließlich hat sie beschlossen, dass sie all die Stunden in einer überdachten, schwankenden Kutsche wohl nicht vertragen würde. Sie blieb zu Hause.“

„Zu Hause?“

„Ja, genau.“ Die Hand des Marquis schloss sich fest um seine Gartenschere, als er wieder aufstand. „Die Ärzte dachten, die Seeluft würde mir guttun, also hat sie darauf bestanden, dass ich ohne sie herkomme. Wir hatten gehofft, dass sie sich in ein oder zwei Wochen besser fühlen würde, sodass sie nachkommen könnte. Aber bis gestern Abend dachte ich, Guinevere sei in London.“

Kapitel 11

Dass Anglessey geglaubt hatte, seine Frau hätte sich zum Zeitpunkt ihres Todes in London aufgehalten, schien zunächst nur eine weitere seltsame Wendung in einer verworrenen, schleierhaften Folge von Ereignissen zu sein, die er noch nicht gänzlich verstand. Aber je länger Sebastian darüber nachdachte, desto mehr Sinn ergab es.

Laut Paul Gibson war Lady Guinevere etwa sechs bis acht Stunden, bevor man ihren Leichnam in den Armen des Regenten im Gelben Zimmer vorgefunden hatte, getötet worden. Irgendwann an diesem langen Nachmittag hat sie stundenlang mit dem Gesicht nach oben dagelegen, sodass das Blut geronnen war und ihre Haut dunkelviolett verfärbt hatte. Erst dann hatte man ihr einen Dolch in den bloßen Rücken gestoßen, ihren Körper auf die Seite gedreht und in eine anzügliche Pose gebracht, um sie für die amourösen Annäherungsversuche des Regenten zu drapieren.

All das bedeutete, dass sie möglicherweise in London getötet worden war und dass man dann ihre Leiche nach Brighton gebracht hatte.

„Das ist das Absurdeste, was ich je gehört habe", sagte Hendon, als Sebastian seinem Vater an diesem Abend bei einem Glas Brandy in ihrem Salon im *Anchor* seine Gedankengänge erläuterte. „Und wie genau, glaubst du, hat es dieser imaginäre Mörder geschafft, die Leiche der Dame in das Gelbe Zimmer zu bringen?" Er hätte wohl kaum einfach durch den *Pavilion* spazieren können – mit ihrem leblosen Körper in seinen Armen, oder? Oder glaubst du vielleicht, er hat sie in einem zusammengerollten Teppich hineingeschmuggelt, wie ein Schurke aus einem Liebesroman von der Leihbücherei?"

Sebastian beobachtete, wie sein Vater zum Tisch neben dem leeren Kamin ging und sich noch einen Brandy einschenkte. „Was denkst du denn? Dass sie unbemerkt von ihrem Mann nach Brighton gereist ist, nur, um dann auf rätselhafte Weise Selbstmord zu begehen, nachdem sie dafür gesorgt hatte, dass ihr Leichnam im Gelben Zimmer des Regenten auf einen Dolch fallen würde? Ach ja, und, dass sie dann noch etwa sechs Stunden lang unbemerkt dort lag, während die Bediensteten das Feuer machten und um sie herumtänzelten, um das Zimmer zu reinigen?"

Hendon stellte die Brandykaraffe mit einem Rums ab. „Mach dich nicht lächerlich. Was ich damit sagen will, ist, dass dein irischer Freund verdammt nochmal nicht weiß, wovon er da spricht!" Er verstummte plötzlich und wandte den Kopf herum, als jemand zaghaft an die Tür klopfte. „Ich bitte um Verzeihung, Mylord", sagte der Kammerdiener des Earls. Er machte eine knappe Verbeugung, wobei jeder Zentimeter seines Körpers angespannt war, so offenkundig war seine Missbilligung dessen, was er zu sagen hatte. „Viscount Devlins Tiger ist hier, um ihn zu sprechen. Er *sagt*, man würde ihn erwarten."

Sebastian hob eine geballte Faust und hustete hinein, um sein Lächeln zu verbergen. Tom war bei den Bediensteten des Earls nicht gerade beliebt. „Das stimmt. Bitte bringen Sie ihn herein."

Tom hatte sich nicht damit begnügt, im Flur zu warten, wie man ihn angewiesen hatte, und war bereits im Türrahmen erschienen. An dem verkniffenen Gesichtsausdruck war deutlich seine Enttäuschung abzulesen.

„Also?", fragte Sebastian, als der Diener sich unter Verbeugungen entfernte. „Was hast du herausgefunden?"

„Nichts, Meister", sagte der Junge mit bedrückter Stimme. „Nicht das Geringste. Niemand kann sich dran erinnern, irgendwas Außergewöhnliches gesehen zu haben. Bis all diese Aristos angefangen haben, sich die Seele aus dem Leib zu schreien und nach draußen zu rennen wie die Hasen."

Hendon stieß mit einem selbstgefälligen Seufzer die Luft aus und hob seinen Brandy an die Lippen.

„Gibt es irgendwelche Spekulationen?", fragte Sebastian den Jungen.

„Oh, aber ja. Jede Menge. Die Küchenmädchen sind alle ganz aufgeregt, weil sie glauben, dass der Regent die Dame selbst umgebracht hat, während die Stallburschen glauben, dass dieser Cumberland irgendwie dahintersteckt. Und sie sprechen alle von dem Fluch der -" Tom verstummte und warf Hendon einen flüchtigen Blick zu.

„Fahr fort", forderte Sebastian.

Tom schniefte und senkte seine Stimme. „Natürlich wird das nur gemunkelt. Aber es gibt einige, die glauben, dass die ganze Familie nicht einfach nur verrückt ist. Sie sagen, die Hannoveraner sind verflucht. Und dass ganz England verflucht sein wird, solange das Haus Hannover -"

„Was für ein verdammter Unsinn", donnerte Hendon und stemmte sich aus seinem Stuhl hoch.

Der Junge wich nicht von der Stelle und sah den Earl mit verengtem Blick skeptisch an. „Das erzählen sie sich aber."

Sebastian umfasste mit einer Hand die Schulter des Jungen und drückte sie kurz. „Danke, Tom. Das wäre im Moment alles."

„Ich werde nie verstehen, warum du den Jungen in deinem Haushalt aufgenommen hast", sagte Hendon, nachdem Tom sich davongemacht hatte.

„Du findest wohl, ich hätte meine Dankbarkeit durch ein schlichtes Dankeschön und ein Geschenk – vielleicht eine goldene Uhr – ausreichend zum Ausdruck bringen können? Tom hat mir das Leben gerettet, falls du dich erinnerst. Mir und auch Kat."

Hendons Kiefer verkrampfte sich, so wie immer, wenn Sebastian etwas tat, was Hendon missbilligte – oder etwas, das ihn enttäuschte. Einst hatte der Earl of Hendon sich dreier kräftiger Söhne als seine potentiellen Nachfolger rühmen können. Doch das Schicksal hatte ihm nur Sebastian gelassen, den jüngsten und denjenigen, der ihn am wenigsten zufriedenstellte. „Ich denke, die meisten hätten eine kleine Summe für mehr als ausreichend erachtet", sagte Hendon.

„Der Junge ist mir nützlich."

„Großer Gott. Und auf welche Weise könnte ein Taschendieb einem Adligen von Rang und Namen nützlich sein?"

„Um auf der Straße zu überleben, braucht es Geschick, man muss einen Blick für Details haben und außerdem eine schnelle Auffassungsgabe. Das alles sind

Fähigkeiten, die sich mir als nützlich erweisen können." *Und außerdem wollte der Junge schon immer mit Pferden arbeiten,* dachte Sebastian, aber das sagte er nicht. Hendon hätte darüber nur spöttisch gelacht. „Es scheint ihm in den letzten vier Monaten gelungen zu sein, sein diebisches Treiben unter Kontrolle zu bekommen."

„Zumindest glaubst du das."

Sebastian leerte sein Brandyglas und stellte es beiseite. „Ich sage jetzt wohl am besten gute Nacht. Bei Tagesanbruch möchte ich nach London aufbrechen."

„London?" Hendon schürzte voller Missfallen die Lippen. „Ich dachte, diese Angelegenheit mit dem Mord würde dich zumindest eine Weile von dort fernhalten." Natürlich war es nicht London selbst, wogegen Hendon etwas einzuwenden hatte. Was dem Earl Ärger bereitete, war die schöne junge Schauspielerin, mit der sich Sebastian dort, wie er wusste, treffen würde.

Sebastian wollte sich nicht in einen Streit über dieses Thema hineinziehen lassen und wandte sich der Tür zu. „Ich wüsste nicht, was ich hier sonst noch tun könnte. Anglessey hat erlaubt, dass Paul Gibson die Leiche der Marchioness für eine Obduktion in seine Praxis überführen darf. Selbst wenn Lady Guinevere nicht in London getötet wurde, kann mir dort vielleicht jemand sagen, wohin sie zuletzt gegangen ist – und warum.

***

Der nächste Morgen dämmerte kühl. Die Luft war mit einem feinen Nebel durchzogen, der in dichten, weißen, salzigen Schwaden vom Meer herüberwehte und sich zwischen den Reihen imposant aufragender Stadthäuser und in den engen, gewundenen Gässchen abseits der Straßen sammelte.

Sebastian hielt die Füchse im Zaum, bis sie die letzte
Ortschaft mit ein paar verstreut liegenden Häusern
hinter sich gelassen hatten. Dann ließ er den großen
Fuchswallachen die Zügel schießen, sodass sie ausgelassen galoppieren konnten, bevor er zu einem gleichmäßigen Trab parierte, bei dem die Meilen nur so dahinschwanden. Als sie Edburton erreichten, war die höher steigende Sonne dabei, auch die letzten Überreste
des Nebels aufzulösen. Jenseits des Dorfes konnte man
deutlich die hügeligen Weiten der South Downs erkennen, die sich in alle Himmelsrichtungen erstreckten.
Und genau dort wurde aus Sebastians allmählichem
Verdacht, verfolgt zu werden, eine Gewissheit.

Kapitel 12

Selbst durch den dichten Nebel war das gleichmäßige Hufgetrappel, das ihm in einem gemächlichen Abstand folgte, zu Sebastian durchgedrungen. Er vermutete, dass es ein einzelnes Pferd sein müsste, das in einem gleichmäßigen Tempo geritten wurde. Der Reiter schloss nie zu ihnen auf, aber er fiel auch nie weit hinter sie zurück.

Dann wurde der Nebel allmählich lichter, bis er sich in dünnen, flüchtigen weißen Schwaden um die Steinmauern und dornigen Hecken schmiegte, die die tieferliegende Straße umrahmten, und den Blick auf die umliegenden, mit grüner Gerste und Flachs bewachsenen Felder freigab. In diesem Moment fiel der schemenhafte Reiter zurück. Aber Sebastians Sehvermögen war wesentlich besser als das der meisten anderen Menschen. Als die höhersteigende Sonne den Blick auf die weite Fläche der South Downs freigab, konnte er einen einzelnen, dunkel gekleideten Reiter ausmachen, der auf einem großen Braunen ritt. Mal erspähte er ihn in der Ferne hinter dem Geäst eines Haselnussstrauches, dann wurde der Unbekannte halb von einem kleinen Wäldchen junger Buchen verdeckt.

Wohlüberlegt trieb Sebastian seine Füchse zu einem schnelleren Trab an. Auch der geheimnisvolle Reiter legte an Geschwindigkeit zu. So ritten sie ein oder zwei Meilen lang weiter. Dann ließ Sebastian sein Zweiergespann zum Schritt durchparieren.

Ihr Schatten fiel zurück.

„Was auch immer du tust, sieh nicht nach hinten“, befahl Sebastian seinem jungen Tiger. „Aber ich glaube … nein, ich bin eigentlich ganz sicher, dass wir verfolgt werden.“

Er konnte sehen, dass Tom erstarrte und Mühe hatte, dem Drang, sich umzudrehen und selbst nachzusehen, zu widerstehen. „Seit wann?“

„Seit wir Brighton verlassen haben, wie es scheint.“

„Was machen wir jetzt?“

Sebastian hielt die Füchse in einem gleichmäßigen Tempo. Die kurvenreiche Straße führte einen kleinen Hang hinauf und wurde von ein paar Pappeln in Schatten getaucht. Aber oben auf der Anhöhe war der Boden wieder eben und die Straße verlief dann durch eine weitläufige Allmende lebhaft grüner Weiden, die von einer friedlich grasenden Herde schwarzweißer Milchkühe bevölkert wurden.

Ohne zurückzusehen, schwang Sebastian die Peitsche, sodass sein Gespann in einen lockeren Galopp fiel und der Mann hinter ihnen gezwungen war, es ihm gleichzutun. Sie flogen über das Gemeindeland, die Sonne beschien die nassen Flanken der Füchse, und Sebastian trieb sein Gespann immer schneller vorwärts, bis die Straße sich plötzlich erhob und dann in einem langen, gleichmäßigen Bogen rasch vor ihnen abfiel.

Sebastian zügelte seine Pferde sofort, bis sie in einen flotten Schritt fielen. Das Rauschen des Windes und das Donnern der Hufschläge wichen dem leisen Knirschen der Räder, dann war es verhältnismäßig still und Sebastian konnte Toms zischende Atmung hören, die sich vor Aufregung beschleunigt hatte. Sie waren den Hang gerade zur Hälfte wieder heruntergefahren, als der Reiter auf dem Braunen den Hügel hinter ihnen im leichten Galopp erklomm.

Als er Sebastian erblickte, hielt er kurz, dann trieb er sein Pferd im gemächlichen Schritt vorwärts.

Sebastian lenkte die Kutsche zum Straßenrand hinüber und hielt an. Auf sein Zeichen hin sprang Tom hinunter und lief zu den Pferden.

„Was macht er?", fragte Sebastian und beugte sich vor, so, als wäre er mit etwas beschäftigt, das zu seinen Füßen lag. In einer Hand hielt er eine hübsche kleine Steinschlosspistole.

Wieder hielt der Reiter inne. Aber jetzt hatte er keine Wahl mehr: Er musste entweder seine Absichten offenlegen oder weiterreiten und sie überholen. Der dunkel gekleidete Mann zog sich den Hut tief ins Gesicht und drückte die Sporen in die Flanken seines Pferdes.

„Da kommt er", sagte Tom und stieß angespannt die Luft aus. Der Reiter und sein edles, schweißnasses Pferd stürmten mit knarrendem Sattelleder in einer staubigen Wolke an ihnen vorbei. Sebastian sah auf und erhaschte einen flüchtigen Blick auf ein rotbraunes Pferd, das den Kopf erhoben und die Augen weit aufgerissen hatte, geritten von einem Mann mittlerer Statur, der einen Kastorhut trug, wie er bei Adligen beliebt war, und dazu einen einwandfrei geschneiderten Mantel. Dann verschwand der Braune mit lautem Hufgeklapper in einer Kurve auf der Straße vor ihnen. Die Hufschläge verhallten in der Ferne, bis alles still war – abgesehen von dem Rauschen des Windes, der durch das herb duftende Gras zog und das leise Muhen einer Kuh.

Tom stand bei dem Pferdegespann und hatte eine Hand an den Zügeln, während sein Kopf zur Seite gedreht war, weil er die Straße hinaufstarrte. „Wer war der Kerl, Meister?"

„Ich habe keine Ahnung", sagte Sebastian und nahm seine Peitsche hoch.

„Geh da weg, Tom." Tom sprang gehorsam zurück und kletterte dann wieder auf seinen Platz, als sich die Kutsche rollend erneut in Bewegung setzte und in Richtung London fuhr.

***

Sie erreichten die Stadt kurz nach Mittag. Den Reiter in dem vornehmen Mantel auf dem großen Braunen sahen sie nicht noch einmal. Sebastians Haus lag in der Brook Street, etwas abseits der New Bond Street. Aber dorthin begab er sich nicht zuerst. Sebastian hielt vor einem eleganten kleinen Stadthaus in der Harwich Street, dort reichte er Tom die Zügel und sagte: „Bring die Pferde in den Stall."

Das Dienstmädchen, das die Tür öffnete, war ein unscheinbares Geschöpf mit dünnen, knochigen Schultern und einem blassen, ernsten Gesicht. Als sie Sebastian erblickte, schnaubte sie und sah aus, als hätte sie ihm die Tür vor der Nase zugeschlagen, wenn sie gedurft hätte. „Miss Boleyn ist noch im Bett."

„Gut", erwiderte Sebastian vergnügt. Er war bereits dabei, die Treppe zu erklimmen, und nahm immer zwei Stufen auf einmal. „Sie brauchen nicht unterbrechen, womit auch immer Sie gerade beschäftigt waren, Elspeth", fügte er hinzu, als sie wie angewurzelt in der

Eingangshalle stehenblieb und ihren Kopf in den Nacken legte, um ihn weiterhin finster anzustarren. „Ich werde meinen Besuch selbst ankündigen."

Die Tür zum Schlafgemach im Obergeschoss, das zur Straße hin lag, war nur angelehnt. Sebastian drückte dagegen, die lackierten Holzpaneele schwangen auf und gaben den Blick auf einen dunklen Raum frei, dessen Wände mit blauem Satin behangen waren. Im Bett lag eine Frau – eine schöne, junge Frau mit dunkelbraunem Haar, das sich in glänzenden Wellen auf den Kissen ausgebreitet hatte. Ihr Name war Kat Boleyn und obwohl sie erst dreiundzwanzig Jahre alt war, war sie seit einigen Jahren schon der Star der Londoner Bühnen. Dazu war sie Sebastians große Liebe.

Als er näherkam, sah er, dass sie wach war. Um ihre blauen Augen bildeten sich feine Fältchen, ein leichtes Lächeln lag auf ihren Lippen, und ihre Schultern schauten entblößt unter dem dünnen Leinenlaken hervor. „Die arme Elspeth", sagte sie.

Sebastian schlüpfte aus seinem Fahrmantel mit den etlichen Pelerinen, schwang ihn über einen Stuhl in der Nähe und warf seinen Hut, die Peitsche und die Handschuhe hinterher. „Warum um alles in der Welt beschäftigst du hier ein Geschöpf, das immer so ein trostloses Gesicht macht?"

Kat hob ihre langen, nackten Arme über den Kopf und streckte sich träge. „Mir gegenüber macht sie kein trostloses Gesicht."

„Was zum Teufel hat sie dann gegen mich?"

Kat lachte. „Du bist ein Mann."

Sebastian kniete sich in seinen Rehlederhosen auf die Bettkante, sodass ein Bein tief in die mit Federn gefüllte Matratze sank. „Wie läuft das neue Stück?"

„Es findet großen Zuspruch. Oder vielleicht ist es nur mein Kleopatra-Kostüm, das Zuspruch findet." Sie ließ ihre Arme wieder sinken, schlang sie um seinen Hals und zog ihn zu sich. „Ich habe dich gestern schon zurück erwartet."

Bei jeder anderen Frau hätte man diese Worte als einen Vorwurf deuten können. Aber nicht bei Kat. Bei Kat waren sie einfach nur eine Aussage, eine Feststellung. Sie verlangte von ihm keine der Verbindlichkeiten, die eine Liebesbeziehung sonst mit sich brachte. Sie hatte sogar jeden seiner Versuche, sie zu seiner Frau zu machen, zurückgewiesen, ja, wollte nicht einmal als seine Geliebte bezeichnet werden. Er wusste, dass es wohl Männer gab, die ein solches Arrangement, das sie von den Verpflichtungen einer Ehe befreite, zu schätzen wüssten, aber Sebastian lebte mit der stillen, erbitterten Angst, dass sie ihn eines Tages aus irgendeinem Grund, den er wohl nie ganz verstehen würde, verlassen würde. Erneut.

Sebastian ließ seine Hände an ihrem nackten Rücken hinuntergleiten, hörte, wie ihr Atem stockte, so wie jedes Mal, wenn er sie berührte. Er schmiegte sein Gesicht in ihre Halsbeuge und atmete den wunderbaren, berauschenden Duft ihrer Haut und Haare ein. „Verzeihst du mir?"

Sie umfasste sein Gesicht mit beiden Händen und zog den Kopf zurück, sodass sie ihn ansehen konnte. Ihre Lippen waren zu einem Lächeln gebogen und in ihren Augen leuchtete ein Gefühl, das sehr nach Liebe aussah.

Aber ihre Antwort war unbekümmert und scherzhaft. „Das kommt darauf an, wie gut deine Entschuldigung ist."

Er bedeckte ihren Mund mit einem zärtlichen Begrüßungskuss, der gleichzeitig ein leises Versprechen war, das von Verlangen und Begehren sprach. Dann hob er seinen Kopf, strich mit der Daumenkuppe über ihre Lippen und beobachtete, wie ihr Lächeln erstarrte, als er sagte: „Wie wäre es mit Mord?"

Kapitel 13

Sie war mit einem anderen Namen geboren worden – als Tochter einer Frau mit lachenden Augen, die ihr ihre Zuneigung stets in innigen Worten zugeflüstert hatte und die eines nebligen Morgens in Irland erniedrigt und verängstigt gestorben war.

Manchmal, besonders in den frühen Morgenstunden, wenn die Dunkelheit gerade erst der Dämmerung wich, hatte Kat das Gefühl, die rauen Hände der Soldaten auf ihrem eigenen Körper spüren zu können, ebenso wie das Seil, das faserig in ihre Kehle schnitt, bis der Lebensatem langsam aus ihren Lungen gepresst wurde. Dann erwachte sie keuchend und das Grauen erfüllte finster und grimmig ihre Gedanken. Aber sie war nicht ihre Mutter. Sie würde nicht den Tod ihrer Mutter sterben. Und sie würde ihr Leben nicht in Angst zubringen.

Seit zehn Jahren war sie jetzt Kat Boleyn. Es gab eine Zeit, da hatte sie Armut und Hoffnungslosigkeit erfahren, bevor die Launen des Schicksals ihr Ruhm und Verehrung gebracht und alles verändert hatten. Und seit sieben Jahren liebte sie nun schon diesen Mann, Sebastian St. Cyr.

Sie drehte ihren Kopf. Beim Anblick seiner vertrauten, geliebten Gesichtszüge und des dunklen, zerzausten Haars vor dem frischen weißen Leinzeug ihres Kissens ging ihr das Herz auf und ein Lächeln stahl sich auf ihre Lippen. Sie hatte ihn geliebt, seit sie sechzehn Jahre alt gewesen war, und er einundzwanzig, als sie beide noch jung und naiv genug gewesen waren, um zu glauben, dass Liebe wichtiger sei als alles – wirklich alles – andere. Das war gewesen, bevor sie verstanden hatte, dass man im Leben Entscheidungen treffen und dass man für manche Entscheidungen einen Preis bezahlen musste, der so schmerzlich war, dass man es unmöglich verkraften könnte.

Inzwischen wusste sie es besser. Sie wusste, dass Liebe sowohl selbstlos als auch raffgierig sein konnte. Und, dass das größte Geschenk, das man seinem Geliebten machen konnte, manchmal darin bestand, ihn gehen zu lassen.

Sie bemerkte, dass er die Augen geöffnet hatte und sie beobachtete. In wenigen Minuten würde er ihr Bett verlassen, und sie würde ihn mit einer sorglosen Liebkosung und unbekümmerten Worten, die weder Versprechungen machten noch einforderten, in den sonnigen Nachmittag hinausschicken.

Sie berührte ihn mit den Fingerspitzen an der nackten Schulter und er streckte die Arme nach ihr aus. Seine starken Hände glitten ihren Rücken hinauf und zogen sie unter sich. Sie gab sich ihm mit einem Seufzer hin, schloss die Augen und erlaubte sich, für einen glorreichen Augenblick so zu tun, als würden all die überaus wichtigen Dinge wie Ehre und Treue, Pflicht und Verrat überhaupt nichts bedeuten.

***

Die Halskette lag kühl in Kats Handfläche. Es war ein ungewöhnliches Schmuckstück: drei ineinandergreifende mandelförmige Ovale aus Silber auf einer glatten Blausteinscheibe.

Diese Kette hatte einst Sebastians Mutter gehört. Kat hatte Geschichten über die schöne Countess mit dem goldenen Haar und den leuchtenden grünen Augen gehört, die eines Sommers, als Sebastian noch ein Kind gewesen war, vor der Küste Brightons auf See verschollen war. Und jetzt war die Kette wieder aufgetaucht – um den Hals einer ermordeten Frau.

Kat drehte den Anhänger um und zog mit einem Finger die alten ineinander verschlungenen Initialen A.C. und J.S. nach. Während Devlin durch ihr Schlafgemach lief, seine Kleider zusammensuchte und sich Kniehosen und Hemd anzog, erzählte er ihr die Legende, die er als Kind immer wieder gehört hatte. Sie handelte von der geheimnisvollen Waliserin, der die Halskette einst gehört hatte, bevor sie das Schmuckstück dem schönen, unglückseligen Prinzen geschenkt hatte, den sie liebte.

„Das verstehe ich nicht", sagte Kat. „Wenn es heißt, dass die Halskette ihre nächste Besitzerin selbst wählt, warum hat Addiena sie dann James Stuart gegeben?"

Devlin, der mit einem glänzenden Reitstiefel in der Hand auf ihrer Bettkante saß, blickte auf. „Du musst bedenken, dass James Stuart zu der Zeit, als sie mit ihm zusammen war, ein gejagter Mann war. Charles I – sein Vater, der König – war gerade von Cromwell und den Roundheads enthauptet worden, während sein Bruder – der zukünftige Charles II – ins Exil geflohen war."

Devlin schob seinen Fuß in den Stiefel und stand auf. „Der Legende nach soll die Halskette langes Leben bringen. Deshalb hat Addiena sie James Stuart gegeben – um ihn zu beschützen. Es heißt, als er nach der Restauration von Charles II zum ersten Mal in London eingeritten ist, hatte er diese Halskette in einem speziellen Beutel, den er seither stets um den Hals trug.

„Sie muss ihn sehr geliebt haben", sagte Kat leise, „wenn sie ihm etwas geschenkt hat, das für sie von so großem Wert war."

Devlin ging zu ihrem Frisiertisch, blickte in den Spiegel darüber und band sein Halstuch. „Ja, ich denke schon. Obwohl er ihr kaum treu gewesen ist. Er heiratete danach noch zweimal und hatte über ein Dutzend Kinder."

Kat schloss ihre Faust um die Triskele. „Er war dazu bestimmt, König zu werden. Er brauchte eine Frau, die das Volk akzeptieren würde, und nicht irgendeine wilde Waliserin von den Feldern Cronwyns. Wenn sie ihn geliebt hätte, hätte sie das verstanden."

Im Spiegel kreuzte sein Blick den ihren. Sie drehte sich weg und hob seinen Mantel aus feinstem Bather Wollstoff auf. „Aber es hat nichts gebracht, oder?", fragte sie über ihre Schulter hinweg. „Er hatte kein langes Leben. Er hat seinen Thron verloren und ist im Exil gestorben."

„Ja, aber da besaß er die Halskette bereits nicht mehr. Der Erzählung nach hatte James II ein Kind mit Addiena Cadel, ein Mädchen namens Guinevere. Guinevere Stuart."

„Guinevere?" Kat drehte sich überrascht um. „Was für ein seltsamer Zufall."

„Allerdings. So wie ich es verstehe, hat Guinevere Stuarts Vater sie als seine Tochter anerkannt. Er hat ihr nicht nur seinen Namen gegeben, sondern auch eine vorteilhafte Heirat für sie arrangiert. Und er überreichte ihr die Kette als Hochzeitsgeschenk."

„Und wie kam sie dann in die Hände deiner Mutter?"

Devlin schlüpfte mit den Armen in den Mantel, den sie ihm hinhielt. „Eine alte Vettel, die sie eines Sommers in Wales getroffen hat, hat sie ihr geschenkt. Die Frau behauptete, sie wäre die Enkelin von James II – sie sagte, sie sei einhundertundein Jahre alt und ihre Mutter habe ihr selbst die Kette kurz vor ihrem Tod im Alter von einhundertundzwei Jahren geschenkt."

Kat musterte sein Gesicht. Sebastian sprach selten von der Countess, obwohl Kat wusste, dass der Verlust seiner Mutter in einem so jungen Alter ihn tief getroffen hatte – zumal sie nur kurz nach dem Tod seines letzten überlebenden Bruders verunglückt war. „Aber wie kam sie auf die Idee, die Kette deiner Mutter zu schenken?"

Ein Schatten huschte über seine goldgelben Augen. Abrupt wandte er sich ab. „Sie sagte, die Kette würde meine Mutter beschützen."

Kat rückte an ihn heran, schlang ihre Arme um seine Taille, schmiegte ihre Wange an seinen breiten Rücken und drückte ihn fest an sich. „Auch Guinevere Anglessey hat die Kette nicht beschützt, oder? Sie trug sie, als sie starb."

Er griff nach ihren Fingern, die ineinander verschlungen auf seiner Satinweste lagen. Kurz darauf drehte er sich in ihren Armen um und die Regung, die sie zuvor in seinen Augen gesehen hatte, war verschwunden – oder sorgfältig verborgen worden. „Es erscheint doch merkwürdig, dass eine Frau dieses Schmuckstück zu einem Abendkleid tragen sollte, oder nicht?"

„Das würde ich auch meinen, ja." Sie hielt ihm die Halskette hin. „Welche Farbe hatte das Kleid?"

„Grün." Er nahm die Halskette und ließ sie in seine Tasche gleiten.

„Das macht es noch merkwürdiger. Was sagt Anglessey, wie seine Frau an die Halskette gekommen ist?"

„Irgendwie schien es mir nicht der richtige Zeitpunkt zu sein, um ihn danach zu fragen."

Kat nickte. „Ich erinnere mich noch daran, wie sie ihn geheiratet hat. Das hat ziemlich viel Aufsehen erregt. Sie war so jung und schön."

Devlins Lippen bogen sich zu einem spöttischen Lächeln. „Wohingegen er einfach nur sehr reich war. Und natürlich ein Marquis."

„Glaubst du, er hat sie getötet … oder sie töten lassen?"

„Wenn sie ihn mit dem Regenten betrogen hat, würde ihm das wohl ein Motiv geben – nicht nur dafür, seine Frau zu ermorden, sondern auch dafür, ihren Leichnam so zu positionieren, dass der Verdacht auf den Mann fällt, der ihm die Hörner aufgesetzt hat."

„*Falls* sie ihn denn betrogen hat."

„Oder falls er dachte, dass sie das tat."

„Anglessey hätte Paul Gibson nicht die Erlaubnis erteilen müssen, die Leiche seiner Frau einer Autopsie zu unterziehen", führte Kat an. „Die Tatsache, dass er es trotzdem getan hat, scheint darauf hinzudeuten, dass er nichts zu verbergen hat."

„Vielleicht. Wir werden mehr wissen, wenn Gibson eine Gelegenheit hatte, eine gründliche Obduktion durchzuführen." Devlin nahm seinen Fahrmantel hoch. „Anglessey selbst sagt, er habe seinen Neffen Bevan Ellsworth im Verdacht."

„Das ist jedenfalls ein Mann, der dazu fähig wäre, jemanden zu ermorden."

Er sah sie überrascht an. „Du kennst ihn?“

„Er hatte letztes Jahr ein Verhältnis mit einer der Tänzerinnen am Theater. Sie fand ihn charmant – und außerdem unberechenbar und boshaft.“

„Ja, das klingt ganz nach Ellsworth.“ Er warf sich seinen Mantel über den Arm und zögerte dann einen Augenblick, was für ihn untypisch war.

Kat neigte ihren Kopf zur Seite. Ein Lächeln umspielte ihre Lippen, während sie sein Gesicht musterte. „Raus damit.“

Er riss mit gespielt unschuldiger Miene die Augen auf. „Raus womit?“

Sie nahm schließlich seinen Hut und setzte ihn ihm in einem verwegenen Winkel auf den Kopf. „Was auch immer es ist, was du gerade zurückhältst, obwohl du mich gern darum bitten möchtest.“

Er lächelte, zog sie zu sich und knabberte an ihrem Hals, sodass sie lachen musste. „Na ja, es gäbe da eine Kleinigkeit ...“

Kapitel 14

Man nannte sie die oberen Zehntausend. Dieser kleine Kader bestand aus Männern und Frauen von Rang und Vermögen, die die oberste Schicht der englischen Gesellschaft bildeten und die Herrenhäuser und herrschaftliche Ländereien besaßen, die die *Conditio sine qua non* englischer Achtbarkeit waren. Sie waren durch Blutsbande und Heirat miteinander verbunden, sie jagten gemeinsam mit der Meute, sie gehörten denselben Clubs und geschlossenen Gesellschaften an und sie schickten ihre Söhne auf dieselben Schulen – nach Winchester und Eton, und dann nach Cambridge und Oxford.

Wie Sebastian war auch Bevan Ellsworth, der Neffe und mutmaßliche Erbe des Marquis of Anglessey, nach Eton geschickt worden. Sebastian konnte sich noch vage an einen sportlichen, stets gutgelaunten Burschen erinnern, der aber im Verborgenen den unbändigen Wunsch hegte, es jedem heimzuzahlen, von dem er glaubte, dass er ihm Unrecht getan habe. Aber der Altersunterschied von zwei Jahren hatte damals ausgereicht, um ihren Umgang miteinander zu beschränken. Und während Sebastian nach Oxford ging, schickte man Ellsworth nach Cambridge. Er war schließlich Advokat geworden, obwohl er angeblich wesentlich mehr Zeit in den Spielhöllen rund um Pickering Place verbrachte als vor Gericht. Advokat zu sein, galt als ein ehrenwerter Beruf für einen Mann von Stand. Da Advokaten nur von Rechtsanwälten und nicht direkt von Mandanten engagiert werden konnten, wurden sie nicht als handeltreibende Personen betrachtet, sodass alles Anstößige, was der arbeitenden Bevölkerung anhaftete, auf sie nicht zutraf. So konnte die Ehefrau eines Advokaten bei Hofe vorgestellt werden, während der Ehefrau eines Anwalts das nicht vergönnt war – ein feiner, aber wichtiger Unterschied für einen Mann, der in der Erwartung lebte, der nächste Earl of Anglessey zu werden.

Am späten Nachmittag traf Sebastian den Neffen des Marquis bei *Brooks's* an, wo er mit einem Freund ein Glas Wein trank. Sebastian hielt im Türrahmen zum roten Salon des Clubs inne und nahm sich einen Moment Zeit, um den Mann zu betrachten, der aus Bevan Ellsworth geworden war.

Sein Gesicht war immer noch so aufgeschlossen und freundlich, wie es Sebastian in Erinnerung gehabt hatte, und sein Haar, das von warmer, brauner Farbe war, trug er zerzaust, ganz im Stil der Gefolgschaft Beau Brummels. Ellsworth hatte selbst gewissermaßen den Ruf eines Dandys – sein Mantel aus feinstem Bather Wollstoff war von modischem Schnitt und sein Halstuch war kompliziert gebunden, ohne dabei ins Extrem zu verfallen, wie es bei manchen Herren der Fall war. Aber seine breiten Schultern zeigten, dass er sich selbst auch als eine Art Sportler betrachtete, der bei *Jackson's* boxte, bei *Angelo's* focht und sich bei *Manton's* im Pistolenschießen übte.

Der Herr neben ihm, ein blasser Mann mit flachsblondem Haar und einem aufgebauschten Halstuch, kam ihm irgendwie bekannt vor, aber Sebastian konnte ihn nicht ganz zuordnen. Sebastian nahm sich ein Glas Madeira vom Tablett eines Kellners, der gerade vorbeikam, und setzte sich mit demonstrativer Unbekümmertheit auf den leeren Platz gegenüber von den beiden Männern. „Wie ich höre, sind Glückwünsche angebracht", sagte er und unterbrach ihr Gespräch ohne ein Wort der Begrüßung oder Entschuldigung.

Ellsworth erstarrte und drehte den Kopf, um Sebastian einen eisigen Blick zuzuwerfen. „Wie bitte?"

Sebastian lächelte. „Sicher wollen Sie nicht so tun, als hätten Sie nichts von dem Tod Ihrer lieben Tante Guinevere gehört? Alles, was zwischen Ihnen und Anglesseys Titel und Vermögen hätte stehen können, wurde nun beseitigt. Von daher" – Sebastian erhob sein Glas wie zu einem Toast – „Herzlichen Glückwunsch."

Der unbekannte Herr mit dem flachsblonden Haar und dem grässlichen Halstuch hielt Sebastians unbeugsamem Blick einen flüchtigen Augenblick lang stand, dann machte er sich leise davon und ging zum anderen Ende des Zimmers, wo er nervös stehenblieb.

„Vorausgesetzt natürlich", fügte Sebastian wie im Nachsatz hinzu, „dass Sie sich am letzten Mittwoch nicht in der Nähe von Brighton aufgehalten haben?"

Ellsworths Wangenknochen färbten sich schwach, aber unübersehbar. „Machen Sie sich nicht lächerlich. Letzten Mittwoch war ich fast den ganzen Tag in der Anwaltskammer – *Gray's Inn*."

„Etwa vor Gericht?"

Der Mann errötete noch stärker. „Verdammt nochmal, ich wüsste nicht, was Sie das angehen sollte."

Sebastian erwiderte seinen starren, zornigen Blick mit einem milden Lächeln. „Es ist so überaus bequem, ein Alibi zu haben, finden Sie nicht? Wenn Sie Glück haben, kommen die Behörden vielleicht nicht einmal darauf, dass Sie schlicht jemanden für die Drecksarbeit hätten anheuern können."

Ellsworth führte sein eigenes Glas an die Lippen und nahm einen langsamen, nachdenklichen Schluck, bevor er mit rühmenswerter Selbstbeherrschung sagte: „Wohl wahr. Aber dann stellt sich doch eine andere Frage, nicht wahr? Ich meine, warum sollte man die Dame auf so extravagante und ausgesprochen aufsehenerregende Weise töten? Warum nicht einfach ein paar Straßenräuber dafür bezahlen, eines Nachts ihre Sänfte zu überfallen?

„Allerdings, warum nicht?", stimmte Sebastian zu. „Oder auch einen Wegelagerer beauftragen, ihre Kutsche in der Hampstead Heath abzufangen? Sie haben sich offensichtlich Gedanken darüber gemacht."

Ellsworth stieß ein kurzes, scharfes Lachen aus, dann beugte er sich vor und sagte: „So sehr drängen meine Schulden nicht." Auf seinen Lippen lag immer noch ein Lächeln, aber in seinen grauen Augen glitzerte eine eindringliche Warnung.

„Gerüchten zufolge schon."

„Die Gerüchte sind falsch."

Sebastian lehnte seinen Kopf gegen die hohe, gepolsterte Rückenlehne seines Sessels. „Was haben Sie von ihr gehalten? Von ihrer verstorbenen Tante, meine ich." Jeder, der sie im Zimmer aus einiger Entfernung beobachtete, würde glauben, dass sie nett und freundlich miteinander plauderten. „War es nicht merkwürdig, sie als Ihre Tante anzusehen, obwohl sie – wieviel jünger war als Sie? Ganze zehn Jahre?"

„In unserer Welt ist das nicht so merkwürdig, oder? London ist voller junger Damen vornehmer Herkunft, die nach einem Titel oder einem Vermögen lechzen wie läufige Hündinnen. Oder nach beidem."

Das waren bittere, hässliche Worte. Aber andererseits war die Realität nun einmal brutal. Erstgeborene – Männer, die Reichtum und Titel besaßen – wurden schamlos umworben und hart umkämpft, während die jüngeren Söhne und deren Söhne, wie Ellsworth, als gefährliche Außenseiter angesehen wurden, die gemieden und verachtet wurden und vor denen sich die Damen hüten sollten.

„Und die junge Lady Guinevere wollte beides?", fragte Sebastian.

„So eine bildschöne Frau wie sie? Warum hätte sie sich mit weniger zufrieden geben sollen?" Ellsworths Lippen bogen sich zu einem höhnischen Lächeln. „Sie glauben doch nicht etwa, dass sie meinen Onkel *aus Liebe* geheiratet hat?"

Sebastian musterte den wütenden Gesichtsausdruck des anderen Mannes, der ganz in seinen Gedanken versunken war. Er erinnerte sich plötzlich daran, wie der Sohn irgendeines Baronets Ellsworth vor Jahren in E-ton aus der Position als Kapitän der Fußballmannschaft seines Hauses gedrängt hatte. Zwei Wochen später war der Arm des Jungen beim ruppigen und ungestümen Spielen so schlimm gebrochen worden, dass er für den Rest des Schuljahres nach Hause geschickt worden war. Damals gab es Gerüchte, dass Ellsworth dem Jungen absichtlich den Arm gebrochen hatte, aber natürlich hatte nie etwas bewiesen werden können. Sebastian erfuhr später, dass der Arm des Jungen nie wieder richtig verheilt war.

„Und Ihr Onkel?", fragte Sebastian. „Glauben Sie, dass er Grund hatte, seine Heirat zu bereuen?"

Ellsworth lachte scharf auf. „Was? Abgesehen davon, dass sie ihn hintergangen hat?"

Sebastian hatte zwar schon fast damit gerechnet, aber trotzdem bedrückten ihn die Worte mehr, als er gedacht hätte. „Sie meinen, mit dem Regenten?"

„Ob es mit dem Regenten war, weiß ich nicht. Aber Sie glauben doch nicht ernsthaft, dass Anglessey diesen so genannten Erben, mit dem seine Frau schwanger war, gezeugt hat, oder?"

„Schon ältere Männer als er haben es geschafft, Söhne zu zeugen."

„Vielleicht." Ellsworth kippte den letzten Schluck seines Weins hinunter und stand ruckartig auf. „Aber dieser Mann nicht."

Kapitel 15

Die Kniehosen waren aus feinstem üppigen Samt und dazu gehörte eine passende satinbesetzte Jacke, ebenfalls aus blauem Samt. Zusammen mit den Seidenstrümpfen und dem schneeweißen Hemd bildeten sie eine Livree, die sogar dem Lakaien eines Herzogs angestanden hätte – oder zumindest für die Bühne des Covent Garden Theater geeignet war, wo man dieses Kostüm normalerweise sehen konnte.

Tom drehte und wand sich in seinem unbequemen, gestärkten Hemd. Er nahm an, dass es wohl einige Burschen gab, die das Ensemble attraktiv finden würden. Aber er fand, dass er so aufgetakelt aussah wie ein eitler Geck.

„Hör auf zu zappeln", sagte Kat. Obwohl ihre Aussprache normalerweise akkurat war, klangen die Worte undeutlich – denn sie hatte lauter Stecknadeln zwischen den Lippen.

Tom gehorchte und hielt inne. Sein Rücken juckte unerträglich, aber er rührte sich nicht. Er hegte insgeheim den Verdacht, dass Miss Kat nicht davor zurückscheuen würde, ihm eine ihrer Nadeln in den Rücken zu stechen, wenn er nicht gehorchte.

Sie befanden sich in Miss Kats Garderobe im Theater und sie war damit beschäftigt, die Tracht des Pagen, die sie sich aus dem Kostümfundus des Theaters ausgeliehen hatte, an seinen schlanken Körper anzupassen. „Ich versteh' nich', was das soll", murmelte Tom. „Ich hab' schon 'ne erstklassige Livree bekommen – der

Viscount hat sie mir gegeben, als er mich zu seinem Tiger gemacht hat."

„Ach so." Miss Kat ging um ihn herum und widmete sich einer Naht an den Kniehosen. „Ein Blick auf deine gelb-schwarz gestreifte Weste und Lord Anglesseys Dienerschaft würde dich für einen Burschen aus dem Haushalt eines jungen adligen Lebemannes halten. Die meisten Bediensteten haben eine eindeutige Meinung zu jungen adligen Lebemännern und nur selten sind sie ihnen wohlgesonnen. Du könntest dich glücklich schätzen, wenn Sie dich nicht gleich wieder wegschicken."

Tom schluckte den Einwand, den er gerade hatte vorbringen wollen, herunter. Dass er es gestern nicht geschafft hatte, im *Pavilion* etwas Brauchbares herauszufinden, beschämte ihn noch immer. Er war fest entschlossen, die Informationen, die Devlin brauchte, aus Lady Anglesseys Dienerschaft herauszukitzeln und wenn das bedeutete, dass er sich herausputzen musste wie ein altmodischer Geck aus dem achtzehnten Jahrhundert – tja, dann würde er das eben tun.

Tom machte einen langen Hals, um einen besseren Blick auf die Naht zu werfen, die Miss Kat gerade enger machte. „Das ist schief."

„Ich bin Schauspielerin und keine Schneiderin." Sie biss den Faden ab und ließ sich nach hinten fallen, um ihr Werk zu begutachten. „Und diese Livree gehört dem Theater. Wenn du sie zerreißt oder etwas darauf verschüttest, wirst du am eigenen Leib dafür büßen."

Tom stieg von der niedrigen Kiste, auf der sie ihn hatte stehen lassen, hinunter. „Warum sollte ich sie denn zerreißen?"

Sie lachte. Es war ein aufrichtiges, spontanes Lachen, das ihn grinsen ließ. Sie war klasse, obwohl sie eine sehr berühmte Schauspielerin war und so. Sie war auch die beste Taschendiebin, die er je getroffen hatte, obwohl er glaubte, dass die meisten Leute von diesem ihrer Talente wohl nichts wussten.

„Erzähl mir von diesem Mann, der seiner Lordschaft gestern gefolgt ist", sagte sie ganz beiläufig, während sie sich bückte, um ihre Nadeln und Fäden aufzusammeln, die überall verstreut lagen.

„Ich hab' ihn nich' gesehen, bis er zu uns aufgeholt hat. Aber es hat auch niemand so gute Augen und Ohren wie Seine Lordschaft."

Sie nickte, ohne aufzusehen. „Glaubst du, er könnte etwas mit dem Mord zu tun haben, den Seine Lordschaft untersucht?"

„Ich weiß nicht, was sonst der Grund dafür sein könnte. Ich meine, das macht doch Sinn, oder? Wenn man bei einem Mord herumschnüffelt, wird man wahrscheinlich ein paar sehr gefährliche Leute gegen sich aufbringen."

Tom fand das alles sehr spannend, aber als er einen Blick auf Miss Kats Gesicht warf, bereute er plötzlich, so viel gesagt zu haben. Er schnappte sich den lächerlichen, mit Satin besetzten Samtfetzen, der ihm als Hut dienen sollte. „Also, ich bin dann weg."

Ihr Gesicht hellte sich so plötzlich auf, dass er sich fragte, ob er sich die besorgte Regung, die er dort zu sehen geglaubt hatte, vielleicht doch nur eingebildet hatte. „Denk dran", sagte sie ihm, als er den Dreispitz auf seinem Kopf zurechtgerückt hatte und davoneilen wollte. „Keine Raufereien mit den Fackeljungen." Sie hob die Stimme, um ihm hinterherzurufen: „Und du darfst nichts essen oder trinken."

Das Stadthaus des Marquis of Anglessey war ein riesiger Bau auf der Mount Street.

Tom stand auf dem gepflasterten Gehweg und sein Nacken schmerzte, weil er den Kopf nach hinten gelegt hatte, um die vier oder noch mehr Stockwerke hinaufzuschauen, bis zu dem mit Ziergiebeln versehenen, grauen Schieferdach des imposanten Hauses. Der Marquis selbst war anscheinend immer noch in Brighton, denn der Klopfer hing nicht an der Tür. Aber seine Dienerschaft hatte das Haus bereits in den Trauerschmuck gehüllt. All die hohen Fenster, hinter denen es so still war, waren mit Krepp geschmückt und am Eingang hing ein schwarzer Kranz.

Tom zupfte an seiner gestärkten Halsbinde, marschierte die wenigen Stufen hinauf und klopfte in einem lebhaften Rhythmus auf die glänzenden, schwarz angestrichenen Paneele der Eingangstür.

Als niemand öffnete, klopfte er noch einmal kräftiger. Neben ihm trennte ein eisernes Geländer den Haupteingang von den Stufen, die zum Dienstboteneingang im Souterrain hinabführten. Als Tom zum dritten Mal klopfte, wurde die Dienstbotentür aufgerissen. Eine Frau mittleren Alters mit einer roten Knollennase, fülligen Wangen und borstigem grauem Haar, das von einer altmodischen Morgenhaube bedeckt wurde, streckte ihren Kopf heraus und spähte zu ihm hoch. „Was machst du da, Junge? Hast du nicht gesehen, dass der Klopfer nicht an der Tür hängt?"

Tom hielt den gefalteten, versiegelten Brief hoch, den Miss Kat für ihn vorbereitet hatte. Er war natürlich leer, aber Tom hatte auch nicht vor, ihn jemandem zu geben. „Ich habe hier eine Nachricht für Lord Anglessey – von Sir James Aston. Er sagt, ich soll ihn Lord Anglessey persönlich übergeben und niemandem sonst. Aber wie soll ich denn jemanden auf mich aufmerksam machen, wenn kein Klopfer da is'?“

Die Frau stieß ein schnaubendes Lachen aus. „Dann bist du also ganz frisch im Dienst, nicht wahr? Weißt du nicht, was es heißt, wenn der Klopfer fehlt? Das heißt, dass die Familie nich' zu Hause ist. Du musst deinen Brief entweder hierlassen oder ihn zu deinem Sir James zurückbringen und ihm sagen, dass der Marquis nicht vor Einbruch der Dunkelheit zurückerwartet wird.“

Tom stieß langsam die Luft aus, hob seinen Hut an und wischte sich mit einem Unterarm über die Stirn. Er brauchte nicht einmal so zu tun, als würde er schwitzen: Der Samt war höllisch dick und die Sonne stand jetzt hoch am Himmel und brannte für einen Junitag ungewöhnlich heiß auf ihn herab. „Ach Gottchen,“ sagte er und ließ seine Stimme erschöpft klingen. „Ich hatte gehofft, mich eine Weile hinsetzen zu können und vielleicht etwas zu trinken zu bekommen, während Seine Lordschaft eine Antwort schreibt.“ Das freundliche Gesicht der Frau verzog sich vor mütterlicher Besorgnis. „Oh, du armer Schatz. Es ist schrecklich heiß heute, nicht wahr?“ Sie zögerte einen Moment, dann sagte sie: „Warum kommst du nicht runter und trinkst ein schönes Glas Limonade, bevor du wieder zurückgehst?“

Tom reagierte gespielt zögerlich. „Na ja, ich weiß nicht ...“

„Nur herein." Sie öffnete die Tür weit und winkte ihn mit einer Hand heran. „Ich habe einen Sohn, der ungefähr in deinem Alter ist, und bei Lord McGowan im Dienst steht. Wenn mein Junge ganz durchgeschwitzt und durstig auf der Türschwelle eines vornehmen Herren stünde, würde ich auch wollen, dass der Koch so freundlich wäre, ihn hereinzubitten, ihm eine Erfrischung zu geben und ihn sich für einen Moment setzen zu lassen."

Tom dachte sich, dass es wohl besser wäre, ihr keine Gelegenheit zu geben, ihre Meinung zu ändern, und kraxelte eilig die Stufen hinunter.

Unten fand er sich in einem weiß gekachelten Raum wieder, dessen Boden mit Steinplatten gepflastert war. Überall standen große alte Holzkommoden, die mit wuchtigen Kupfertöpfen beladen waren. Die Frau, die sich als Mrs Long vorgestellt hatte, führte ihn zu einer Bank neben dem Küchentisch und schickte eines der Küchenmädchen an, ihm ein großes, kaltes Glas Limonade zu bringen. Tom dachte an die eindringlichen Worte der Warnung, mit denen ihn Miss Kat verabschiedet hatte. Er streckte seinen Hals vor und trank sehr, sehr vorsichtig.

„Sie sagten, der Marquis wird nicht vor Einbruch der Nacht zurückkommen?", fragte er und musterte sie über den Rand seines Glases hinweg.

„Das nehmen wir zumindest an." Sie seufzte schwer und wischte sich mit dem Zipfel ihrer Schürze über einen Augenwinkel. „Er kommt her, um seine schöne, junge Frau zu begraben, der arme Mann."

Auf der steinernen Fensterbank standen in einer Reihe drei frisch gebackene Kuchen zum Abkühlen.

Kirsche, stellte Tom fest und schnupperte sehnsüchtig in die Nachmittagsluft, und vielleicht Apfel. Er riss seine Aufmerksamkeit von den Kuchen los und konzentrierte sich wieder auf Mrs Longs molliges Gesicht. „Sie ist also gestorben?"

„Willst du etwa sagen, dass du noch nichts davon gehört hast?" Sie schlüpfte auf die Bank ihm gegenüber, beugte sich verschwörerisch nach vorne und sagte im Flüsterton: „Sie wurde ermordet."

Tom ließ seinen Unterkiefer vor Schreck aufklappen. „Nein!"

„Doch – das ist eine Tatsache. Man hat sie unten in Brighton gefunden – und zwar im *Pavilion* – und ein Dolch ragte aus ihrem Rücken. Obwohl ich wirklich nicht verstehe, was sie dort gemacht hat."

„Aber sagten Sie nicht gerade, dass Seine Lordschaft in Brighton war?"

„Ja, das war er auch. Aber *sie* war nicht dort. Sie ist Zuhause geblieben, schon die ganze letzte Woche lang. Am Tag ihrer Ermordung saß sie ja noch oben im Morgensalon und aß den Lachs mit Dillmayonnaise, den ich als Vormittagsimbiss zubereitet hatte. Nicht, dass sie in letzter Zeit viel Appetit gehabt hätte, das arme Ding."

„Und wann haben Sie sie das letzte Mal gesehen?"

Mrs Long stützte ihre Ellbogen auf den Tisch und legte ihr Kinn auf den Fäusten ab, während sie darüber nachdachte. „Oh, das muss höchstens ein oder zwei Stunden später gewesen sein. Einer der Lakaien hat ihr eine Droschke gerufen und dann ist sie weggefahren."

„Eine Droschke?" Tom musste sich über alle Maße anstrengen, damit sich das Gefühl des Triumphes und die

Aufregung nicht auf seinem Gesicht abzeichneten. Das hier war genau die Art von Informationen, die Devlin brauchte. „Da zeigt es sich mal wieder, nicht wahr?", sagte Tom und ließ seine Stimme ruhig und gleichgültig klingen. „Ich meine, wer hätte gedacht, dass eine Dame, die in einem so famosen Anwesen lebt, es sich nicht leisten kann, ihre eigene Kutsche zu unterhalten?"

Mrs Long stieß eine solche Lachsalve aus, dass ihr Oberkörper auf der Bank durchgeschüttelt wurde. „Hör doch auf! Lord Anglessey ist so reich, dass er sich hundert Kutschen zulegen könnte, wenn ihm danach wäre. Hast du denn gar keine Ahnung, Junge?" Plötzlich beugte sie sich vor und senkte ihre Stimme zu einem Flüstern, so, als verriete sie ihm ein Geheimnis. „Eine Dame nimmt eine Droschke, wenn sie nicht will, dass ihr Herr weiß, wohin sie fährt."

„Oh." Tom nickte einsichtig mit großen Augen, so, als wäre das alles neu für ihn. „Hat sie das oft gemacht?"

„Jedenfalls oft genug in den letzten Monaten." Sie breitete ihre Hände flach auf dem Tisch aus und drückte sich von der Bank hoch, so, als würde sie plötzlich bereuen, so viel gesagt zu haben. „Also, Schatz, wie wär's mit einem Stück Kuchen zu deiner Limonade?"

Tom wollte den Kuchen so unbedingt, dass ihm schon das Wasser im Mund zusammenlief. Aber er schluckte pflichtbewusst und schüttelte den Kopf. „Oh, nein, vielen Dank, gnädige Frau."

Sie streckte den Arm aus und tätschelte seine Wange mit ihrer drallen Hand. „Deine Mama hat dich gut erzogen, Schatz. Aber es hat keinen Zweck, so zu tun, als ob du nicht willst, denn ich habe ganz genau gesehen,

wie du nach dem Kuchen geschielt hast. Also, welche
Sorte möchtest du? Apfel oder Kirsche?"

Kapitel 16

Sebastian verbrachte den Rest des Nachmittags in den Inns of Court und den zwielichtigen, dem Glücksspiel verschriebenen Etablissements rund um den Pickering Place. Es dauerte nicht lange, bis er herausfand, dass Bevan Ellsworth sich am Mittwoch tatsächlich im Gerichtsbezirk blicken lassen hatte. Aber seine Beschäftigungen an diesem Tag waren vielfältig gewesen und gipfelten in einem Abend, den er in einer Spielhölle in der Nähe des Pickering Place zugebracht hatte.

Schließlich entschied Sebastian, dass der Mann sich möglicherweise lange genug vom Gray's Court hätte entfernt haben können, um Guinevere Anglessey irgendwo in London zu töten. Aber es gab keine Möglichkeit, wie er ihre Leiche nach Brighton geschleppt und es trotzdem bis zehn Uhr nach Pickering Place zurückgeschafft haben könnte. Und genau zu dieser Uhrzeit befand er sich mitten in einer Partie Pharao, von der er sich erst am nächsten Morgen um vier Uhr wieder erhoben hatte.

***

Sebastian erreichte sein eigenes, hübsch mit Stuck versehenes Stadthaus in der Brook Street Nr. 41 gerade, als die letzten orange- und rosafarbenen Streifen vom Himmel schwanden und die Laternenanzünder begannen, ihre Runden zu drehen. Er zog sich um und lenkte in Abendgarderobe seine Kutsche zu einem imposanten Herrenhaus in der Park Street, das von seiner einzigen überlebenden Tante, der verwitweten Duchess of Claiborne, bewohnt wurde. Genaugenommen gehörte das Haus dem ältesten der drei Söhne von Tante Henrietta, der inzwischen der Duke of Claiborne war. Aber sie hatte den Ärmsten so sehr in Angst und Schrecken versetzt, dass er ihr das Haus widerspruchslos überlassen hatte und mit seiner eigenen wachsenden Familie in ein kleines Haus in der Half Moon Street gezogen war.

Als Sebastian eintrat, kam seine Tante gerade die große Treppe des Hauses hinunter. Ihren Hals schmückten die berühmten Claiborne-Rubine und ein riesiger lavendelfarbener Wickelturban, der mit roten Federn geschmückt war, saß auf ihrem ergrauten Schopf. Auf halber Treppe blieb sie stehen, tastete mit einer weiß behandschuhten Hand nach dem Lorgnon, das sie immer an einer Goldkette um den Hals trug, und spähte hindurch. „Um Himmels willen, Devlin. Was machst du denn hier?"

„Hallo, Tante Henrietta", sagte er, lief leichtfüßig die Stufen hinauf und küsste ihre Wange in einer Geste aufrichtiger Zuneigung. „Was für ein furchtbar extravaganter Hut."

„Ja, sehr extravagant, nicht wahr?", antwortete sie vergnügt. „Claiborne hätte ihn verabscheut."

Henrietta war fünf Jahre älter als Hendon und bereits im zarten Alter von achtzehn Jahren mit dem Erben des Duke of Claiborne verheiratet worden. Die Partie galt damals als ziemliche Glanzleistung auf dem Heiratsmarkt, denn die ehemalige Lady Henrietta St. Cyr war nie eine besonders attraktive Frau gewesen, nicht einmal in ihrer Jugend. Sie hatte wie Hendon ein breites, fülliges Gesicht und die gleiche wuchtige Statur. Außerdem teilte sie mit ihrem Bruder die Angewohnheit, Menschen mit ihrer streitlustigen Art aus der Fassung zu bringen. Sie gab eine grandiose Herzogin ab.

„Ich war gerade auf dem Weg zur Dinnerparty der Setons", sagte sie und verlagerte ihr Gewicht auf den Gehstock mit silbernem Griff, den sie eigentlich nicht brauchte, sondern mehr wegen seiner ehrfurchtsvollen Wirkung trug. „Meiner jüngsten Berechnung nach ist Claiborne seit zwei Jahren und sechs Stunden tot. Ich habe dem Mann vier Kinder und einundfünfzig Ehejahre geschenkt und war zwei lange Jahre in Trauer. Jetzt gedenke ich, mich ein bisschen zu amüsieren."

„Mir ist nicht bewusst gewesen, dass du jemals etwas anderes getan hättest", sagte Sebastian und folgte ihr in den Salon.

Sie gluckste verzückt. „Schenk mir etwas Wein ein", wies sie ihn an. „Nein, nicht dieses armselige Zeug", widersprach sie, als er nach dem Ratafia griff. „Den Portwein."

Sie nahm einen eifrigen Schluck von ihrem Wein und fixierte Sebastian mit einem durchdringenden Blick über den Rand ihres Glases hinweg. „Also, was hat mir Hendon da erzählt – dass du dich in den Tod dieser armen, unglücklichen Frau in Brighton hineinziehen lassen hast?"

Sebastian verschluckte sich fast an seinem eigenen Wein. „Wann hast du meinen Vater gesprochen?"

„Heute, auf der Pall Mall. Sie sind alle nach London zurückgekehrt – Perceval und Hendon, Prinny und Jarvis, sogar dieser alberne Comte de Lille, wie er sich schimpft – obwohl ich nicht begreifen kann, wie er erwarten kann, dass man ihn als rechtmäßigen König Frankreichs anerkennt, wenn er nicht einmal selbst den Mut hat, sich Louis XVIII zu nennen. Wie dem auch sei, es scheint, dass Prinny die Geschehnisse im *Pavilion* so stark mitgenommen haben, dass seine Leibärzte es für das Beste hielten, ihn für eine Weile aus Brighton wegzuschaffen. Nicht, dass er im *Carlton House* viel Ruhe bekommen würde, wenn man an all die Vorbereitungen für dieses große Fest denkt, das er nächste Woche geben will. Stell dir das mal vor! Da gibt er ein großes Dinner, um seinen Aufstieg zum Regenten zu feiern. Da könnte man genauso gut feiern, dass der arme alte König dem Wahnsinn verfallen ist. Ich hätte große Lust, nicht hinzugehen."

Sebastian wusste sehr wohl, dass das nur eine leere Drohung war. Die große Feier des Prinzregenten würde mit Sicherheit *das* gesellschaftliche Ereignis des Jahrzehnts werden und in aller Munde sein. Niemals würde sich Tante Henrietta ein solches Spektakel entgehen lassen.

Sie hielt inne, um Luft zu holen und noch einen Schluck von ihrem Wein zu nehmen. Diese kurze Pause gab Sebastian die Gelegenheit, zu fragen: „Sag mal, Tante, was weißt du über Lady Guinevere?"

Sie sah auf. In ihren leuchtend blauen Augen lag ein wissendes Funkeln. „Deshalb bist du also hier, stimmt's? Du möchtest herausfinden, ob das arme Kind ein schmutziges kleines Geheimnis zu verbergen hatte?"

„Sie oder jemand, der ihr nahesteht."

„Tja, wollen wir mal sehen ..." Seine Tante ließ sich in einem bequemen Sessel neben dem leeren Kamin nieder. „Sie war väterlicherseits von sehr vornehmer Herkunft. Ihr Vater war der Earl of Athelstone, weißt du. Ein LeCornu. Die Familie geht auf William the Conqueror zurück.“

Sebastian lächelte. Tante Henrietta war klug, bissig und von unbändiger Neugierde – sie war eine der Grandes Dames der besseren Gesellschaft. Zwar hatte sie zwei Jahre in Trauer verbracht, aber außer ihrem eigenen Ableben würde sie nichts davon abhalten, auf dem Laufenden zu bleiben, was die neusten Gerüchte anging.

„Und ihre Mutter?“

Tante Henrietta runzelte die Stirn. „Ich weiß nicht viel über sie. Sie war die zweite Ehefrau des Earls, glaube ich. Oder war es seine dritte? Jedenfalls hat sie nicht lange genug gelebt, als dass er sie nach London hätte bringen können.“

„Mein Gott. Wie viele Ehefrauen hatte er denn?“

„Fünf. Der Mann war ein richtiger Blaubart. Die ersten vier sind alle bei der Geburt gestorben. Sie haben ihm auch nur Mädchen geschenkt, weshalb er es wohl weiter versucht hat. Letztendlich hat er es jedenfalls geschafft. Der neue Earl ist ungefähr zehn, glaube ich.“

Sebastian dachte an die lebhafte, geistreiche junge Frau, die er an Hendons Festtafel kennengelernt hatte. Wie musste es für sie gewesen sein, fragte er sich, mit einer Reihe von Stiefmüttern aufzuwachsen und mit einem Vater, der sich verzweifelt einen Sohn wünschte?

„Lady Guinevere wurde im selben Jahr in die Gesellschaft eingeführt wie Emilys älteste Tochter, weißt du“, sagte seine Tante. Als sie den Namen ihrer Tochter

Emily erwähnte, schürzte Tante Henrietta die Lippen und ihr Gesichtsausdruck verfinsterte sich. Nach Tante Henriettas Meinung hatte Emily bei ihrer Heirat keine gute Partie gemacht – und das hatte ihr ihre Mutter nie verziehen.

„Sie war das Ereignis der Saison – ich meine natürlich Lady Guinevere, *nicht* Emilys Älteste. Ich fürchte, das arme Kind kommt viel zu sehr nach Emily, als dass sie jemals wirklich eine Chance gehabt hätte, eine gute Partie zu machen, selbst wenn sie eine ordentliche Mitgift gehabt hätte, was natürlich nicht der Fall war. Aber Guinevere! Sie war wahrlich der Stolz der Stadt. Ich muss zugeben, dass es auch da kein großes Vermögen gab, aber das Mädchen war wirklich bildhübsch und dazu noch sehr geistreich. Vielleicht fanden sie manche ein bisschen zu stur, aber ich bin nicht gerade jemand, der eine Vorliebe für diese heuchlerisch bescheidenen Damen hat, denen man heutzutage viel zu oft begegnet.“

„Ist ihr Name mit irgendeinem Skandal befleckt?“

„Keiner, der mir zu Ohren gekommen wäre.“

„Gar keiner? Eine schöne, temperamentvolle Frau von einundzwanzig Jahren, verheiratet mit einem siebenundsechzigjährigen, kranken Mann? Es gab keine Gerüchte über einen jungen Liebhaber?“

Allein diese Andeutung schien seine Tante zu beleidigen. „Ich glaube nicht. Lady Guinevere mag wohl eigenwillig und unkonventionell gewesen sein, aber sie war kein schamloses Weibsstück, auch, wenn es am letzten Mittwoch im *Pavilion* danach aussah, wie ich hörte. Sie wusste, was von einer Frau ihres Standes erwartet wird, und die Frau, die sich mit solchen Dingen abgibt, bevor sie es geschafft hat, ihrem Mann einen Erben zu schenken, ist wirklich ein schäbiges Ding.“

Sebastian nahm langsam einen Schluck von seinem Wein. „Du sagst, sie hat Schwestern?“

„Zwei, die noch leben – von verschiedenen Müttern. Die jüngste müsste noch in Wales unterrichtet werden. Aber du kennst vielleicht die Ältere, Morgana. Ich fürchte, sie war nie so schön wie Guinevere und sie ist so bissig wie ein Rottweiler. Es ist erstaunlich, dass sie es überhaupt geschafft hat, zu heiraten, geschweige denn eine so gute Partie zu machen.“

Sebastian lächelte. „Wen hat sie sich geschnappt?“

„Lord Quinlan. Natürlich ist er nur ein einfacher Baron und kein Marquis, und auch sein Vermögen kann man nicht annähernd mit dem von Anglessey vergleichen, aber immerhin. Bis Guinevere sich so vortrefflich verheiratet hat, hieß es, dass Morgana einen guten Fang gemacht hätte. Athelstones Ländereien waren nie besonders weitläufig und er hat sie nicht so gut verwaltet, wie er es hätte tun können. Keines der Mädchen hatte eine üppige Mitgift. Ich glaube, Athelstone hat sein Vermögen, so gut es ging, in den Jungen investiert.“

Wieder deuteten ihre Worte auf eine nicht gerade idyllische Kindheit hin. Welche feindseligen Gefühle mussten in der Kinderstube dieses vom Tod heimgesuchten Anwesens an der Küste von Wales gebrodelt haben, fragte sich Sebastian; drei Mädchen von drei verschiedenen Müttern, die älteste unscheinbar und unbeherrscht, die mittlere schön und anziehend? Plötzlich interessierte ihn sehr, was Morgana wohl über ihre Schwester zu sagen hätte.

„Wo könnte ich sie wohl morgen antreffen?“ fragte er. „Lady Quinlan, meine ich.“

Tante Henrietta senkte das Kinn auf ihren wulstigen Hals, bis sie Hendon mehr denn je ähnelte. „Nun, mal sehen. Morgana hält sich selbst für eine Art Blaustrumpf – sie besucht immer Vorlesungen an der *Royal Academy* und erzählt ständig von elektrischen Strömen und Dampfmaschinen und solchem Unsinn. Ich würde meinen, dass sie sich wahrscheinlich diesen Ballonaufstieg ansehen wird, über den man so viel gehört hat.“

„Ein Ballonaufstieg? Wo?“

„Mein Gott, als ob ich das wüsste.“ Sie trank ihren Wein aus, stellte das Glas beiseite und drückte sich aus dem Sessel hoch. „Jetzt musst du aber gehen. Ich werde auf einer Feier erwartet.“

***

Sebastian stand im Schatten seiner leeren Loge im Covent Garden Theater und sah zu, wie Kat, prächtig ausstaffiert mit der königlichen Tiara und dem hauchdünnen Gewand von Shakespeares Kleopatra, unter ihm auf die Bühne rauschte. Er wusste, dass sie ihn nicht sehen konnte, und doch musste sie irgendwie seine Anwesenheit gespürt haben, denn für einen Augenblick hielt sie inne und drehte ihm den Kopf zu. Dabei huschte ein strahlendes Lächeln über ihr Gesicht. Ein Lächeln, das nur für ihn bestimmt war.

Er verweilte einige Minuten, einfach, weil es ihm Freude machte, ihr zuzusehen. Doch bevor der Vorhang für den Entreacte fiel, drehte er sich um und machte sich auf den Weg zu den Garderoben. Allmählich sorgte er sich um Tom und er wollte Kat fragen, ob sie den Jungen gesehen hätte. Doch als er sich seinen Weg vorbei an den leichten Mädchen und den Grüppchen junger Männer, die sie begafften, gebahnt hatte, sah er einen kleinen, in der Livree eines Tigers gekleideten Jungen vor dem Flur herumlungern.

„Wo zum Teufel bist du gewesen?", fragte Sebastian und packte seinen Tiger am Kragen. „Ich wollte gerade jemanden zur Stadtwache schicken, um zu sehen, ob man dich aufgegriffen hat."

Tom drückte das mit braunem Papier umwickelte Päckchen, das er in den Armen hielt, fester an sich. „Ich hab' gewartet, bis sie damit fertig waren, Miss Kats Kostüm zu reinigen."

„Es zu reinigen?", wiederholte Sebastian ahnungsvoll.

„Es ist so gut wie neu, ich versprech' es", sagte er eilig und fügte dann hinzu: „Zumindest beinahe."

„Beinahe?"

Tom ließ die Schultern hängen. „Ich hätte ihr sagen sollen, dass ich den mit der Apfelfüllung möchte."

Kapitel 17

Den Behörden mit Sitz am Queen Square haftete nicht dasselbe Prestige an wie denen aus der Bow Street, mit ihren berühmten Bow Street Runners, ihrer Bow Street Patrol und dem geerbten Glanz, der noch aus den Tagen der Fieldings stammte. Aber die Stelle des leitenden Untersuchungsrichters am Queen Square kam Sir Henry Lovejoy sehr zupass.

Lovejoy war ein gesetzter Mann, der sich von Ruhm und Glorie nicht beeindrucken ließ. Er war nun seit über einem Jahrzehnt verwitwet, dazu kinderlos, und hatte in seiner Lebensmitte beschlossen, den Rest seiner Jahre dem Dienst am Volk zu widmen. Wäre er Katholik gewesen, wäre Sir Henry wahrscheinlich Priester geworden. Aber stattdessen war er Untersuchungsrichter geworden und lebte seine neue Hingabe an die Gerechtigkeit mit einem geradezu religiösen Eifer, der ihn dazu trieb, jeden Morgen noch vor acht Uhr in seinem Büro am Queen Square einzutreffen.

Die Luft war an diesem Samstag kühl und dank des steifen Ostwindes angenehm klar. Lovejoy blieb an einem sonnenbeschienenen Fleckchen an der Ecke gegenüber von seinem Dienstbüro stehen und kaufte ein Milchbrötchen bei einem Bäckerjungen. Plötzlich zögerte er: Ein großer junger Mann in einem Umhang und mit einem eleganten Zweispitz auf dem Kopf, der sich seinen Weg durch die Menge von Straßenhändlern und Milchmädchen bahnte, erregte seine Aufmerksamkeit.

„Ihr seid früh auf, Mylord“, sagte Lovejoy, als Viscount Devlin auf ihn zukam. Es war selten, dass man einen Einwohner Mayfairs vor Mittag auf der Straße antraf. Aber dann bemerkte Lovejoy, dass der Viscount noch Abendgarderobe trug – wahrscheinlich hatte der junge Adlige es gestern Abend überhaupt nicht ins Bett geschafft. Oder zumindest nicht in sein eigenes Bett, wie Lovejoy nach kurzer, bestürzter Überlegung schlussfolgern musste.

Ein schwacher Glanz leuchtete in den seltsamen bernsteinfarbenen Augen des jüngeren Mannes auf, so, als hätte er bemerkt, welche Richtung Lovejoys missbilligende Gedanken eingeschlagen hatten, und würde sich darüber amüsieren. Aber die Belustigung verblasste schnell. „Sie haben gehört, dass man den Leichnam der Marchioness of Anglessey im *Pavilion* gefunden hat?“

„Wer hat nicht davon gehört?“, fragte Lovejoy. Der Viscount fasste neben ihm Schritt, als sie sich umdrehten und über den Platz liefen. „Ich kann Euch sagen, dass mir einige der Gerüchte, die man so hört, ganz und gar nicht gefallen. Es ist ärgerlich. Sehr ärgerlich. Die königliche Familie kann sich einen solchen Skandal zurzeit schwerlich leisten.“

Lovejoy warf seinem Begleiter einen Seitenblick zu, aber Devlins Miene war ungerührt. Entweder hatte er nichts von den Gerüchten über den „Fluch der Hannoveraner“, die die Leute sich zuflüsterten, gehört, oder er hielt es für klüger, diese Gerüchte nicht zu kommentieren. Stattdessen sagte er: „Ich habe entdeckt, dass Guinevere Anglessey ihr Haus in der Mount Street am frühen Mittwochnachmittag verlassen hat, nachdem sie

einen ihrer Bediensteten gebeten hatte, ihr eine
Droschke zu rufen."

Lovejoy blieb abrupt stehen. „Wollt Ihr damit sagen,
dass sie hier war? In London?"

„Ganz recht. Es könnte gut sein, dass sie hier umgebracht wurde."

„Mein Gott. Wo?"

„Das weiß ich nicht. Es wäre hilfreich, wenn ich mit
dem Droschkenkutscher sprechen könnte. Der Lakai
kann sich nicht an die Wagennummer erinnern, aber
er glaubt, dass der Fahrer aus Yorkshire stammte."

Lovejoy stieß einen gequälten Seufzer aus. „Habt Ihr
eine Ahnung, wie viele Droschkenkutscher in dieser
Stadt aus Yorkshire stammen?"

„Nein. Aber ich würde sagen, dass Sie das wissen."

Er musterte das schlanke, attraktive Gesicht des jungen Adligen. „Warum beschäftigt Ihr Euch mit dieser
Angelegenheit?"

„Wenn ich mich recht erinnere, waren Sie derjenige,
der vorgeschlagen hat, dass ich Ihnen in solch heiklen
Angelegenheiten behilflich sein könnte."

„Und Ihr sagtet mir, Eure Motivation, im letzten Ja-
nuar den Mörder zu finden, wäre reiner Eigennutz gewesen. Also warum interessiert Ihr Euch für den Tod
von Lady Anglessey?"

„Ich habe meine Gründe."

„Aha. Aber das ist es ja gerade, was mich beunruhigt."

Der Viscount senkte den Kopf, um sein Lächeln zu
verbergen, und wollte sich abwenden. Dann hielt er
inne, warf einen Blick zurück und fragte: „Sie interessieren sich für wissenschaftliche Forschungen, nicht
wahr?"

Lovejoy war stolz darauf, dass er entschlossen und gewissenhaft versuchte, auf dem neusten Stand zu bleiben, was die wissenschaftlichen Entwicklungen der Zeit anging. Aber er wusste nicht, wie Devlin davon erfahren hatte. „Ja. Warum?"

„Sie wissen nicht zufällig, wo heute ein Ballonaufstieg stattfinden soll, oder?"

***

Der Ballonaufstieg war für elf Uhr morgens auf den St. George's Fields südlich der Themse geplant.

„Das ist wirklich widernatürlich", sagte Tom, als sie sich den Feldern näherten und einen Blick auf die wogenden Laken aus roter und gelber Seide erhaschten, die gerade knapp über den Baumkronen Kontur annahmen. „Der Mensch wurde nicht dazu gemacht, durch die Lüfte zu segeln."

Sebastian lachte und reichte dem Jungen die Zügel der Braunen. „Halte die Kutsche von der Menge fern. Ich habe Geschichten darüber gehört, dass diese Dinger Feuer fangen und eine Panik auslösen können."

Tom nickte ernst. „Darüber braucht Ihr Euch keine Sorgen zu machen, Eure Lordschaft. Ich hab' nich' vor, auch nur in die Nähe dieses Ungetüms zu kommen."

Sebastian ging zu Fuß weiter und bahnte sich seinen Weg über das Feld. Eine bunt zusammengewürfelte Menschenmenge hatte sich versammelt, um bei dem Ballonaufstieg zuzusehen: Herren mit Zylindern und Damen mit Sonnenschirmen, die sich unter die Geschäftsleute in ihren Sonntagskleidern mischten, und die übliche Auswahl an Dieben, Halsabschneidern und

Langfingern. Die kühle Morgenbrise war verflogen und
es war ein windstiller, heißer Tag geworden. Das Geschäft der Bierverkäufer lief gut; das süffige, malzige
Aroma stieg aus ihren Fässern auf und vermischte sich
mit dem Geruch nach Gras und heißem Gas und erhitzten, eng aneinander gepressten Körpern.

Guinevere Anglesseys Halbschwester Morgana stand
nicht weit von dem lodernden Brennofen entfernt, der
langsam die Seidenhülle mit Gas füllte. Sie war eine
große, knochige Frau mit einem länglichen, scharfkantigen Gesicht. Ihre Haut neigte dazu, Sommersprossen
zu bekommen, und sie besaß weder die weichen Rundungen noch die einnehmende Ausstrahlung ihrer
Schwester. Wie es der Anstand gebot, hatte sie eine
pferdegesichtige Dienstmagd mitgebracht, aber Sebastian war sicher, dass Morgana Quinlan die Art von Frau
war, die durchaus auf sich selbst aufpassen konnte.

„Entschuldigen Sie, aber Sie sind Lady Quinlan, nicht
wahr?", sagte Sebastian und hob seinen Hut. „Könnten
Sie mir wohl den Namen des Herren verraten, der den
heutigen Ballonaufstieg unternimmt?"

„Der ‚Herr' ist genau genommen eine Frau", sagte
Lady Quinlan und deutete auf das winzige vogelähnliche Geschöpf mit einer Federhaube und einem langen,
enganliegenden Rock, das in dem Weidenkäfig des Ballons hin- und her huschte und die Drahtseile inspizierte, mit denen der Apparat am Boden vertäut war.
„Die berühmte französische Aeronautin Madeleine-Sophie Blanchard. Aber Sie brauchen Ihre Absichten
nicht zu verbergen, Mylord. Ich weiß, dass Sie die Umstände des Todes meiner Halbschwester untersuchen."
Sie lächelte mit einer Art makabrer Genugtuung und

schien sein kurzzeitiges Unbehagen zu genießen, dann fügte sie hinzu: „Lady Portland hat es mir erzählt."

Sebastian legte seinen Kopf in den Nacken und kniff die Augen zusammen, während er in die Sonne blickte und zusah, wie der Ballon wegen der heißen Luft, die vom Feuer aufstieg, anschwoll und die rot-gelbe Seide vor dem tiefblauen Himmel erstrahlte. *Guinevere war eine Freundin meiner Frau Claire aus Kindertagen*, hatte Portland gesagt. Es machte Sinn, dass Lady Portland auch mit Guineveres Schwester in Verbindung stand.

„Ich kann mir beim besten Willen nicht vorstellen, warum Sie glauben, dass ich Ihnen helfen könnte", fuhr Lady Quinlan fort. Wie Sebastian blickte sie zu der wogenden Seide über ihnen auf. „Guinevere und ich standen uns nie besonders nahe, nicht einmal als Kinder."

Er sah flüchtig zu ihr hinüber. „War der Altersunterschied denn so groß?"

Sie zuckte mit den Schultern. „Drei Jahre. Bei Kindern kann das erheblich sein. Aber selbst wenn der Altersunterschied kleiner gewesen wäre, bezweifle ich, dass wir uns nahegestanden hätten. Wir hatten wenig gemeinsam. Ich habe mich immer für meine Ausbildung interessiert, während Guinevere ..." Sie zögerte und sagte dann trocken: „Während Guinevere das nicht tat."

„Für was hat sich Lady Guinevere interessiert?"

„Für die Klippen über dem Meer. Für die Pferde meines Vaters. Für die Arbeit in den verlassenen Minen in den Hügeln hinter Athelstone Hall ... kurz gesagt für alles außer dem Wissen, das zwischen den Deckeln eines Schulbuchs zu finden ist. Sie streifte so frei durch die

Landschaft, als wäre sie das Kind irgendeines Kleinbauern.“

„Oder ein Junge.“

Morgana drehte ihren Kopf und begegnete seinem Blick. „Oder ein Junge. Sie ist schon immer eigenwillig gewesen. Es war für unsere Gouvernanten wohl einfacher, ihr einfach freien Lauf zu lassen, als mit ihr zu streiten.“

Natürlich wäre das einfacher, dachte Sebastian. Aber was war mit dem Earl of Athelstone, ihrem Vater? Hatte es ihn nicht gekümmert, dass eine seiner Töchter verwildert war? Oder hatte er sich damit begnügt, die Erziehung seiner Töchter ihren Gouvernanten und der traurigen Folge von Stiefmüttern zu überlassen, die dazu verdammt waren, eine nach der anderen bei der Geburt zu sterben?

„Ich fürchte, sie hat sich daran gewöhnt“, sagte Morgana. „Daran, zu tun und zu lassen, was sie wollte, und zu denken, sie könne ihr ganzes Leben so gestalten, wie es ihr gefiel. Und heiraten, wie es ihr beliebte.“

„Wen wollte sie denn heiraten?“

Morgana stieß ein schnaubendes, verächtliches Lachen aus. „Jemanden, der höchst unangemessen war. Sie hatte so einen Wutanfall, als sie erfuhr, dass Papa sie zu unserer Tante nach London schicken wollte, um die Saison hier zu verbringen. Guinevere hat geschworen, dass sie nie wieder mit ihm sprechen würde, und das hat sie auch nicht getan. Selbst als Papa im Sterben lag und nach ihr fragte, hat sie sich geweigert, zu ihm zu gehen.“

„Weil er sie zu der Heirat mit Anglessey gezwungen hat?“

„Niemand hat sie dazu gezwungen. Anglessey war ihre eigene Wahl." Lady Quinlan schüttelte den schwarzen Rock ihres Spazierkleides aus Mantua ein wenig aus. „Sie hat immer behauptet, sie könne Papa nicht verzeihen, dass er ihr nicht erlaubt hat, zu heiraten, wen sie heiraten wollte. Aber ehrlich gesagt, denke ich, was sie ihm wirklich nicht verzeihen konnte, war die Tatsache, dass er Gerard ihr gegenüber vorgezogen hat."

„Gerard?"

„Unser kleiner Bruder."

Sebastian musterte den verschlossenen, unnachgiebigen Gesichtsausdruck der Frau. „Und Sie hat es nicht gestört?"

Sie legte verwirrt die Stirn in Falten. „Natürlich nicht. Warum sollte es auch? Alle Männer bevorzugen ihre Söhne. So ist die Welt nun mal. Aber Guinevere konnte das nicht akzeptieren. Sie war so naiv, so idealistisch." Ihre Lippen zitterten vor Geringschätzung. „Und töricht."

Sebastian sah wieder weg und ließ seinen Blick über die überfüllte, von der Sonne versengte Lichtung schweifen. In der Ferne konnte man das glänzende, erfrischende Wasser eines Kanals erspähen. Was war wohl geschehen, fragte er sich, um eine solche Feindseligkeit zu schüren? Was hatte Morgana dazu gebracht, ihre Schwester so sehr zu verachten, dass der Hass selbst jetzt, nach Guineveres gewaltsamem Tod, nicht schwächer wurde und sich kein Schimmer der Zuneigung oder der Reue auf ihren Zügen abzeichnete?

Der Ballon war jetzt beinahe vollständig mit Gas gefüllt und die Seide straff gespannt. Der Weidenkorb wurde vom Boden gehoben und zerrte an den Verankerungen. Die kleine Französin, Madame Blanchard, befand sich im Korb und nahm letzte Justierungen an der Klappe vor, die es ihr ermöglichen sollte, einen Teil des Gases abzulassen und den Aufstieg des Ballons so zu kontrollieren.

Sebastian hielt seinen Blick weiterhin auf den Ballon gerichtet. „Dieser Mann, von dem Ihr Vater nicht wollte, dass Ihre Schwester ihn heiratet … wer war das?“

Sebastian erwartete beinahe, dass Lady Quinlan wortkarg auf seine Frage reagieren würde, aber sie antwortete ihm bereitwillig. „Alain, der Chevalier de Varden. Er ist der Sohn Lady Audleys aus ihrer ersten Ehe. Mit einem Franzosen.“

Sebastian hatte von dem Chevalier gehört, einem schneidigen, lebensfrohen jungen Mann mit einem aufbrausenden Gemüt, der in der Stadt sehr beliebt war. Er drehte sich um und sah Morgana überrascht an. „Varden wurde als unangemessen betrachtet?“

„Natürlich. Die Familie ist zwar sehr nobel – sogar von besserer Herkunft als die von Guineveres Mutter – , aber Varden selbst ist mittellos. Alles, was er geerbt hätte, ist in der Revolution verlorengegangen.“

Irgendetwas an dem spöttischen Tonfall, mit dem sie über Guineveres Mutter sprach, weckte Sebastians Interesse. „Erzählen Sie mir von Lady Anglesseys Mutter.“

Wieder dieses kurze, herablassende Lachen. „Guinevere selbst war ziemlich stolz auf die Herkunft ihrer Mutter.“

„Und warum hätte sie das nicht sein sollen?“

Morgana spitzte die Lippen. Die Geste ließ sie noch älter – und unfreundlicher – aussehen als zuvor. „Ihre Mutter, Katherine, stammte *nicht* gerade aus einer guten Familie. Es heißt, ihre Urgroßmutter sei als Hexe auf dem Scheiterhaufen verbrannt worden."

Der Hexenverbrennungswahn war eines der schmutzigen kleinen Geheimnisse des westlichen Christentums – eine Welle aus Hass und Misstrauen, die sich so lange aufgetürmt hatte, bis sie in den schwächsten Mitgliedern der Gesellschaft, den Frauen, ein leichtes Opfer gefunden hatte. Er hatte gehört, dass in ganz Europa etwa fünf Millionen Frauen auf dem Scheiterhaufen verbrannt worden waren, bevor die wahnhafte Hexenverfolgung abebbte. In manchen Dörfern war die Hysterie so ausgeartet, dass dort anschließend keine einzige Frau mehr am Leben war.

„Falls das stimmt", begann Sebastian und ließ seinen Blick über die schwitzende, von der Sonne beschienene Menge schweifen, die jetzt in atemloser Anspannung verstummt war, weil Madame Blanchard die Tür ihres kleinen Weidenboots fest verschloss und sich in einen warmen Mantel kuschelte, „dann ist das wohl eher ein Armutszeugnis für diejenigen, die für ihren Tod verantwortlich waren, als für die arme Frau selbst."

Jemand rief: „Macht sie los!" Die Vertäuung des Ballons wurde losgeschnitten und die Menge jubelte, als sich der seidene Ball erhob und hoch über die Baumkronen aufstieg.

„Vielleicht", sagte Morgana. Wie er hatte sie ihren Blick auf die aufsteigende Kugel gerichtet. „Obwohl *ihre* Großmutter auch eine Hexe gewesen sein soll. Es heißt, sie habe keinen Geringeren als den Sohn des

Königs bezirzt und hätte es fertig geberacht, ein Kind von ihm zu bekommen."

Etwa hundertfünfzig oder zweihundert Meter über ihren Köpfen geriet der Ballon in eine Luftströmung und begann, rasch nach Westen abzudriften. Die Sonne ließ seine gespannte, seidene Haut leuchten und der Korb mit der zierlichen Französin wurde so winzig, dass er beinahe zu einem undeutlichen Fleck verschwamm. Als Sebastian ihn beobachtete, überkam ihn ein seltsames Gefühl der Entwurzelung. Das Blut rauschte in seinen Ohren und schoss in seine Wangen, so, als wäre ihm heiß. „Welchen Prinzen?", fragte er, obwohl sein Bauchgefühl, das selten falsch lag, die Antwort bereits kannte, noch bevor sie etwas erwiderte.

„James Stuart. Derjenige, der später James II wurde."

Kapitel 18

„Das muss Zufall sein", sagte Paul Gibson etwa eine halbe Stunde später. „Was könnte James II schon mit dem Mord an dieser armen jungen Frau zu tun haben?"

Sie befanden sich in dem mit Unkraut überwucherten Hinterhof, der vorne an Gibsons Haus und seine Praxis grenzte und hinten an das kleine Steingebäude, in dem er seine Sektionen und Autopsien durchführte. Sebastian saß mit einem Pint Bier in der Hand auf einer nahegelegenen Steinbank, während der Wundarzt damit beschäftigt war, etwas in einem großen Topf voller Wasser über einer offenen Feuerstelle zu kochen.

„Ich weiß nicht, ob ich an Zufälle glaube, wenn es um Mord geht", sagte Sebastian und beäugte skeptisch den Inhalt des Eisenkessels. Gibson rührte das Gebräu mit einer Schöpfkelle kräftig um und etwas schwebte an die Oberfläche. Es sah verdächtig nach einem menschlichen Armknochen aus. „Bitte sag mir, dass das nicht-"

Gibson sah auf und lachte. „Großer Gott, nein! Das ist ein Schafsskelett, das ich für eine Vorlesung in vergleichender Anatomie auslasse. Was dachtest du denn? Dass ich dein Mordopfer koche? Anglessey kam heute früh vorbei, um den Leichnam seiner Frau abzuholen. Ich glaube, er wollte sie schon heute im Laufe des Tages begraben, statt bis zum Abend zu warten." Gibson streckte den Arm aus und warf noch eine Schütte voll Kohlen in das Feuer, dann wischte er sich mit dem Ärmel über die Stirn. „Und das wurde auch Zeit. Es ist verdammt heiß für Juni. Schade, dass du nicht früher hergekommen bist. Es gab da ein paar Dinge, die ich dir gerne gezeigt hätte."

Sebastian hatte im Krieg genug Leichen gesehen. Wenn er die Wahl gehabt hätte, hätte er Guinevere Anglessey wohl lieber als die schöne, lebhafte Frau, die sie einmal gewesen war, in Erinnerung behalten wollen. Und zwar, ohne diese Vorstellung mit den Bildern des sezierten Leichnams eines Menschen in Einklang bringen zu müssen, der seit etwa zweiundsiebzig Stunden tot war.

Aus dem Feuer stieg Rauch auf. Gibson kniete sich unbeholfen daneben, und stocherte mit einem Stock darin herum. „Wenn die Marchioness, wie du sagst, ihr Haus in der Mount Street am Mittwoch kurz nach dem Vormittagsimbiss in einer Droschke verlassen hat, dann muss sie hier in London – oder irgendwo ganz in der Nähe – getötet worden sein. Sie hätte einfach nicht genügend Zeit gehabt, den ganzen Weg bis runter nach Brighton zu fahren."

„Bist du sicher, dass sie am frühen Nachmittag starb?"

Gibson nickte. „Oder am Morgen, aber nicht später. Ich vermute, dass nach ihrem Tod jemand ihre Leiche auf Eis gelegt, in einen Wagen oder eine Kutsche geladen und sie runter nach Brighton befördert hat. Nach dem Tod reagiert das Blut auf die Schwerkraft. Wenn eine Leiche unmittelbar nach dem Tod stundenlang auf dem Rücken liegen gelassen wird, dann sammelt sich das ganze Blut im Rücken und an den Unterseiten der Arme und Beine, sodass diese Körperteile violett erscheinen.

„So, wie es bei Guinevere der Fall war."

„Ja."

Sebastian starrte über den Hof, wo eine vernachlässigte alte Rose in der Sonne gedieh und sich nach Leibeskräften in ein zartrosafarbenes Blütenkleid gehüllt hatte. Man konnte Bienen hören – ihr leises Summen mischte sich in das Flüstern des Windes, der sacht durch die Kastanie über ihren Köpfen zog.

„War sie schwanger?", fragte er.

„Ich fürchte, ja. Das Kind wäre irgendwann im November geboren worden." Gibson hockte sich hin. „Übrigens war es ein Junge."

Sebastian nickte. „Und was ist mit dem Dolch in ihrem Rücken?"

„Der wurde ein paar Stunden, nachdem sie vergiftet worden war, dort platziert."

Sebastian sog hastig die Luft ein. „Vergiftet?"

„Ich denke schon. Es gibt keinen Test, der das nach dem Tode nachweisen kann, aber ich vermute, es war Zyanid. Ihre Haut war sehr rosa, wenn du dich erinnerst. Manchmal bleibt ein Bittermandelgeruch zurück, aber nicht nach so vielen Stunden. Es wirkt sehr schnell – mit einer ausreichenden Dosis dauert es nur fünf oder zehn Minuten. Der Tod, der dann eintritt, ist ziemlich schmerzhaft. Und eine sehr schmutzige Angelegenheit."

„Du meinst, es löst Erbrechen aus?"

„Ja. Unter anderem."

„Aber auf all das gab es keine Hinweise."

„Das liegt daran, dass ihr Leichnam nach ihrem Tod gebadet und dann wieder angezogen wurde – mit einem fremden Kleid."

Sebastian schüttelte verwirrt den Kopf. „Woher weißt du, dass es nicht ihr eigenes Kleid war?"

„Ganz einfach: Es war zu klein." Gibson legte seinen Stock beiseite, erhob sich mit einem Ruck und verschwand dann in dem niedrigen Steingebäude. Einen Augenblick später tauchte er mit dem Kleid in den Händen wieder auf. „Guinevere Anglessey war eine ungewöhnlich große Frau und mindestens 1,75 m." Er schüttelte die Falten des grünen Satins aus und hielt das Kleidungsstück hoch. „Diese Robe wurde für eine etwas kleinere Frau gemacht – sie war wahrscheinlich trotzdem recht groß, aber wohl unter 1,70 m und nicht so vollbusig. Deshalb wurden die Bänder gelöst und die Ärmel auf ihre Schultern heruntergeschoben. Das Kleid passte einfach nicht."

Sebastian streckte die Hände aus, um das Abendkleid an sich zu nehmen. „Und ihre Unterkleider?"

„Da waren keine."

Sebastian sah zu seinem Freund auf. Es war nicht unüblich, dass Kurtisanen – oder sogar Damen wie die skandalöse Caroline Lamb – auf die leichten Mieder und Hemdchen verzichteten, die normalerweise unter solch hauchdünnen Abendkleidern getragen wurden. Aber Lady Anglessey gehörte diesen Reihen nicht an.

„Als du die Leiche am Mittwochabend gesehen hast", begann Gibson, „war sie da barfuß?"

„Ja. Warum?"

„Ist dir aufgefallen, ob irgendwelche Abendschuhe neben ihr auf dem Boden lagen? Oder vielleicht unter das Sofa geschoben worden waren?"

Sebastian dachte einen Moment lang darüber nach und schüttelte dann den Kopf. „Nein. Aber ich habe auch nicht danach gesucht."

Gibson nickte und presste die Lippen nachdenklich zu einer schmalen Linie zusammen. „Aber ich. Es waren keine in dem Zimmer. Keine Schuhe und keine Strümpfe."

„Was willst du damit sagen? Dass jemand Guinevere mit Zyanid vergiftet hat, wartete, bis sie ihrem Todeskampf erlegen war, und dann ihren Körper gebadet und mit einer Abendrobe aus grüner Seide bekleidet hat, die jemand anderem gehörte?"

„Es scheint so, ja. Und entweder hatte der Mörder die erforderliche Unterwäsche, die Strümpfe und Abendschuhe nicht mitgebracht, oder die, die er mitgebracht hatte, waren viel zu klein, um sie zu verwenden.

„Was entweder dafürspricht, dass der Mörder mit den Maßen seines Opfers nicht vertraut war oder dass er nicht gründlich überlegt hat, welche Kleidungsstücke er braucht."

Paul Gibson verzog das Gesicht. „Ich weiß gar nicht, was ich daran am grauenvollsten finde. Kann es sein, dass die arme Frau lediglich getötet wurde, um ihrem Mörder einen Leichnam zur Verfügung zu stellen, mit dem er den Regenten in Verruf bringen konnte?"

Sebastian zögerte. „Ich muss zugeben, dass es mir schwerfällt, das zu glauben. Aber möglich wäre es wohl."

„Aber ... warum? Warum sollte jemand die Frau eines Marquis töten? Warum nimmt er nicht einfach eine gewöhnliche Frau von der Straße?"

„Was glaubst du, würde einen größeren Skandal auslösen?"

„Da ist natürlich etwas dran."

Sebastian ließ den feinen Satin des Kleides durch seine behandschuhten Finger gleiten. „Was ich nicht verstehe, ist, wie zum Teufel unser Mörder es geschafft hat, die Leiche in dieser Nacht in den *Pavilion* zu schaffen."

„Ja. Da liegt der Hund begraben, nicht wahr?"

Von der schmalen Straße her kam der trällernde Ruf eines Obsthändlers: *„Reife Kir-schen! Kauft meine reifen Kir-schen.* Sebastian faltete das grüne Satinkleid zu einem kleinen Päckchen zusammen, weil er es mitnehmen wollte. „Was hast du mit dem Dolch gemacht, der in ihrem Rücken steckte?", fragte er.

Gibson kauerte sich neben seinen Eisentopf. „Ich habe den Dolch nicht."

Sebastian wirbelte herum. „*Was?*"

Der Wundarzt sah auf und verengte seine Augen, um sie gegen den Rauch zu schützen. „Als ich die nötigen Vorbereitungen für den Transport des Leichnams getroffen hatte und zurückkam, um ihn zu holen, war der Dolch verschwunden."

Kapitel 19

Nach gründlicher Überlegung kam Sebastian zu dem Schluss, dass es wohl nur zwei plausible Erklärungen für das Verschwinden des Dolches gab. Entweder hatte Guineveres Mörder es auf unerklärliche Weise und aus einem nicht erkenntlichen Grund fertiggebracht, noch einmal ins Gelbe Zimmer zurückzukehren und die Waffe, die er absichtlich dort zurückgelassen hatte, wieder an sich zu nehmen, oder – was sehr viel wahrscheinlicher erschien – Lord Jarvis selbst hatte den Dolch entwendet. Sebastian fielen auf Anhieb mehrere Gründe dafür ein, warum der inoffizielle Aufpasser des Regenten das getan haben sollte – und keiner dieser Gründe warf ein gutes Licht auf den Mann, in dessen Armen man die Leiche von Guinevere gefunden hatte.

Sebastian war entschlossen, Lord Jarvis zur Rede zu stellen, und fuhr zum *Carlton House*, wo Jarvis' verängstigter, blassgesichtiger Sekretär darauf beharrte, dass Seine Lordschaft zu Hause sei. Doch als Sebastian am Grosvenor Square ankam, sagte ihm die feenhafte, geistig nicht ganz gesunde Lady Jarvis, dass sie glaubte, ihr Lord sei bei *Watiers*. Bei *Watiers* war man allerdings der Ansicht, dass Seine Lordschaft nicht in der Stadt sei.

Da Sebastian also für den Moment mit seiner Suche nicht weiterkam, beschloss er, dem Chevalier de Varden einen Besuch abzustatten.

***

Alain, der Chevalier de Varden, war ein junger Mann von zweiundzwanzig Jahren, der erst vor kurzem seine akademische Ausbildung in Oxford abgeschlossen hatte. Er war in der Stadt sehr beliebt, obwohl sein verwegenes gutes Aussehen und seine tragische Vergangenheit genügten, um die Mütter junger Damen im heiratsfähigen Alter in nervöse Unruhe zu versetzen. Ein ausländischer Adelstitel war zwar schön und gut, aber nur, wenn dazu auch weitläufige Ländereien gehörten. Das Land, das der junge Chevalier von seinem verstorbenen Vater hätte erben sollte, war der Familie allerdings in der Revolution vollständig verloren gegangen.

Da er selbst kein nennenswertes Einkommen hatte, lebte der Chevalier mit seiner Mutter Isolde, Lady Audley, in ihrem Stadthaus in der Curzon Street. Sie war inzwischen zum zweiten Mal verwitwet und verbrachte den Großteil des Jahres in London und nicht in dem abgeschiedenen walisischen Schloss, das nach dem Tod ihres zweiten Mannes an ihren gemeinsamen Sohn, den neuen Lord Audley, übergegangen war.

Als er nach dem Chevalier fragte, wurde Sebastian in ein kleines aber elegant eingerichtetes Gesellschaftszimmer geführt, das vom Licht des Nachmittags geflutet wurde. Dort kniete in einer Ecke eine schlanke, zierliche Frau mit leuchtend kastanienbraunem Haar, das nur vereinzelt mit grauen Härchen durchsetzt war, auf dem Teppich. Neben ihr lag eine keuchende, hochschwangere Colliehündin, die kurz vor der Niederkunft zu sein schien.

„Verzeihen Sie bitte", begann Sebastian, „da muss ein Irrtum vorliegen -"

„Das ist kein Irrtum", sagte Lady Audley und sah auf. Sebastian nahm an, dass sie ungefähr Mitte vierzig sein musste, aber sie wirkte jünger, weil sie makellose, beinahe durchscheinende Haut hatte und der Knochenbau ihres Gesichts von der Art war, der auch im Alter noch gut aussieht. „Ich habe darum gebeten, dass man Sie hierherbringt. Sie müssen mir verzeihen, dass ich Sie auf diese Weise empfange, aber für die arme Cloe ist es bald soweit, und ich wollte sie nicht allein lassen. Bitte, nehmen Sie doch Platz."

Sebastian schlug ihr Angebot aus und stellte sich stattdessen mit dem Rücken zur Sonne vor die offenen Fenster.

„Ich weiß, warum Sie hergekommen sind", sagte Lady Audley, ohne ihre Aufmerksamkeit von dem Collie, der in den Wehen lag, abzuwenden. „Sie glauben, dass mein Sohn etwas mit dem Tod von Guinevere zu tun hat. Aber Sie liegen falsch."

Er beobachtete, wie ihre schlanken Hände voller Mitgefühl sanft über die vom Schweiß dunkel glänzenden Schultern und zitternden Flanken des Collies glitten. „Lassen Sie mich raten", sagte er und musste daran denken, dass auch Guineveres Schwester Morgana gewusst hatte, dass sein Interesse dem Tod der Marchioness galt. „Auch Sie sind eine enge Freundin von Lady Portland."

„Lady Portland ist meine Tochter – Claire."

„Ah, ich verstehe. Ich frage mich, ob Sie sich wohl gut in Wales auskennen."

„Nicht besonders, nein."

Der Collie stieß ein leises Winseln aus. Lady Audley legte ihre Hand auf den Kopf des Hundes. „Ist ja gut,

Liebes. Du wirst das ganz wunderbar machen." Zu Sebastian sagte sie: „Athelstone Hall liegt an der Nordküste, nicht weit von Audley Castle. Wenn man auf der Straße reist, beträgt die Entfernung etwa drei oder vier Meilen. Aber wenn man dem Pfad folgt, der an den Klippen über dem Meer entlangführt, dauert die Fahrt nur fünfzehn Minuten. Ein Kind, das rennt, schafft es noch schneller."

„Sie meinen, ein Mädchen, das oft der Obhut seiner Gouvernante entkommen ist und wild durch die Landschaft stromerte?"

Lady Audley nickte. „Guineveres Mutter, Katherine, war sehr nett zu mir, als ich dorthin zog. Als Katherine dann starb ... war das arme Kind beinahe untröstlich. Natürlich kann niemand eine Mutter ersetzen, aber ich habe getan, was ich nur konnte."

„Ich dachte, Athelstone hätte wieder geheiratet?"

„Ja, aber ich fürchte, die neue Countess hat sich nicht besonders für die Töchter ihrer Vorgängerinnen interessiert."

Sebastian musterte die elegante Frau, die neben der gebärenden Hündin auf dem Boden saß. Sie hatte schmale Schultern und feingliedrige Hände und strahlte eine Zerbrechlichkeit aus, die er für völlig irreführend hielt. „Ich muss gestehen", sagte er, „ich dachte, Sie wären Französin."

„Oh, nein", sagte sie, ohne aufzublicken. „Ich bin in Devonshire geboren und aufgewachsen. Als ich achtzehn Jahre alt war, verbrachte ich das Frühjahr 1786 bei meiner Tante in Paris. Sie können sich nicht vorstellen, wie Paris damals war – ein Ball nach dem anderen, lauter Heiterkeit und Musik und Lachen. Wir hätten uns wohl denken können, dass das nicht von Dauer sein kann." Sie seufzte leise. „Aber das tut man ja nie."

„Und dort haben Sie den Chevalier de Varden getroffen?"

Sie sackte ein Stück zusammen und ein unerwartet sanftes, trauriges Lächeln umspielte ihre Lippen. „Ja. Bei einem Bankett in Versailles. Sechs Wochen später waren wir verheiratet. Ich habe mich außerordentlich glücklich geschätzt – und dann, nur wenige Wochen nach der Geburt unseres Sohnes Alain, kam der Sturz der Bastille."

Sebastian sah zu, wie das gequälte Lächeln verblasste. Das Jahr 1789 musste für eine Engländerin von vornehmer Herkunft, die mit einem französischen Aristokraten verheiratet war, nicht leicht gewesen sein.

„Im Herbst stürmte eine Menschenmenge das Schloss. Mir gelang es, mit Alain durch den Keller zu entkommen, aber Varden war zu der Zeit in die Weinberge ausgeritten und ..." Sie hielt inne und stieß einen tiefen, herzzerreißenden Seufzer aus, der vom Grunde ihrer Seele zu kommen schien. „Sie zogen ihn von seinem Pferd und rissen ihn in Stücke."

Ein Beben ging durch den geschwollenen Bauch des Collies und ihr Körper krampfte sich zusammen, als der erste Welpe nass und blutüberströmt in die Welt glitt. Lady Audley starrte ihn an, aber Sebastian glaubte, dass sie in diesem Moment etwas anderes sah, eine Erinnerung, die sie niemals vergessen können würde.

Einmal, in seiner Zeit auf der Halbinsel, hatte Sebastians Oberst einen portugiesischen Bauern zwischen zwei Pferde binden lassen und dann befohlen, die

Pferde mit der Peitsche in entgegengesetzte Richtungen zu treiben. Einfach so, zum Spaß. Er verscheuchte die Erinnerung mit einem Blinzeln. „Sie hatten Glück, dass Sie es zurück nach England geschafft haben."

„Glück? Ja, das hatten wir wohl. Man tut, was man tun muss."

Zu ihren Füßen machte sich Cloe daran, die Nabelschnur zu durchtrennen und ihren Welpen zu putzen. Lady Audley war für einen Moment still und streichelte den Kopf der Hündin. Dann sagte sie mit tonloser Stimme: „Ich habe Audley im Jahr darauf geheiratet."

Sebastian beobachtete, wie die vornehme Frau, die vor ihm saß, dem Collie bei der Geburt behilflich war. Lady Audley war auch jetzt, in mittleren Jahren, noch schön. Vor zwanzig Jahren, als junge, trauernde Witwe, musste sie atemberaubend gewesen sein. Gehörte die Heirat mit dem verstorbenen Lord Audley auch zu den Dingen, die man tat, weil man sie tun musste?

Laut sagte er nur: „Erzählen Sie mir von Lady Anglesseys Mutter."

„Katherine?" Die Frage schien sie zu überraschen. „Sie sah Guinevere sehr ähnlich, obwohl sie ein zierliches Ding war, während Guinevere groß war, wie ihr Vater. Sie und ihre Mutter hatten das gleiche blauschwarze Haar und beide diese Augen, bei denen man an ein mit Farnen überwuchertes Gebirgstal im Frühling denken musste." Sie lächelte leicht. „Und sie hatten beide dieselbe leidenschaftliche und nicht immer vernünftige Art an sich."

„Ich habe gehört, dass Lord Athelstone vier seiner Frauen bei der Geburt verloren haben soll. Stimmt das?"

„Nicht ganz. Ich glaube, die erste starb an Schwindsucht, als ihre Tochter Morgana ein oder zwei Jahre alt war. Aber die anderen drei starben bei der Geburt, ja. Lord Athelstone war ein Bär von einem Mann. Alle seine drei Töchter waren ungewöhnlich groß und die Söhne wären wohl noch größer gewesen. Ich äußerte die Meinung, dass das war, als würde man eine Yorkshire Terrier-Hündin mit einer Dänischen Dogge verpaaren. Seine männlichen Babys waren so groß, dass sie seine Frauen buchstäblich umgebracht haben. Und schließlich ist es ihm erst gelungen, einen Sohn zu bekommen, als er endlich so klug war, eine Frau zu heiraten, die fast so groß war wie er."

Cloe putzte weiter ihren Welpen, leckte ihn stürmisch ab und stupste ihn mit ihrer Schnauze an. Es würde noch eine Stunde dauern, oder auch länger, bis ein zweiter Welpe geboren werden würde. Sebastian fragte: „Warum wollten Sie mich sehen?"

Lady Audley wischte sich die Hände an der Schürze ab, die sie über ihr Musselinkleid gebunden hatte, und richtete sich auf. Plötzlich wirkte sie wild entschlossen und war ganz eine Mutter, die bereit ist, für den Schutz ihrer Jungen zu kämpfen. „Varden hat am vergangenen Mittwoch den gesamten Nachmittag hier bei mir verbracht. Falls Sie den Verdacht vom Prinzregenten abzulenken und meinen Sohn zu beschuldigen suchen, werde ich das nicht zulassen."

Sebastian erwiderte ihren unnachgiebigen Blick. „Was ich suche, ist die Wahrheit."

Sie lachte unerwartet verbittert auf. „Die Wahrheit? Wie oft, glauben Sie, kennen wir jemals wirklich die Wahrheit?"

„Lady Quinlan sagte, dass ihre Schwester Guinevere in dem Glauben aufgewachsen ist, dass sie Varden heiraten würde."

Lady Audley presste die Lippen zusammen und nickte dann beinahe widerwillig. „In gewisser Weise war das wohl meine Schuld. Zwischen den beiden lag nur ein Jahr. Ich habe sie immer als Bruder und Schwester gesehen. Mir ist überhaupt nicht in den Sinn gekommen, dass sie in Guineveres Augen etwas ganz anderes waren. Aber das war ein Kindertraum, nichts weiter. Sie waren doch bloß Kinder. Varden war ja noch nicht einmal in Oxford, als Guinevere geheiratet hat."

„Das ist vier Jahre her. Seitdem hat sich viel geändert."

Sie zog den Kopf zurück und ihre Augen funkelten ihn an. „Ich weiß, worauf Sie hinauswollen, aber Sie irren sich. Guinevere war zwar ein leidenschaftlicher Mensch, aber sie war auch äußerst loyal. Sie hätte Anglessey niemals hintergangen. Niemals."

Er fragte sich, ob es von Bedeutung war, dass sie voller Zorn versuchte, Guineveres Ehre zu verteidigen und nicht die ihres Sohnes. Oder spiegelten sich darin einfach nur die sehr unterschiedlichen Einstellungen wider, die ihre Gesellschaft gegenüber sexuellen Abenteuern hegte, je nachdem, ob sie von einem Mann oder einer Frau begangen wurden? „Es würde mich interessieren, was Ihr Sohn dazu zu sagen hat."

Isolde atmete tief ein und für einen verräterischen Moment konnte er hinter ihre Maske aus Gefasstheit und Selbstbeherrschung sehen. Ihm wurde klar, dass die Sorge dieser Frau nur vordergründig dem trächtigen Collie zu ihren Füßen galt, und dass dahinter eine andere, tiefere Angst verborgen war, die für sie deutlich beunruhigender war.

„Mein Sohn ist nicht hier", sagte sie und sah plötzlich müde und sehr viel älter aus. „Ich fürchte, er hat den Tod von Guinevere sehr schlecht verkraftet. Ich habe ihn seit Donnerstagmorgen, als wir erfahren haben, was mit ihr geschehen ist, nicht mehr gesehen."

Kapitel 20

Später, kurz nachdem der Nachtwächter ausgerufen hatte *Zwei Uhr in einer klaren Nacht und alles ist in Ordnung*, kam eine unerwartet kühle Brise auf, die erahnen ließ, dass es noch vor dem Morgen regnen würde.

Sebastian lag in Kat Boleyns mit Seidenvorhängen drapiertem Bett und lauschte, wie der Wind die Äste eines Kastanienbaums, der in der Nähe stand, klopfend gegen die Vorderseite des Hauses schlug. Er rollte sich auf die Seite und ließ seinen Blick über die schlafende Frau neben sich wandern, über die markante Kontur ihres Kiefers und die sanfte Wölbung ihrer Brust, die unter ihrem offenen Haar, das auf ihre Schultern fiel, zu erahnen war.

Der Wind frischte wieder auf und rüttelte an den Fenstern. Die Bettvorhänge bewegten sich in dem plötzlichen kalten Luftzug. Sebastian streckte den Arm aus, zog die Bettdecke über Kats nackte Schultern und lächelte. In ihm schwoll die Liebe an, die er für diese Frau empfand, und erfüllte ihn mit einem warmen Gefühl der Ruhe und mit derselben staunenden Ehrfurcht, die ihn jetzt schon seit sieben Jahren begleitete, seit dem Tag, an dem er sie zum ersten Mal in seinen Armen gehalten und in ihrem Kuss einen Vorgeschmack auf den Himmel gekostet hatte.

Er fragte sich, woher diese bequeme Überzeugung kam, die Lady Audley mit so vielen Menschen in ihren Kreisen teilte: Der Glaube, dass die Liebschaften der Jugend unbedeutende Leidenschaften wären, die vielleicht vorübergehend heftig, aber niemals von Dauer sein könnten. Er war einundzwanzig und sie war gerade sechzehn Jahre alt gewesen, als er und Kat sich zum ersten Mal begegnet waren.

Neben ihm regte sie sich, so, als spürte sie, dass er wach war. Er bewegte sich vorsichtig, um sie nicht aufzuwecken, glitt von ihrer Seite und stellte sich schließlich nackt an das Fenster, das zur Vorderseite des Hauses hinausging. Er zog die Vorhänge zurück und starrte auf die leere Straße hinab, die nur spärlich von einem Halbmond beleuchtet wurde, der bereits rasch hinter ein paar dichten Wolken verschwand.

Er hörte ein leises Rascheln, als sie sich rührte und hinter ihn trat. „Warum kannst du nicht schlafen?", fragte sie und schlang ihre Arme um seine Taille.

Er drehte sich in ihrer Umarmung um und drückte sie fest an sich. „Ich habe über Guinevere Anglessey nachgedacht. Darüber, wie ihr Leben gewesen sein muss, als sie in Wales aufgewachsen ist."

„Es war bestimmt nicht leicht", sagte Kat leise, „wo sie ihre Mutter so jung verloren hat."

Sebastian zog sie näher zu sich, sodass seine Wange auf ihrem Haar ruhte. Sie waren alle auf eine unsichtbare, aber schmerzliche Weise gezeichnet, dachte er, die mutterlosen Kinder dieser Welt. Guinevere war kaum mehr als ein Baby gewesen, als sie ihre Mutter verloren hatte; Sophie Hendon war in dem Sommer, als Sebastian elf Jahre alt war, in ihr Seemannsgrab gesegelt und Kat war zwölf oder dreizehn gewesen, als ihre Mutter und ihr Stiefvater getötet worden waren. Er wusste einiges darüber, was an diesem dunklen Tag geschehen war, aber nicht alles. „Wenigstens hatte sie noch ein Zuhause", sagte Sebastian und dachte an all das, was Kat an jenem nebligen Morgen in Dublin verloren hatte, „und ihren Vater."

„Er scheint sich nicht allzu viel um sie gekümmert zu haben."

Sebastian schwieg einen Moment lang und dachte daran, wie schmerzlich es gewesen war, als sein eigener Vater sich in jenem längst vergangenen tödlichen Sommer von ihm zurückgezogen hatte. „Vielleicht. Aber immerhin war sie ihm so wichtig, dass er nicht zulassen wollte, dass sie einen mittellosen jungen Mann heiratete."

Kat neigte ihren Kopf ein wenig, um zu ihm hochzublicken. „Ja. Aber ich frage mich: War das um ihretwillen? Oder um seinetwillen?"

„Morgana behauptet, Athelstone hätte ihre Schwester nicht gezwungen, Anglessey zu heiraten. Sie sagt, der Marquis wäre Guineveres eigene Wahl gewesen."

„Vielleicht dachte sie, wenn sie den Mann, den sie liebte, nicht haben konnte, könnte sie auch so heiraten, dass sie zu Wohlstand und einem Titel kommen würde."

Sebastian fühlte den Schauer, der durch ihren Körper ging, während sie sprach. Er stützte sich mit der Hüfte an dem Fensterbrett ab, sodass er sie mit seinem Körper, und seiner Liebe, wärmen konnte. „Was wohl Varden davon gehalten hat?", fragte er leise.

Sie lehnte sich behaglich bei ihm an. „Es scheint seine Freude am Leben nicht gedämpft zu haben. Er ist oft mit einer Schar anderer junger Burschen im Theater; sie lachen und starren die Tänzerinnen an. Wenn man ihm so zusieht, würde man meinen, er bräuchte sich um nichts in der Welt Sorgen machen."

„Guineveres Tod scheint ihn aber sehr mitgenommen zu haben."

„Nun, das macht auch Sinn, oder nicht? Sie waren Freunde aus Kindertagen."

Er glitt mit den Händen an ihren Seiten hoch und genoss das Gefühl ihrer nackten Haut unter seinen Fingern. „Sie könnten sehr wohl auch mehr als das gewesen sein. Immer noch."

Sie legte ihre Arme auf seinen Schultern ab, sodass sie ihm wieder ins Gesicht sehen konnte. „Du glaubst, Varden ist der Liebhaber, von dem Bevan Ellsworth behauptet, er sei der Vater von Guineveres Kind?"

Er fuhr mit den Fingern durch ihr Haar und strich es aus ihrer Stirn. „Wir wissen nicht sicher, ob sie überhaupt einen Liebhaber hatte. Was das angeht, würde ich mich nicht auf Bevan Ellsworths Wort verlassen."

Sie war einen Moment lang still, weil sie nachdachte, und er beobachtete sie dabei. Er liebte ihren Verstand. In einer Welt, in der Frauen von klein auf beigebracht wurde, sich hilflos und unwissend zu stellen, war Kat eine starke, intelligente Frau, und sie scheute sich nicht, das auch zu zeigen.

Zumindest nicht ihm gegenüber.

Schließlich sagte sie: „Was ich nicht verstehe, ist, was der Prinzregent mit all dem zu tun hat."

Sebastian atmete langsam aus. „Es wäre wohl möglich, dass ihr Mord völlig kaltblütig begangen wurde – dass die Absicht ihres Mörders einzig und allein darin bestand, sie zu benutzen, um den Verdacht auf den Prinzregenten zu lenken und seine Unbeliebtheit noch zu steigern. Aber wenn das stimmt, warum hat er dann Guinevere Anglessey als Opfer ausgewählt? Warum nicht Lady Hertford oder eine der anderen Frauen, mit denen Prinny eng verbunden war?"

„Vielleicht war es einfach … praktischer so."

Sebastian ließ seine Hände an ihren Armen auf und ab gleiten und blickte aus dem Fenster neben ihnen, wo die Nacht dunkel dalag. Irgendwo da draußen … irgendwo, in irgendeiner Ecke dieser weitläufigen, gefährlichen Stadt, befand sich die Antwort darauf, was Guinevere Anglessey zugestoßen war und warum. Wenn er nur wüsste, wo er danach suchen sollte.

„Es wäre hilfreich, wenn Lovejoy herausfinden könnte, wohin sie in der Droschke gefahren ist."

„Ihr Dienstmädchen könnte das vielleicht wissen."

Inzwischen hatten die Wolken den Mond vollständig bedeckt und die Straße darunter in eine trostlose Dunkelheit getaucht, die nur schwach vom dürftigen Schein der Straßenlaternen erhellt wurde. Ein Schatten schien sich von dem Haus an der Ecke zu lösen, eine geisterhafte Silhouette, die einen Moment lang da und dann wieder verschwunden war.

„Was ist?" fragte Kat, als sich Sebastian nach vorne lehnte und eine seiner Hände sich in die Vorhänge neben ihnen krampfte. „Ich dachte, ich hätte etwas gesehen. Einen Mann, der das Haus beobachtet."

„Das sind nur Schatten. Die Bäume bewegen sich im Wind." Sie schmiegte ihren kühlen Körper eng an seinen. „Komm zurück ins Bett."

Sebastian schlang seine Arme um sie, um sie mit seinem Körper zu wärmen. Er knabberte an ihrem Hals und sein Atem ging leise an ihrem Ohr. Aber dann sagte er: „Ich muss nach Hause gehen. Es ist spät.“

„Bleib“, flüsterte sie und rieb ihren nackten Körper aufreizend an seinem, während ihre Hände mit der Vertrautheit, die zwischen Liebenden herrscht, über ihn wanderten. „Ich mag es, wenn ich aufwache und du noch neben mir liegst.“

„Du könntest jeden Morgen neben mir aufwachen, wenn du mich heiraten würdest.“

Er spürte, wie sie in seinen Armen erstarrte. Sie bewegte sich ein wenig zurück, um ihn anzusehen, aber der verspielte, laszive Ausdruck war aus ihren Augen gewichen und hatte einem nüchternen, schmerzvollen Blick Platz gemacht. „Du weißt, warum ich das nicht kann.“

Er wusste zumindest, warum sie dachte, dass sie das nicht tun könnte. Sie hatten das alles schon tausendmal durchgesprochen und trotzdem konnte er sich nicht davon abhalten zu fragen: „Warum? Weil ich ein Viscount bin und du eine Schauspielerin?“

„Ja“, sagte sie schlicht.

Er stieß schroff und frustriert die Luft aus. „Dir ist doch klar, dass Guinevere, hätte sie den Mann heiraten dürfen, den sie liebte, heute wahrscheinlich noch leben würde.“

„Das kannst du nicht wissen.“

„Ich weiß, dass ich -“

Sie brachte ihn mit einem Kuss zum Schweigen und umfasste sein Gesicht mit beiden Händen. Ihre Finger drückten sich in seine Wangen, während sie in verzweifelten Liebkosungen seinen Mund mit ihrem bedeckte. „Tu das nicht“, sagte sie. Ihre Stimme klang rau und ihr Atem strömte warm in sein Gesicht.

Er wusste, dass sie ihn liebte. Er sah es in ihren strahlenden Augen und in jedem ihrer zitternden Atemzüge. Und es erschien ihm als überaus grausam und ironisch, dass sie ihn geheiratet hätte, wenn sie ihn bloß weniger lieben würde.

Wortlos verschränkte sie ihre Finger mit seinen und zog ihn vom Fenster weg, zu ihrem Bett, wo das Versprechen ihrer warmen Umarmung wartete. Und er folgte ihr, denn die Schatten in der dunklen Straße unter ihnen waren einfach nur Bäume, die sich im Wind bewegten, und bis zum Morgengrauen würden noch Stunden vergehen.

Er hatte noch Zeit. Zeit, sie davon zu überzeugen, dass sie falsch lag, dass sie weit davon entfernt wäre, sein Leben zu ruinieren, wenn sie ihn heiratete, und dass ihre Liebe das Einzige war, was ihn retten konnte. Er hatte noch Zeit.

Er sagte sich, dass sie alle Zeit der Welt hätten.

***

Im Schlaf plagten ihn oft Träume mit den immer wiederkehrenden, quälenden Bildern: Von geschlossenen Schlachtreihen voller Soldaten in roten Uniformröcken, deren Gesichter mit Staub bedeckt waren und die ihre Lippen fest zusammenpressten, während sie in den Tod marschierten. Von Steinmauern, die die Artillerie mit heulendem Kreischen zerschmettert und geschwärzt hatte. Dazu ein weinendes Kind. Der Schrei einer Frau. Der sirrende Gestank des Todes. Und Bilder

der Überreste von Männern und Pferden, die so zerstückelt waren, dass sie sich nicht mehr unterscheiden ließen.

Aber in dieser Nacht träumte er von Kat. Sie lag auf seinem Bett und trug ihren Hochzeitsputz. Das goldene Licht der Nachttischkerze warf flackernde Schatten auf ihre blassen, ebenmäßigen Gesichtszüge und die zarte Haut ihrer geschlossenen Augenlider. Er kniete neben ihr und die seidenen Vorhänge seines Bettes raschelten leise um ihn herum. Trotzdem verspürte er keine Freude, sondern nur das schmerzvolle Gefühl von Tränen, die in seiner Kehle aufstiegen, ohne, dass er sie tatsächlich weinen konnte.

Verwirrt streckte er die Hand aus und umschloss Kats Finger mit seinen. Da verstand er, denn ihre Hände fühlten sich unter seinen kalt an und als er sie küsste, erwiderten ihre Lippen nichts und ihre Augen blieben verschlossen. Ihre Augen würden sich nie wieder öffnen. Und da wusste er, dass ihr Brautkleid zu ihrem Leichentuch geworden war.

Er schreckte hoch. Sein Atem ging in heftigen, schnellen Stößen und sein Herz hämmerte unangenehm gegen seinen Brustkorb. Als er den Kopf zur Seite drehte, sah er, dass sie neben ihm schlief. Ihr schönes, dunkles Haar fiel auf ihre vor Lebenskraft rosige Wange und ihr lieblicher Atem strömte in sein Gesicht. Und trotzdem musste er sie berühren, musste spüren, dass ihr Körper sich unter seinen Händen warm anfühlen würde.

Im gedämpften Licht der Morgendämmerung bewegte sie sich und griff nach ihm, noch bevor ihre Augenlider sich zitternd öffneten. Sie ließ ihre Handflächen flüchtig über seine Arme und weiter bis an seine nackten Hüften wandern. Er vergrub sein Gesicht in ihrem Haar, atmete die vertrauten Düfte von Rosenwasser und der lieblichen Essenz dieser Frau ein und spürte seine Liebe zu ihr in seinem Herzen wie ein schmerzhaftes Pochen.

Sie war noch warm vom Schlaf und ihr Körper gab sanft unter seinen Berührungen nach. Leise murmelte sie etwas, als seine Hand ihre Brust umschloss. Dann schlang sie ein Bein um ihn und bewegte ihren Fuß einladend an seiner Wade hinauf. Er rollte sich auf sie. Sie ließ ihn mit einer Hand in sich gleiten.

Er schloss die Augen und küsste sich ihren Hals entlang, während er sich langsam in ihr bewegte. Sie war warm und lebendig und sie lag in seinen Armen, aber trotzdem verspürte er noch immer eine tiefe, bleibende Angst, die sich nicht beruhigen lassen wollte.

Kapitel 21

Sebastians Kammerdiener war ein gesetzter, ein wenig beleibter Mann namens Sedlow, der seit etwas über einem Jahr in Sebastians Diensten stand. Der Mann war ein Genie, wenn es darum ging, die Spuren der Verwüstung, die eine Nacht in der Stadt auf dem Mantel eines adligen Herren hinterlassen konnte, zu beseitigen, und er konnte selbst Stulpstiefeln, die sich bei der Jagd abgenutzt hatten, wieder einen beneidenswerten Glanz entlocken. Als Sebastian an diesem Vormittag allerdings mit einem in braunes Papier gewickelten Päckchen auftauchte, in dem sich eine schlecht geschnittene Hose und ein altmodischer Mantel befanden, so, wie ihn vielleicht ein Bow Street Runner tragen würde, erblasste Sedlow und zuckte vor Entsetzen zusammen.

„Aber *Mylord*, Ihr könnt nicht ernsthaft vorhaben, diese Lumpen *in der Öffentlichkeit* zu tragen."

Sebastian, der gerade dabei war, ein nicht sehr modisches dunkles Halstuch aus derbem Stoff zu binden, hielt inne und warf seinem Kammerdiener einen Blick zu. „Das sind wohl kaum Lumpen. Und ich habe nicht vor, in dieser Aufmachung bei *White's* vorbeizuschauen, falls es das ist, was Ihnen Sorgen bereitet."

„Aber ... trotzdem könnte Euch jemand sehen."

Sebastian zog eine Augenbraue hoch. „Befürchten Sie, so gesehen zu werden, könnte meinem Ruf bleibenden Schaden zufügen?"

Sedlow schnaubte. „Eurem Ruf? Nein, Mylord. Adligen sieht man es nach, wenn sie exzentrisch sind."

„Ah. Ich verstehe. Es sind die Konsequenzen für Ihren Ruf, die Sie beunruhigen."

Sedlow öffnete den Mund, um etwas zu sagen, aber dann schloss er ihn wieder.

„Sehr vernünftig", sagte Sebastian und schlüpfte in seinen schlecht geschnittenen Mantel.

Es hatte schon früh am Morgen zu regnen begonnen – und zwar als anhaltend kräftiger Guss – und dazu wehte von der Nordsee her eine schneidend kalte Brise. Die für diese Jahreszeit ungewöhnliche Hitze der letzten Tage kam Sebastian nur noch wie eine trübe, verzerrte Erinnerung vor. Er rief sich auf der New Bond Street eine Droschke und wies den Kutscher an, in Richtung Mount Street zu fahren. Dann ließ er sich in eine Ecke sinken, beobachtete, wie die Regentropfen einander über die Fensterscheibe jagten, und schlüpfte langsam in die Rolle der Person, als die er sich jetzt ausgebeben wollte.

Das war ein Schauspielertrick – Kat hatte es ihm in den frühen, berauschenden Tagen ihres Zusammenseins beigebracht, als er gerade seinen Abschluss in Oxford gemacht hatte und sie noch am Anfang ihrer Bühnenkarriere stand. Er hatte die Technik in der Armee perfektioniert, wo sein Überleben manches Mal von der Fähigkeit abhängig gewesen war, so in der Rolle einer anderen Person aufzugehen, dass er ihre Körperhaltung und ihre Eigenarten so mühelos und sicher überstreifen konnte wie einen alten Mantel.

Als er den Dienstboteneingang des Hauses in der Mount Street erreichte, war der Sohn des Earls verschwunden. Stattdessen war er jetzt Mr Simon Taylor, einer der besten Männer von Bow Street.

Sebastian kam der Gedanke, dass es viel über eine Frau aussagte, welches Kammermädchen sie einstellte. Manche Mädchen waren hochmütige, affektierte Wesen und genauso modebewusst und herablassend wie ihre Herrinnen. Einige waren fröhliche Landfrauen mit rosigen Wangen, die ihren Herrinnen schon in deren Kindertagen gedient hatten, während andere schüchterne Geschöpfe waren, die sich stets entschuldigten und immer zitternd darum bangten, vielleicht entlassen zu werden.

Lady Anglesseys Kammermädchen war eine dünne, schlanke Frau Ende zwanzig oder Anfang dreißig namens Tess Bishop. Sie hatte strohblondes Haar und einen fahlen Teint. Auf den ersten Blick hätte man sie leicht für die kleinlaute und unterdrückte Art von Dienstmädchen halten können. Aber ihre klaren grauen Augen strahlten Intelligenz aus und ihr Gang war sicher, als sie das Zimmer der Haushälterin betrat, das Sebastian für seine Befragung beschlagnahmt hatte.

Sie trug schwarz, wie es sich für die Dienerin eines trauernden Haushalts gehörte. Obwohl Sonntag und somit ihr freier Tag war, hatte sie sich eine Schürze über ihr Kleid aus Wollbombasin gebunden. Offensichtlich hatte sie also gearbeitet, und es kam Sebastian in den Sinn, dass sie vielleicht ihre persönlichen Sachen zusammengepackt hatte. Schließlich brauchte ein Witwer kein Kammermädchen.

Sie blieb im Türrahmen stehen und musterte Sebastian mit unverhohlenem Argwohn. „Ich sehe gar kein' Knüppel", sagte sie und meinte damit den Schlagstock auf dem Dienstabzeichen, das die Bow Street Runner traditionell zu tragen pflegten.

Ein echter Runner hätte wahrscheinlich geblafft: „Wir lassen uns deine Frechheit nicht gefallen, Mädchen" und hätte ihr befohlen, sich hinzusetzen. Aber Sebastians Erfahrung nach waren die meisten Menschen eher zur Zusammenarbeit bereit, wenn ihre Würde gewahrt wurde. Also sagte er schlicht: „Bitte, setzen Sie sich", und bugsierte sie zu dem Stuhl mit gerader Lehne, den er neben das Fenster gestellt hatte, von dem aus man einen Blick auf den verregneten Garten hinter dem Haus hatte.

Einen Augenblick lang zögerte sie, dann nahm sie Platz. Dabei hielt sie ihren Rücken so unerbittlich gerade wie eine Nonne und faltete die Hände in ihrem Schoß.

„Ich möchte Ihnen ein paar Fragen über Lady Anglessey stellen", sagte Sebastian und lehnte sich mit den Schultern gegen die Wand. „Wir haben erfahren, dass Ihre Ladyschaft das Haus am Mittwochnachmittag in einer Droschke verlassen hat, und wir hoffen, dass Sie vielleicht wissen, wohin sie gefahren ist."

„Nein", sagte das Dienstmädchen geradeheraus. „Das weiß ich nicht."

Sebastian versuchte, sie mit einem Lächeln zu überreden. „Haben Sie gar keine Ahnung?"

Die Frau erwiderte sein Lächeln nicht – ihr Gesicht war immer noch verkniffen und unscheinbar. „Nein, Sir. Sie hat es mir nicht gesagt und es steht mir nicht zu, meine Nase in die Unternehmungen meiner Dienstherren zu stecken, oder?"

Sebastian verschränkte die Arme auf der Brust und wippte auf seinen Absätzen vor und zurück. „Das ist sehr vorbildlich, wirklich. Aber die Kammerfrau einer Dame weiß oft Dinge über ihre Dienstherren, ohne dass man sie ihr sagen müsste – und auch ohne dass sie herumgeschnüffelt hätte. Sind Sie sich zum Beispiel ganz sicher, dass Lady Anglessey nicht irgendeine Andeutung gemacht hat? Vielleicht, als sie Sie gebeten hat, ihr ein Kleid für den Nachmittag rauszulegen?“

„Sie hat das Kleid selbst ausgewählt – ein einfaches Spazierkleid mit passendem Mantel, wie es sich für eine elegante Dame, die am Nachmittag ausgeht, gehört.“

Sebastian beschloss, einen anderen Kurs einzuschlagen und setzte sich auf den Stuhl ihr gegenüber. „Sagen Sie mir, Miss Bishop, was würden Sie sagen, wie Seine Lordschaft und Lady Anglessey miteinander auskamen?“

Tess Bishop starrte ihn verständnislos an. „Ich weiß ganz bestimmt nicht, worauf Sie hinauswollen.“

„Ich denke schon.“ Er legte seine Unterarme auf den Oberschenkeln ab und beugte sich nach vorn, so, als wollte er sie auffordern, ihm etwas Vertrauliches zu offenbaren. „Haben sie sich zum Beispiel gestritten?“

„Nein.“

„Niemals?“ Sebastian zog ungläubig eine Augenbraue hoch. „Sie waren schon seit vier Jahren verheiratet, aber es gab niemals Streit? Nicht einmal kleinere Meinungsverschiedenheiten?“

„Falls sie gestritten haben sollten, Sir, dann habe ich nichts davon mitbekommen.“

„Wissen Sie, ob sie jemals einem Mann namens Alain, Chevalier de Varden, begegnet ist?"

Etwas leuchtete in ihren Augen auf und sie verbarg es eilig, indem sie auf ihre Hände hinabstarrte, die sie jetzt so fest zusammenpresste, dass sie ganz bleich geworden waren. „Nein. Ich habe den Namen noch nie gehört."

Sebastian musterte das starre, feindselige Gesicht des Dienstmädchens. Es sagte wohl auch etwas über Guinevere Anglessey aus, dass ihre Diener ihr selbst nach ihrem Tod noch so treu ergeben waren. „Wie lange sind Sie schon in den Diensten ihrer Ladyschaft?", fragte Sebastian plötzlich.

„Vier Jahre", sagte Tess Bishop und entspannte sich etwas. „Ich kam zu ihr, kurz bevor sie Seine Lordschaft geheiratet hat."

Sebastian lehnte sich in seinem Stuhl zurück. „Es liegt wohl nahe, dass eine junge Dame, die kurz davor ist, eine so vornehme Verbindung einzugehen, sich nach einer Kammerfrau umsieht, die über mehr Erfahrung verfügt als diejenige, die sie vom Land mitgebracht hatte.

„So war es ganz und gar nicht. Das war meine erste Anstellung."

„Die erste?"

„Ganz recht. Ich war früher Schneiderin und mein David war Zimmermann. Aber er wurde für die Marine zwangsrekrutiert, kurz vor dem Beschuss Kopenhagens." Sie machte eine Pause. „Er wurde getötet."

„Das tut mir leid", sagte Sebastian, obwohl ihm seine Trostworte selbst erbärmlich vorkamen.

„Danach habe ich uns versorgt, so gut ich konnte, aber ...“ Ihre Worte verhallten, so, als würde sie bedauern, schon so viel gesagt zu haben.

„Uns?“, hakte Sebastian nach.

„Wir hatten ein Baby. Ein Mädchen.“ Tess Bishop drehte ihr Gesicht leicht dem Fenster zu, sodass sie ihn nicht mehr direkt ansah. „Ich wurde krank. Als ich mein Soll nicht mehr geschafft habe, hat man mich entlassen. Und dann wurde auch mein Baby krank.“

Sebastian beobachtete, wie sich ihre schlanke Kehle bewegte, als sie schluckte. Diese Geschichte war nur allzu bekannt, denn solch eine Tragödie ereignete sich jedes Jahr tausend Mal oder noch öfter in London und Paris – oder auch in jeder anderen Stadt Europas. Frauen, die sich mit einem spärlichen Lohn durchschlugen und, weil sie krank wurden oder weil die Modeindustrie einen Geschäftsrückgang erlitt, auf die Straße geworfen wurden. Die meisten wandten sich dann der Prostitution zu oder begannen, zu stehlen, oder beides. Sie hatten keine andere Wahl, aber das hielt die Moralisten nicht davon ab, sie als sündige Frauen zu verurteilen und als Quelle des Verderbens und Verfalls anzuprangern. Als ob eine Frau, die bei klarem Verstand war, bereitwillig einen Weg einschlagen würde, der mit Sicherheit zu Krankheit und Tod und schließlich zu einem anonymen Grab im Armenloch irgendeines widerlichen Friedhofes führen würde.

„Ich war verzweifelt“, sagte Tess Bishop. Ihre Stimme war jetzt kaum mehr als ein Flüstern und bei der Erinnerung zeichnete sich immer noch ein Hauch Scham auf ihren Wangen ab. „Schließlich habe ich angefangen, auf der Straße zu betteln. Lady Anglessey ... sie hatte Mitleid mit mir. Sie brachte uns ins Haus und gab uns etwas zu essen. Sie hat sogar einen Arzt für meine Kleine gerufen."

Sebastians Blick ruhte auf den schmalen Schultern der Frau und auf der gestärkten weißen Haube, die ihren gebeugten Kopf bedeckte. „Aber es war zu spät", sagte sie nach einer Weile. „Meine Sarah starb noch in derselben Nacht."

Draußen im Garten hatte der Regen nachgelassen, obwohl die Wolken immer noch grau und schwer über der Stadt hingen. Von hier aus konnte Sebastian die Umrisse eines großen gläsernen Gewächshauses sehen, dessen Scheiben von der Feuchtigkeit beschlagen waren.

Diese Seite von Guinevere hatte ihm bisher noch niemand gezeigt und er vermutete, dass sie nicht gerade charakteristisch war. Er fragte sich, was sie dazu bewogen hatte, dieser Frau die rettende Hand zu reichen. Vielleicht hatten sich zufällig ihre Blicke gekreuzt? Hatte die junge, tief betrübte Tochter eines Earls instinktiv erkannt, dass diese andere Frau, die verwitwet und Mutter eines sterbenden Babys war, eine Hoffnungslosigkeit verspürte, die noch weit, weit größer war als ihre eigene?

„Ich wollte auch sterben", flüsterte Tess Bishop. „Aber Lady Guinevere hat gesagt, das dürfe ich nicht. Sie sagte, wenn uns im Leben ein hartes Los auferlegt wird, dann müssen wir eben darum kämpfen, einen Weg zu finden, um aus dem, was das Leben uns gegeben hat, das zu machen, was wir uns wünschen."

„Und dann hat sie Sie als ihre Kammerfrau angestellt? Obwohl Sie keine Erfahrung hatten?"

Tess Bishop hob den Kopf. Sie hatte die Lippen in einem stolzen und ebenso störrischen Ausdruck zusammenpresst. „Ich habe hart gearbeitet, viel gelernt, und ich bin nicht schwer von Begriff. Ich habe Ihre Ladyschaft nie im Stich gelassen. Ich würde alles für sie tun."

„Aber Sie lassen sie jetzt im Stich", sagte Sebastian und nutzte ihre Worte zu seinem Vorteil. „Wenn Sie wirklich bereit wären, alles für Ihre Ladyschaft zu tun, würden Sie mir helfen herauszufinden, wer sie ermordet hat."

Sie beugte sich vor und ihre kleinen grauen Augen funkelten unerwartet zornig. „Ich kann Ihnen sagen, wer sie getötet hat. Sein Name ist Bevan Ellsworth. Er ist der Neffe von Lord Anglessey und er wollte ihren Tod seit dem Tag vor vier Jahren, an dem sie seinen Onkel geheiratet hat."

„Jemandes Tod zu wollen und auch so weit zu gehen, ihn tatsächlich zu töten, sind zwei ganz verschiedene Dinge."

Tess Bishop schüttelte den Kopf und ihre Nasenlöcher weiteten sich, als sie hastig die Luft einsog. „Sie haben ihn ja nicht gehört, Sie haben ihn nicht gehört, als er herkam -"

„Wann war das?"

„Erst letzte Woche. Ich glaube, es war Montag. Er ist ins Haus gestürmt, während Ihre Ladyschaft beim Frühstück war. Er hat so laut herumgeschrien, dass wir ihn alle gehört haben: Dass seine Gläubiger erfahren hätten, dass sie schwanger ist und, dass er vielleicht doch nicht der nächste Marquis of Anglessey werden würde. Er sagte, dass sie ihm gedroht hätten – ja, sogar

sein Leben bedroht hätten. Und dann hat er ihr gedroht."

„Ihr gedroht? Wie genau?"

„Er sagte, er würde sie eher umbringen lassen, als zuzusehen, wie sie ihren Bastard an seine Stelle setzt."

Kapitel 22

Ein Mustertuch hing an der Wand, direkt hinter dem Kopf des Dienstmädchens. Das Tuch war aus Leinen und mit Seidenfaden verziert. Sebastian starrte es an und betrachtete die feinsäuberlich gestickten aufwändigen Blumen, die die Buchstaben des Alphabets umrankten. Aber er sah sie nicht wirklich, denn er war in Erinnerung versunken. Stattdessen sah er den Hass, der in Bevan Ellsworths Augen gefunkelt hatte, und hörte das Geräusch, als einem Jungen auf dem Sportplatz in Eton der Arm gebrochen wurde.

„Was hat Ihre Ladyschaft daraufhin gemacht?", fragte Sebastian.

„Sie hat ihm gesagt, dass er verschwinden soll. Er hat erwidert, dass er auch gehen würde, weil er nämlich der ganzen Welt erzählen wollte, dass sie herumgehurt habe, und da hat sie ..." Das Dienstmädchen verstummte.

„Was hat sie?"

Tess Bishops Gesicht war hochrot angelaufen. Sie zögerte und sagte dann hastig: „Sie hat gelacht. Und gesagt, er würde sich damit nur zum Narren machen, weil ihr Sohn so oder so der nächste Marquis werden würde, selbst wenn er von irgendeinem Buckligen in der Gosse gezeugt worden wäre."

Dieses Rechtsprinzip war ein Erbe aus der Römerzeit, ein Grundsatz, der als *Pater est quem nupitae demonstrant* bekannt war. Was das Gesetz anging, so war der Ehemann einer Frau auch der Vater ihres Kindes, egal, ob der Mann das Kind tatsächlich gezeugt hatte oder nicht. Guineveres Aussage musste natürlich nicht zwingend etwas bedeuten. Es waren verächtliche Worte, die sie Bevan im Zorn entgegengeschleudert hatte. Aber dennoch …

„Sie müssen mich jetzt entschuldigen, Sir“, sagte das Dienstmädchen und drückte sich von dem Stuhl hoch. „Seine Lordschaft hat mich gebeten, ihm bei der Ausstaffierung des Personals mit Trauerkleidung behilflich zu sein.“

Sebastian erhob sich ebenfalls. „Ja, natürlich.“ Er achtete darauf, dass seine Stimme ruhig klang, obwohl sein Herz plötzlich ungewöhnlich schnell in seinem Brustkorb pochte. „Da ist nur noch eine Sache, nach der ich fragen wollte. Sie wissen nicht zufällig, woher Ihre Ladyschaft die Halskette hatte, die sie am Tag ihres Todes trug, oder?“

„Halskette?“ Tess Bishop runzelte die Stirn. „Welche Halskette?“

Sebastian zog die blaue Triskele aus seiner Tasche und streckte sie ihr in seiner offenen Handfläche hin. „Diese hier.“

Sie betrachtete die Kette kurz, dann schüttelte sie entschlossen den Kopf. „Die gehört nicht ihrer Ladyschaft.“

Für einen Augenblick hatte Sebastian das Gefühl, die Halskette würde sich in seine Haut brennen, obwohl der Stein im tristen Licht des verregneten Tages kalt dalag. „Sie trug sie, als sie starb.“

„Aber das ist unmöglich.“

„Warum?“

„Weil sie an diesem Nachmittag das Pompejanische trug.“

„Wie bitte?", fragte Sebastian verständnislos.

„Das Spazierkleid in Pompejanischrot. Es ist hochgeschlossen mit Stehkragen und hohen Epauletten und wird mit einer plissierten Fraise aus Batist getragen."

„Einer was?"

„Einer Fraise. Das ist eine Art Halskrause aus drei Lagen", sagte Tess Bishop, die wegen seiner Unwissenheit langsam ungeduldig wurde und anscheinend darauf erpicht war, von ihm wegzukommen. „Bei diesem Kleid hätte Ihre Ladyschaft niemals eine Halskette tragen können."

***

Bevan Ellsworth, der Neffe des Marquis of Anglessey und mutmaßlicher Erbe all seiner Ländereien und Titel, bewohnte eine kleine Wohnung, die zwei Stockwerke über einem exklusiven Geschäft in der St. James's Street lag.

Sebastian nutzte die Fähigkeiten, die er sich in den fünf Jahren bei der Armee angeeignet und perfektioniert hatte, während er Dinge getan hatte, die kein Gentleman jemals tun sollte, und schlich sich vom Flur aus durch die Eingangstür in die Wohnung. Er fand sich in einem kleinen Salon wieder, der opulent möbliert, aber unordentlich war – Reitstiefel lagen auf dem Aubussonteppich verstreut und aus einem kunstvoll verzierten, mit Intarsien versehenen Schreibtisch quoll eine Vielzahl an Einladungen und unbezahlten Rechnungen heraus.

Auf der anderen Seite des Raumes stand die Tür zum Schlafzimmer halb offen. Sebastian ging hinüber und stieß sie auf. Er befand sich jetzt auf der Türschwelle zu einem Zimmer, das noch unordentlicher war als das vorherige. Neben der Tür stand eine leere Flasche Branntwein auf einem Beistelltisch, daneben einige schmutzige Gläser, und der Boden war mit getragenen Krawatten und Strümpfen, Westen und Hemden übersät.

Sebastian wäre nicht überrascht gewesen, wenn er unter den seidenen Vorhängen des Bettes eine nackte Hure vorgefunden hätte. Aber Ellsworth schlief allein. Er lag flach auf dem Rücken und hatte das Gewirr aus Laken und Decken bis zu seinen Hüften heruntergestrampelt. Ein durchdringender Geruch nach Branntwein und Schweiß erfüllte die stickige Luft im Zimmer.

Sebastian zog einen grazilen Stuhl, in dessen Lehne die Schnitzerei einer Leier eingelassen war, verkehrt herum neben das Bett, setzte sich rittlings darauf und holte eine kleine französische Steinschlosspistole aus seiner Manteltasche. Auf dem Nachttisch neben ihm stand auf Ellenbogenhöhe ein halbleeres Glas Branntwein. Er streckte den Arm aus, tauchte die Fingerspitzen seiner freien Hand in die Flüssigkeit und schnippte gelassen einige kalte Tropfen in das Gesicht des leise schnarchenden Bevan Ellsworth.

Ellsworth zog die Nase kraus und rollte halb auf die Seite, hatte aber die Augen noch immer fest geschlossen.

Sebastian schnippte noch einmal.

Der Mann blinzelte, er öffnete kurz die Lider und schloss sie wieder, bevor er die Augen weit aufriss und sich aufbäumte, wobei er sein ganzes Gewicht auf einer Hand abstützte. *„Was zur Hölle?"*

Sebastian legte den Arm mit der Pistole auf der geschwungenen Stuhllehne ab. „Sie sollten sich an *Howard and Gibbs* halten", sagte er so freundlich, als gäbe er einem Freund einen finanziellen Rat. „Ihre Zinssätze mögen zwar ruinös sein, aber im Gegensatz zu einigen ihrer noch sehr viel skrupelloseren Brüder in der King Street verpesten sie nicht die Themse mit den Leichen jener Kunden, die den Fehler begehen, mit ihren Zinszahlungen in Verzug zu geraten."

Ellsworth räusperte sich und rieb sich mit dem Handrücken über den Mund, während er sich weiter aufrichtete, ohne seinen Blick von der kleinen Steinschlosspistole abzuwenden. „Woher wissen Sie davon?"

Sebastian fuhr im Plauderton fort, so, als hätte der Mann gar nichts gesagt: „Aber natürlich ist das Problem mit *Howard and Gibbs*, dass sie normalerweise irgendeine Art von Bürgschaft verlangen. Besonders dann, wenn die Möglichkeit besteht, dass die betroffene Person vielleicht doch nicht der Erbe eines beachtlichen Vermögens werden könnte."

Ellsworths Blick schweifte zu der offenen Tür hinter Sebastian und dann wieder zurück zu ihm. „Was machen Sie hier? Und warum zum Teufel sind Sie angezogen wie ein verdammter Bow Street Runner?"

Sebastian lächelte schlicht. „Sie sagten, Ihre Schulden würden nicht so sehr drängen. Sie haben mich angelogen. Das war nicht klug."

Ellsworth spannte den Kiefer an und streckte einen Arm in einer Geste aus, die von dem schmutzigen Bettvorhang in das kleine Zimmer deutete. „Sehen Sie sich diese Wohnung an. Sehen Sie doch, zu was für einem

Leben ich gezwungen bin. Ich verbringe meine Tage in den Inns of Court. Verdammte Scheiße. Ich bin so kurz davor, der nächste Marquis of Anglessey zu werden, und das armselige Auskommen, das mir mein Onkel gewährt, reicht nicht einmal, um meine Schneiderrechnungen zu bezahlen.

„Besonders wenn beim Pferdeauktionator *Tattersall's* Abrechnungstag war."

Ellsworth befeuchtete seine Unterlippe mit der Zunge. Im grellen Licht des Morgens wirkte seine Haut fahl und schlaff und seine Augen waren blutunterlaufen. „Ich habe sie nicht getötet", sagte er mit unerwartet ruhiger und fester Stimme.

„Aber Sie haben ihr damit gedroht."

Ellsworth warf die Laken zurück und stand auf. Bis zur Taille war er unbekleidet – er trug nur ein Paar Unterhosen mit Kordelzug, die tief auf seinen Hüften hingen. Auch seine Füße waren nackt. „Wer würde sie denn, wenn er in meiner Lage wäre, nicht töten wollen?", fragte er. „Sie war dabei, mir wegzunehmen, was mein ist." Er beugte sich vor und klopfte mit den geballten Fäusten auf seinen nackten Brustkorb. „*Mein*. Und sie hätte es alles irgendeinem unehelichen Bastard gegeben."

„Das können Sie nicht wissen."

Die Lippen des Mannes bogen sich zu einem schmalen Lächeln. „Kann ich nicht? Manche Dinge lassen sich nur schwer geheim halten. Und die Diener tratschen." Er drehte sich um und goss Wasser aus dem Krug in die Schüssel auf dem Waschtisch.

„Und wer ist der Vater?"

Ellsworth zuckte mit den Schultern, ohne sich die Mühe zu machen, sich umzudrehen. „Woher soll ich das wissen? Gestern habe ich bei der Beerdigung mindestens ein halbes Dutzend junger Burschen gesehen. Wahrscheinlich hätte nicht einmal Guinevere selbst Ihnen den Namen des Vaters sagen können.“

Sebastian stand auf, weil ihm plötzlich ein Gedanke gekommen war. „Wo ist sie begraben?“

„Auf dem St. Anne's. Warum?“

Sebastian schüttelte den Kopf. Auf seinen Lippen lag ein bitteres Lächeln. „Was ich nicht verstehe, ist, warum Sie das Risiko auf sich genommen haben, die Leiche der Marchioness von London bis runter in den *Pavilion* zu bringen.“

„Mein Gott!“ Ellsworth wirbelte herum. Sein Gesicht war vor Zorn gerötet und es war auch eine Spur von etwas darin zu lesen, das aussah wie Angst. „Sie denken immer noch, dass ich es war. Sie denken *immer noch*, dass ich sie getötet habe.“

„Ich habe einige diskrete Nachforschungen in der Gegend um die Inns of Court angestellt. Sie kamen an diesem Tag erst spät dort an und sind früh wieder gegangen.“

Sebastian erwartete, dass der Mann das leugnen würde. Stattdessen verengte er die Augen und beugte sich vor, dann sagte er herausfordernd: „Sie glauben, dass ich sie getötet habe? Also gut. Dann wollen wir doch mal sehen, wie Sie das beweisen.“

***

Das schmale Treppenhaus, das zur Haustür hinunterführte, lag an diesem verregneten Tag dunkel da. Als er schon fast im Erdgeschoss angekommen war, kam Sebastian an einem jungen, beleibten Dandy vorbei, der mühevoll die steilen Stufen hinaufstieg. Es war der Mann mit dem flachsblonden Haar und dem roten Gesicht, den er mit Ellsworth bei *Brooks's* gesehen hatte.

Als er die hervorstehenden Augen des Mannes betrachtete, seine geschwungenen, fast weiblichen Lippen und sein fliehendes Kinn, ging Sebastian durch den Kopf, dass ihm der Mann vielleicht nur deshalb vertraut vorkam, weil er eine bedauernswerte Ähnlichkeit mit den korpulenten, rotgesichtigen Prinzen aus dem Hause Hannover besaß. Als der Mann dann den ersten Stock erreichte und sich umdrehte, wurde sein Profil von dem grauen Licht, das von oben kam, hervorgehoben und Sebastian realisierte, dass er ihn tatsächlich kannte. Er war Fabian Fitzfrederick, der Sohn von Frederick, dem Duke of York und zweitgeborener Sohn Georges III, der hinter Princess Charlotte der nächste in der Thronfolge von England, Schottland und Wales war.

Ihre Freundschaft musste natürlich auch nicht unbedingt etwas zu bedeuten haben. Legitime Thronfolger waren zwar Mangelware, aber im Laufe der Jahre hatten die sieben Söhne Georges III zahlreiche uneheliche Kinder gezeugt. Wäre die Leiche von Guinevere Anglessey an einem anderen Ort als in den Privatgemächern Seiner Hoheit des Prinzregenten aufgefunden worden, wäre Bevan Ellsworths Freundschaft mit einem unehelichen Mitglied der königlichen Familie nicht von Bedeutung gewesen. Sie könnte es immer noch sein, obwohl Sebastian beschloss, dass es nicht schaden würde, nachzuforschen, wie Fabian Fitzfrederick den vergangenen Mittwoch verbracht hatte. Doch zunächst hatte Sebastian vor, dem Kirchhof von St. Anne's einen Besuch abzustatten.

Kapitel 23

Die Kirchturmglocken läuteten und riefen die letzten Nachzügler an diesem Vormittag zum Gottesdienst, als Sebastian vor dem Kirchhof von St. Anne's vom Tritt einer Droschke sprang. Es regnete noch immer stark. Die schweren Tropfen liefen von den nassen Blättern der knorrigen alten Eichen herab, die sich in den Himmel streckten. Das Wasser hatte das üppige Gras, das zwischen den Gräbern wuchs, plattgedrückt und ließ die Granitgrabsteine beinahe schwarz erscheinen.

Der Kirchhof war nicht groß; er bestand lediglich aus einer Ansammlung von Grabsteinen und Grabmälern, gesäumt von den dicht gedrängt stehenden Gebäuden, die um die alte Steinkirche herum erbaut worden waren. Vom Tor aus erspähte Sebastian lediglich zwei neue Gräber, deren frisch umgegrabene, dunkelbraune Erdhügel mit Trauerlilien und Chrysanthemen überhäuft waren, die der Regen zerpflügt hatte und die inzwischen recht mitgenommen aussahen.

Er bahnte sich seinen Weg an verrosteten Eisenzäunen und moosbedeckten Statuen entlang und näherte sich dem einzigen anderen Menschen auf dem Friedhof – einem Mann, der mit gebeugtem Kopf neben einem der beiden frischen Gräber stand und den Kragen zum Schutz gegen den strömenden Regen hochgeschlagen hatte. Als er Sebastians Schritte auf dem gepflasterten Weg hörte, drehte sich der Mann um, und Sebastian erkannte Alain, den Chevalier de Varden.

Der Chevalier trug keine Kopfbedeckung, sein ehemals elegantes Hemd war fleckig, sein Gesicht blass und von dunklen Bartstoppeln bedeckt, die nahelegten, dass er sich schon drei oder vier Tage lang nicht mehr rasiert hatte. „Na, wenn das nicht Lord Devlin ist", sagte er und blinzelte gegen den Regen an, der ihm über die Wangen lief und dafür sorgte, dass sein dunkles Haar nass auf seiner Stirn klebte. „Ob Sie wohl gekommen sind, um den Toten die letzte Ehre zu erweisen? Oder einfach, um mich Ihrer Liste der Verdächtigen hinzuzufügen?"

Sebastian blieb ein paar Schritte entfernt stehen. Um sie herum ergoss sich der Regen, prasselte auf die Blätter der Eichen und Kastanien über ihren Köpfen nieder und strömte geräuschvoll von den schrägen Dächern der umliegenden Grabmäler. „Sie haben mit Ihrer Schwester Claire gesprochen."

„Ganz recht." Die Aussprache des Chevaliers war klar und deutlich und er bewegte sich mit fließender Eleganz. Allein das kalte Funkeln in seinen blauen Augen verriet, dass er vollkommen – in geradezu gefährlichem Ausmaß – betrunken war. „Sie glaubt, dass es Bevan Ellsworth war."

„Und Sie?"

Varden warf den Kopf zurück und brach in schroffes, schallendes Gelächter aus, das zu zornigem, bitterem Hohn verklang. „Das schafft auch nur Prinny. Er wird ertappt und hält die Frau, die er ermordet hat, noch in den Armen, aber trotzdem stürmen alle um ihn herum los, um einen anderen Schuldigen zu suchen."

Sebastian schüttelte den Kopf. „Sie irren sich. Der Regent hat sie nicht getötet. Er kann es nicht getan haben. Sie war schon seit etwa sechs bis acht Stunden tot, als er sie im Gelben Zimmer im *Pavilion* gefunden hat."

Der Wind frischte auf und brachte den Geruch nach feuchter Erde, nassem Stein und Tod mit sich. Varden stand reglos da, nur sein Brustkorb hob sich jedes Mal ruckartig, wenn er Luft holte. „Was wollen Sie damit sagen?"

„Guinevere Anglessey wurde am Mittwochnachmittag getötet – wahrscheinlich irgendwo hier in London, denn sie ist kurz nach dem Vormittagsimbiss in einer Droschke von Zuhause weggefahren."

„In einer Droschke? Wohin?", fragte er so harsch, dass Sebastian sich wunderte.

„Ich weiß es nicht." Sebastian musterte weiter das Gesicht des anderen Mannes. Er sah dort Trauer, Wut und auch Spuren von der Art von Schuld, die so oft diejenigen quält, die weiterleben müssen. Aber in diesen Zügen fand sich kein Anzeichen von Täuschung, kein Entsetzen und keine Furcht, wie man es bei einem Mörder erwarten würde, der zusehen musste, wie sein ausgeklügelter Plan allmählich aufgedeckt wurde. „Ich dachte, vielleicht könnten Sie mir das sagen."

Varden fuhr sich mit den Fingern durch sein dunkles, nasses Haar und presste die Augen zusammen, als eine Welle des Schmerzes ihn überrollte und seine ansehnlichen Gesichtszüge verzerrte. „Ich habe sie seit letzter Woche nicht mehr gesehen. Seit Samstag."

Auf der Straße hinter ihnen fuhr eilig eine Kutsche vorbei. Ihre eisenbeschlagenen Räder flogen dahin und das Hufgeklapper der Pferde tönte dumpf durch die feuchte Luft. Die schweren Wolken hatten den Tag in eine ungewöhnliche Dunkelheit getaucht, sodass es viel später schien, als er tatsächlich war.

„Lady Quinlan hat mir erzählt, dass Sie und ihre Schwester eng befreundet waren", sagte Sebastian.

Varden ließ die Hände sinken. Seine Augen waren wieder geöffnet und blickten wachsam, sein Körper war angespannt. „Ich wage zu vermuten, dass sie es etwas anders formuliert hat."

Sebastian nickte zustimmend. „Die beiden Schwestern hatten nicht viel füreinander übrig, oder?"

„So kann man das auch sagen. Und wenn Sie das überrascht, dann müssen Sie wohl ein Einzelkind gewesen sein", antwortete Varden mit einer Verbitterung, die Bände sprach, was die Beziehung des Chevaliers zu seinen eigenen Halbbrüdern und -schwestern anging.

„Ich hatte zwei Brüder", sagte Sebastian. Beide waren schon lange tot, aber er sah keine Notwendigkeit, das zu erwähnen. Es war auch nicht nötig, einzuräumen, dass er auch eine Schwester hatte, die vor weniger als fünf Monaten freudig seiner Hinrichtung am Galgen entgegengesehen hatte. Das Band zwischen Geschwistern konnte eng sein, das wusste er, aber er wusste auch um die erbitterten Eifersüchteleien und Konkurrenzkämpfe, die Missgunst und die Feindseligkeiten, die selbst im engsten Familienkreis entstehen konnten. Besonders dann, wenn die Geburtenfolge ein Mitglied der Familie zu einem Leben in Sorglosigkeit und Macht erheben konnte, während sie den Rest zu Vergessenheit und verhältnismäßiger Armut verdammte.

„Athelstone hat sich nie um seine Töchter gekümmert", sagte Varden. „Ich glaube, er hat sie gehasst. Es war, als wären sie für ihn nichts weiter als unliebsame

Erinnerungen an den Sohn gewesen, den er scheinbar nicht haben konnte."

„Man könnte denken, dass eine solche Kindheit die Schwestern näher zusammenbringen würde."

„Nur, wenn man Morgana nicht kennt. Bis zu dem Tag, an dem Athelstone starb, hat Morgana verzweifelt versucht, sich bei dem alten Mistkerl einzuschmeicheln – und das machte sie meist, indem sie Guin schlecht aussehen ließ." Ein unerwartetes, zärtliches Lächeln umspielte die Lippen des Mannes. „Allerdings brauchte sich Morgana dafür nicht allzu sehr anzustrengen. Guin hat selbst gut genug dafür gesorgt, schlecht dazustehen. Sie war ..." Er hielt inne und suchte nach dem richtigen Wort. Das Lächeln verblasste. „Guin war sehr zornig, während sie aufwuchs."

„Weswegen?"

Varden zuckte mit den Schultern. „Sie war zornig über den Tod ihrer Mutter, nehme ich an. Zornig auf ihren Vater. Wer weiß das schon?"

Er stellte sich mit gebeugtem Kopf neben den schlammigen Grabhügel und ballte die Hände an den Seiten zu Fäusten. Um sie herum fiel der Regen in Strömen, spritzte in die Pfützen, die sich in den eingesunkenen Mulden alter Gräber gesammelt hatten, und trommelte auf das Kuppeldach eines nahe gelegenen Grabmals.

Plötzlich sah er auf. Er hatte die Augen wegen des strömenden Regens zu Schlitzen verengt. „Aber er hat es getan. Prinny, meine ich. Es ist mir egal, was Sie sagen. Da habe ich keinen Zweifel."

„Welchen Grund könnte der Prinzregent bloß gehabt haben, die Marchioness of Anglessey zu töten?"

„Für einen Wahnsinnigen braucht es keinen Grund. Und sie sind alle wahnsinnig. Das wissen Sie doch, oder? Jedes einzelne Mitglied dieser gottverlassenen Familie. Der König mag vielleicht der Einzige sein, der tatsächlich tobsüchtig ist, aber sie sind alle mit diesem Makel behaftet, jeder einzelne von ihnen, sei es nun Clarence, der auf imaginären Achterdecks herumbrüllt, oder der alte einäugige Cumberland, dem man anmerkt, welch übermäßige Zuneigung er für seine Schwester Sophia hegt."

Sebastian regte sich nicht und ließ stumm seinen Blick auf dem anderen Mann ruhen. Varden wischte sich mit einer Handfläche den Regen aus dem Gesicht. „Meine Schwester Claire hat in einem Punkt Recht: Bevan Ellsworth trägt einen Großteil der Schuld für das, was mit Guinevere geschehen ist. Nichts davon wäre passiert, wenn er nicht seit Guineveres Heirat all die hässlichen Lügen über sie verbreitet hätte. Deshalb hielt Prinny sie für diese Art von Frau, die seine albernen Avancen willkommen heißen würde."

Sebastians Interesse regte sich. „Der Prinzregent hat ihr Avancen gemacht? Wann war das?"

„Es hat im *Carlton House* angefangen, irgendwann im letzten Frühling. Sie und Anglessey haben ein Staatsbankett besucht und der Regent drängte sie, ihr seinen Wintergarten zeigen zu dürfen."

„Wo er überaus vertraulich mit ihr umging? Wollen Sie das damit sagen?"

Vardens Lippen kräuselten sich. „Er hat seine Hand in den Ausschnitt ihres Kleides gesteckt."

Sebastian starrte über den regennassen Friedhof in die Ferne. Er wusste, dass es nicht das erste Mal gewesen war, dass der Regent so etwas getan hatte. Als verwöhnter Prinz, der in seiner Jugend gut ausgesehen hatte, und, weil er an ein Leben voller Schmeicheleien und Speichelleckerei gewöhnt war, überschätzte der Regent seine Anziehungskraft auf Frauen häufig.

Und trotzdem hatte er auf Sebastians Nachfrage hin behauptet, die junge Marchioness kaum gekannt zu haben.

Sebastian richtete seinen Blick wieder auf das blasse, von Kummer gezeichnete Gesicht des Chevaliers. „Was hat sie gemacht?"

„Sie hat versucht, sich von ihm loszureißen. Er hat gelacht und gesagt, dass ihm temperamentvolle Frauen gefielen. Also hat sie drastischere Maßnahmen ergriffen."

„Die da wären?"

„Sie hat seinem fetten, selbstzufriedenen Gesicht eine Ohrfeige verpasst."

„War er betrunken?"

„Nicht mehr als sonst. Man sollte meinen, dass diese Art von Reaktion seine Gelüste gemäßigt hätte, aber es schien den gegenteiligen Effekt zu haben. Er hat sie einfach nicht in Ruhe gelassen. Er hat sie bei Bällen immer wieder zum Tanz aufgefordert und hat es so arrangiert, dass er bei Banketts neben ihr saß. Und erst letzte Woche hat er ihr ein Schmuckstück gesandt. *Ein kleines Zeichen seiner Zuneigung*, so nannte er es. Von *Rundell and Bridge* in Ludgate Hill."

Das war der favorisierte Goldschmied und Juwelier des Prinzen – *Rundell and Bridge*. Mancherorts schimpfte man, dass er jedes Jahr genug für Schmuck ausgab, um die gesamte britische Armee zu ernähren und einzukleiden. Er kaufte immerzu *Hübschigkeiten*, wie er sie nannte, um mit diesen Geschenken seine Angebeteten und Freundinnen zu überhäufen: Schnupftabakdosen aus Elfenbein und juwelenbesetzte Schmetterlinge, Armbänder mit Amethysten und Diamanten … und seltene, ausgefallene Halsketten.

Sebastian sah blinzelnd in den Regen hoch. Vor dem dunkelgrauen Himmel wirkten die Silhouetten der belaubten Äste der Eichen und Kastanien über ihnen schwarz. „Was war das für ein Schmuckstück?"

„Ich habe es nicht gesehen. Sie hat es ihm zurückgeschickt – zusammen mit einer Notiz, in der sie ihm unmissverständlich zu verstehen gab, dass seine Annäherungsversuche unerwünscht sind."

„Und Anglessey? Wusste er etwas davon?"

Der andere Mann errötete eigenartigerweise, sodass seine blassen, hageren Wangen Farbe annahmen. „Das ist wohl kaum etwas, das eine Frau ihrem Ehemann erzählen würde, oder?"

„Aber Ihnen hat sie es gesagt", fragte Sebastian und beobachtete, wie die Farbe langsam aus dem Gesicht des Chevaliers wich.

***

Charles, Lord Jarvis, stand der anglikanischen Kirche mit inbrünstigem Respekt gegenüber.

Wie die Monarchie war die Kirche ein wertvolles Bollwerk, wenn es darum ging, sich gegen die gefährliche Allianz aus atheistischem Gedankengut und politischem Radikalismus zu verteidigen. Die Bibel lehrte die ärmere Bevölkerung, dass ihnen ihr bescheidener Weg von der Hand Gottes zugewiesen worden war, und die Kirche war dazu da, sicherzustellen, dass sie das auch verstanden. Und so war Jarvis bestrebt, sich jede Woche in der Kirche sehen zu lassen.

An diesem Sonntag besuchte Jarvis – er hatte den Kopf in gebührendem Respekt vor seinem Schöpfer gebeugt – den Gottesdienst in der Chapel Royal in Gesellschaft seiner betagten Mutter, seiner geistig nicht ganz gesunden Frau Annabelle und seiner leidigen Tochter Hero, von der er glaubte, dass sie wirklich daran erinnert werden müsste, was die Bibel und der heilige Paulus über eine Vielzahl an Dingen zu sagen hatten, insbesondere über die Stellung der Frau in der Gesellschaft.

Während der zweiten Schriftlesung rief der Pfarrer laut aus: „Eure Frauen sollen in den Kirchen schweigen; denn es ist ihnen nicht erlaubt zu sprechen; sondern ihnen ist Gehorsam geboten, wie es auch das Gesetz besagt." Jarvis unterstrich diesen Punkt, indem er Hero stumm mit dem Ellbogen in die Seite stieß.

Ohne ihren Blick, der betont tugendhaft auf der Kanzel ruhte, abzuwenden, lehnte sich Hero zu ihm herüber und flüsterte hämisch: „Vorsicht, Papa. Du gibst ein schlechtes Beispiel für das unwissende Volk ab."

Solche Dinge sagte sie immerzu – so, als wäre die soziale Unzufriedenheit, die sich wie ein Geschwür im ganzen Land ausbreitete, Anlass zum Scherzen. Dabei wusste er, dass sie „die schreckliche Lage der Armen des Landes", wie sie es nannte, in der Tat sehr ernst nahm. Es gab Zeiten, in denen er seine Tochter fast verdächtigte, selbst radikale Ansichten zu hegen. Aber dieser Gedanke war zu beunruhigend, um sich länger damit zu beschäftigen, also wies er ihn hastig zurück.

Nach dem Gottesdienst verließen sie den Palast und traten in den grauen Tag hinaus. Noch immer tröpfelte der Regen. Auf der anderen Straßenseite stand ein Mann – ein großer junger Mann, dessen derber Mantel und runder Hut kaum seine aristokratische Haltung oder das gefährliche Funkeln in seinen seltsamen gelben Augen verbergen konnten.

Jarvis legte eine Hand auf den Arm seiner Tochter. „Begleite deine Mutter und Großmutter in der Kutsche nach Hause", sagte er halblaut.

Er rechnete damit, dass sie mit ihm diskutieren würde. Sie diskutierte immer mit ihm. Aber stattdessen folgte sie seiner Blickrichtung und sah über die Straße. Für einen seltsam intensiven Moment kreuzten sich der Blick aus Heros freimütigen grauen Augen und Devlins wildes Starren. Dann drehte sie ihm bewusst den Rücken zu und bugsierte ihre Mutter, die gedankenlos vor sich hin plapperte, und ihre finster dreinblickende Großmutter zur Kutsche.

Jarvis wich mit einem großen Schritt dem schmutzigen Rinnstein, durch den das Wasser strömte, aus und ging über die Straße auf den wartenden Viscount zu.

Kapitel 24

Devlin hatte die Hände in den Taschen und lehnte sich gegen das niedrige Eisengeländer am Straßenrand. „Sie haben einen Fehler gemacht. Zwei Fehler, um genau zu sein."

Jarvis blieb in wohlüberlegter Distanz vor ihm stehen. „Ich mache selten Fehler."

Der junge Mann starrte auf die Spitzen seiner Stiefel hinab und ein seltsames Lächeln umspielte seine Lippen, bevor er den Kopf wieder hob und seine Augen zum Schutz vor dem Regen verengte. „Das Schmuckstück, das Prinny der Marchioness of Anglessey gesandt hat – was war das?"

Als Jarvis weiterhin schwieg, drückte sich der Viscount vom Zaun weg und machte einen bedeutenden Schritt nach vorn. „*Was war das, verdammt nochmal? Und denken Sie nicht einmal im Traum daran, so zu tun, als wüssten Sie nicht, wovon ich spreche.*"

„Eine Brosche mit Rubinen", sagte Jarvis in ruhigem, gemächlichem Tonfall, „durchbohrt von einem Pfeil aus Diamanten."

Die Reaktion des Viscounts war schwer zu deuten, selbst für einen Mann, der geübt darin war, die Gedanken und Gefühle anderer zu lesen. „Gewiss eine teure Aufmerksamkeit", begann der Viscount, „für eine Frau, von der Seine Hoheit behauptet, er hätte sie kaum gekannt."

Der Regen war inzwischen stärker geworden. Jarvis öffnete seinen Regenschirm und hielt ihn empor. „Manchmal tut sich Seine Hoheit mit der Wahrheit schwer. Besonders, wenn sich die Konsequenzen der Wahrheit als ... unschön erweisen könnten."

„Und was ist Ihre Entschuldigung?"

Jarvis antwortete nur mit wohlüberlegtem Schweigen.

„Deshalb haben Sie die Nachricht vernichten lassen, nicht wahr? Denn wer auch immer sie schrieb, hat sich auf die früheren Zurückweisungen seiner Avancen bezogen. Und hat irgendwie angedeutet, dass sie es sich anders überlegt hatte."

Wieder behielt Jarvis seine Meinung für sich.

Der Viscount stieß einen derben Fluch aus, trat hastig einen Schritt von Jarvis weg und wirbelte sogleich wieder herum. „Er hat ihr Avancen gemacht. Sie waren rüpelhaft und unerwünscht. Aber er hat ihre Zurückweisung nicht hingenommen."

„Sind Sie so sicher, dass die Annäherungsversuche unerwünscht waren?"

Devlin hob warnend eine Hand, so als wollte er die Luft zwischen ihnen durchbohren. „Nicht. Diese Frau wurde vergiftet, erstochen, ihres Lebens und des Lebens ihres ungeborenen Kindes beraubt. Denken Sie nicht einmal im Traum daran, sie mit Ihren Lügen entehren zu wollen."

„Vergiftet? Ach wirklich? Wie interessant."

Devlin starrte auf die andere Straßenseite, wo das rußgeschwärzte, aus rotem Backstein erbaute Torhaus des St. James's Palace in den wolkenverhangenen Himmel ragte. Und während Jarvis ihn beobachtete, wurde ihm klar, dass seine Nachforschungen, was die Todesumstände von Guinevere Anglessey anging, für Devlin mehr als ein anspruchsvolles Rätsel waren, mehr als bloß eine Abwechslung in einem sonst langweiligen Leben. Dem Viscount war es tatsächlich *wichtig*, herauszufinden, was mit dieser jungen Frau geschehen war. Dieser unerwartete emotionale Aspekt machte ihn leichter zu manipulieren, aber gleichzeitig auch unberechenbar und gefährlich.

„Wo war Prinny am frühen Mittwochnachmittag?", fragte der Viscount plötzlich.

„Natürlich in Brighton." Jarvis stieß mit Bedacht ein leises Lachen aus. „Mein Gott. Sie werden doch gewiss nicht den Gedanken hegen, dass Seine Hoheit tatsächlich etwas mit diesem Mord zu tun hatte, oder?"

„Es erscheint mir inzwischen weniger unwahrscheinlich als bisher."

„Warum? Weil die Frau seine Avancen zurückgewiesen hat? Seien Sie nicht albern. England ist voller Frauen, die nach einer Gelegenheit lechzen, mit dem zukünftigen König zu schlafen. Er braucht nur eine anzuschauen und zu lächeln."

„Trotzdem frage ich mich, was wohl passieren würde, wenn ein so eitler, sensibler Prinz auf eine Frau trifft, die den Mut hat, seine Avancen zurückzuweisen?"

„Keine Frau hat Seine Hoheit jemals beschuldigt, ihr Gewalt angetan zu haben." Die Worte waren forsch und sorgfältig artikuliert – sie zeugten von der Wut, die darunter brodelte. „Noch nie."

„Vielleicht. Aber sein Vater – ein Vorbild an häuslicher Treue, wie es im Buche steht – hat erst letztes Jahr seine Kniehosen heruntergelassen und sich auf seine eigene Schwiegertochter gestürzt."

Jarvis Hand krampfte sich um den Griff seines Regenschirms, aber er schaffte es, dass seine Stimme ruhig und sein Gesichtsausdruck gelassen blieben. „Der Prinzregent wird nicht verrückt."

Devlins schlankes Gesicht blieb ausdruckslos. Und undurchschaubar. „Erzählen Sie mir etwas über den Dolch, den Sie von Guinevere Anglesseys Leichnam entfernt haben."

Jarvis schenkte dem Viscount ein warmes, beruhigendes Lächeln. „Aber, aber, warum sollte ich denn so etwas tun?"

Devlins Lächeln war ebenso berechnend, aber ausgesprochen kühl. „Genau diese Frage stelle ich mir auch immerzu. Ich denke, es wird Ihnen nicht gefallen, wenn ich die Antwort darauf herausbekomme."

***

Als Sebastian sein Haus in der Brook Street erreichte, musste er feststellen, dass Sir Henry Lovejoy schon vor ihm dort angekommen war.

„Sir Henry", sagte Sebastian und öffnete die Tür zur Bibliothek, wo der leitende Untersuchungsrichter vom Queen Square in einem der Rohrsessel neben dem vorderen Erkerfenster saß und gerade die *Morning Gazette* las. „Ich hoffe, Sie warten noch nicht allzu lange?"

Lovejoy faltete die *Gazette* feinsäuberlich zu einem Rechteck zusammen und erhob sich. „Nicht allzu lang, nein." Er war ein kleiner Mann, gerade mal einen Meter fünfzig groß, trug eine Brille mit dicken Gläsern und hatte eine hohe Stimme und eine ernste Ausstrahlung. Und, wie Sebastian wusste, widmete er sich seiner Arbeit hingebungsvoll.

Sebastian warf seinen Mantel, den Hut und die Handschuhe beiseite und ging zu der Brandykaraffe hinüber, die auf einem Tisch neben dem leeren Kamin stand. „Trinken Sie ein Glas Wein mit mir?“

„Vielen Dank, aber ich verzichte.“ Der kleine Richter faltete seine Hände hinter dem Rücken, räusperte sich und sagte: „Ich habe heute Morgen eine überaus sonderbare Geschichte über einen Burschen gehört, der sich als Bow Street Runner ausgegeben hat. Ein gutaussehender junger Mann mit Augen, die mir als beinahe animalisch beschrieben wurden.

„Wie eigenartig.“ Sebastian setzte wohlbedacht eine unbeeindruckte Miene auf und schnippte sich eine imaginäre Staubflocke von seinem unförmig geschnittenen Mantel. „Sind Sie deshalb hergekommen? Glauben Sie, dieser Bursche könnte ein Verwandter von mir sein?“

Der schwache Anflug eines Lächelns zuckte um die schmalen Lippen des kleinen Richters. „Eigentlich nicht. Ich bin hier, weil wir Ihren Droschkenkutscher aus Yorkshire aufgespürt haben.“

Kapitel 25

„Er erinnerte sich recht genau an die Fahrt", sagte Lovejoy. „Es kommt nicht oft vor, dass eine Dame eine Droschke ins East End nimmt."

Sebastian setzte überrascht sein Glas ab. „Ins East End?"

„Ganz recht. Giltspur Street, in Smithfield."

„Wo genau in der Giltspur Street?"

„Das konnte der Kutscher nicht sagen. Anscheinend ließ sich Lady Anglessey am oberen Ende der Gasse absetzen. Als er sie zuletzt gesehen hat, lief sie in Richtung Markt." Lovejoy räusperte sich erneut. „Ich habe einen der Burschen dorthin geschickt, um sich umzuhören. Niemand erinnert sich daran, sie gesehen zu haben."

Das war nicht sehr wahrscheinlich, dachte Sebastian, und machte sich daran, sich noch einen Drink einzuschenken. Den Anblick einer so schönen jungen Dame wie der Marchioness of Anglessey in einem Spazierkleid in Pompejianischrot würde man nicht so schnell vergessen. Allerdings waren selbst die angesehensten Bürger Londons oftmals zögerlich, wenn es darum ging, mit den Wachtmeistern zu kooperieren. Ein bescheidener Mann hingegen, der subtilere Fragen stellte, könnte durchaus etwas Interessantes erfahren.

***

Als Sebastian am Ende der Giltspur Street seine Droschke bezahlte, hatte der Regen wieder aufgehört, aber die Wolken hingen immer noch tief und bedrückend über dem weitläufigen, vom Tod heimgesuchten Platz des Smithfield Market.

Inzwischen war er ein Fleischmarkt. Aber einst, vor zweihundert Jahren zu Zeiten der Tudors, hatte man hier in Smithfield Menschen verbrannt. Die Katholiken hatten die Protestanten verbrannt, um ihre Seelen vor dem ewigen Feuer der Hölle zu retten, während die Protestanten die Katholiken verbrannt hatten, weil man das mit Menschen tat, deren Vorstellung von Gott nicht genau den eigenen Ansichten entsprach. Sebastian hatte es schon immer merkwürdig gefunden, dass Menschen so etwas im Namen Christi taten, der seine Anhänger gelehrt hatte, dem Feind auch noch die andere Wange hinzuhalten und seinen Nächsten wie sich selbst zu lieben. Aber andererseits waren die Anhänger Christi häufig nachlässig gewesen, wenn es darum ging, diesen Teil seiner Lehren anzuwenden: Sie hatten in seinem Namen überall Menschen niedergemetzelt – von den Einwohnern Jerusalems mit ihrer olivfarbenen Haut bis hin zu den Iren in Dublin.

Sebastian war bekleidet mit dem unmodisch geschnittenen Mantel und den zweckdienlichen ledernen Kniehosen eines Gutsherrn vom Lande und bahnte sich seinen Weg durch die Menschenmassen, die die Straßen bevölkerten – viele von ihnen waren Viehhändler, die zum Montagsmarkt in die Stadt gekommen waren. Sie kamen von weit her, sogar aus Nordengland und Schottland, und trieben die riesigen Rinder- und Ochsenherden her, die zur Ernährung der in etwa eine

Million Einwohner der Stadt notwendig waren. Aber es gab hier auch Einheimische, Handwerksgesellen und Lehrlinge, Bedienstete und Ladenbesitzer, denn der Sonntag war der einzige Tag, an dem die meisten Menschen frei hatten.

Die Atmosphäre war zwanglos und ausgelassen, die Straße voller fröhlicher Stimmen und Gelächter und die schweren Gerüche von gegrilltem Fleisch und gärendem Bier mischten sich in den allgegenwärtigen Gestank nach Schlamm, ungewaschenen Körpern und Urin. An der ersten Querstraße blieb Sebastian stehen und ließ seinen Blick über die Schilder der vielfältigen Geschäfte an der Straßenfront wandern: Es waren Gerber und Kerzenmacher zwischen Kohlenhändlern, Schnaps- und Branntweinbrennern, Knopfverkäufern und Wollhändlern. Allesamt waren das bescheidene Geschäfte und nicht die Art von Laden, die eine Marchioness üblicherweise besuchen würde. Was hatte Guinevere Anglessey hier gewollt?

Er ging weiter, vorbei an den versiegelten Fensterläden eines Teehändlers und an dem Kurzwarenhändler dahinter. All diese Läden waren geschlossen, weil heute Sonntag und somit Sabbat war. Am Montag würde er Tom losschicken, um die einzelnen Geschäfte eines nach dem anderen zu besuchen. Aber etwas sagte ihm, dass Lady Anglessey nicht wegen Tee oder Knöpfen hierhergekommen war.

Als er schon die halbe Straße hinter sich gelassen hatte, stieß er auf ein altes, aus Fachwerk errichtetes Gasthaus namens *The Norfolk Arms*. Es war groß und gut in Stand gehalten und hatte irgendwie den schlimmen Brand im Jahre 1666 überlebt. So, wie es aussah, stand es hier wohl schon seit den Tagen Edward und Mary Tudors, zu denen die Märtyrer auf den Scheiterhaufen von Smithfield gestorben waren.

Sebastian ging auf das Gasthaus zu. Ein paar halbwüchsige Jungen liefen an ihm vorbei und rempelten ihn an, bevor sie davonstürzten und ihm im Laufen eine Entschuldigung zuriefen. Ein einbeiniger Soldat, dessen Gesicht von einem Säbelhieb über die Wange scheußlich entstellt worden war, lehnte sich auf einen mit Lumpen umwickelten Stock und klapperte mit seinem Becher, während er leise murmelnd um Almosen bat.

Sebastian ließ eine Münze in das hingestreckte Behältnis fallen. „Wo hast du gedient?"

Der Bettler holte tief Luft, straffte stolz die Schultern und sagte mit starkem schottischen Akzent: „Antwerpen, Sir." Sebastian bemerkte, dass er unter seinem ungepflegten Bart, dem verfilzten Haar und der fahlen, vernarbten Haut recht jung zu sein schien, wahrscheinlich nicht älter als fünfundzwanzig.

„Bist jeden Tag hier, oder?"

Die vernarbte Wange des Schotten zog sich zu einem Grinsen hoch, sodass die Falten, die seine schmerzerfüllten grauen Augen trotz seiner Jugend fächerförmig umgaben, tiefer wurden. „Ja. Das is' mein Stammplatz."

„Letzten Mittwochnachmittag ist hier eine junge Frau vorbeigekommen. Dunkelhaarig. Hübsch. Eine Dame, um genau zu sein. Sie trug ein rotes Kleid mit Mantel. Hast du sie gesehen?"

Der Mann stieß ein heiseres Lachen aus. „Mit meinen Augen ist alles in Ordnung. Sie war wirklich sehr hübsch, jawohl. Hat mir fünf Schilling gegeben."

„Hast du zufällig gesehen, wo sie hingegangen ist?"

Der Soldat machte eine Kopfbewegung in Richtung des alten Gasthauses hinter ihm. „Ja. Sie is' ins *Norfolk Arms* hier gegangen."

Sebastian spürte, wie ein triumphierendes Gefühl gemischt mit gespannter Erwartung in ihm aufstieg, um sogleich wieder abzuflauen. „Wie lange war sie da drin? Weißt du das?"

Der Mann dachte einen Moment lang nach, dann schüttelte er den Kopf. „Kann ich nich' genau sagen. Ich erinner' mich nich' dran, dass sie wieder rausgekommen is'."

Kapitel 26

Sebastian blieb noch einige Zeit und unterhielt sich mit dem ehemaligen Soldaten. Er kaufte ein Stück gebratenes Rindfleisch am Spieß und Bier dazu. Sie aßen gemeinsam und diskutierten nach Soldatenmanier ausführlich über den Feldzug in Portugal und die Strapazen des letzten Winters sowie über Colonel Trants waghalsige Heldentaten in Coimbra. Zehn Minuten oder mehr vergingen, bis Sebastian das Gespräch langsam wieder auf die dunkelhaarige Schönheit im roten Mantel lenkte.

Der Soldat war überzeugt, dass die Dame allein gewesen war. Aber noch immer konnte er sich nicht daran erinnern, gesehen zu haben, wie sie wieder fortging, und ebenso wenig konnte er sich an die anderen Gäste des Wirtshauses an diesem Tag erinnern.

Sebastian warf noch eine Münze in den Becher des Mannes und wandte sich der Eingangstür des Gasthauses zu. Er zog den Kopf ein, um sich nicht an dem niedrigen Türsturz zu stoßen, und drängte sich in den Gastraum, der vom Geruch nach Bier und den warmen Körpern der dicht aneinandergedrängten Gäste erfüllt war. Das Getöse aus schallenden Männerstimmen mischte sich in das Geklapper der Servierteller und das Klirren der Zinnkrüge. Dann hörte man eine Stimme, die lauter war als die anderen, und klar und deutlich sagte: „Wenn ihr mich fragt, sollten sie den armen alten König rauslassen und seinen Sohn einsperren. Das sollten sie wirklich machen."

Einen Moment lang herrschte Stille, so, als hätten alle im Raum gleichzeitig eine Pause eingelegt, um Luft zu holen. Dann murmelte ein anderer Mann aus einer der schattigen Nischen des dunkel vertäfelten Raumes: „Du meinst, man sollte das ganze Pack einsperren. Die sind von allen guten Geistern verlassen. Jeder einzelne von ihnen, verdammt."

Gelächter und Rufe der Zustimmung – *Jawohl! So ist es!* – füllten den Raum, als Sebastian sich seinen Weg zur Theke bahnte.

So zurückhaltend wie ein schüchterner junger Mann, der gerade vom Land gekommen war, bestellte er ein Pint Bier. Dann stützte er sich mit einem Ellbogen auf der Theke auf und ließ seinen Blick langsam durch den überfüllten Raum schweifen, bis zu der breiten, mit Teppich bezogenen Treppe, die nach oben führte. Durch die offene Tür konnte er sie gerade so erspähen. Guinevere hätte niemals den Gastraum hier aufgesucht. Aber das Wirtshaus hatte auch Räumlichkeiten im Obergeschoss und zweifellos auch ein Privatzimmer. Das Lokal mochte zwar nicht gerade elegant sein, aber trotzdem kam es ihm achtbar vor, zumindest, was den ersten Eindruck anging.

Sebastian schien, dass die möglichen Erklärungen dafür, warum eine Dame wie die Marchioness of Anglessey hier in Smithfield gewesen sein könnte, rasch schwanden. Ihm fiel nur ein Grund ein, warum eine Dame die gepflegten, modischen Hotels wie das *Steven's* oder das *Limmer's* meiden und ein Gasthaus aufsuchen sollte, das so heillos abgelegen war, dass nicht die Gefahr bestand, dass sie hier einem bekannten Gesicht begegnen würde.

Aber Sebastian musste feststellen, dass er diesen Grund seltsamerweise nur ungern glauben wollte.

Während er noch immer an seinem Bier nippte, richtete er seine Aufmerksamkeit auf den Gastwirt. Er war ein kräftiger Mann, groß und muskelbepackt, mit einer glänzenden Glatze, einer breiten Nase und vollen Lippen, wie sie bei Afrikanern üblich waren. Aber seine Haut hatte die blasse Farbe von *Café au lait*, was darauf hindeutete, dass er zumindest zur Hälfte von hellhäutigen Vorfahren abstammen musste.

Der Mann war sich Sebastians Anwesenheit bewusst, so, wie alle guten Gastwirte einen Fremden bemerken. Als Sebastian noch ein Pint bestellte, brachte der große dunkelhäutige Mann es selbst vorbei. „Neu in der Stadt, nicht?", fragte der Gastwirt und stellte das Pint klatschend auf den alten, vernarbten Brettern zwischen ihnen ab.

Der gedehnte Südstaaten-Akzent des Mannes erzählte von Magnolien, von der gleißenden Sonne über den Feldern und der knallenden Peitsche eines Aufsehers. Sebastian nahm einen Schluck von seinem Bier und schenkte dem Mann ein freundliches Lächeln. „Ich bin Verwalter bei Junker Lawrence, oben in Leicestershire. Aber mein Vater hat als junger Mann einige Zeit in Georgia verbracht. Kommen Sie von dort?"

Die Augen des Mannes verengten sich. „South Carolina."

„Da sind Sie aber weit weg von zu Hause. Vermissen Sie die Heimat?"

Der schwarze Mann verzog die Lippen zu einem ironischen Lächeln, das seine großen elfenbeinfarbenen Zähne freigab. „Was glauben Sie denn? Ich wurde im

Sommer 1775 als Sklave geboren, genau ein Jahr bevor die Nordstaatler sich ihre so genannte Unabhängigkeitserklärung ausgedacht haben. Schon mal davon gehört?“

„Nein, ich glaube nicht.“

„Oh, es is’ ein Schriftstück, das ganz großartig klingt, da kann man nichts sagen. Redet von Gleichberechtigung und Naturrechten und Freiheit. Nur, dass diese schönen Worte nur für Weiße gedacht war’n und nich’ für schwarze Sklaven wie mich.“

Sebastian betrachtete den stämmigen, kräftigen Hals des Mannes und bemerkte, dass die Adern auf seiner Stirn hervorgetreten waren. Dieser Mann hatte es weit gebracht – vom Sklaven auf einer Plantage in South Carolina zum Besitzer eines Gasthauses in der Giltspur Street in Smithfield. „Wie ich höre, sind die Amerikaner ein scheinheiliges Pack.“

Der dunkelhäutige Mann lachte. Das tiefe, rumpelnde Geräusch ließ seinen Brustkorb erbeben. „Scheinheilig? Pah, der ist gut. Sie sehen sich gern als glorreiches, gottgefälliges Volk, das stimmt. Wie ein strahlendes Leuchtfeuer auf einem Hügel, das die ganze Menschheit aus der Finsternis der Tyrannei ins Licht führen wird. Aber sehen Sie sich mal an, was sie angerichtet haben. Sie haben alle Indianer getötet und ihr Land gestohlen und dann haben sie uns Schwarze aus Afrika hin geschifft, damit wir die ganze harte Arbeit machen konnten und sie sich ihre lilienweißen Hände nicht schmutzig zu machen brauchten. Na, na, na.“

„Junker Lawrence sagt immer, dass die Amerikaner nur deshalb für ihre Revolution gekämpft haben, weil der König ihnen nicht erlauben wollte, von ihren Verträgen mit den Indianern abzurücken.

„Ihr Junker Lawrence scheint mir ein kluger Mann zu sein."

Sebastian beugte sich vor, so, als würde er ihm ein Geheimnis verraten wollen. „Um ehrlich zu sein, hat mich der Junker gebeten, hierher nach London zu reisen, um ein paar Erkundigungen für ihn einzuholen." Sebastian räusperte sich und fügte mit Nachdruck hinzu: „Ein paar *diskrete* Erkundigungen." Er blickte durch den Gastraum, wie um sicherzustellen, dass niemand mithörte. „Es geht um seine Schwester, verstehen Sie? Sie ist letzte Woche von zu Hause verschwunden. Wir glauben, dass ein paar Leute aus dem Dorf sie mit nach Smithfield genommen haben, und ich habe gehofft, dass sie vielleicht hierhergekommen ist. Um sich ein Zimmer zu nehmen."

Die breiten Gesichtszüge des stämmigen Afrikaners blieben ungerührt. „Wir haben hier nicht viele Damen. Versuchen Sie es doch mal im *Stanford*, drüben in Snow Hill."

„Dort war ich schon. Es ist nämlich so: Ich habe gehört, dass die Dame erst letzten Mittwoch dabei gesehen wurde, wie sie das *Norfolk Arms* betreten hat. Eine junge Dame mit dunklem Haar und einem roten Mantel. Nun, soweit ich weiß, ist Miss Eleanors Mantel grün, aber sie hat ganz gewiss dunkles Haar und sie hätte sich ja jederzeit einen neuen Mantel kaufen können, nicht wahr?" Sebastian hielt inne, so, als widerstrebe es ihm, die Wahrheit preiszugeben. „Ich sage es ja nicht gern, aber wir befürchten, dass ein Mann involviert sein könnte."

Der Gastwirt wischte mit einem Tuch über die mit Abdrücken von Ringen übersäte hölzerne Theke. „Letzten Mittwoch, sagen Sie?"

„Ja", sagte Sebastian mit überschwänglichem Eifer. „Haben Sie sie gesehen?"

„Nein. Ich weiß nicht, wer Ihnen so etwas Blödes erzählt hat, aber da hatten wir hier keine Damen. Derjenige muss irgendeine Bäuerin gesehen haben, die letzte Woche auf den Markt wollte."

Der Gastwirt schlenderte weg und Sebastian ging wieder dazu über, an seinem Bier zu nippen und seine Umgebung zu betrachten. Das *Norfolk Arms* mochte zwar in Smithfield liegen, aber seine Kundschaft bestand zum Großteil nicht aus Viehtreibern und Marktleuten. Die beiden vermögenden Israeliten, die sich leise am Fenster unterhielten, hätten wahrscheinlich selbst die Besitztümer des Königs von England mehrmals aufkaufen können, während an einem Tisch nahe der Tür eine kleine Gruppe von Männern kauerte und sich eine Flasche Brandy teilte.

Eine Flasche guten französischen Cognac, um genau zu sein, stellte Sebastian fest. Er verengte den Blick. Einer der Männer hatte Tintenflecke auf den Fingern, was auf einen Sekretär hindeutete, während die anderen wie Advokaten und Anwälte aus den nahe gelegenen Inns of Court aussahen. Während Sebastian sie beobachtete, hob ein älterer Herr mit einem grauen Haarschopf und einem deutlich vorspringenden Kinn seinen Brandy hoch und machte einen Trinkspruch. „Auf den König!"

Diese Worte sagte er leise, so leise, dass jemand, dessen Gehör weniger empfindlich war als Sebastians, sie unmöglich gehört hätte. Die anderen am Tisch erhoben ebenfalls ihren Brandy und murmelten: „Jawohl, auf den König", während sie absichtlich ihre Gläser über einen Wasserkrug schwenkten, der auf dem Tisch stand, bevor sie einen Schluck tranken.

Sebastian, der sein eigenes Bier schon halb an seine Lippen geführt hatte, hielt inne. *Auf den König jenseits des Wassers.* Das war ein alter Trinkspruch, der schon hundert Jahre oder noch länger zurückreichte, und eine List, mit der Männer scheinbar auf die Gesundheit des regierenden hannoverschen Monarchen trinken konnten, während sie in Wirklichkeit ihre Loyalität dem *anderen* König gegenüber zum Ausdruck brachten. Nämlich dem entthronten Stuart-König James II und seinen Nachkommen, die dazu verdammt waren, für immer im Exil zu leben.

Jenseits des Meeres.

Kapitel 27

Als Sebastian das *Norfolk Arms* verließ, hatte er allen Grund, dankbar für seine scharfen Augen zu sein, die Kat Boleyn gerne Katzenaugen nannte. Irgendwann innerhalb der letzten Stunde war der trübe Nachmittag in die Nacht übergegangen und die schweren Wolken, die vom Regen des Tages zurückgeblieben waren, versperrten die Sicht auf den Mond und die Sterne. Hier gab es keine Straßenlaternen, die sich feinsäuberlich aneinanderreihten wie in Mayfair und es gab auch keinen Laternenanzünder, der bei Sonnenuntergang mit einer Leiter und seinem Burschen die Runde machte, um ihre Ölbehälter aufzufüllen. Die Läden waren verschlossen und die enge Gasse war zwar immer noch voller Menschen, aber nur von vereinzelten Laternen gesäumt.

Doch während die Welt bei Sonnenuntergang für die meisten Menschen auf eine unscharfe Palette von Grautönen reduziert wurde, blieb Sebastian die Fähigkeit erhalten, Farben zu unterscheiden. Er konnte nachts fast genauso gut sehen wie bei Tage – in einigen Fällen sogar besser, denn manchmal blendete ihn das grelle Licht eines klaren, sonnigen Tages so sehr, dass es kaum auszuhalten war.

Daher bemerkte er auch den Schatten des Mädchens, das aus einer Seitengasse, an der er vorbeiging, kam und hinter ihm herlief. „Psst", flüsterte sie. „Sir, wegen der Dame -"

Sie machte eilig einen vorsichtigen Schritt zurück, als Sebastian sich ruckartig umdrehte. Sie war eine außergewöhnlich große Frau, aber sehr jung. Er musterte ihr Gesicht und schätzte, dass sie kaum mehr als ein Kind sein konnte, höchstens fünfzehn, vielleicht auch erst vierzehn Jahre alt. Sie hatte glatte Wangen, eine Stupsnase und seltsam blasse Augen, was ihr eine fast unheimliche Ausstrahlung verlieh.

Sebastians Hand schnellte vor und schloss sich um ihren Oberarm und hielt sie fest. „Was ist mit ihr?"

Das Mädchen keuchte auf. „Bitte tut mir nicht weh." Unter seinem Griff fühlte sie sich unerwartet zerbrechlich an. „Ich habe gehört, wie Ihr Euch nach der Dame erkundigt habt, die letzte Woche in das Wirtshaus gekommen is'. Die Dame in dem roten Kleid."

Er suchte in ihren Augen nach irgendeinem Anzeichen dafür, dass es eine List war, konnte darin aber nur Angst und eine gewohnheitsmäßige Skepsis lesen. „Hast du sie gesehen? Weißt du, mit wem sie sich treffen wollte?"

Sie warf einen ängstlichen Blick über ihre Schulter und sog hastig die Luft ein, sodass ihr schmaler Brustkorb erzitterte. „Ich kann hier nicht drüber sprechen. Sie könnten mich sehen."

Sebastian lachte leise. „Das ist dein Trick, ja? Denkst du, du kannst mich in eine dunkle Einfahrt locken, wo mich deine Freunde ausnehmen können?"

Sie riss die Augen weit auf. „Nein!"

Um sie herum leerte sich die Straße allmählich. Ein Musiker, der eine bekannte Melodie auf einer Flöte spielte, schlenderte vorbei, gefolgt von drei lachenden Viehtreibern, die nach Gin stanken. Sie hatten sich beieinander untergehakt und trällerten das Lied: *Oh, Father, oh, Father, go dig me grave, go dig it deep and*

*narrow, for Sweet William, he died for me today, and
I'll die for him tomorrow.*

Einer der Viehtreiber, ein großer, rothaariger Mann
mit gebrochener Nase, schwang wie beim Jig-Tanz gewagt das Bein hoch, was seinen Kameraden erst anfeu-
erndes Gejohle entlockte und dann, als er über den
Rinnstein der Gasse stolperte, spöttische Pfiffe und
Rufe. Der Mann, der stark nach Gin und rohen Zwiebeln roch, fiel gegen Sebastian und rempelte ihn gerade
so sehr an, dass das Mädchen seinem Griff entkommen
konnte. Sie huschte wieder die Gasse hinunter, er sah
nur noch ihre nackten Füße aufblitzen und wie ihr das
strähnige blonde Haar um die Schultern wirbelte.

Natürlich war es eine Falle, das wusste er. Und trotzdem folgte Sebastian ihr.

Er fand sich in einem schiefen, unbefestigten Durchgang aus bloßer, gestampfter Erde wieder. Ein Rinnsal
von faulig riechendem Wasser bahnte sich seinen Weg
zwischen Müllhaufen und zerbrochenen Weinfässern
hindurch. Die aus den roten, für den Tudorstil typi-
schen Ziegeln erbauten Gebäude waren alt und zerfal-
len. Die klamme Luft erfüllten ein Geruch nach feuch-
tem Mörtel und der durchdringende Gestank von Blut,
der von einer Fleischerei in der Nähe herüberzog.

In ungefähr dreißig Metern Entfernung erspähte er
das Mädchen, das sich gerade in einen niedrigen Haus-
eingang drückte. In diesem Moment tauchten drei
Männer hinter einem Stapel Holzkisten auf und ver-
teilten sich über den engen Platz.

Sebastian bemerkte, dass sie derbe Kleider, aber
keine Lumpen trugen. „Sieht ganz danach aus, als hättest du einen Fehler gemacht", sagte einer der Männer,

der größer und besser gekleidet war als die anderen. Er hatte ein langes Gesicht mit einer aristokratischen Nase und kam Sebastian irgendwie bekannt vor, obwohl er nicht wusste, woher. Sein gestärktes weißes Halstuch war einwandfrei gebunden und die Rockschöße seines Mantels zeichneten sich schwarz vor dem dunklen Rot der Ziegel hinter ihm ab. „Nicht wahr, Kumpel?"

Sebastian wirbelte herum. Am Ende der Gasse erkannte er im schwachen Schein einer qualmenden Fackel die Silhouetten von zwei weiteren Männern. Er saß in der Falle.

Kapitel 28

Es überraschte Sebastian, wie umfangreich man sich auf seinen Besuch vorbereitet hatte. Er hätte mit einem Mann gerechnet, oder vielleicht mit zweien. Als er sich in der Gegend umgehört hatte, hatte er offensichtlich einen empfindlichen Nerv getroffen. Während er jetzt in die Hocke ging, kam ihm in den Sinn, dass es hier um mehr ging als um den Tod einer einzelnen jungen Frau.

Er hatte immer einen Dolch in seinem Stiefel versteckt, dessen Griff kühl und glatt in seiner Handfläche lag und um den er heimlich die Finger schloss. Er verspürte keine Angst. Angst entstand, wenn man Zeit zum Nachdenken hatte oder wenn man hilflos war und sich nicht wehren konnte. Stattdessen durchströmte ihn ein Energieschub, der sein Herz wild pochen ließ und all seine Sinne schärfte und seine Geschicklichkeit noch steigerte.

Dank der sechs Jahre, in denen er geheime Aufträge in den Bergen Portugals und Italiens sowie auf den Westindischen Inseln ausgeführt hatte, analysierte Sebastian seine gefährliche Lage schnell und routiniert. Er könnte bleiben, wo er war, dann würden die Männer ihn umzingeln und er wäre gezwungen, gegen alle fünf auf einmal zu kämpfen. Oder er könnte eine der beiden Gruppen angreifen und versuchen, zu fliehen, bevor die anderen Männer ihren Kameraden zu Hilfe eilten. Weil drei Männern vor ihm standen, aber nur zwei ihm den Weg zurück in die Gasse versperrten, fiel die Wahl nicht schwer.

Für den Moment allerdings schienen beide gegnerische Gruppen sich damit zufrieden zu geben, auf Distanz zu bleiben. „Wer hat dich hergeschickt?", fragte einer der Männer am Ende der Gasse. Er war dunkelhaarig und seine beleibte Taille und die hängenden Wangen zeugten davon, dass er mittleren Alters war. In der Hand hielt er einen robusten Knüppel aus Holz, den er bedrohlich gegen die Handfläche seiner anderen Hand schlug. Sein rothaariger Begleiter – groß, mit gebrochener Nase, aber ziemlich nüchtern – hatte ein Messer. Sebastian erinnerte sich, dass er eben auf der Straße drei Männer gesehen hatte. Das bedeutete, dass irgendwo noch ein Viehtreiber und vielleicht ein Flötenspieler auf ihn warteten.

Sebastian leckte sich mit gespielter Nervosität über die Lippen und ließ seine Stimme hoch und zittrig klingen. „Junker Lawrence aus Leicestershire -"

„Äh-äh", sagte der Mann mit dem Knüppel. „Lass dir mal durch den Kopf gehen: Ein Mann kann entweder schnell sterben oder er kann Zentimeter für Zentimeter umkommen, während er um Gnade winselt und bereut, dass er überhaupt jemals geboren wurde. Die Wahl liegt bei dir."

Sebastian schenkte dem Mann ein düsteres Lächeln. *„Oh, Father, oh Father, go dig me grave"*, sagte er und stürzte sich nach vorn.

Er entschied sich für den Mann zu seiner Rechten, den großen Rothaarigen mit den flinken Füßen und dem Messer, das schneller töten konnte als ein Knüppel. Der Rotschopf brachte sich in Position, hielt sein Messer tief und war bereit, den Angriff abzufangen. Aber Sebastian ließ den Dolch im letzten Augenblick in seine linke Hand gleiten und schaffte es, seinen rechten Unterarm unter die Klinge des anderen zu hebeln, als der große Mann sich auf ihn stürzte. Er schlug die sommersprossige Hand mit dem Messer so weit nach oben, dass er seinen eigenen Dolch durch die Weste und das Hemd, die den breiten Brustkorb des Viehtreibers bedeckten, treiben konnte – tief in das Fleisch und die Sehnen darunter.

Sebastian war dem Mann so nahe, dass er die Poren in dessen Haut sehen konnte und den nervösen Schweißfilm, der auf seiner Stirn glänzte. Er roch auch wieder den Gestank von Gin, mit dem der Mann die grobe Wolle seines Mantels begossen hatte. Der Mann stieß ein zischendes, gurgelndes Geräusch aus und spie Blut und Spucke, während er die Augen verdrehte. Sebastian zog die Klinge ruckartig aus seinem Körper und wirbelte hastig zu dem Mann mit dem Knüppel herum.

Aber er war nicht schnell genug. Ein Schlag, der Sebastian am Hinterkopf hätte treffen sollen, prallte stattdessen mit voller Wucht auf seine Schulter. Um sein Schlüsselbein herum explodierte der Schmerz und strahlte in seinen linken Arm aus. Sebastian sank auf ein Knie und stöhnte zwischen zusammengebissenen Zähnen auf. Über ihm erhob sich ein Schatten. Sebastian drehte sich ein wenig und erhaschte einen Blick auf ein Gesicht mit schlaffen Hängebacken, die vor Zorn rot angelaufen waren, und zu einer Grimasse verzerrten Lippen, die den Blick auf gelbe, schiefe und entschlossen zusammengepresste Zähne freigaben. Der Mann hob den Knüppel, um wieder zuzuschlagen.

Sebastian riss seinen Dolch hoch und trieb ihn tief in den Bauch des Mannes.

Der Mann schrie auf und dann schrie er wieder, als Sebastian versuchte, die Klinge aus ihm herauszuziehen. Aber sie verfing sich in dem dicken Stoff der Weste des Mannes. Jemand rief etwas. Er hörte die gehetzten Atemzüge und das Stampfen der Schritte, als die Männer sich von der anderen Seite der Gasse her näherten.

Sebastian ließ den Dolch los und drückte sich hoch. Er konnte das Ende der Gasse sehen, wo sich ein Knäuel aus rastlosen Schatten vor der dunkleren Silhouette der aufragenden Ziegelsteinmauern abzeichnete. Er rannte los und hatte erst ein paar Schritte geschafft, als der Lärm und die Erschütterung eines Pistolenschusses durch den schmalen Gang dröhnten. Er sah das brennende Schwarzpulver gelblich weiß aufleuchten und roch den stechenden Geruch von Schwefel.

Und dann spürte er, wie eine brennende Feuerspur über die Seite seines Kopfes fegte.

Kapitel 29

Sebastian schwankte, aber er rannte weiter.

Er stürmte aus dem Ende der Gasse auf die Giltspur Street. Sein Hut war verschwunden. Er spürte, wie das Blut an seinem Gesicht herunterlief – der metallische Geruch hing schwer in der feuchten Nachtluft. Noch mehr dunkles Blut hatte die Vorderseite seines Mantels und seiner Weste getränkt, aber das war nicht seines.

Köpfe drehten sich nach ihm um. In Schultertücher gehüllte Frauen wichen mit blassen Gesichtern vor ihm zurück, die Augen vor Angst weit aufgerissen. Er wusste, dass sie den Pistolenschuss gehört haben mussten, aber niemand kam ihm zu Hilfe. Er war hier ein Fremder, aber die Männer, die hinter ihm her waren, nicht.

Warmes Blut tropfte ihm in die Augen. Er stolperte von dem schmalen Gehweg herunter. Pferdeköpfe mit aufgeblähten Nüstern ragten aus der Dunkelheit hervor. Er hörte den Knall einer Peitsche, einen Schrei und das Klirren der Geschirre. Gerade noch rechtzeitig sprang er zurück und wich im letzten Moment den blitzenden Hufen und rumpelnden eisenbeschlagenen Rädern eines großen rotgrünen Brauereiwagens aus, der schnell die Straße hinaufgefahren kam.

Der Wagen war hoch und die Oberkanten seiner hölzernen Seitenwände überragten Sebastians Kopf um mindestens einen Meter. Er hörte, wie gehetzte Schritte hinter ihm auf die Pflastersteine klatschten.

Ohne sich umzusehen, sprang Sebastian hinten auf den hohen Wagen und versuchte, mit beiden Händen die Oberkante der Ladeklappe zu erwischen. Aber der Schlag auf seine Schulter hatte seinem Arm mehr zugesetzt, als ihm bewusst gewesen war. Seine linke Hand rutschte vergeblich von dem rauen Holz ab. Nur seine rechte Hand fand Halt. Dabei wurde sein Arm, der jetzt sein ganzes Gewicht tragen musste, beinahe ausgekugelt.

Irgendwo hinter ihm ertönte ein Schrei, gefolgt von einem heiseren Ausruf: „Da ist er! Haltet ihn auf!"

Mit zusammengebissenen Zähnen und in der Luft hängenden Füßen versuchte Sebastian mühevoll, sich einhändig an der Ladeklappe hochzuziehen. Er hatte es gerade geschafft, seinen Ellenbogen über die Seite zu hieven, als einer der Männer nach vorn stürzte und seine Arme um Sebastians Beine schlang.

Die Wucht und das Gewicht des Mannes rissen Sebastian herum und zogen ihn wieder auf die vorbeirauschende Straße herunter. Er wurde vom Schmerz überwältigt und erhaschte nur einen kurzen Blick auf das zerfurchte Gesicht eines Mannes mit buschigen, geraden Brauen und schmaler Nase. Die Lippen des anderen verzogen sich grimmig, als er knurrte: „Ich hab' dich, du Mistkerl."

Sebastian schaffte es, ein Bein zu befreien, winkelte sein Knie an und trat kräftig zu. Sein Fuß landete mitten im Gesicht des Mannes. Er hörte, wie Knorpelgewebe und Knochen knirschend zermalmt wurden und sah, wie das Blut spritzte, als die Wucht des Trittes den Mann zurücktaumeln ließ.

Einen Moment lang klammerte der andere sich wie wahnsinnig an Sebastians Bein samt Stiefel, dann glitt der Stiefel mit einem schmatzenden *Plopp* von

Sebastians Fuß und der Mann fiel nach hinten um. Er schlug so heftig auf dem Rinnstein auf, dass ihm die Luft wegbleiben musste, und hielt den derben, für das Landleben gemachten Stiefel von Junker Lawrences Verwalter noch immer in den Händen wie eine Trophäe.

***

„Eines Tages", begann Kat Boleyn und tupfte mit einem in Hamameliswasser getränkten Tuch über seine Schläfe, „wird jemand auf dich schießen und dabei sein Ziel nicht verfehlen."

Sebastian sog mit einem schmerzerfüllten Zischen die Luft ein. „Nicht, dass sie es dieses Mal wirklich verfehlt hätten."

Er saß auf einem niedrigen Hocker neben dem Küchentisch in Kats Haus in der Harwich Street. Elspeth hatte sich, wie der Rest von Kats überschaubarem Personal, zurückgezogen, um ihren freien Abend in ihrer Kammer hoch oben auf dem Dachboden zu verbringen, sodass das Haus still und dunkel dalag. In der Ferne konnte er das leise, schwermütige Läuten einer Totenglocke hören.

Er hob eine Hand und tastete nach der klaffenden Wunde, die direkt über seinem Ohr durch sein Haar verlief. Kat schlug seine Hand weg. „Nicht anfassen." Einen Augenblick lang war sie damit beschäftigt, zerstoßene Kräuter aus der Apotheke zu einer Salbe zu mischen, dann sagte sie: „Du wusstest doch, dass es eine Falle war. Warum bist du trotzdem hineingetappt?"

„Ich dachte, ich könnte dabei etwas erfahren. Ich habe nicht mit fünf Männern gerechnet. Oder mit einer Pistole.“

„Und, was hast du erfahren? Dass deine Fragen jemanden nervös machen? Das wusstest du bereits. Irgendwer verfolgt dich ja schon seit Tagen.“

„Ich glaube nicht, dass mein Schatten unter den Männern war, die mich angegriffen haben.“

„Würdest du ihn denn erkennen, wenn du ihm begegnen würdest?“

„Nein. Aber die Männer von heute wussten nicht, wer ich bin. Wenn sie das gewusst hätten, wäre mein Freund mit dem Knüppel nicht so erpicht darauf gewesen, herauszufinden, wer mich geschickt hat.“

Sie strich den letzten Rest der Salbe auf die offene Wunde und machte sich daran, ein sauberes Tuch mit einer Mischung aus geriebenen rohen Kartoffeln und kalter Milch zu füllen. „Wirst du Sir Henry davon erzählen?“

Sebastian war gerade dabei gewesen, sein Hemd über den Kopf zu ziehen, und hielt inne. „Lovejoy? Was zum Teufel könnte er schon unternehmen?“

Sie drückte die kalte Kompresse auf seine geprellte Schulter. „Er könnte jemanden in das *Norfolk Arms* schicken, um sich dort umzusehen.“

„Das fehlt mir gerade noch“, sagte er und streckte die Hand nach der Kompresse aus, um sie festzuhalten. „Irgendein dummer Wachtmeister, der da herumtrampelt, unangenehme Fragen stellt und alle in Harnisch bringt. Das ist wohl der einfachste Weg, um sicherzustellen, dass wir niemals etwas Hilfreiches erfahren werden.“

Ihre Blicke trafen sich und sie sah ihn mit ihren schönen, weit aufgerissenen blauen Augen beunruhigt an. „Du selbst kannst dort nicht nochmal hingehen."

Er berührte ihr Gesicht, strich mit seinen Fingerspitzen sanft über ihre Wange. „Vorsicht, Miss Boleyn. Mir scheint, dass Sie sich beinahe so viel Sorgen um mein Wohlergehen machen, wie man es von einer Ehefrau erwarten würde."

Er rechnete damit, dass sie hastig etwas entgegnen und dann zurückweichen würde. Stattdessen lehnte sie sich an ihn und schlang ihre Arme um seinen Hals, um ihn festzuhalten. „Falls diese Leute in eine Verschwörung gegen den Regenten verwickelt sind und sie denken, dass du ihnen auf der Spur bist, werden sie nicht zögern, dich zu töten. Und das weißt du auch."

Er drückte sein Gesicht an ihre weichen Brüste. „Wir wissen lediglich, dass die Männer an einem Tisch im Gastraum des *Norfolk Arms* nostalgische Gefühle für einen verbannten und im Exil gestorbenen König hegen. Deshalb kann man nicht gleich dem gesamten Stadtteil vorwerfen, eine Verschwörung zum Sturz der hannoverschen Dynastie auszuhecken."

Sie drückte sich von ihm weg und begann, die verschiedenen Salben und Arzneien, die sie verwendet hatte, aufzuräumen. Der Augenblick, in dem sie sich so wesensfremd verletzlich gezeigt hatte, war vorbei. Sie hatte sich wieder unter Kontrolle und ihre Stimme war neckisch, als sie sagte: „Ich dachte, du glaubst nicht an Zufälle."

Er stand auf und ließ seinen Arm langsam kreisen, um den verspannten Muskel zu lockern. „Das tue ich auch nicht. Aber ich begreife nicht, wie das alles zu dem passt, was ich über das Leben von Guinevere Anglessey weiß. Aber wenn ich eine Verbindung zwischen meinen Freunden aus der Giltspur Street und Bevan Ellsworth finden könnte, würde es vielleicht allmählich Sinn ergeben. Laut Guineveres Dienstmädchen ist er letzten Montag in das Stadthaus seines Onkels geplatzt und hat im Prinzip damit gedroht, sie umzubringen. Er hat auch ein verdammt gutes Motiv – durch die Geburt von Guineveres Sohn wäre er enterbt worden. Da seine Gläubiger ihn bereits wegen der Rückzahlung seiner Schulden bedrängten, hätte Ellsworth beschließen können, dass er es nicht riskieren kann, abzuwarten, ob das Kind vielleicht ein Mädchen wird."

„Und außerdem hast du ihn sowieso nie gemocht."

Sebastian sah zu ihr hinüber und lächelte. „Und außerdem habe ich ihn sowieso nie gemocht." Er zog seine blutbefleckten Kniehosen aus und machte sich daran, noch einen Kessel mit heißem Wasser in das Sitzbad zu gießen, das sie neben der Feuerstelle in der Küche vorbereitet hatten. „Was weißt du über Fabian Fitzfrederick?"

„Er und Ellsworth sind mehr oder weniger vom selben Schlag, aber Fitzfrederick treibt sich auch mit den Dandys herum." Sie runzelte die Stirn. „Warum? Glaubst du, Fitzfrederick könnte etwas damit zu tun haben?"

„Verdammt, ich weiß es nicht. Aber er stellt zumindest eine Verbindung zwischen Ellsworth und der königlichen Familie dar."

„Eine dürftige."

„Eine dürftige." Sebastian stieg über die hohe, emaillierte Seitenwand und setzte sich in die Wanne, die

Knie dicht an die Brust gezogen. „Das Problem ist, dass die Inns of Court zwar verdächtig nah an der Giltspur Street liegen, Ellsworth selbst aber schlicht nicht genügend Zeit gehabt hätte, Guineveres Leiche nach Brighton zu schleppen und es trotzdem bis zehn Uhr wieder zu seinem Pharao-Spiel im Pickering Place zu schaffen. Abgesehen davon interessiert sich der Mann lediglich für die Pferderennbahn und den Kartentisch – und natürlich für den Sitz seines Mantels. Warum sollte er all die Risiken eingehen, die mit dem Versuch einhergehen, den Regenten des Mordes zu beschuldigen?“

„Um den Verdacht von sich selbst abzulenken?“, regte Kat an.

„Sicher hätte es dafür einfachere Wege gegeben?“

Sie schwieg so wie immer, wenn sie sorgfältig über etwas nachdachte. „Der einzige, bei dem ich mir vorstellen kann, dass er einen Grund gehabt haben könnte, den Regenten zu belasten, ist Anglessey selbst. Wenn er herausgefunden hätte, dass der Prinz ihr nachstellt und dass sie es ihm nicht gesagt hat, hätte er vielleicht annehmen können, dass sie die Avancen willkommen geheißen hat.“

Sebastian lehnte seinen Kopf gegen den Rand der Wanne und wartete, bis das heiße Wasser den Schmerz seiner strapazierten Muskeln und der geprellten Schulter ein wenig linderte. Nach einigen Augenblicken sagte er: „Wenn Anglessey jemandem den Mord an seiner Frau anlasten wollte, dann wäre es wohl sein Neffe gewesen und nicht der Regent. Außerdem ist Anglessey ein kranker, alter Mann. Er ist einfach zu gebrechlich und hätte das Ganze nicht schaffen können. Abgesehen davon, dass er in Brighton war, wenn du dich erinnerst?“

Sie kniete sich mit einem Stück Seife in der Hand neben ihn auf den Steinboden. „Er hätte jemanden anheuern können.“

„Verflucht, sie hätten ja alle jemanden anheuern können.“

„Beug dich nach vorn.“ Kat fuhr mit der Seife über seine Schultern und an seinem Rücken entlang. „Was ist mit Varden? Sie hätten sich streiten können, wie Liebespaare das nun mal tun. Und dieser Streit hätte auch gewaltsam ausgehen können.“

„Wir wissen nicht, ob sie überhaupt ein Liebespaar waren.“

„Das waren sie“, sagte Kat.

Sebastian lächelte, als sie seine Rippen und seinen Brustkorb einseifte. Er selbst war sich da nicht so sicher. „Laut seiner Mutter war Varden an diesem Tag bis abends zu Hause“, erinnerte er sie.

„Tja, natürlich sagt sie das.“ Kat drückte sich hoch und trat einen Schritt zurück, als er aufstand, sodass das Wasser an seinem Körper herunterlief.

Er stieg aus der Badewanne und griff mit einer Hand nach dem dicken Baumwollhandtuch, das Kat auf einen Stuhl daneben gelegt hatte. „Offenbar übersehe ich etwas. Etwas, das ich hätte bemerken müssen.“

Sie ging zu ihm und half ihm in den seidenen Morgenmantel, den sie für ihn bei sich aufbewahrte. „Wenn es da etwas gibt, wirst du es auch finden“, sagte sie schlicht.

Er drehte sich zu ihr um. Im sanften Licht des Küchenfeuers sah sie so friedlich aus und schien sich seiner Fähigkeiten so sicher zu sein, dass er für einen Moment demütig wurde. Er streckte die Hand aus, um die losen Strähnen ihres dichten, dunklen Haares aus ihrem Gesicht zu streichen. „Manchmal frage ich mich, wozu das alles gut sein soll. Selbst wenn ich herausfinde, wer sie getötet hat – und warum – wird das nichts ändern. Sie bleibt trotzdem tot."

„Ich glaube, sie würde wissen wollen, dass der Mann, der sie und ihr Kind getötet hat, nicht ungestraft davongekommen ist."

„Geht es allein darum? Um Rache?"

Sie presste ihre Wange an seine Brust und schlang ihre warmen Arme um seine Taille. „Nein. Ich glaube nicht, dass es nur darum geht, ihren Tod zu rächen. Es geht auch darum, die Erinnerung daran, wer sie war, zu bewahren, indem man nicht zulässt, dass Menschen die Wahrheit verzerren, um sich selbst zu schützen. Und es geht darum, sicherzustellen, dass derjenige, der das getan hat, keine Gelegenheit bekommt, es wieder zu tun."

Er nahm ihr Gesicht zwischen seine Hände und spürte, wie der Puls in ihrem Nacken gegen seine Handfläche klopfte. Unter seiner Berührung schien sie so zerbrechlich zu sein, so verletzlich, dass sein Herz für einen Augenblick vor Angst aussetzte und er den Drang verspürte, sie in die Arme zu nehmen und festzuhalten – damit sie *in Sicherheit* war, und zwar für immer.

„Heirate mich, Kat", sagte er plötzlich. „Dir kann kein Grund einfallen, mich abzuweisen, der nicht dürftig und absurd klingt, wenn man bedenkt, wie schnell der Tod einen von uns dahinraffen könnte."

Ihre Lippen öffneten sich und ihre leuchtend blauen Augen weiteten sich vor Schmerz, als sie in sein Gesicht sah und den Kopf schüttelte. „Wir können unser Leben nicht so leben, als ob wir morgen sterben würden.“

„Vielleicht sollten wir das aber.“

„Und ein Leben in Reue zubringen?“

„Ich würde es nicht bereuen.“

Ein Lächeln umspielte ihre Lippen, aber es verblasste schnell. „Das denkst du jetzt.“

Er legte seine Stirn an ihre und sagte noch einmal: „Ich würde es nicht bereuen.“

Kapitel 30

Als sie am nächsten Morgen erwachte, blieb Kat einen Moment lang mit geschlossenen Augen liegen und lauschte dem gleichmäßigen Rhythmus von Devlins Atemzügen. Ein Lächeln umspielte ihre Lippen – er war die Nacht über bei ihr geblieben.

Sie drückte sich auf die Ellbogen hoch und ließ ihren Blick über den Mann schweifen, der neben ihr lag. Sie kannte jeden Zentimeter seines Körpers, wusste, wie außergewöhnlich scharfsinnig sein Verstand war, und dass seine edle Seele noch viel außergewöhnlicher war. Und sie wusste auch, was sie ihm letztendlich damit antun würde, wenn sie dem schmerzhaften Sehnen ihres Herzens nachgeben und ihn heiraten würde.

Das Lächeln verblasste. Sie liebte ihn schon seit sie sechzehn Jahre alt und noch eine unbekannte Operntänzerin gewesen war und er ein ungestümer junger Bursche, der gerade erst seinen Abschluss in Oxford gemacht hatte. Auch damals hatte er um ihre Hand angehalten. Und weil sie jung gewesen war und sich so verzweifelt danach gesehnt hatte, ihn für immer in ihrem Leben zu haben, hatte sie ja gesagt. Erst später – nachdem sein Vater und auch ihr Gewissen ihr verdeutlicht hatten, was eine solche Heirat für ihn bedeuten würde – hatte sie Devlin abgewiesen. Was sie in dieser Nacht in seinen Augen gesehen hatte – den gequälten, ungläubigen Blick eines Betrogenen – hatte ihr das Herz entzweigerissen und ihre Seele für immer gebrandmarkt.

Sie konnte sich noch daran erinnern, wie sie durch die nebelverhangenen Straßen der Stadt gewandert war und die Tränen heiß über ihre Wangen geflossen sind. Vor lauter innigem Schmerz, wie man ihn nur in seiner Jugend empfinden kann, war sie tief betrübt gewesen und hatte sich nach dem Tod gesehnt. Aber sie war nicht gestorben, und diejenigen, die ihr gesagt hatten, dass die Zeit alle Wunden heilt, hatten zumindest teilweise Recht gehabt. Denn mit der Zeit hatte sie einen Grund gefunden, am Leben zu bleiben, und eine Sache, für die sie kämpfen wollte. Und genau das war jetzt ein Teil des Problems. Aber auch nur ein Teil davon.

Sie sagte sich, dass die Entscheidungen, die sie in den letzten Jahren getroffen hatte, keinen Unterschied machten und dass sie immer noch genügend Kraft hätte, dem Drängen ihres tückischen, schwachen Herzens zu widerstehen. Es kam ihr wie ein Wunder vor, dass sich Devlin trotz allem, was er in den letzten sieben Jahren gesehen und getan hatte, nicht verändert hatte – zumindest nicht, was das anging. Er glaubte immer noch, dass man sich aus Liebe gegen die ganze Welt stellen konnte. Sie wusste es besser.

Sie wusste, was es für ihn bedeuten würde, wenn seine eigenen Standesgenossen ihn meiden würden, wenn er das Ziel ihrer Verachtung und ihres Gespötts wäre und sie nur noch Mitleid und Hohn für ihn übrighätten. Sie zu heiraten, wäre ein sozialer Fauxpas, den ihm weder sein Vater noch seine Schwester Amanda jemals verzeihen würden. Sie glaubte nicht, dass Devlin unter dem Zerwürfnis mit seinem einzigen überlebenden Geschwisterteil übermäßig leiden würde. Aber die Bande zwischen dem Earl und seinem Erben waren stark und tief verwurzelt.

Sie wusste das. Und trotzdem war sie in Versuchung.

Deshalb erinnerte sie sich daran, dass man eine Ehe nicht auf Lügen bauen konnte, und dass Devlin zwar die schmutzige Wahrheit über ihre Kindheit auf der Straße wusste, aber nichts von den Jahren danach – nachdem sie ihn von sich fortgeschickt hatte. Von den Jahren, die sie damit zugebracht hatte, einflussreiche Männer zu verführen und die Geheimnisse, die sie dabei ausplauderten, an die Franzosen weiterzugeben.

In ihren schwachen Momenten flüsterte ihr eine verräterische Stimme zu, dass er von dieser Zeit niemals etwas erfahren müsste. Seit Pierreponts Verschwinden aus London vor vier Monaten hatte sie nichts mehr mit den Franzosen zu tun gehabt. Und obwohl man ihr gesagt hatte, dass sich ein neuer führender Geheimagent mit ihr in Verbindung setzen würde, war die Nachricht, vor der sie sich gefürchtet hatte – ein zweifarbiger Blumenstrauß, der nur von einem Bibelzitat begleitet wurde – nicht gekommen. Außerdem hatte ihre Loyalität nie Frankreich gegolten, sondern Irland, dem tragischen Land ihrer Jugend und dem Ort, an dem ihre Mutter gestorben war.

Doch im Grunde ihres Herzens wusste Kat, dass das alles nur eine Spitzfindigkeit war. Wenn Devlin die Wahrheit wüsste – wenn er wüsste, dass sie dem Feind geholfen hatte, gegen den er sechs lange Jahre lang gekämpft hatte, würde er sich voller Abscheu von ihr abwenden ... oder sie zu dem unehrenhaften Tod einer Spionin verdammen.

Sie merkte, dass er seine Augen geöffnet hatte und sie betrachtete. Er hatte so besondere Augen – in der Farbe von Bernstein – und er besaß die beinahe unmenschliche Fähigkeit, nicht nur über große Entfernungen hinweg sehen zu können, sondern auch in der Dunkelheit. Sein Gehör war ebenfalls ungewöhnlich gut. Sie neckte ihn gerne damit, indem sie behauptete, dass er wohl zum Teil vom Wolf abstammen müsste. Doch sie wusste, dass seine außergewöhnlichen Fähigkeiten ihn beunruhigten, denn weder in der Familie seiner Mutter noch in der seines Vaters waren in der Vergangenheit solche Begabungen vorgekommen.

„Liebste", sagte er leise und streckte sich nach ihr aus. Sie kam in seine Arme und neigte mit einem Lächeln auf den Lippen den Kopf, um ihn zu küssen. Sie liebte es, wenn er sie so nannte. Er schlang seine Arme fester um sie und drückte seine Wange in ihr Haar. Und so schob sie all ihre Zweifel und Ängste und unerreichbaren Träume beiseite und gab sich ganz dem Mann und dem Augenblick hin.

***

Solange Sebastian zurückdenken konnte, hatte der Earl of Hendon jeden Tag, den er in London zubrachte, mit einem frühmorgendlichen Ritt durch den Hyde Park begonnen.

Dieser Montagmorgen dämmerte kühl und feucht. Ein dichter Nebel umwaberte die Bäume und es gab keine Anzeichen dafür, dass er sich bald lichten würde. Aber Sebastian kannte seinen Vater: Um Punkt sieben Uhr wäre der Earl im Park und würde mit seinem großen Schimmelwallach in der *Row* auf und ab traben. Also saß Sebastian an diesem Morgen auf seiner zierlichen schwarzen Araberstute auf, die er in seinen

Stallungen in London hielt, und wandte ihren Kopf in Richtung des Parks.

„Normalerweise sieht man dich ja vor dem Nachmittag nicht draußen", murrte Hendon, als Sebastian seine Stute Leila neben den großen Schimmel des Earls einordnete. „Oder hast du es noch gar nicht in dein Bett geschafft?"

Sebastian lächelte still in sich hinein, denn in Wahrheit war Hendon, so sehr er auch nörgelte, insgeheim stolz auf die *Wildheit seines Sohnes*, wie er es nannte. Genauso, wie er auch stolz auf Sebastians geschickten Umgang mit Schwert und Pistole und seine Fähigkeiten als Reiter war. Trinken, Frauengeschichten und sogar das Glücksspiel waren genau die Art von mannhaftem Zeitvertreib, die ein Mann von Stand von seinem Sohn erwartete. Diesen Ausschweifungen der Jugend sollte er sich ruhig hingeben – solange er es nicht übertrieb. Sebastians Liebe zu Büchern und Musik und sein Interesse für die radikalen Philosophien der Franzosen und Deutschen hingegen hatte Hendon nie hinnehmen oder verstehen können.

„Ich wollte in einer Angelegenheit deine Meinung wissen", sagte Sebastian. Er trabte einen Moment lang schweigend neben seinem Vater her, dann fragte er geradeheraus: „Was denkst du, wie viel Zustimmung würde es wohl in diesem Land für eine Restauration der Stuarts geben?"

Hendons Antwort ließ so lange auf sich warten, dass Sebastian allmählich glaubte, sein Vater hätte ihn überhaupt nicht gehört. Aber wie Kat neigte Hendon dazu, still nachzudenken, bevor er sprach.

„Noch vor einem Jahr hätte ich gesagt: nicht die geringste." Er spähte durch den Park in die Ferne, wo man sehen konnte, wie eine Schar Enten sich erhob. Sie hatten ihre dunklen Flügel ausgebreitet, flogen in den Nebel und erfüllten den Morgen mit ihren klagenden Rufen. „Die Stuarts haben schon immer eine gewisse nostalgische Anziehungskraft auf manche Menschen ausgeübt – Walter Scott und seine Anhänger oder die Tories in den Highlands. Aber das sind nur Geschichten. Jenseits der romantischen Vorstellungen liegt die Realität und die erzählt von einem überaus törichten König, der seinen Thron verloren hat, weil er unbedingt versuchen wollte, den Willen einer ganzen Nation zu übergehen.

„Und heute?"

Er warf Sebastian einen kurzen Seitenblick zu. „Heute haben wir einen verrückten König, einen zügellosen, hoch verschuldeten Regenten, der mehr Zeit mit seinen Schneidern als mit seinen Ministern verbringt, und eine fünfzehnjährige Prinzessin, die außer Rand und Band ist und deren eigener Vater ihre Mutter als Hure bezeichnet. Neulich hörte ich, wie jemand – ich glaube, es war Brougham selbst – gesagt hat, dass das, was unter den Stuarts geschah, nichts im Vergleich zu dem sei, was heute vor sich geht."

„Aber es gibt keinen Erben des Hauses Stuart. James II hatte zwei Enkel, Bonnie Prince Charlie und seinen Bruder Henry. Prinz Charlie hat keine ehelichen Kinder hinterlassen, während Henry ein katholischer Priester wurde, der – wann gestorben ist? Vor vier Jahren?"

Hendon nickte. „Henry IX hat er sich genannt. Der Thronanspruch der Stuarts ist nun auf die Nachkommen der Tochter Charles' I, Henrietta, übergegangen. Genau genommen hätte der Thron nach dem Tod der Tochter von James II, Anne, im Jahre 1714 an sie übergehen müssen und nicht an George I aus dem Haus Hannover. Aber sie waren Katholiken."

„Und wer ist der momentane Thronanwärter?"

„Victor Emanuel of Savoy."

„Ein König ohne Königreich", bemerkte Sebastian nachdenklich. Einst waren sie Herrscher über Sardinien und Piemont gewesen, aber dann hatten die Truppen der Französischen Revolution die Männer des Hauses Savoyen gezwungen, alle ihre Gebiete an das italienische Festland abzutreten.

Hendon formte seine Lippen zu einem schmalen Lächeln. „So ist es."

„Aber Savoy ist katholisch – genau das hat doch James II vor über hundert Jahren in Schwierigkeiten gebracht. Es darf doch nicht einmal ein Katholik im Parlament sitzen. Da wird England wohl kaum einen auf dem Thron hinnehmen."

„Stimmt. Aber Savoy wäre ja nicht der erste Mann, der bereit wäre, um des Thrones willen zu konvertieren, nicht wahr?"

„Ist er denn bereit dazu?"

„Das weiß ich nicht. Aber ich habe in letzter Zeit Dinge gehört, die mich beunruhigen. All dieses Gerede über einen Fluch, zum Beispiel – Leute, die sagen, das Haus Hannover sei verflucht, und dass auch England verflucht sein wird, solange ein Usurpator auf dem

Thron sitzt. Was denkst du, wo solches Gerede her-
kommt?"

„Glaubst du, die Jakobiten haben die Gerüchte verbreitet?"

„Wer weiß schon, wie so etwas seinen Anfang nimmt?
Aber es scheint auf sehr fruchtbaren Boden gefallen zu
sein. Falls es immer noch eine organisierte Verschwörung gibt, die zum Ziel hat, die Hannoveraner auf dem
Thron abzulösen, wäre jetzt der Zeitpunkt, um zuzuschlagen."

Hendon ritt einen Moment lang schweigend weiter
und hatte seinen Blick auf einen Punkt zwischen den
Ohren seines Pferdes, irgendwo in der Ferne, gerichtet.
Die Stille wurde nur von dem Ächzen des Sattelleders
und den rhythmischen Hufschlägen ihrer Pferde auf
der weichen Erde durchbrochen. „Ich wurde im Jahr
nach dem Jakobitenaufstand von '45 geboren", sagte er
mit angespannter Stimme. „Ich bin mit den Erzählungen darüber, wie diese Zeit war, aufgewachsen. Ich
möchte nicht erleben, dass irgendein Narr noch einmal
solche Schrecken über uns hereinbrechen lässt."

Sebastian musterte die verschlossene Miene seines
Vaters. Der Aufstand in den Highlands im Jahre 1745
zur Unterstützung von Bonnie Prince Charlie war
schon fast ein Mythos. Auch Sebastian hatte Geschichten darüber gehört – von seiner Großmutter, Hendons
Mutter, die zum Clan der Grants aus Glenmoriston gehört hatte. Geschichten davon, wie unbewaffnete Clanmitglieder aus den Bauernhöfen gezerrt und vor den
Augen ihrer schreienden Kinder abgeschlachtet wurden. Von Frauen und Kindern, die bei lebendigem Leibe
verbrannt oder aus ihren Dörfern vertrieben wurden,

um im Schnee zu sterben. Was den Highlandern nach der Schlacht von Culloden angetan worden war, würde für immer ein dunkler Schandfleck auf der englischen Seele bleiben. Von den Dudelsäcken über die Plaids bis hin zur gälischen Sprache selbst war alles verboten worden. So hatte man eine ganze Kultur ausgelöscht.

„Wer würde zurzeit eine solche Restauration unterstützen?" fragte Sebastian. „Die Schotten?"

Hendon schüttelte den Kopf. „Die Clanführer, die die Stuarts unterstützt haben, sind alle vor Jahren getötet oder ins Exil verbannt worden, während ihre Clanmitglieder in vergessenen Gräbern liegen – oder nach Amerika abtransportiert wurden. Außerdem ging es bei den Aufständen immer mehr um Schottland als um die Stuarts. Welches Interesse sollten die Schotten schon an irgendeinem italienischen Prinzchen haben, dessen Ururgroßmutter zufällig die Tochter von Charles I und nicht von James I war?"

Hendon hatte Recht: Abgesehen von der romantischen Anziehungskraft eines aussichtslosen Vorhabens würde der Thronanwärter der Stuarts in Schottland keine Begeisterung ernten. Und auch für die heutigen Tories hätte die Restauration der Stuarts keinen großen Reiz mehr. Die hannoversche Thronfolge war zwar für die alten Tories eine Katastrophe gewesen, aber es gab wenige Gemeinsamkeiten zwischen den Tories des frühen achtzehnten Jahrhunderts und dem neuen Toryismus, der aus den Ängsten entstanden war, die die Französische Revolution geschürt hatte. Die neuen Tories waren weit davon entfernt, mit den Katholiken zu sympathisieren, sie verteidigten erbittert die anglikanische Kirche und widersetzten sich der religiösen Duldung sowohl von Katholiken als auch von Nonkonformisten. Paradoxerweise waren es inzwischen die Whigs, die sich für mehr Toleranz einsetzten.

Aber es war schwer vorstellbar, dass die Whigs eine Restaurierung der Stuarts befürworten würden. Denn, was das anging, hatten sich die Whigs nicht geändert. Während die Tories den Reformen den Rücken gekehrt hatten und die Unantastbarkeit des Grundbesitzes über die Verteidigung der individuellen Freiheit stellten, strebten die Whigs weiterhin danach, die Macht der Krone einzuschränken und hatten die Ziele und Errungenschaften der Glorreichen Revolution für sich beansprucht.

Während sie ritten, lichtete sich der Morgennebel allmählich und wurde von einem kalten Wind weggetragen. Bis auf ein oder zwei einsame Reiter war der Park menschenleer. Hendon ritt einige Augenblicke lang schweigend neben ihm her und behielt seine Gedanken für sich. Dann sagte er: „Es liegt an der Halskette, nicht wahr? Deshalb beteiligst du dich an diesen Ermittlungen."

Sebastian musterte das verschlossene, unnachgiebige Gesicht seines Vaters, das ihm im Profil zugewandt war. Selbst in den goldenen Jahren von Sebastians früher Kindheit, als alle Menschen, die er geliebt hatte – seine Mutter und seine Brüder Richard und Cecil -, noch am Leben gewesen waren, hatten sie sich nie nahegestanden. Dann war der unheilvolle Sommer gekommen, in dem Cecil und Sophie gestorben waren, und irgendwann kam es Sebastian vor, als ob der Earl ihn beinahe hasste – weil er noch lebte, während alle anderen gestorben waren. Mit der Zeit hatte Sebastian bemerkt, wie einige Anzeichen von Hendons schroffer Zuneigung wieder zum Vorschein gekommen waren. Aber es war zwischen ihnen nie mehr dasselbe gewesen und jetzt schien es ihm, als hätte sich erneut eine Mauer des Schweigens und Misstrauens zwischen ihnen aufgebaut. Und Sebastian hatte keine Ahnung, wie er sie überwinden sollte.

„Zum Teil", sagte er schlicht. Sebastian hatte den Marquis of Anglessey nicht gefragt, wie es dazu gekommen war, dass seine Frau einen alten Talisman getragen hatte, den eine walisische Hexe einst ihrem Liebhaber aus dem Hause Stuart geschenkt hatte. Diese Frage war ihm irgendwie unpassend vorgekommen, weil Sebastians Interesse an der Halskette hauptsächlich persönlicher Natur war. Aber allmählich wurde ihm klar, dass die Triskele möglicherweise eine wichtigere Rolle bei Guineveres Tod gespielt haben könnte, als er zunächst angenommen hatte.

Kapitel 31

„Ich sterb', Ägypten, sterbe. Ein Wort, holde Königin: Beim Cäsar such' dir Schutz und Ehre." Marcus Antonius sah seine Kleopatra erwartungsvoll an.

Kat, deren Theaterkostüm während der Probe zum Schutz von einer Schürze bedeckt wurde, starrte über das abgedunkelte Parkett hinweg zu einem Herrn, der im Schatten stand und sich den Hut tief ins Gesicht gezogen hatte. Das Parkett lag im Nachmittagslicht leer da und im Theater war es still. Nur entferntes Gehämmer und das Besenrascheln der Scheuerfrau, die die Orangenschalen vom Boden fegte, die nach der gestrigen Vorstellung dort liegengeblieben waren, drangen an ihr Ohr. Dieser Mann sollte dort nicht sein.

„Beim Cäsar such' dir Schutz und Ehre", wiederholte Marcus Antonius ungeduldig und mit eindringlicher Stimme. „Würde bitte jemand die holde Königin von Ägypten aufwecken?"

Kat zuckte zusammen und drehte sich hastig um, sodass sie ihrem Marcus Antonius gegenüberstand. „Die geh'n nicht mit einander", sagte sie und formte dann stumm mit den Lippen *Entschuldigung.*

Danach achtete sie darauf, nicht noch einmal ihren Einsatz zu verpassen. Aber ihre Gedanken blieben bei dem Herrn im Schatten.

Sie glaubte, ihn zu erkennen. Er war der Duc de Royan, einer der Adeligen, die im Gefolge des entthronten Louis XVIII nach London gekommen waren, oder auch der Comte de Lille, wie er sich selbst nannte. Royan bekannte sich als erbitterter Gegner von Napoleons

Regime. Aber andererseits hatte auch Leon Pierrepont behauptet, ein Feind Napoleons zu sein, obwohl er die ganze Zeit über der führende französische Geheimagent in London gewesen war.

„Komm, tödlich Spielzeug", sagte Kat, während sie sich eine Natter aus Pappmaché auf die Brust setzte. „Dein scharfer Zahn löse mit eins des Lebens verwirrten Knoten ..." Als sie sich umdrehte, war der Duc de Royan verschwunden.

Kaum war die Probe beendet, eilte sie den Korridor entlang zu ihrer Garderobe. Ihr Herz pochte unangenehm heftig, als sie die Tür aufstieß. Ein Blumenstrauß stand auf ihrem Frisiertisch: ein üppiges Bukett aus weißen Lilien und pinkfarbenen Rosen umgeben von Schleierkraut. Ein zweifarbiger Strauß.

Kat griff nach der Nachricht, die zwischen den Stielen steckte, und riss das Siegel auf. „Seine Hoheit der Comte de Lille empfiehlt sich und bittet Sie, diese dürftigen Blüten als Zeichen seiner Bewunderung anzunehmen."

Kein Bibelzitat. Keine geheime Botschaft. Keine Verabredung mit der Gefahr.

Kat lehnte sich mit der Stirn gegen die Wand, holte zitternd Luft und stieß sie in einem leisen Lachen der Erleichterung wieder aus.

***

Sebastian verbrachte die nächsten Stunden damit, einige diskrete Fragen über Bevan Ellsworths Zechkumpanen Fabian Fitzfrederick, den unehelichen Sohn von Prinz Frederick, dem Duke of York zu stellen. Doch

Fitzfredericks Unternehmungen an jenem verhängnisvollen Mittwoch erwiesen sich als ebenso unverfänglich wie die von Bevan. Nachdem er den Tag über bei *Tattersall's* gewesen war, hatte Fitzfrederick den Abend in derselben Spielhölle in der Nähe des Pickering Place ausklingen lassen, in der auch sein Freund Ellsworth verkehrte.

Wohlüberlegt schickte Sebastian Tom los, um die Geschäfte in der Giltspur Street in Smithfield abzuklappern, dann wandte er sich in Richtung des Stadthauses des Marquis of Anglessey in der Mount Street.

Er fand den Marquis in dem gefliesten Wintergarten, der auf der Rückseite des Hauses angebaut worden war. Sebastian blieb unter einem sacht herabhängenden Baumfarn stehen und betrachtete Guineveres Ehemann. Er sah einen alten Mann, dessen einst kräftige Statur nun abgemagert wirkte und der seinen grauen Kopf gesenkt hatte, während er sich um einen gelb blühenden Jasminstrauch kümmerte. Dann blickte der Marquis auf und der Eindruck eines alten, gebrechlichen Mannes verflog dank der Intelligenz und der bloßen Ausdruckskraft seiner Persönlichkeit, die aus den leuchtenden Augen des Mannes sprach.

„Ich habe mich schon gefragt, ob Sie wohl heute zu mir kommen würden", sagte der Marquis, zog sich die Gartenhandschuhe von den Fingern und legte sie beiseite.

Sebastian blickte sich in dem feuchten Raum um, der voller Farne und Orchideen und empfindlicher, blätterreicher Tropenpflanzen war. Die warme Luft roch nach feuchter Erde und grünen Gewächsen und nach dem süßen Duft der Gardenie, die drüben neben der Tür blühte. Der Marquis stand im Ruf, ein Experte für exotische Pflanzen zu sein. Es hieß, als er jung war, sei er auf einer Marine-Expedition in die Südsee gesegelt und habe dort seltene botanische Exemplare gesammelt.

„Paul Gibson sagte mir, dass er Ihnen die Ergebnisse der Autopsie Ihrer Frau mitgeteilt hat", sagte Sebastian.

Anglessey nickte. „Er glaubt, dass Guin vergiftet wurde." Er hob eine Hand an sein Gesicht und rieb sich mit Daumen und Zeigefinger über die geschlossenen Augen. „Der Dolch wäre ein weitaus gnädigerer Tod gewesen. Schnell. Und relativ schmerzlos. Aber Zyanid? Bei Gott, wie sie gelitten haben muss. Wahrscheinlich hatte sie genügend Zeit, um sich bewusst zu werden, dass sie stirbt. Ich will mir nicht vorstellen, was ihre letzten Gedanken gewesen sein müssen." Seine Hand fiel wieder herunter und seine Augen starrten Sebastian groß und voller Kummer an. „Wer hat das getan? Wer könnte ihr so etwas angetan haben?"

Sebastian hielt dem gequälten Blick des alten Mannes stand. „Bevan Ellsworth behauptet, das Kind, das Lady Anglessey erwartet hat, sei nicht von Ihnen gewesen."

Die Worte waren unverblümt und grausam, aber sie waren notwendig. Der Marquis riss den Kopf zurück und vor Schock und Zorn stand sein Mund offen. Er versuchte, einen hastigen Schritt nach vorn zu machen, stolperte jedoch über eine unebene Fliese, sodass er eine Hand ausstrecken und sich an der Kante eines Eisentisches in der Nähe festhalten musste, um das Gleichgewicht nicht zu verlieren. „Sie wagen es? Sie wagen es, mir so etwas ins Gesicht zu sagen? Ich habe schon Männer wegen weniger zum Duell herausgefordert."

Sebastian antwortete mit gefasster Stimme. „Er ist nicht der Einzige, der das behauptet. Auf der Straße heißt es, dass sie die Geliebte des Regenten war.“

Das Gesicht des Marquis war kreidebleich geworden und seine dünne Brust hob sich bei jedem Atemzug so ruckartig, dass Sebastian einen Moment befürchtete, er wäre vielleicht zu weit gegangen. „Das ist nicht wahr.“

Sebastian sah in die wütenden Augen des alten Mannes und ließ den Blickkontakt nicht abbrechen. „Dann helfen Sie mir. Ich kann nicht herausfinden, was wirklich mit Ihrer Frau geschehen ist, wenn ich die Wahrheit nicht kenne.“

Anglessey drehte sich um. Plötzlich wirkte er älter und eingefallen. Er nahm eine Gießkanne mit langem Hals und ging zu der Pumpe hinüber, um sie zu füllen. Aber dann stand er stattdessen einfach nur mit gesenktem Kopf da.

Als er schließlich sprach, klang er müde. Resigniert. „Es ist nicht einfach, die letzten Jahre seines Lebens in dem Wissen zu verbringen, dass alles, dem man seine Zeit gewidmet hat, in dem Versuch, es zu bewahren, nach dem eigenen Tod durch die Verschwendungssucht eines anderen Mannes zerstört werden wird.“

Sebastian schwieg und wartete. Nach einer Weile holte Anglessey tief Luft und fuhr fort. „Guinevere und ich sind beide sehenden Auges in die Ehe gegangen. Sie wusste, dass ich mir von einer jungen Frau einen Erben wünschte, und ich wusste, dass ihr Herz bereits einem anderen gehörte.“

„Das hat sie Ihnen gesagt?“

„Ja. Sie fand, dass ich es verdient hätte, das zu wissen. Ich habe sie dafür geachtet. Es war meine Hoffnung, dass wir wenigstens Freunde werden könnten. Und ich glaube, das ist uns gelungen."

Freunde sein. Ein Vorhaben, das für ein Ehepaar recht halbherzig erschien. Aber trotzdem gelang selbst das nur sehr wenigen verheirateten Paaren ihrer Gesellschaft.

„Meine zweite Frau, Charlotte, war nie bei guter Gesundheit", sagte Anglessey und festigte seinen Griff um die Gießkanne. „In den letzten fünfzehn Jahren ihres Lebens habe ich im Wesentlichen wie ein Mönch gelebt. Andere Männer hätten sich an meiner Stelle wohl eine Geliebte genommen, aber das habe ich nie getan. Vielleicht war das falsch."

Es war eine verbreitete Ansicht, dass ein Mann seine Fähigkeit, mit einer Frau zu schlafen, verlor, wenn er das nicht mehr tat. Sebastian entschied, dass an diesem alten Leitsatz wahrscheinlich etwas dran war.

Anglessey machte sich daran, die Wurzeln einer Reihe Farne vorsichtig mit dem Wasserstrahl zu begießen. „Ich war nie in der Lage, meine Ehe mit Guinevere zu vollziehen", sagte er. Seine scharf konturierten, hohen Wangenknochen erröteten leicht. Die Farbe wich nicht mehr aus seinem Gesicht, während er sprach. „Sie hat sich bemüht. Wir haben uns beide sehr bemüht. Sie wusste, wie viel es mir bedeutete, einen Sohn zu haben. Aber schließlich wurde deutlich, dass das niemals geschehen würde."

Er zögerte, dann zwang er sich, weiterzusprechen. „Vor zwei Jahren schlug ich ihr vor, sich einen Liebhaber zu nehmen, jemanden, der an meiner Stelle einen Erben zeugen könnte." Er wandte seinen Kopf, um zurück zu Sebastian zu blicken. „Finden Sie das niederträchtig, dass ein Mann seine Frau zum Ehebruch drängt, weil er seinen eigenen Neffen enterben und den Bastard eines anderen Mannes an dessen Stelle setzen will?"

„Ich kenne Bevan Ellsworth", sagte Sebastian schlicht.

„Ah." Anglessey ging zu einem Regal voller Orchideen hinüber. „Soweit ich mich erinnern kann, war das das einzige Mal, dass Guinevere jemals wirklich wütend auf mich war. Was ich von ihr verlangt habe, war zu viel – mehr als ein Mann jemals von seiner Frau verlangen sollte. Sie gab mir das Gefühl, als hätte ich sie gebeten, sich zu prostituieren, was ich in gewisser Weise wohl auch getan habe, wenn man es genau nimmt.

„Aber dann, im letzten Winter ..." Er verstummte und ließ seinen Blick über die üppigen, in Gruppen gepflanzten exotischen Farne und Jasminsträucher, Gardenien und zarten China-Rosen schweifen. Er versuchte es erneut. „Im letzten Winter kam sie auf mich zu. Sie sagte ..."

„Sie sagte, dass sie es tun würde?", ergänzte Sebastian, als deutlich wurde, dass der alte Mann nicht weitersprechen konnte.

„Ja." Das Wort war kaum mehr als ein Flüstern.

Sebastian stand in der Mitte des Wintergartens und atmete die warme, faulige Luft ein. Aus der hinteren Ecke drang das Geräusch einer Fontäne, die sich sprudelnd in einen kleinen Teich mit wuselnden Goldfischen ergoss. Daneben stand ein Käfig mit einem Kanarienvogel, der den Morgen mit seinem Gesang erfüllte. Aber sein Lied klang nicht fröhlich, sondern schwermütig und verzweifelt.

„Wer war ihr Geliebter? Kennen Sie seinen Namen?“

Anglessey leerte seine Gießkanne, dann stand er einfach da und starrte hinunter auf die feuchte, dunkle Erde vor sich. „Ich hielt es für klüger, nicht danach zu fragen. Ich wollte es nicht wissen.“

„Könnte es der Mann gewesen sein, in den sie verliebt war, bevor sie Sie geheiratet hat?“

Er schwieg einen Moment lang, aber es war offensichtlich, dass ihm dieser Gedanke auch schon in den Sinn gekommen war. „Vielleicht. Aber ich weiß es wirklich nicht.“

Im letzten Winter, dachte Sebastian, müsste der Chevalier gerade sein Studium in Oxford beendet haben. Könnte es sein, dass sich die einstigen Liebenden in London wiedergetroffen und beschlossen hatten, ein Verhältnis miteinander einzugehen? Ein Verhältnis, das Guineveres Ehemann bereits gebilligt hatte?

„Wissen Sie, wo sie sich für gewöhnlich getroffen haben?“, fragte Sebastian.

„Nein. Natürlich nicht.“ Anglessey hielt inne. „Glauben Sie, dass der Mann – der, den Guinevere zum Liebhaber genommen hat, – auch ihr Mörder ist?“

„Es wäre möglich. Fällt Ihnen ein anderer Grund ein, warum Ihre Frau die Giltspur Street in Smithfield aufsuchen sollte?“

„Smithfield? Du lieber Gott, nein. Warum?“

Sebastian fixierte den alten Mann mit entschlossenem Blick. „An dem Nachmittag, als sie getötet wurde, ist sie in einer Droschke dorthin gefahren.“

Nichts deutete darauf hin, dass Anglessey seine Überraschung nur heuchelte – dass er von dem Besuch seiner Frau in Smithfield gewusst und gehofft hatte, das geheim halten zu können. Sebastian versuchte es anders. „Hatte Ihre Frau ein besonderes Interesse an Regierungsangelegenheiten?"

„Guin?" Ein schwaches Lächeln umspielte die Lippen des alten Mannes. „Ganz und gar nicht. Guin brannte für viele Dinge, aber Politik gehörte nicht dazu. Ihrer Meinung war eine gekrönte Marionette so ziemlich wie die andere und sie fand, man solle sich lieber vor den Schmeichlern und Dieben in Acht nehmen, mit denen sie sich zu umgeben pflegen." Sein Lächeln wurde breiter, während er Sebastians Gesicht musterte. „Überrascht Sie das?"

Sebastian schüttelte den Kopf, obwohl er, wenn er ehrlich war, sehr wohl überrascht war – allerdings nicht so sehr über die Aussage an sich, sondern darüber, wer sie von sich gegeben hatte. Das war kaum eine typische Ansicht für eine Frau von vornehmer Herkunft, die als privilegierte Tochter eines Earls aufgewachsen und mit einem Marquis verheiratet war. Noch verblüffender war allerdings die Erkenntnis, dass der Marquis selbst die Meinung seiner Frau amüsant, ja sogar liebenswert fand. Eine solch ketzerische Aussage hätte Hendon einen Herzanfall beschert.

„Was ist mit Ihrem Neffen, Bevan Ellsworth? Wie ist seine politische Einstellung?"

„Ich würde mich wirklich überraschen, wenn Bevan in seinem Leben jemals einen Gedanken an die Politik verschwendet hat. Er hält seinen Verstand mit weit schwerwiegenderen Angelegenheiten beschäftigt, hauptsächlich mit Frauen und Wetten und dem Sitz seines Mantels. Warum?"

Sebastian ging zu dem Marquis hinüber, in dessen Hand noch die leere Gießkanne baumelte. „Was können Sie mir über diese Halskette sagen?"

Anglesseys Blick sank von Sebastians Gesicht auf den Anhänger aus Silber und Blaustein, den er ihm jetzt hinstreckte. „Nichts", sagte Anglessey, wobei er seine mit Altersflecken übersäte Stirn runzelte, so, als verwirrte ihn der plötzliche Themenwechsel. „Warum? Wo haben Sie sie her?"

„Ihre Frau hat sie getragen, als sie starb. Wissen Sie, wie sie zu der Kette gekommen ist?"

Die Verwirrung auf Anglesseys Zügen milderte sich und stattdessen starrte er ihn mit einem leeren, ahnungslosen Blick an, der völlig überzeugend war. „Nein. Ich habe keine Ahnung. Ich habe sie noch nie im Leben gesehen."

***

Sebastian wanderte durch die Straßen Londons, von der Oxford Street bis zur Edgeware Road und noch weiter, bis dorthin, wo die gepflegten Stadthäuser und gepflasterten Straßen riesigen Baustellen wichen und dann schließlich die grünen Felder und Gärten von Paddington folgten.

So unglaublich es auch schien, er fand niemanden, der Guinevere Anglessey gekannt hatte, und der eingeräumt hätte, die Triskele jemals zuvor gesehen zu haben. Und nicht nur das: Laut ihrem Dienstmädchen, Tess Bishop, hatte das Kleid, das die Marchioness am Nachmittag ihres Todes gewählt hatte, einen Ausschnitt, der das Tragen des antiken Stücks unmöglich gemacht hätte. Offensichtlich war ihr die Halskette also, wie auch das Satinkleid, nach ihrem Tod angelegt worden. Aber warum? Und von wem?

Sebastian bezweifelte es zwar, aber nichtsdestotrotz bestand auch die Möglichkeit, dass Charles, Lord Jarvis, ihm die Halskette vor die Nase gehalten hatte, nur um ihn in die Ermittlungen zu verwickeln. Doch selbst wenn dem so wäre, stellte sich die Frage: Wie konnte eine Halskette, die auf dem Grund des Ärmelkanals hätte liegen müssen, plötzlich wieder auftauchen?

Die von Hendon angeregte Erklärung, dass die Halskette von irgendeinem Bauern verkauft worden war, der die Leiche der Countess gefunden hatte, nachdem sie an einem entfernten Strand angespült worden war, schien zwar plausibel, aber Sebastian konnte nicht umhin, der noch wahrscheinlicheren Erklärung ins Auge zu sehen. Nämlich, dass Sophie Hendon bei dem Bootsunglück vor so langer Zeit nicht gestorben, sondern einfach davongesegelt war und ihren Ehemann, eine verheiratete Tochter und einen elfjährigen Sohn um sie trauernd zurückgelassen hatte.

Sebastian starrte über die nebelverhangene Wiese bis zu einer Ulmenreihe, die in der Ferne einen Bach säumte. Selbst als Kind hatte er sich wenige Illusionen gemacht, was die Ehe seiner Eltern anging. So war es eben in ihrer Welt: Die Ehemänner waren mit ihren Aufgaben im Parlament beschäftigt oder verbrachten viel Zeit in ihren Clubs, während ihre Frauen alleingelassen wurden und sich anderweitig amüsierten. In Sebastians Erinnerungen war Sophie Hendon ein strahlendes Geschöpf gewesen, ihre Berührungen sanft und liebevoll.

Selbst nach all den Jahren hatte er ihr fröhliches Lachen noch im Ohr. Trotzdem war seine Schulzeit von Handgreiflichkeiten geprägt gewesen, in denen er versucht hatte, die Ehre seiner Mutter zu verteidigen. Denn selbst in einer Gesellschaft, in der Untreue weitverbreitet war, galt die Countess of Hendon als besonders promiskuitiv.

Eine Krähe erhob sich auf einem nahegelegenen Feld in die Lüfte. Sie krächzte dabei laut und ihre Flügel zeichneten sich dunkel vor dem bewölkten Himmel ab. Sebastian hielt inne, dann wandte er seine Schritte in Richtung der New Road. Er hatte nie geglaubt, dass seine Mutter unglücklich gewesen war, aber wenn er jetzt zurückdachte, begriff er, dass Unzufriedenheit sehr wohl der Grund gewesen sein könnte, der sie zu ihrem ruhelosen Leben getrieben hatte – der Grund, weshalb ihr Lächeln manchmal diesen verzweifelten Beigeschmack gehabt hatte. War sie unglücklich genug gewesen, um einfach wegzusegeln und sie alle zurückzulassen? Um ihn zu zurückzulassen?

Er erinnerte sich noch an das schmerzliche Gefühl des Verlusts in jenem Sommer. Er hatte es nicht geglaubt, als man ihm von dem tragischen Ende berichtet hatte, das die Vergnügungsfahrt der Countess genommen hatte. Er dachte an die endlosen Stunden in der sengenden Sonne, die er auf den Klippen mit Blick auf das Meer verbracht hatte. Tag für Tag hatte er dort gestanden, mit trockenen, schmerzenden Augen, während er entschlossen den sonnenbeschienenen Horizont nach Segeln abgesucht hatte, die niemals auftauchen sollten. Als er daran dachte, dass das alles vielleicht nur eine Lüge gewesen war, stieg eine Welle

bitterer Wut in ihm auf – zusammen mit einem tiefen,
beständigen Schmerz.

Kapitel 32

Von den vier Kindern des Earl of Hendon und seiner Countess, Sophie, lebten nur noch zwei: Hendons jüngster und einziger überlebender Sohn und somit auch sein Erbe – Sebastian – und das älteste Kind, die einzige Tochter des Paares, Amanda.

Als Sebastian geboren wurde, war Amanda schon fast zwölf Jahre alt gewesen. Seinen Kindheitserinnerungen nach war sie damals kühl und mürrisch gewesen und war ihm stets mit Missbilligung, ja, beinahe mit Feindseligkeit begegnet. Sie war zu einer großen, arroganten Frau herangewachsen, die über alle Maßen stolz auf ihre vornehme Abstammung war. Aber sie war auch immerzu verbittert, weil die harte Realität es vorsah, dass nach der alten Tradition ihr jüngster Bruder, den sie so sehr verachtete, alles erben würde – den Titel, die Ländereien und das Vermögen der Familie.

Im Alter von achtzehn Jahren hatte sie Martin, Lord Wilcox, geheiratet, einen biederen, ehrbaren Mann aus einer angemessen alten und wohlhabenden Familie. Sie war inzwischen verwitwet, aber durch die Bestimmungen ihres Ehevertrags war sie finanziell gut abgesichert. Außerdem hatte sie die volle Kontrolle über das Vermögen ihrer Kinder. Aber im vergangenen Februar war ihr Mann unter verworrenen Umständen zu Tode gekommen, was die Feindseligkeit zwischen Bruder und Schwester noch vertieft hatte.

An diesem Nachmittag traf er sie auf den mit Buchsbaum gesäumten Wegen an. Sie ging auf dem von einem Eisenzaun begrenzten Platz vor ihrem Haus spazieren. Noch immer trug sie schwere, schwarze Kleider, die zeigten, dass sie in tiefer Trauer war. Er wusste, dass sie diesen Zustand erzwungener Untätigkeit und Isolation beschwerlich finden musste, obwohl sie das niemals zeigen würde. Als er näherkam, drehte sie sich um. Amanda war jetzt Anfang vierzig. Sie hatte den hellen Teint, das blonde Haar und die schlanke, elegante Statur ihrer Mutter geerbt, dazu allerdings Hendons plumpe, grobschlächtige Gesichtszüge. Als sie Sebastian erblickte, verengten sich ihre blauen Augen, die für die St. Cyrs so typisch waren.

„Nun, lieber Bruder. Welchem Umstand verdanke ich dieses unerwartete …" Sie hielt gerade lange genug inne, um das Wort zu einer Lüge werden zu lassen. „Vergnügen?"

Sebastian lächelte. „Liebe Amanda. Geh doch ein Stück mit mir, ja?"

Sie zögerte, dann neigte sie den Kopf. „Also gut. Was gibt es?"

Sie gingen gemeinsam in Richtung der Statue, die in der Mitte des Platzes stand. „Ich wollte dir eine Frage stellen. Denkst du, es wäre möglich, dass Mutter in jenem Sommer damals nicht bei einem Bootsunglück ums Leben gekommen ist? Dass der Unfall einfach ein Schwindel, eine List war?"

Amanda ging so lange schweigend neben ihm her, dass er nicht glaubte, sie würde ihm noch antworten. Schließlich sagte sie: „Warum fragst du das?"

Er musterte ihr angespanntes, beherrschtes Gesicht, das ihm im Profil zugewandt war. „Ich habe meine Gründe. Soweit ich mich erinnere, wurde das Wrack niemals gefunden. Stimmt das?"

Ein unvermitteltes Lächeln umspielte ihre Lippen. „Was willst du damit sagen? Dass Hendon sie aus dem Weg räumen ließ und dann den Unfall inszeniert hat, um seine schmutzige Tat zu vertuschen?“

„Nein. Ich will sagen, dass Sophie Hendon in ihrer Ehe sehr unglücklich war und dass die Vortäuschung ihres eigenen Todes eine der wenigen Möglichkeiten war, die ihr in unserer Gesellschaft offenstanden, um dieser Verbindung zu entkommen.“

Amanda drehte sich zu ihm um. „Du denkst also, dass sie weggelaufen ist.“

Er suchte in den Zügen seiner Schwester nach einer verräterischen Gefühlsregung, fand aber nichts. „Könnte es so gewesen sein?“

„Warum fragst du mich das? Ich war in diesem Sommer nicht mal in Brighton, wenn du dich erinnerst. Ich war bereits verheiratet und hatte selbst kleine Kinder.“

„Aber du bist ihre Tochter.“

Sie blickte zu der von Flechten bedeckten Statue eines alten Tudorkönigs neben ihnen auf. „Hast du darüber mit Hendon gesprochen?“

„Ja. Aber vielleicht weiß er die Wahrheit selbst nicht.“

„Nicht immer wird die Wahrheit überhaupt bekannt, lieber Bruder“, sagte sie und raffte ihre schwarzen Röcke hoch. „Jetzt musst du mich entschuldigen. Ich erwarte heute Nachmittag Lady Jersey.“ Sie rauschte erhobenen Hauptes und mit einem spöttischen Lächeln auf den Lippen an ihm vorbei.

Als er wieder alleine war in den Gärten, die den St. James's Square umgaben, bemerkte Sebastian auf der Treppe vor einem der herrschaftlichen Häuser ein junges Kindermädchen, das ihre lachenden Schützlinge die Stufen hinunter und dann über die Straße bugsierte. Er drehte sich langsam im Kreis und ließ seinen Blick über die imposanten Stadtvillen schweifen, die sich überall um ihn herum aneinanderreihten. Wie viele Frauen, dachte er, führten wohl hinter diesen eindrucksvollen Fassaden ein Leben in stiller Verzweiflung? Welche Geschichten von Enttäuschung und Kummer, Angst und Verzweiflung verbargen sich hinter diesen Mauern aus Marmor und Backstein?

Gedankenversunken zog er die Triskele aus seiner Tasche und drehte sie um, sodass er die verschlungenen Initialen eines weiteren dem Untergang geweihten Liebespaares betrachten konnte. A.C. und J.S. – Addiena Cadel und James Stuart. Sebastian fragte sich, ob die alte walisische Halskette, die einst Sophie Hendon gehört hatte, ein Hinweis darauf war, was mit Guinevere Anglessey geschehen war. Oder diente sie bloß als Ablenkungsmanöver? Mit welcher Absicht hatte Guinevere das prächtige, vierstöckige Haus in der Mount Street verlassen und war in einer Droschke in Richtung Smithfield gefahren, bevor sie dann etwa acht Stunden später in Brighton tot in den Armen des Regenten aufgefunden worden war? In den Stunden dazwischen hatte sie jemand vergiftet, ihr schlichtes, rotes Nachmittagskleid gegen ein etwas zu kleines grünes Abendkleid aus Satin getauscht und ihren Leichnam als Teil eines ausgeklügelten Plans benutzt, um einen ohnehin schon unbeliebten Prinzen noch weiter zu in Verruf zu bringen. Aber warum? *Warum bloß?*

Irgendwo zwischen all den Halbwahrheiten und unterschwelligen Details, die Sebastian über Guineveres Leben herausgefunden hatte, musste der Grund für ihren Tod zu finden sein. Und ohne dass Sebastian es sich erklären konnte, wanderten seine Gedanken immer wieder zu dem Kind zurück, das Guinevere einmal gewesen war. Die junge Guinevere war voller Kummer und verängstigt gewesen und sie hatte sich wegen des frühen Todes ihrer Mutter alleingelassen gefühlt. Weder von ihrem Vater noch von ihrer älteren Schwester hatte sie viel Liebe erfahren, während ihre Gouvernanten sich damit begnügt hatten, sie durch die Landschaft streifen zu lassen, so frei und ungestüm, wie es normalerweise den Männern ihrer Klasse vorbehalten war.

Also waren die Klippen über der wilden walisischen Küste ihr Zufluchtsort geworden und die weiten Felder und Wälder, die zu den Ländereien ihres Vaters gehörten, ihre Schulstube. In gewisser Weise hatte sie Glück gehabt. Ihre Kindheitserfahrungen hatten ihr angeborenes Streben nach Unabhängigkeit gestärkt und sie belastbar gemacht, während sie die Liebe, die ihr zu Hause verwehrt wurde, ganz in der Nähe, hinter den alten Mauern von Audley Castle gefunden hatte. Zunächst bei Lady Audley, die selbst erst vor kurzem einen großen Verlust erlitten hatte, und dann bei ihrem Sohn, dem Chevalier de Varden – einem jungen Mann, dessen Leben auf gewisse Weise genauso tragisch war wie Guineveres.

Was wäre wohl passiert, fragte sich Sebastian, wenn der alte Earl of Athelstone seine Gier und seine eigenen Ziele nicht über das Glück seiner Tochter gestellt hätte? Einen Moment lang sah Sebastian die Frau vor sich, die er zuletzt tot im Gelben Zimmer in Brighton erblickt hatte, aber vor seinem geistigen Auge war sie lebendig und der goldene Schein der walisischen Sonne tauchte ihr Gesicht in warmes Licht, während sie mit ihren Kindern auf einem windumtosten Hügel mit Blick über das schaumgekrönte Meer spielte. Was dann ...?

Aber das waren vergebliche, wenn auch verlockende Gedankengänge, und er vertrieb diese Vorstellung aus seinem Kopf.

Sebastian beobachtete, wie das Kindermädchen ihren eigenwilligen Schützlingen hinterherlief und erinnerte sich daran, was Guinevere zu der Hunger leidenden, verzweifelten Frau gesagt hatte, die sie dann zu ihrem Kammermädchen gemacht hatte: *Wenn uns im Leben ein hartes Los auferlegt wird, dann müssen wir eben darum kämpfen, einen Weg zu finden, um aus dem, was das Leben uns gegeben hat, das zu machen, was wir uns wünschen.*

Angesichts solch entschiedenen Widerstands von Seiten ihrer Familie wäre eine andere Frau wohl den Wünschen, die man an sie herantrug, schlicht nachgekommen. Sie hätte ihr Schicksal hingenommen und ein eintöniges, unglückliches Leben voller Resignation geführt. Aber nicht Guinevere. Da sie nicht wirklich eine Wahl gehabt hatte, war sie nach London gekommen. Aber sie war mit dem Entschluss hergekommen, einen Weg zu finden, um ihr Leben nach ihren eigenen Vorstellungen zu gestalten.

Also hatte sie den Marquis of Anglessey geheiratet, einen Mann, der nicht nur wohlhabend und freundlich war, sondern auch so alt, dass sich sein Leben bereits dem Ende zu neigte. Als wohlhabende Witwe wäre es Guinevere freigestellt gewesen, zu heiraten, wen sie wollte. War das ihr Plan gewesen? Allerdings war es letztendlich der Marquis of Anglessey gewesen, der seine schöne junge Frau hatte begraben müssen, und nicht andersherum.

Wäre der Mord so inszeniert gewesen, dass Bevan Ellsworth oder Lady Anglesseys unbekannter Liebhaber der Tat beschuldigt worden wären, hätte Sebastian den Marquis für den Mörder gehalten. Es wäre nicht das erste Mal, dass ein alter, impotenter Ehemann, der entdeckt hatte, dass seine schöne junge Frau einem jüngeren Mann ihre Liebe schenkte, zum Mord getrieben worden wäre. Aber der Mörder von Guinevere Anglessey hatte nicht versucht, Bevan Ellsworth die Schuld anzulasten. Sondern dem Prinzregenten. *Warum?*

Als er den Platz verließ, schloss Sebastian seine Faust um die Halskette aus Blaustein – eine Kette, die eine walisische Hexe ihrem Geliebten, einem flüchtigen Prinzen aus dem Hause Stuart, als Talisman gegeben hatte, der sie wiederum seiner unehelichen Tochter an ihrem Hochzeitstag geschenkt hatte. Was danach mit der Kette geschehen war, wusste niemand – bis zu jenem Tag vor etwa dreißig Jahren, als ein runzliges altes Weib in der Wildnis von Nordwales sie der jungen Countess of Hendon aufgedrängt hatte.

Welche Verbindung auch immer zwischen den beiden Frauen bestand, sie musste dort zu finden sein, folgerte Sebastian. Irgendwo in den grünen, nebelverhangenen Bergen von Nordwales.

Kapitel 33

Man nannte sie „Morgenbesuche", diese endlosen förmlichen Besuche und Gegenbesuche, die täglich zwischen den Mitgliedern der besseren Gesellschaft stattfanden, sofern die Damen und Herren in London weilten. Aber in Wahrheit würde niemand von vornehmer Abstammung auch nur im Traum daran denken, vor drei Uhr nachmittags an jemandes Haustür zu erscheinen, wenn es sich nicht gerade um den allerengsten Freund handelte.

Also brachte Sebastian die nächsten Stunden im *Jackson's* zu und versuchte, beim Boxen seine schmerzenden Muskeln zu lockern. Erst um halb vier erreichte er das Haus von Guineveres Schwester Morgana, Lady Quinlan. Nachdem ihre Begegnung bei dem Ballonaufstieg von beinahe unverhohlener Feindseligkeit geprägt gewesen war, rechnete er fast damit, dass man ihm sagen würde, sie sei nicht zu Hause. Aber tatsächlich wurde er nach oben in den Salon geführt, wo Lady Quinlan in das Gespräch mit einer anderen Besucherin vertieft war – einer jungen Frau, die ihm als Lady Portland, der Ehefrau des Innenministers und Halbschwester von Guineveres Jugendliebe, dem Chevalier de Varden, vorgestellt wurde.

Sie sah ganz aus wie ihre Mutter Isolde, war überaus klein und zierlich. Aber ihr Haar war nicht von einem leuchtenden Kastanienbraun, sondern eher aschblond. Sie war sehr jung und er schätzte sie nicht älter als zwanzig Jahre. Weil sie aus der zweiten Ehe Lady

Audleys stammte, war sie jünger als Varden und sogar noch jünger als Guinevere.

„Lord Devlin", sagte Claire Portland, bot ihm ihre Hand und blickte mit jenem intensiven Interesse zu ihm auf, das so viele ihres Geschlechts kokettierend zu heucheln pflegten. „Ich habe schon sehr viel Gutes über Sie gehört."

Ihre Hand, die in seiner lag, war zierlich und zerbrechlich und er erwischte sich bei dem Gedanken, dass Claire Portland, genau wie ihre Mutter, viel zu klein war, als dass das grüne Satinkleid, das als Guineveres Leichentuch verwendet worden war, ihr hätte gehören können. „Portland hat mir erzählt, dass Sie eingewilligt haben, die Wahrheit darüber herauszufinden, was mit der armen Guinevere geschehen ist", sagte Claire. „Wie galant von Ihnen."

Sebastian zupfte die Schöße seines Mantels zurecht und setzte sich auf ein Sofa in der Nähe. „Ich erinnere mich nicht mehr", begann er an Lady Portland gewandt. „Waren Sie letzten Mittwoch auch auf dem Musikabend des Prinzen?"

Sie erschauderte ein wenig. „Gott sei Dank nicht, nein. Ich hatte Kopfschmerzen und entschied, auf meinem Zimmer zu bleiben."

„Aber Sie waren in Brighton."

„Oh, ja." Sie beugte sich vor, so, als wollte sie ihm ein Geheimnis anvertrauen. „Persönlich finde ich die Stadt ja ziemlich uninteressant. Aber jetzt, wo Prinny zum Regenten ernannt wurde, fürchte ich, dass wir wohl alle dazu verdammt sein werden, ihn jeden Sommer dorthin zu begleiten."

Als sie sich wieder zurücklehnte, fixierte sie ihn mit einem eindringlichen Blick und fragte: „Stimmt es, was Portland sagt, dass die Leute auf der Straße tatsächlich glauben, der Prinz hätte die arme Guin getötet?"

Sebastian warf Morgana einen Blick zu. Sie saß still neben dem leeren Kamin. „Meiner Erfahrung nach glauben die meisten Menschen das, was man sie glauben macht", sagte er.

Lady Quinlans Gesicht blieb unergründlich, während Claire Portland ihren Kopf zur Seite neigte und ihn fragend ansah, so, als ob sie sich nicht ganz sicher wäre, wie sie seine Worte deuten sollte. Während Sebastian in ihre hellen, kornblumenblauen Augen blickte, fragte er sich, wie viel genau Lord Portland seiner hübschen jungen Frau anvertraut hatte. Sie wirkte unschuldig und fröhlich und gab sich einen trügerischen Anschein von Oberflächlichkeit und der stupiden Hilflosigkeit, die die meisten Männer so anziehend fanden. Aber Sebastian wusste, dass viele ihrer Schwestern absichtlich einen solchen Eindruck zu vermitteln suchten und dass diese bewusst irreführende Fassade häufig dazu diente, einen scharfen und berechnenden Verstand zu verbergen. Schließlich war Claire Portland Lady Audleys Tochter. Und Lady Audley war weder stupide noch hilflos.

Lord Portlands hübsche junge Frau blieb noch für ein paar Minuten und plauderte mit ihnen, dann erhob sie sich – ganz, wie es der Anstand gebot – zum Gehen. Aber als sie sich mit liebreizender Überschwänglichkeit verabschiedete, bemerkte Sebastian den verstohlenen Blick, den sie mit ihrer Gastgeberin tauschte. Dieser Blick sprach von der Absicht, auf Sebastians Besuch eine private Unterhaltung folgen zu lassen, und er legte nahe, dass zwischen den beiden Frauen eine alte, enge Freundschaft bestand. Mit solch einer Freundschaft zwischen der unscheinbaren, überaus ernsten Morgana und dieser koketten Frau hätte er nicht gerechnet – zumal Claire Portland nicht viel älter oder sogar noch jünger war als Morganas ermordete Schwester, mit der sie nach eigener Aussage so wenig gemeinsam gehabt hatte.

„Warum tun Sie das?", fragte Morgana und fixierte Sebastian mit einem starren, nachdenklichen Blick, sobald der Diener ihren anderen Gast hinausgeleitet hatte. „Sie tun es nicht aus Liebe zum Prinzregenten, was auch immer Claire denken mag."

Sebastian hob mit geheuchelter Verwunderung die Augenbrauen. „Denkt Lady Portland das wirklich?"

Ein Ausdruck, den er nicht ganz entziffern konnte, huschte über die Züge seiner Gastgeberin. Sie lehnte sich in ihren Sessel zurück und strich mit einer Hand das Kleid über ihrem Schoß glatt. „Sie sind offensichtlich hergekommen, um mich etwas zu fragen. Was wollen Sie wissen?"

Es war nicht ganz unverfänglich, eine Dame nach dem Namen des Liebhabers ihrer Schwester zu fragen. Sebastian versuchte, sich dem Thema langsam anzunähern: „Was glauben Sie – war Ihre Schwester in ihrer Ehe glücklich?"

Ihre Augen leuchteten vielsagend auf. „Sie möchten diskret sein, nicht wahr? Was Sie wirklich wissen wollen, ist, ob Guinevere einen Liebhaber hatte und ob ich weiß, wie er heißt. Die Antwort auf die erste Frage lautet: Möglicherweise. Auf die zweite Frage muss ich leider antworten: Nein, ich weiß nicht, wie er heißt. Das zählt nicht zu den Dingen, die sie mir anvertraut hätte. Wie ich Ihnen schon sagte, standen Guinevere und ich uns nicht besonders nahe."

„Aber trotzdem wussten Sie, dass Varden Guineveres Jugendfreund war."

„Das war nun wirklich kein Geheimnis. Aber vermutlich wäre sogar Guinevere diskret vorgegangen, wenn sie ihrem Ehemann hätte Hörner aufsetzen wollen."

„Wem könnte sie sich anvertraut haben? Hatte sie eine enge Freundin?"

„Nicht, dass ich wüsste. Guinevere war schon immer eine ziemliche Einzelgängerin."

Zu seiner Verärgerung hörte er, wie draußen der Türklopfer gegen das Holz schlug und so die Ankunft einer weiteren Schar Gäste ankündigte, die Lady Quinlan ihr Beileid zum Tod ihrer Schwester aussprechen wollten. Sebastian sagte: „Ihre Schwester hatte eine Halskette – eine Kette mit einer silbernen Triskele auf einer Scheibe aus Blaustein. Wissen Sie etwas darüber? Es ist ein antikes Stück, das weit vor dem siebzehnten Jahrhundert gefertigt wurde."

Lady Quinlan schüttelte den Kopf. Ihre Miene war ausdruckslos. Entweder wusste sie nichts über die Halskette, oder sie konnte ihre Gedanken und Gefühle besser verbergen, als er erwartet hätte. „Nein. Als Kind hatte sie eine Perlenkette und ein oder zwei kleine Schmucknadeln, die einst ihrer Mutter gehörten, aber sonst weiß ich von nichts. Sie sagen, die Kette war aus Silber? Es wäre seltsam, wenn Anglessey ihr so etwas geschenkt hätte. Außer natürlich, es war ein Familienerbstück." Ein leichtes Lächeln umspielte ihre Lippen.

„Aber wenn das der Fall wäre, würden Sie mich jetzt nicht danach fragen, oder?"

Die neuen Besucher standen bereits auf der Treppe. Sebastian konnte die schwerfälligen Schritte einer Matrone hören und den leichtfüßigen Gang einer jüngeren Frau, die wahrscheinlich ihre Tochter war. „Sie wissen nicht zufällig, was Ihre Schwester letzte Woche nach Smithfield geführt hat, oder?", fragte Sebastian und stand auf, um sich zu verabschieden.

„Smithfield?" Auch sie erhob sich. „So ein anstößiger Ort. Gütiger Himmel, nein."

Als Sebastian so neben ihr stand, bemerkte er wieder, wie ungewöhnlich groß Morgana Quinlan war. Wie ihre Schwester Guinevere hatte sie ihre Größe von ihrem Vater geerbt. Vielleicht war Morgana sogar noch größer – und auf jeden Fall robuster gebaut – als ihre Schwester es gewesen war.

Das Abendkleid aus grünem Satin konnte ebenso wenig aus der Garderobe dieser Frau stammen wie aus der von Claire Portland.

***

Das grüne Satinkleid ließ Sebastian allmählich keine Ruhe mehr. Als er in sein Haus in der Brook Street zurückkehrte, beschloss er, Kat das Kleid zu zeigen und zu sehen, was sie ihm wohl darüber sagen könnte. „Sagen Sie Tom, er soll den Zweispänner vorfahren", sagte Sebastian und reichte seinem Verwalter Morey seinen Hut und den Spazierstock.

„Es tut mir leid, Mylord", sagte Morey. „Aber der junge Tom ist noch nicht zurückgekehrt."

Sebastian legte die Stirn in Falten. Die Sonne stand bereits tief am Himmel und er hatte seinen Tiger ermahnt, sich nicht mehr nach der Dämmerung in Smithfield aufzuhalten. Sebastian wandte sich zur Treppe. „Dann lassen sie Giles den Zweispänner vorfahren."

Morey machte eine würdevolle Verbeugung und entfernte sich.

Etwa eine halbe Stunde später lenkte Sebastian in Abendgarderobe gekleidet die Kutsche und hinter ihm saß sein Stallbursche Giles. Sebastian stopfte das mit braunem Papier umwickelte Abendkleid aus grünem Satin unter den Sitz und wandte die Köpfe seiner Braunen in Richtung Covent Garden. Die untergehende Sonne hatte bereits lange orange und rosafarbene Streifen an den sich verdunkelnden Himmel gemalt. Auf den Straßen herrschte dichter Verkehr: Die schwerfälligen Wagen der Fuhrmänner und Kohleverkäufer mischten sich mit den eleganten Landauern und Kaleschen der besseren Gesellschaft, weil diejenigen, die sich der Mode gemäß den eitlen Freuden des Müßiggangs hingaben, auf dem Weg zur Oper und zum Theater waren und zu den endlosen Tischgesellschaften, Kartenspielrunden und Soireen, mit denen sie ihre Abende füllten. Es gab auch vereinzelte Reiter: Da waren modische junge Männer in ledernen Reithosen und hohen Stiefeln mit weißem Umschlag, deren Vollblutpferde fliegende, stolze Schritte machten, und Gutsherren vom Lande in altmodischen Gehröcken auf stämmigen, zweckdienlichen Pferden ... und auch ein Herr in einem braunen Mantel, der einen unscheinbaren Schimmel ritt. Dieser Mann folgte ihnen auch dann noch mit gleichbleibendem Abstand, als sie die eleganten Viertel hinter sich ließen und Sebastian den Zweispänner auf die St. Martin's schwenkte.

Statt die Abzweigung zu nehmen, die ihn zur King Street und dann nach Covent Garden gebracht hätte, fuhr Sebastian einfach weiter nach Süden, auf den Fluss zu. Das Pferd war natürlich ein anderes: ein Schimmel anstelle des auffälligen Braunen. Aber etwas an der Haltung des Mannes und der Art und Weise, wie er lässig im Sattel saß, kam Sebastian sofort vertraut vor. Es war sein Verfolger aus den South Downs.

Sebastian bog nach links in die Chandos Street ein. Der Reiter mit dem braunen Mantel folgte in einem angemessenen Abstand und hielt mit ihm Schritt.

Vor ihm verlief die Straße in Form eines schiefwinkligen *Y* und bog um die scharfkantige Hausecke eines alten Backsteinbaus, in dessen Erdgeschoss sich eine Apotheke befand. Von dem vermodernden Schild blätterte die Farbe ab und die Läden der kleinen Fenster waren bei Einbruch der Nacht verschlossen worden. Der meiste Verkehr strömte hier nach links, in Richtung der Bedford Street, aber Sebastian lenkte die Füchse in die schmale Straße, die zur rechten Seite abging, und bog dann mit einer weiteren scharfen Rechtskurve in eine noch schmalere Gasse ein, die zum Fluss hin verlief.

Ein starker Geruch nach alten, feuchten Gemäuern umgab sie dort. Hohe, abgesackte Mauern ragten steil zu beiden Seiten neben ihnen auf und ließen kaum noch etwas von dem trüben Licht des erlöschenden Tages hindurchfallen. Auch hier waren die Läden der meisten Geschäfte geschlossen oder waren einfach mit Brettern zugenagelt worden. Die schmalen, fast menschenleeren Fußwege säumten eine Gasse aus altem Kopfsteinpflaster, die halb in einer dicken, übelriechenden Schlammschicht versunken war.

„Hier, übernehmen Sie", sagte Sebastian und gab die Zügel an seinen Stallburschen weiter. „Fahren Sie weiter und warten Sie beim Theater auf mich."

Giles kletterte verblüfft auf den Sitz. „Mylord?"

„Sie haben mich schon verstanden."

Sebastian stemmte sich mit einer Hand gegen die eiserne Brüstung, die den hohen Sitz umgab, und sprang leichtfüßig auf das Kopfsteinpflaster. Er bemerkte, wie sich einige Köpfe nach ihm umdrehten, aber er ignorierte sie und sprintete zurück zu dem Eisenwarengeschäft, das sich an der Ecke befand. Daneben versperrte ein Haufen aus Metallabfällen und alten Bauhölzern, die bis auf die Gasse verstreut lagen, den Gehweg. Sebastian kletterte hinauf bis zur Spitze, wobei die Bretter unter seinem Gewicht knarrten und bedrohlich verrutschten.

Er hörte, wie auf der Straße ein leicht gefederter Phaeton vorbeirauschte. In dieses Geräusch mischten sich das schwerfällige Rattern der eisenbeschlagenen Räder eines schwer beladenen Wagens und das gleichmäßige Hufgeklapper eines einzelnen Pferdes, das immer näherkam. Sebastian warf einen eiligen Blick zum hinteren Ende der Gasse und konnte seinen Zweispänner recht deutlich erkennen: Die einzelne Gestalt des blau gekleideten Stallburschen zeichnete sich als Silhouette vor den Ziegelsteinmauern der alten Gebäude ab, die noch aus der Tudorzeit stammten. Aber für die meisten anderen Menschen wäre der Zweispänner nichts als ein verschwommener, dunkler Fleck – wie viele Männer er beförderte, könnten sie in der zunehmenden Dunkelheit unmöglich ausmachen.

Das Hufgeklapper kam näher. Sebastian richtete seine Aufmerksamkeit wieder auf die Ecke neben sich. Eine alte Frau kam vorbei. Sie ging gekrümmt, weil sie ein Bündel trug, das nach Lumpen aussah.

Sebastian ging in die Hocke.

Eine Ratte, deren Augen im Dunkeln aufleuchteten, kroch gerade in dem Moment mit schnüffelnder Nase unter dem vermodernden Brett zu Sebastians Füßen hervor, als der braun gekleidete Reiter um die Ecke bog. Die flackernde Lampe, die hoch oben an der Wand des gegenüberliegenden Gebäudes in einer Halterung befestigt war, gab den Blick auf einen Mann frei, der seinen Zylinder tief ins Gesicht gezogen hatte und mit verengtem Blick den Zweispänner am Ende der Gasse beobachtete. Sebastian konnte die kräftig hervorstehende Nase und den ausladenden seitlichen Schnurrbart im sonst glattrasierten Gesicht des Mannes erkennen. Sebastian hatte den Reiter noch nie zuvor gesehen.

Die Ratte quiekte vor Schreck und huschte davon, gerade als Sebastian sich nach vorn stürzte.

Kapitel 34

Beim Quietschen der Ratte drehte sich der Reiter erschrocken um. Er hatte die Augen vor Panik weit aufgerissen und riss instinktiv den rechten Arm hoch, um sein Gesicht und seinen Oberkörper zu schützen, als Sebastian auf ihn stürzte.

Die Wucht des Aufpralls reichte aus, um den Reiter aus dem Sattel zu heben. Aber weil der Mann zur Abwehr seinen Arm gehoben und sein Gewicht im Sattel verlagert hatte, wurde Sebastians Aufschlag so weit abgelenkt, dass er nicht mit dem Mann auf der anderen Seite des Pferdes zu Boden stürzte, sondern wieder zurückgeworfen wurde. Bei seinem Sturz bohrte sich die Ecke von einem der Bretter schmerzhaft in seine Rippen.

Der Schimmel stieß ein schrilles, panisches Wiehern aus und bäumte sich zwischen ihnen auf, sodass seine schweren Hufe in die Luft traten. Sebastian rappelte sich hoch und wich den Hufen des Schimmels aus, als das Pferd erneut stieg. Aber der Mann im braunen Mantel war schon wieder auf den Beinen. Seine Stiefel schlitterten über den Schlamm, als er um die Ecke rannte.

Sebastian preschte ihm hinterher, eine Straße hinauf, die von Werkstätten und kleinen Händlern gesäumt wurde, die gerade dabei waren, ihre Geschäfte für die Nacht zu verriegeln. Er wich einem Schneiderlehrling aus, der einen grün gestrichenen Fensterladen in den Armen hielt, sich umdrehte und mit dem Mund ein stummes *O* formte, als Sebastian vorbeirannte.

Vor ihnen öffnete sich eine schmale Gasse. Der Mann im braunen Mantel rannte hinunter. Sebastian blieb ihm dicht auf den Fersen. Sie fanden sich zwischen alten Gebäuden wieder, die einst Stallungen gewesen sein mussten: Die hohen, sich wölbenden Wände wurden von vermodernden, vorragenden Balken gestützt, über die man leicht stolpern konnte, wenn man unvorsichtig war, und die ehemaligen Gatter beherbergten jetzt ein Sammelsurium aus illegalen Baracken und trostlosen Hütten. Eine Horde zerlumpter Kinder, die mit einem Reifen spielte, rief ihnen nach, als sie vorbei spurteten. Ein kleiner Junge, der nicht älter sein konnte als fünf oder sechs und dessen Gesicht mit Dreck beschmiert war, rannte ihnen nach, rief ihnen etwas zu und lachte, bis er nicht mehr mithalten konnte und zurückfiel.

Einen Augenblick lang dachte Sebastian, der Mann hätte sich verkalkuliert und wäre in eine Sackgasse gelaufen. Aber dann öffnete sich vor ihnen ein dunkler Durchgang und Sebastian erspähte einen niedrigen Bogengang: Die oberen Stockwerke der Häuser überragten zu beiden Seiten die einst schmale Gasse und schienen den Himmel zu schlucken, sodass nur ein dunkler Tunnel darunter übrigblieb.

Sebastian stürzte sich in die Dunkelheit, die mit tieferliegenden Türöffnungen und scharfen Ecken gespickt war. Dort könnte überall jemand auf der Lauer liegen, also war er gezwungen, sein Tempo zu verlangsamen. Er lauschte beständig auf das klatschende Geräusch gehetzter Schritte und das Krächzen der schwerfällig gehenden Atmung des Mannes vor sich. Dann wurde die Traboule breiter und Sebastian fand sich in einem Hof wieder, der zu der Herberge einer Poststation gehörte, die einst recht vornehm gewesen sein musste. Im Erdgeschoss waren jetzt baufällige Werkstätten angesiedelt, die von Mietwohnungen überragt wurden. Zerlumpte Wäsche hing schlaff auf den Leinen und die stille Abendluft trug die Gerüche nach gebratenen Zwiebeln und brennendem Mist herüber.

Sebastian wich einer Pfütze aus, die der Regen des Vortages hinterlassen hatte, und rannte weiter. Zwei Frauen, die gerade dabei waren, die Wäsche abzunehmen, starrten ihn an und ein alter Mann, der seine Tonpfeife füllte, rief ihm etwas nach, das im Getöse verloren ging. Sebastian verfolgte den Mann durch den Torbogen und dann einen schmalen Gang hinunter, der zwischen zwei braunen Backsteingebäuden verlief. Vor ihnen erspähte er den blassen Schein der Straßenlaternen: Der Durchgang führte auf eine breite, belebte Verkehrsstraße, die Sebastian als die *Strand* wiedererkannte.

Inzwischen atmete der Mann vor ihm schwer. Als er zwischen einer Droschke und einem behäbigen alten Landauer mit verblasstem Wappen hindurchschlüpfen wollte, stolperte er. Gegenüber von ihm standen auf dem Gehweg zwei Männer in roten Westen und blauen Mänteln, der Uniform der Bow Street Patrol. Sie drehten sich um und riefen etwas.

Braunmantel riss seinen Kopf herum. Sein Mund stand offen, er schnappte nach Luft und riss die Augen weit auf. Dann verließ er die geschäftige, vom Laternenschein beleuchtete, weitläufige *Strand* und stürzte um die nächste Ecke, wo es zum Fluss ging.

Hier waren die Straßen noch nicht so alt und verliefen gerade, sodass die Gefahr, in eine Falle zu tappen, geringer war. Sebastians Lungen brannten und seine Atmung ging in mühevollen, hastigen Stößen, aber er trieb sich weiter vorwärts. Sie hatten schon zur Hälfte den weitläufigen Platz des Hungerford Market überquert, als Sebastian den Mann erwischte.

Sebastian streckte den Arm aus, packte den Fremden an der Schulter und drehte ihn zu sich herum. Gemeinsam verloren sie das Gleichgewicht, weil der Mann seinen Körper ruckartig von ihm wegriss. Sebastian stürzte beinahe über ihn hinweg, dann fielen sie mit ineinander verschlungenen Beinen auf das Pflaster.

Braunmantel schlug hart mit dem Rücken auf dem Boden auf, sodass ihm die Luft wegblieb. „Wer bist du?", fragte Sebastian mit Nachdruck. Der Mann unter ihm versuchte noch einmal, sich aufzurichten, dann lag er still da und keuchte. Sein Gesicht war vor Schmerz kreidebleich.

„Verdammt noch mal!" Sebastian packte den Mann am Stoff seines Mantels, um ihn hochzuziehen, dann schleuderte er ihn wieder zu Boden. „Wer hat dich auf mich angesetzt?"

Eine Hand legte sich schwer auf Sebastians Schulter und zog ihn hoch. „Aber, aber, Jungs", sagte eine raue Stimme. „Was soll denn das?"

Kapitel 35

Seine Hand löste sich von Braunmantels Kragen. Sebastian starrte in das breite, bärtige Gesicht eines der Männer der Bow Street Patrol.

Er schüttelte den Kopf, um den Schweiß aus seinen Augen zu vertreiben. „Verdammte Scheiße."

„Jetzt aber, das lassen wir uns nicht gefallen", rügte ihn der zweite Mann von Bow Street und packte Sebastians anderen Arm.

Braunmantel krabbelte ein Stück rückwärts, rappelte sich dann hoch und rannte davon.

„Ihr dämlichen Mistkerle", fluchte Sebastian, holte aus und stieß seinen Ellbogen kräftig in die pralle rote Weste des Mannes, der ihn zuerst gepackt hatte.

Der Runner stieß zwischen seinen vor Schmerz geschürzten Lippen einen Schwall Luft aus, ließ Sebastian los und krümmte sich, wobei er die Hände an seinen Bauch presste.

„Jetzt hören Sie mal", begann der andere Runner, aber im nächsten Moment schlug Sebastian dem Mann seine Faust ins Gesicht und befreite seinen linken Arm aus dessen Griff.

Inzwischen hatte es Braunmantel bis zum anderen Ende des Platzes geschafft. Sebastian stürmte ihm hinterher und der schrille Schrei der Pfeifen, die die Männer von Bow Street stets bei sich hatten, drang durch die Nacht.

Vor sich konnte er die weitläufige Themse sehen. Das Flussufer war hier zu einer mit Steinen befestigten Terrasse ausgebaut worden, die wasserseitig von einer niedrigen Mauer begrenzt wurde. Braunmantel sprintete über das offene Gelände und sprang dann auf die Mauer, die auf der Oberkante flach war – vielleicht wollte er dem Verkehr ausweichen, der die Straße, die am Fluss entlangführte, versperrte, indem er auf der Mauer bis zum oberen Ende der Treppen lief.

Aber die Mauer war alt und der verwitterte Stein feucht und bröckelig. Seine Füße rutschten unter ihm weg. Einen Augenblick lang schwankte der Mann und wirbelte mit den Armen durch die Luft, während er versuchte, sein Gleichgewicht wiederzufinden. Dann fiel er mit einem spitzen Schrei nach hinten.

Ein dumpfer Aufprall war zu hören. Danach war es – bis auf das beharrliche Pfeifen der Runner und das Wasser, das gegen das Ufer plätscherte – still.

Sebastian stützte sich mit ausgestreckten Armen auf der Oberkante der Mauer ab. Er ließ den Kopf hängen und rang nach Luft. Auf den Felsen weit unter ihm lag der Mann auf dem Rücken. Er hatte die Arme von sich gestreckt und seine leeren Augen weit aufgerissen.

„Verdammte Scheiße", fluchte Sebastian, drückte sich von der Mauer weg und wischte sich mit einem schmutzigen Unterarm über die schweißnasse Stirn.

***

„Wenn es Euer Hauptanliegen war, herauszufinden, wer er ist", begann Sir Henry Lovejoy und starrte auf die Leiche zu ihren Füßen, „warum habt Ihr ihn dann umgebracht?"

Sebastian stöhnte. „Ich habe ihn nicht umgebracht. Er ist gefallen."

„Ja, natürlich ist er das." Lovejoy bewegte sich vorsichtig über die nassen Felsen, hockte sich neben den reglosen Körper des Mannes und blickte in das nach oben gerichtete Gesicht, das im Mondlicht aschfahl erschien. „Ihr wisst also nicht, wer er ist?"

„Nein. Sie?"

Der kleine Untersuchungsrichter schüttelte den Kopf. „Irgendeine Ahnung, warum er Euch verfolgt hat?"

„Ich hatte gehofft, dass Sie mir helfen könnten, das herauszufinden."

Lovejoy warf ihm einen gequälten Blick zu und stand auf. „Habt Ihr heute Morgen nicht die Zeitung gelesen?"

„Nein. Warum?"

Obwohl er den Toten nicht berührt hatte, zog der Richter ein Taschentuch aus seiner Tasche und wischte seine Hände daran ab. „Eine Parkdirne hat im St. James's Park eine Leiche gefunden. Kurz vor Sonnenaufgang."

Der Wind hatte aufgefrischt und trieb eine Reihe kleiner plätschernder Wellen an die Felsen zu ihren Füßen. Die Luft war erfüllt vom Geruch des Flusses. Es roch nach Schlamm und dazu kam der allgegenwärtige, stechende Gestank des Abwassers, das in die Themse geleitet wurde. Sebastian starrte zu dem Rumpf einer Jolle hinüber, die durch das dunkle Wasser glitt. In einer Stadt voller Kurtisanen und Huren waren die Parkdirnen die Ärmsten der Armen. Diese bemitleidenswerten Geschöpfe waren durch Krankheiten so entstellt, dass sie ihr Gewerbe nur im Dunkeln ausüben konnten, meist in einem der Stadtparks.

„Ist das denn so ungewöhnlich?", fragte Sebastian.

„Das ist es, wenn die fragliche Person geradezu abgeschlachtet wurde." Lovejoy stopfte sein Taschentuch
zurück in seine Tasche. Im fahlen Mondlicht wirkte
sein Gesicht beinahe so blass wie die Leiche zu ihren
Füßen. „Und das meine ich wortwörtlich: Tranchiert
wie eine Rinderhälfte."

„Wer war es? Wissen Sie das?"

Lovejoy bedeutete den Wachtmeistern mit einer
Kopfbewegung, die Leiche wegzubringen, und wandte
sich ab. „Das ist besonders besorgniserregend daran: Er
war Sir Humphrey Carmichaels ältester Sohn. Ein junger Mann von gerade einmal fünfundzwanzig Jahren."

Sir Humphrey Carmichael war einer der wohlha-
bendsten Männer der Stadt. Er war als Sohn eines We-
bers geboren worden, tätigte aber inzwischen vielfäl-
tige Geschäfte – von der Industrie und dem Bankwesen
bis hin zu Bergbau und Schifffahrt. Bis der Mörder seines Sohnes gefasst wurde, würde von den Wachtmeistern und Richtern der Stadt erwartet werden, dass sie
sich ganz auf diesen Fall und auf nichts anderes kon-
zentrierten.

„Übrigens hat einer der Männer von Bow Street gesagt, dass er Anklage erheben möchte", sagte Lovejoy,
während er die Stufen hinaufstieg. „Ihr habt ihm die
Nase gebrochen."

„Er hat meinen Mantel zerrissen."

Lovejoy drehte sich um und warf ein Auge auf Sebastians exquisit geschneiderten Mantel aus feinstem
Bather Wollstoff, der jetzt so verschmutzt und abge-
wetzt war, dass er sicher nicht mehr geflickt werden
konnte. Ein schwaches Lächeln umspielte einen

Mundwinkel des Richters, der die Lippen sonst meist straff zusammengepresst hatte. „Das werde ich ihm sagen.“

Kapitel 36

„Was ist dir diesmal zugestoßen?", fragte Kat. Dabei kreuzte ihr Blick Sebastians in dem Spiegel in ihrer Garderobe. Der letzte Akt war gerade erst vorbei und der Vorhang eben gefallen. Rufe und Gelächter erfüllten um sie herum das Theater, genau wie das Getrampel etlicher Füße, die den Gang auf und ab eilten.

Sebastian ließ das mit Papier umwickelte Bündel – das grüne Satinkleid – auf ihr Kanapee fallen und tupfte sich mit dem Handrücken das Blut von einer Schürfwunde an seiner Wange. „Ich wollte herkommen, um zu hören, was du mir über dieses Abendkleid sagen kannst, aber dann beschloss ich, anzuhalten und einen kleinen Ringkampf im Schlamm zu veranstalten."

Sie warf ihm einen Blick zu, der von Besorgnis und Verärgerung und auch von Belustigung sprach, wobei sie alle Gefühlsregungen zurückhielt, so gut es ging. Sie zog sich Kleopatras vergoldete Tiara von der Stirn, schob ihren Stuhl zurück und machte sich daran, das Abendkleid auszupacken. Im goldenen Schein der Lampe schimmerte der Satin.

„Es ist von erlesener Qualität", sagte sie, drehte sich um und hielt das Gewand ins Licht. „Elegant, aber dabei nicht aufdringlich. Es sieht aus, als wäre es für die Frau eines jungen Adligen geschneidert worden. Eine Dame, die ihre erste Saison vielleicht schon seit ein paar Jahren hinter sich hat, aber immer noch recht jung ist."

Sie warf ihm einen Blick zu. „Die Frau, die die Nachricht für den Prinzen überbracht hat, könnte doch sicher kein identisches Kleid getragen haben, oder?“

Sebastian zog seinen schlammbesudelten Mantel aus. Nicht einmal ein Kammerdiener mit Sedlows Begabung wäre in der Lage, diese Verwüstung ungeschehen zu machen. „Das bezweifle ich auch. Wahrscheinlich war es ein Kleid von ähnlichem Schnitt und Farbton. Eine Frau hätte den Unterschied wohl bemerkt, aber die meisten Männer nicht.“ Sebastian inspizierte die Schäden an seiner Weste. Sie war ebenso zerstört wie sein Mantel. „Wer auch immer sie war, sie hatte beim Mord der Marchioness offensichtlich ihre Finger im Spiel.“

„Nicht unbedingt. Ich kenne Dutzende von Schauspielerinnen, die mehr als fähig sind, eine vornehme Dame sehr glaubwürdig zu darzubieten. Der Mörder hätte einfach jemanden anheuern können.“

„Vielleicht. Aber das scheint mir eine riskante Sache zu sein.“

Kat drehte das Kleid auf links, um die Nähte zu begutachten. „Sieh dir mal diese winzigen Stiche an. Es gibt nicht viele Mantua-Schneiderinnen in der Stadt, die fähig sind, Arbeiten von dieser Qualität anzufertigen.“

Er stellte sich neben sie. „Meinst du, wenn wir die Schneiderin finden, könnte sie uns sagen, wer das Kleid in Auftrag gegeben hat?“

„Das *könnte* sie bestimmt. Aber ob sie das auch tatsächlich tun wird, hängt davon ab, wie man sich ihr nähert.“

Sebastian schlang einen Arm um ihren Nacken und zog sie zu sich heran. „Willst du damit andeuten, dass ich mich ihr vielleicht unbeholfen nähern würde?"

Kat streifte mit ihren geöffneten Lippen seinen Mund. „Ich will andeuten, dass sie die Frage vielleicht angemessener finden könnte, wenn sie von einer Frau kommt."

Er grinste, fuhr mit den Fingern durch ihr Haar und strich mit seinen Daumen über ihre Wangen. „Vielleicht könntest -" Er verstummte, als ein Klopfen an der Tür ertönte.

„Blumen für Miss Boleyn", rief eine Kinderstimme.

„Oh, Gott. Nicht schon wieder", sagte Kat.

Sebastian ließ seinen Blick über die Kübel voller Rosen, Lilien und Orchideen schweifen, die auf jedem freien Plätzchen in der Garderobe standen, selbst auf dem Boden. „Du scheinst einen neuen Bewunderer zu haben", sagte er, als sie zur Tür ging und diese mit einem Ruck aufzog.

Nichols, der Junge, der die Botengänge für das Theater besorgte, grinste und drückte ihr einen kleinen Strauß Blumen in die Hand. „Hier is' noch einer. Der Kerl hat mir sogar einen ganzen Schilling gegeben. Wenn das so weitergeht, kann ich bald meinen eigenen Laden aufmachen."

„Es war nicht derselbe Mann?", fragte Kat.

Sebastian nahm ihr die Blumen aus den Armen. „Wenigstens wird dieser hier nicht den halben Raum einnehmen. Aber es ist ein eigenartiges Arrangement, nicht? Eine gelbe Lilie und neun weiße Rosen? Was für ein sonderbarer Einfall. Also, wer ist dein Verehrer?"

Kat war plötzlich merkwürdig blass geworden. „Die anderen waren vom Comte de Lille."

„Aber nicht dieser hier?"

Sie blickte auf die Karte in ihrer Hand hinab. „Nein."

Er runzelte die Stirn. „Was ist denn los? Stimmt etwas nicht? Von wem sind die Blumen?"

„Ich weiß es nicht. Das steht da nicht."

Er nahm ihr die Karte aus der Hand. „*Und der König machte zu Jerusalem Silber und Gold so gemein wie die Steine, und Zedernholz wie die wilden Feigenbäume, welche in großer Menge auf dem flachen Felde wachsen*", las er laut vor und gab ihr dann lachend die Karte zurück. „Was ist denn das für ein Kavalier, der einer Frau einen Blumenstrauß mit einem Bibelzitat schickt?"

***

Nachdem Sebastian gegangen war, saß Kat einige Zeit lang da und betrachtete mit starrem Blick den seltsamen Blumenstrauß. Eine gelbe Lilie und neun weiße Rosen. *Der Neunzehnte.* Das war übermorgen.

Nein, das konnte nicht sein. Sie sagte sich, dass das bloß ein Zufall sein müsste und dass die Blumen ihr sicher von einem Verehrer geschickt worden waren. Mit zitternder Hand hob sie die Karte und las sie noch einmal. *Und der König machte zu Jerusalem Silber und Gold ...* Bei jedem Atemzug drang der süße Duft der Lilien und Rosen in ihre Nase und umhüllte sie, bis ihr speiübel wurde. Sie zerknüllte die Nachricht in ihrer Hand und ließ das Papier zu Boden fallen.

In ihrer Truhe hatte sie eine Bibel, die unter einer Sammlung alter Kostüme und Programmhefte verstaut war. Es dauerte eine Weile, bis sie das Zitat gefunden hatte. Sie war katholisch erzogen worden und nicht besonders bibelfest, aber schließlich fand sie die Stelle.

Zweites Buch der Chronik, Kapitel eins, Vers fünfzehn.

Sie schloss die Bibel und drückte den schwarzen Ledereinband fest mit den Fingern zusammen. Ihr Blick fiel auf das zerknitterte Papier auf dem Boden. In dem gedämpften Licht sahen die Überreste des Siegels fast aus wie helle Blutstropfen.

Es war so lange her, schon über vier Monate. Irgendwie hatte sie es beinahe geschafft, sich weiszumachen, dass dieser Tag nicht mehr kommen würde. Sie hatte sich sogar der Illusion hingegeben, dass sie all das hinter sich lassen könnte. Bei Gott, sie hatte tatsächlich begonnen, davon zu träumen, sich eine – wie auch immer geartete – Zukunft mit dem Mann aufzubauen, den sie mehr liebte als das Leben selbst.

Aber Irland war immer noch nicht frei. Der lange, blutige Krieg zwischen England und Frankreich wütete noch immer. Und am Mittwoch, dem 19. Juni, würde um Viertel nach eins Pierreponts Nachfolger und Napoleons neuer führender Geheimagent in London im *Chelsea Physic Garden* Ausschau nach Kat Boleyn halten.

Kapitel 37

Als Sebastian an diesem Abend in sein Haus in der Brook Street zurückkehrte, wurde er von seinem Verwalter begrüßt. „Der junge Tom ist in der Bibliothek", sagte der Hausmeier in demselben, absichtlich nichtssagenden Tonfall, den alle älteren Bediensteten zu verwenden schienen, wenn sie sich auf seinen Tiger bezogen. „Er hat darauf bestanden, aufzubleiben, und auf Euch zu warten."

„Ah. Vielen Dank, Morey. Gute Nacht."

Als Sebastian die Tür zur Bibliothek öffnete, rechnete er damit, dass Tom sich wohl auf einem der Fenstersitze zusammengerollt hatte und schlief. Aber der Junge saß am Tisch in der Bibliothek. Er hatte das Kinn auf eine Faust gestützt, neben seinem Ellbogen stand ein brennender Kerzenleuchter und vor ihm auf dem Tisch lag aufgeschlagen ein dünnes Buch.

Er war so in seine Lektüre vertieft, dass er Sebastians Ankunft zunächst gar nicht bemerkte. Erst, als die Scharniere der Tür quietschten, sah er erschrocken auf. „Mylord!" Er rutschte von dem Stuhl herunter und sein Gesicht färbte sich erst tiefrot, dann erbleichte er.

Sebastian lächelte. „Was liest du da?"

„Ich – ich bitte um Verzeihung, Mylord."

„Ist schon gut, Tom. Was ist das?"

Der Junge ließ den Kopf hängen. „Jason und die Argonauten."

„Eine interessante Wahl." Sebastian ging durch das Zimmer, um sich ein Glas Brandy einzuschenken. „Wo hast du lesen gelernt?"

„Ich bin zur Schule gegangen – bevor mein Vater gestorben is'."

Sebastian wandte sich überrascht um. Er erinnerte sich daran, wie wenig er über die Vergangenheit des Jungen wusste, abgesehen davon, dass seine Mutter nach Botany Bay abtransportiert worden war und man ihren Sohn auf den Straßen Londons sich selbst überlassen hatte.

„Ich hätte dich heute Abend schon früher erwartet", sagte Sebastian und goss Brandy in sein Glas.

„Am Abend wurde es da wirklich geschäftig. Ich dachte, ich könnte vielleicht etwas erfahren, wenn ich noch dableiben würde."

„Und hast du etwas herausgefunden?"

Tom schüttelte den Kopf. „Ich war in allen Läden auf der ganzen Straße, aber niemand will Ihre Ladyschaft gesehen haben."

Sebastian lehnte sich gegen den Tisch der Bibliothek und nippte still und nachdenklich an seinem Brandy. „War dieser einbeinige Bettler auf seinem Platz in der Nähe des *Norfolk Arms*?"

„Hab' ihn nich' gesehen. Aber ich hab' viel Zeit damit verbracht, in der Nähe des Gasthauses herumzulungern. Er is' ein sehr durchtriebener Kerl, dieser Afrikaner, dem das Haus gehört, wirklich. Es heißt, er sei einst ein Sklave auf einer Baumwollplantage irgendwo in Amerika gewesen, bevor er seinen Herrn getötet hat und weggelaufen ist."

„Wie ist sein Name? Hast du das gehört?"

Tom nickte. „Carter. Caleb Carter. Ist schon seit fünfzehn Jahren hier, oder noch länger. Hat sich mit der Witwe zusammengetan, der früher das *Norfolk Arms* gehörte. Sie hatte damals eine Tochter, ein süßes kleines rothaariges Mädchen namens Georgiana. Aber das Mädchen wurde krank und starb vor etwa zwei Jahren, und die Mutter starb aus Kummer kurz darauf.

„Und sie hat Carter das Gasthaus hinterlassen?"

„Ja. Soweit ich weiß, sind sie im Brandyhandel tätig, wenn Ihr versteht, was ich sagen will."

„Schmuggelei? Das überrascht mich nicht", sagte Sebastian und erinnerte sich an die Flasche feinsten französischen Cognacs, die er im Gastraum gesehen hatte. Er drückte sich vom Tisch weg und richtete sich auf. „Du solltest dich besser schlafen legen. Ich möchte, dass du morgen wieder dorthin gehst."

„Zu Befehl, Meister", sagte Tom und unterdrückte ein Gähnen.

„Hier." Sebastian streckte ihm das Buch hin. „Willst du es nicht zu Ende lesen?"

Der Blick des Jungen rutschte zögerlich von Sebastians Gesicht auf seine ausgestreckte Hand hinab.

Sebastian lächelte. „Na los, nimm es schon. Du kannst es zurückbringen, wenn du fertig bist."

Tom wandte sich der Tür zu. Das Buch hatte er an seinen Brustkorb gedrückt wie einen wertvollen Schatz.

„Ach, und Tom -"

Der Junge wirbelte herum.

„Sei diesmal vor Einbruch der Dunkelheit zurück, hörst du? Ich will nicht, dass du ein Risiko eingehst. Die Leute, mit denen wir es da zu tun haben, sind gefährlich."

„Ja, Meister."

Es lag immer noch ein schwaches Lächeln auf Sebastians Lippen, als er im Türrahmen stand und zusah, wie der Junge durch den Flur davoneilte. Dann verblasste sein Lächeln und Sebastian wandte sich wieder der Bibliothek zu, um sich noch einen Drink einzuschenken.

***

Am nächsten Morgen lag die verwitwete Duchess of Claiborne auf einer Chaiselongue in ihrem Ankleidezimmer und trank eine Tasse heiße Schokolade, als Sebastian in den Raum geschlendert kam.

Sie stieß einen leisen Seufzer aus. „Sebastian? Was denkt Humphrey sich bloß? Er hat die strikte Anweisung bekommen, vor ein Uhr niemanden durch die Tür zu lassen."

„Das hat er mir auch gesagt." Er bückte sich, um seiner Tante einen Kuss auf die Wange zu geben. „Ich möchte gern wissen, was du mir über die Countess of Portland erzählen kannst."

Seine Tante setzte sich ein wenig aufrechter hin. „Claire Portland? Ach du liebe Zeit, weshalb denn das?"

Sebastian ignorierte ihre Frage einfach. „Was hältst du von ihr?"

Tante Henrietta stieß ein vornehmes Schnauben aus. „Sie ist natürlich ein hübsches kleines Ding. Aber es steckt nicht viel dahinter, wenn du mich fragst."

„Diesen Eindruck macht sie jedenfalls. Aber der Schein kann auch trügen."

„Manchmal schon. Aber nicht bei ihr, fürchte ich." Seine Tante fixierte ihn mit einem erbitterten Blick. „Und jetzt kein Wort mehr davon, bis du mir erklärst, warum du dich für die Dame interessierst."

„Es scheint, dass Lady Anglessey einst beabsichtigt hatte, Claire Portlands Bruder, den Chevalier de Varden, zu heiraten."

„Hmmm. Ja, das kann ich mir vorstellen. Er ist ein überaus gutaussehender Mann, der Chevalier. Und nichts bringt ein Mädchen mehr zum Schwärmen als eine tragisch-romantische Vergangenheit."

„Liebe Tante. Man könnte fast meinen, dass du selbst eine Vorliebe für den Burschen hast."

Sie gab einen tiefen, grollenden Laut von sich, der ihren imposanten Busen erschütterte. „Für romantische, gutaussehende junge Männer fehlt mir die Geduld und das weißt du auch."

Sebastian lächelte. „Kommen wir zu Lady Portland. Erzähl mir von ihr."

Tante Henrietta machte es sich bequemer. „Ich fürchte, da gibt es nicht viel zu erzählen. Ihr Vater, der verstorbene Lord Audley, hat ihr eine ansehnliche Mitgift hinterlassen. Sie hatte eine erfolgreiche Saison und hat am Ende derselben den Earl of Portland geheiratet."

„Was ist mit Portland selbst?"

Wieder dieses elegante Schnauben. „Ich habe gehört, dass man ihn für einen gutaussehenden Mann hält, aber ich persönlich kann nichts mit Rothaarigen anfangen. Es lässt sich allerdings nicht leugnen, dass der alte Earl, sein Vater, ziemlich wohlhabend gestorben ist. Und Portland selbst ist keiner, der sein Geld am Spieltisch verschwendet. Claire hat sich also ganz gut geschlagen. Ich würde nicht sagen, dass seine Frau großen Einfluss auf Portland hat, allerdings hat er auch keine Geliebte, von der man wüsste. Er scheint den Großteil seiner Zeit in Whitehall zu verbringen."

„Und Lady Portland? Hat sie sich als Gastgeberin bei politischen Anlässen etabliert?"

„Ich bezweifle, dass sie Lust oder auch nur genügend Verstandesvermögen zu so etwas hat."

Sebastian setzte sich in den Sessel ihr gegenüber. „Sie scheint Morgana Quinlan überraschenderweise recht nahe zu stehen."

„Nun, das ist zu erwarten, nicht wahr, wenn man bedenkt, wie nah die Anwesen ihrer Väter beieinanderliegen."

„Ich würde sagen, die beiden Frauen haben sehr unterschiedliche Gemüter."

„Ja. Aber manchmal ist es mit Freundschaften wie mit einer Ehe: Die besten Verbindungen sind die zwischen Gegensätzen."

Sebastian schwieg einen Moment lang, weil seine Gedanken zu der Ehe seiner eigenen Eltern wanderten. In diesem Fall war die Verbindung von gegensätzlichen Gemütern definitiv nicht geglückt. Aber er sagte nur: „Lady Quinlan scheint ihrer Schwester gegenüber besonders verbittert und feindselig gesinnt zu sein. Weißt du, warum?"

„Hmm. Ich vermute, dass sie beleidigt war, als ihre jüngere Schwester sich auf dem Heiratsmarkt so viel besser schlug als sie. Ehrlich gesagt war ich überrascht, dass Lady Morgana überhaupt eine Partie gemacht hat. Die Frau ist nicht nur ein schamloser Blaustrumpf, sondern auch noch todlangweilig, was noch viel schlimmer ist. Ich habe einmal den Fehler gemacht, einen ihrer wissenschaftlichen Abendvorträge zu besuchen. Irgendein Herr hat endlos über Leidener Flaschen und Kupferdrähte doziert. Dann hat er einen Frosch getötet und ihn mit Stromschlägen wiederbelebt. Es war wirklich abstoßend."

Sebastian beugte sich vor. „Wie hat er den Frosch getötet?"

Tante Henrietta leerte ihre Tasse mit der heißen Schokolade und stellte sie beiseite. „Mit Gift, glaube ich."

***

Der Innenminister, der Earl of Portland, saß in einem Kaffeehaus in der Nähe der *Mall* und hatte eine dampfende Tasse vor sich auf dem Tisch stehen. Sebastian setzte sich auf den Platz ihm gegenüber.

„Ich glaube nicht, dass ich Sie gebeten habe, sich zu mir zu setzen", sagte Portland und betrachtete Sebastian mit verengtem Blick.

„Das haben Sie auch nicht", sagte Sebastian unbekümmert. Die Luft war erfüllt vom gleichmäßigen Rhythmus einer Trommel und den schweren Schritten eines vorbeimarschierenden Trupps Soldaten. Frisches Kanonenfutter, dachte Sebastian, auf dem Weg nach Portsmouth, um dann in dem Krieg auf der anderen Seite des Ärmelkanals zu sterben. In dem Kaffeehaus sah nicht einmal jemand auf.

Portland lehnte sich auf der Bank zurück und ein leichtes Lächeln umspielte seine Lippen: „Meine Frau hat mir erzählt, dass sie Sie gestern in Lady Quinlans Salon getroffen hat.

„Sie haben mir nicht gesagt, dass Sie der Schwager des Liebhabers der Toten sind."

„Sie meinen Varden?“ Portland hob seine Tasse an die Lippen und nahm nachdenklich einen Schluck. „Ich weiß, dass sie alte Gefühle der Zuneigung verbanden, aber ich würde nicht riskieren wollen, zu spekulieren, welcher Natur ihre Beziehung in jüngster Zeit war.“

„Erzählen Sie mir von ihm.“

Portland zuckte mit den Schultern. „Er ist wohl ein sehr sympathischer Bursche, wenn auch für meinen Geschmack etwas zu hitzköpfig und impulsiv. Aber da er zur Hälfte Franzose ist, ist das wohl verständlich.“

„Was können Sie mir über seine politische Einstellung sagen?“

Portland lachte scharf auf und trank noch einen Schluck. „Der Junge ist einundzwanzig Jahre alt. Er interessiert sich für Wein, Weib und Gesang. Und nicht dafür, wie das Kabinett des Prinzen zusammengesetzt ist.“

„Wie sieht es mit Thronstreitigkeiten aus? Könnte ihn das interessieren?“

Portland setzte seine Tasse ab. Sein Gesicht wirkte plötzlich abgespannt und ernst. „Wovon sprechen Sie?“

Sebastian ließ die Frage unbeantwortet im Raum stehen. „Was können Sie mir über die Dame sagen, die Sie gebeten hat, dem Prinzen ihre Nachricht zu überbringen?“

Portland blickte auf seine Tasse herunter. Er zog seine rötlichen Augenbrauen zusammen und legte nachdenklich die Stirn in Falten. „Sie war jung, würde ich sagen. Zumindest hatte ich den Eindruck. Falls ich ihre Haarfarbe sehen konnte, erinnere ich mich nicht daran.“

„Es war definitiv eine Dame?“

„Das würde ich sagen, ja." Er zögerte. „Ich glaube, sie war groß, aber ich kann es nicht sicher sagen. Vielleicht habe ich mir das bloß hinterher eingebildet, weil ich annahm, dass es Lady Anglessey war, die mir das Billet-doux übergeben hat."

Sebastian lehnte sich auf seiner Bank zurück, ohne seinen Blick von dem Gesicht des anderen Mannes abzuwenden. Er glaubte nicht, dass es Zufall war, dass der Zettel, mit dem man den Prinzen in das Gelbe Zimmer gelockt hatte, ihm ausgerechnet von seinem Innenminister übergeben worden war – und nicht einem der Speichellecker, mit denen sich der Prinz normalerweise umgab. Andererseits war es auch möglich, dass die Dame in Grün Portland absichtlich dafür ausgewählt hatte.

Aber Sebastian sagte nur: „Erinnern Sie sich an den Dolch, der in Lady Anglesseys Rücken steckte?"

Portland drehte den Kopf und starrte aus dem Erkerfenster des Cafés auf die dahinterliegende Straße, die jetzt von der prallen Sonne beschienen wurde und menschenleer war. Sein Adamsapfel trat hervor, so, als hätte er Mühe, zu schlucken, und seine Stimme klang angespannt, als er antwortete. „Den werde ich wohl kaum vergessen, oder? Die Art, wie er aus ihr herausragte wie ein -"

„Haben Sie ihn zuvor schon einmal gesehen?"

„Den Dolch?" Er sah sich noch einmal um und riss die Augen weit auf, so, als wäre er von der Frage überrascht. „Natürlich. Er gehört zu der Sammlung von Stuart-Erinnerungsstücken, die sich im Besitz von Henry Stuart befanden, als er starb. Ich glaube, er gehörte seinem Großvater, James II."

Die Glocke an der Tür des Cafés klingelte, als zwei Soldaten hereinkamen und den Geruch von Morgenluft, sonnengewärmten Ziegelsteinen und einen Hauch frischen Düngers mit sich brachten. Sebastian richtete seinen Blick weiterhin auf das sommersprossige Gesicht des Schotten. „Was ist damit geschehen?"

„Sie meinen nach Henrys Tod? Wissen Sie das denn nicht? Er hat die gesamte Sammlung dem Prince of Wales, dem Regenten, vermacht."

Kapitel 38

Kat verbrachte eine unruhige Nacht. Ihre Träume wurden von marschierenden Reihen toter Soldaten heimgesucht und von einer blutbefleckten Guillotine, die unheilvoll im Wind knarrte.

Sie stand früh auf und stellte sie sich an das Fenster, von dem aus man die Straße darunter sehen konnte. Im klaren Licht der Morgendämmerung konnte sie sehen, wie die Milchmädchen ihre Runden drehten. Die Eimer mit der frischen Milch baumelten von ihren Schultertragen.

Sie bereute nicht, was sie getan hatte. Die Gewaltherrschaft, die die französischen Soldaten auf den europäischen Kontinent gebracht hatten, war nichts im Vergleich zu den Gräueltaten, die Irland seit Hunderten von Jahren unter den Engländern erlitten hatte. Noch immer würde sie alles in ihrer Macht Stehende tun, um den Tag der Befreiung Irlands früher hereinbrechen zu lassen. Aber sie konnte nicht guten Gewissens das Geschenk von Sebastians Liebe annehmen und trotzdem weiterhin dem Feind helfen, gegen den er gekämpft und dabei sogar sein Leben riskiert hatte.

Eine Zeit lang war sie hin- und hergerissen gewesen, doch inzwischen hatte sie beschlossen, zu dem morgigen Treffen mit Napoleons neuem führenden Geheimagenten im *Chelsea Physic Garden* zu erscheinen. Sie wollte ihm sagen, dass sie den Franzosen nicht länger als Informationsquelle zur Verfügung stehen würde. Ob man ihr erlauben würde, ihren Dienst so einfach zu quittieren, würde sich erst noch herausstellen.

Weil sie zu aufgeregt war, um sich wieder schlafen zu legen, beschloss Kat, frühzeitig mit der Suche nach der Schneiderin zu beginnen, die das Kleid genäht hatte, das schließlich Guinevere Anglesseys Leichentuch geworden war. Doch schlussendlich erwies sich diese Aufgabe sogar als einfacher als gedacht.

Kat machte sich an diesem Morgen kurz nach dem Frühstück auf den Weg. Sie stellte fest, dass sie nur drei der Modistinnen aufsuchen musste, die bei der besseren Gesellschaft beliebt waren, bevor sie das Etablissement gefunden hatte, in dem das grüne Satinkleid gefertigt worden war.

„*Mais oui*, ich erinnere mich ganz genau an dieses 'ier", sagte Madame de Blois, die Besitzerin eines teuren kleinen Ladens in der Bond Street. „Lady Bennett Dunn 'at es erst letzte Saison bei mir bestellt."

Kat musste sich auf die Lippe beißen, um nicht herauszuplatzen: *Sind Sie ganz sicher?* Die fragliche junge Dame war eine schöne, aber überaus dusslige Erbin, die Lord Bennett Dunn, den jüngsten Sohn des Duke of Farnham, vor etwa zwei Jahre geheiratet hatte. Lord Bennett war genauso geistlos wie seine Braut, sodass einige Mitglieder der besseren Gesellschaft das Paar *Lord und Lady Benebelt und Dumm* nannten. Es war schwer vorstellbar, dass einer von beiden etwas damit zu tun haben sollte, was Guinevere Anglessey zugestoßen war.

„Reizend, nicht wahr?", fragte Madame de Blois. „Obwohl dieser Grünton kaum zu einer jungen Frau passt, die Lady Bennetts Teint und 'aarfarbe hat, nicht? Ich 'abe versucht, sie davon abzubringen, aber sie wollte nicht auf mich 'ören." Die Modistin schüttelte den Kopf und schnalzte mit der Zunge. „Ich denke, für Sie sollten wir etwas in Saphirblau anfertigen, ja? Und natürlich mit einem gewagteren Dekolleté."

Kat schenkte der Frau ein breites Lächeln. „Gewiss."

***

Sebastian hatte die Faszination des Prinzregenten für die Stuart-Dynastie noch nie verstanden.

Er war ein Prinz, der sich danach sehnte, beim Volk beliebt zu sein, und den die Buhrufe und Zischlaute, die ihn überall begrüßten, wirklich bekümmerten. Doch trotz des zunehmenden öffentlichen Unmutes über seine stetig anwachsenden Schuldenberge und seine ungeheuerliche Verschwendungssucht unternahm er keine Anstrengungen, sein ausschweifendes Verhalten zu ändern. Während Frauen und Kinder auf den Straßen verhungerten, gab der Prinz verschwenderische Bankette, bei denen privilegierte Gäste zwischen mehr als hundert verschiedenen warmen Speisen wählen konnten. Auf dem Festland zitterten Englands Soldaten in ihren zerlumpten Uniformen, aber der Regent gab weiterhin unzählige Kniehosen und Westen in Auftrag und ließ sie in so kleinen Größen schneidern, dass er sie niemals tragen können würde. Die bedürftige Bevölkerung Englands ächzte zwar unter der Last der stetig steigenden, erdrückend hohen Steuern, aber das hielt den Prinzen nicht davon ab, das Parlament um die Begleichung seiner Spielschulden zu ersuchen.

Manch einer glaubte, der Prinz würde von einem bösen Geist angetrieben, aber Sebastians Meinung nach war die Wahrheit wahrscheinlich sehr viel weniger schmeichelhaft. Der Prinz sehnte sich danach, geliebt zu werden, aber er wollte so geliebt werden, wie er war, ohne die abscheulichen Gewohnheiten zu ändern, die dazu geführt hatten, dass ihn die Menschen hassten. Wenn er vor die Wahl zwischen Popularität und der Beibehaltung seines hedonistischen, egozentrischen Lebensstils gestellt wurde, siegte George der Hedonist jedes Mal über George den Prinzen.

Und trotzdem schien sich seine Faszination für die Stuart-Dynastie mit jedem Jahr noch zu steigern. Es war, als ob er die Stuarts beneidete und sich gleichzeitig auch mit ihnen identifizierte. Obwohl sie einst so verachtet gewesen waren, dass sie den englischen Thron für immer verloren hatten, war es den Stuarts trotzdem gelungen, dass ihnen eine romantische Ausstrahlung anhaftete. Als von Pathos und Tragik gezeichnete Figuren waren sie zu etwas geworden, was Prinny selbst niemals sein würde: der Stoff, aus dem Legenden sind.

Aber gewiss schwebte das Schicksal dieser dem Untergang geweihten Prinzen auch über ihm wie ein Damoklesschwert. Sebastian vermutete, dass sich in die Faszination und den Neid auch eine eindringliche Angst mischte: die quälende Erkenntnis, dass das, was den Stuarts widerfahren war, eines Tages auch George geschehen könnte.

Der Prinzregent bewahrte seine wachsende Sammlung von Dokumenten und Memorabilien der Stuarts in einem eigenen Zimmer im *Carlton House* auf – und dieses Zimmer zeigte er nur allzu gerne jedem, der ihn zufällig danach fragte. So kam es, dass sich Sebastian etwas später an diesem Nachmittag in einem Raum wiederfand, der mit roter Seide, abgesetzt mit goldenen

Quasten, behangen war und den man mit einem Teppich ausgelegt hatte, der im Tartanmuster der Stuarts gewebt war.

„Das hier hat Charles I auf dem Weg zur Schlacht von Naseby bei sich getragen“, sagte der Prinz und hob ehrfürchtig ein schweres, altmodisches Schwert aus einem der Glaskästen, die entlang der Wände aufgereiht waren. Sebastian bemerkte, dass die Vitrinen nicht verschlossen waren: Jeder, der Zugang zu dem Zimmer hatte, hätte nach Belieben einen Gegenstand entwenden können.

„Und das hier“, begann der Prinz, dessen Gesicht vor Freude und Stolz strahlte, und hielt das verblichene Schnallenband des Hosenbandordens hoch, „wurde von James II getragen.“ Seine fleischigen, ungeschickten Finger zitterten, als er das getragene Material glättete, und einen Moment lang schien es, als sei er in einer Art schwärmerischen Tagtraum versunken. Dann schreckte er hoch und tapste auf seinen dicken Beinen quer durch das Zimmer, wobei er von den Dokumenten zu erzählen begann, die er sammelte, weil er eine Biografie über James II in Auftrag geben wollte.

Sebastian folgte ihm, hielt inne, um eine Kollektion von Schmuckstücken aus dem siebzehnten Jahrhundert zu bewundern, bevor er vor einer mit rotem Samt ausgekleideten Vitrine stehenblieb. Dort lag in einer offensichtlich eigens dafür geformten Vertiefung der juwelenbesetzte schottische Dolch, den Sebastian zuletzt im Rücken von Guinevere Anglessey gesehen hatte.

„Ah, wie ich sehe, bewundern Sie den Langdolch“, sagte der Prinz und stellte sich neben ihn. „Ein schönes Stück, nicht wahr? Wir wissen, dass der Dolch von

James II getragen wurde, aber einige Spezialisten vermuten, dass er viel älter ist und vielleicht sogar seiner Urgroßmutter Maria, der Königin von Schottland, gehört hat."

Sebastian löste seinen Blick von dem Dolch, betrachtete stattdessen den Besitzer der Waffe und musterte das Gesicht des Prinzen, das ihm halb zugewandt war. Sein Gesichtsausdruck wirkte munter und nicht beunruhigt, seine Wangen waren gerötet und sein beinahe weiblich geformter Mund war zu einem Halblächeln gebogen.

An jenem Abend hatte der Prinz im Gelben Zimmer des *Pavilion* Guinevere Anglesseys schlaffen Körper in seinen Armen gehalten. Er musste gesehen haben, dass ihr die Waffe in den Rücken gestoßen worden war, und er musste den Dolch gewiss als ein Stück aus seiner eigenen kostbaren Sammlung erkannt haben. Und trotzdem deutete jetzt nichts darauf hin, dass er sich überhaupt noch an den Vorfall erinnerte.

Sebastian hatte gehört, dass er die Begabung besaß, einfach alle unangenehmen Erinnerungen aus seinem Gedächtnis zu streichen. Der Langdolch war auf seinem angestammten Platz in der Sammlung und was den Regenten betraf, war das alles, was zählte.

Der Prinz war inzwischen weiterspaziert, bis an ein Regal mit in Kalbsleder gebundenen Büchern, die einst Charles II gehörten. Sebastian beobachtete ihn, bemerkte den lebhaften Ausdruck in seinem feisten, selbstzufriedenen Gesicht und konnte nicht anders, als sich zu fragen, ob sich der Prinz überhaupt an die Ereignisse jener Nacht im Gelben Zimmer erinnerte.

Im Raum war es erdrückend heiß, genau wie in allen anderen Zimmern in den Wohnungen des Prinzen. Aber in diesem Moment lief Sebastian ein kalter Schauer über den Rücken. Denn ein Mann, der zu solcher Selbsttäuschung fähig war, der so selbstverliebt war, dass er von den Geschehnissen um sich herum nichts mehr wahrnahm, musste wohl beinahe zu allem fähig sein.

Kapitel 39

„Das ist eine sonderbare Fähigkeit, aber sie kommt bei manchen Menschen vor", sagte Paul Gibson, als Sebastian sich später in einem Pub unweit des Towers mit ihm auf ein Pint Bier traf. „Es ist so, als könnten diese Menschen irgendwie ihre Erinnerungen an unangenehme oder unschmeichelhafte Vorfälle verändern, bis ihnen etwas Schmeichelhafteres oder zumindest Angenehmeres einfällt. In gewisser Weise könnte man sagen, dass sie nicht unbedingt die Unwahrheit sagen, wenn sie lügen, weil sie ihre eigene verdrehte Version eines Ereignisses auch wirklich glauben. Erinnerungen an besonders schreckliche Geschehnisse können sogar vollständig ausgelöscht werden."

Sebastian lehnte sich mit den Schultern zurück gegen die alte hölzerne Trennwand. Mit einer Hand, die auf der abgenutzten Tischplatte ruhte, hielt er seinen Bierkrug umschlossen. „Es ist gut, dass der Prinz an jenem Tag in Brighton war. Sonst wäre ich geneigt, mich zu fragen, ob er die unangenehme Erinnerung an den Mord an Lady Anglessey nicht einfach aus seinem Gedächtnis entfernt hat."

„Zumindest weißt du jetzt, wo du entdeckt hast, woher der Dolch stammt, dass der Mörder jemand aus dem Umfeld des Prinzen sein muss."

„Nicht unbedingt. Diese Vitrinen sind nicht verschlossen. Hunderte von Menschen könnten Zugang zu diesem Zimmer gehabt haben."

„Vielleicht. Aber ich kann mir nicht vorstellen, dass jemand wie Bevan Ellsworth im *Carlton House* herumschleicht."

„Nein. Aber sein guter Freund Fabian Fitzfrederick könnte den Dolch gewiss an sich genommen haben."

Gibson runzelte die Stirn. „*Ist* er denn gut mit Fabian Fitzfrederick befreundet?"

„Es scheint so."

„Aber … warum sollte einer der Söhne des Duke of York die Hannoveraner stürzen wollen?"

Sebastian beugte sich nach vorn. „Prinny hat für viel Unzufriedenheit gesorgt. Vielleicht haben wir es hier mit zwei verschiedenen Parteien zu tun – eine, die darauf aus ist, die Hannoveraner zu stürzen, und eine andere, die schlicht den Regenten durch seinen Bruder, den Duke of York, ersetzen möchte."

Gibson, der gerade seinen Bierkrug an die Lippen setzen wollte, hielt auf halbem Wege inne. „Aber Prinzessin Charlotte ist die Nächste in der Thronfolge – noch vor York."

„Ja. Aber Prinzessin Charlottes eigener Vater bezeichnet ihre Mutter regelmäßig als Hure. Charlotte könnte durchaus beiseitegeschafft werden. Das wäre nicht das erste Mal."

Gibson nahm gedankenversunken einen langen Schluck von seinem Bier. „Hast du die Möglichkeit in Betracht gezogen, dass die Person, die Guinevere Anglessey getötet hat, vielleicht nicht unbedingt dieselbe Person ist – wenn es nicht sogar mehrere waren –, die dieses hässliche Affentheater im *Pavilion* veranstaltet hat?"

„Ja." Sebastian rutschte auf seinem Platz herum, sodass er seine Beine ausstrecken konnte. „Mir kommt immer wieder in den Kopf, dass das alles vielleicht Sinn ergeben würde, wenn ich doch nur verstehen könnte, warum sie nach Smithfield in das *Norfolk Arms* gefahren ist."

„Es scheint mir ein merkwürdiger Ort für ein Rendezvous unter Liebenden", sagte Gibson.

Sebastian schüttelte den Kopf. „Ich glaube nicht, dass es ein Rendezvous unter Liebenden war."

Das Getrampel marschierender Füße erfüllte die Luft, als ein Teil der Garnison aus dem Tower vorbeidefilierte. Ein feierlicher Ausdruck lag auf Gibsons Gesicht, als er seinen Kopf drehte, um die Männer zu beobachten, die die Straße füllten. Die Sonne glänzte auf den Läufen ihrer Musketen. „Ich habe viele Menschen schimpfen gehört, was dieses Fest angeht, das der Prinz für Donnerstag anberaumt hat. Nicht nur wegen der Kosten – die, wie ich hörte, beträchtlich sind. Aber es ist doch ziemlich ungehörig, oder nicht, dass ein Prinz seine Thronbesteigung als Regent feiert, wenn diese Einsetzung durch den Wahnsinn seines Vaters erforderlich wurde? Ich habe gehört, dass seine Mutter und seine Schwestern es ablehnen, an der Feier teilzunehmen."

Auch Sebastian beobachtete die Soldaten. Sie sahen so jung aus, manche waren fast noch Knaben. „Ich bezweifle, dass man sie vermissen wird. Es wurde angekündigt, dass keine Frau, die nicht mindestens die Tochter eines Earls ist, teilnehmen darf. Natürlich hat das dazu geführt, dass jede ehrgeizige Dame in London, die auf diese Weise ausgeschlossen wurde, sich darum reißt, dass man für sie eine Ausnahme macht. Sie werden es niemals schaffen, die Gästeliste auf zweitausend Teilnehmer zu beschränken."

„Wann kehrt der Prinz nach Brighton zurück?"

„Am Tag nach dem Fest." Nachdenklich starrte Sebastian den vorbeiziehenden Reihen von Soldaten in roten Uniformröcken hinterher. „Denk doch mal darüber nach: Wenn du einen Staatsstreich planen würdest, wann würdest du ihn durchführen?"

Gibsons und Sebastians Blicke kreuzten sich. „Zu einem Zeitpunkt, zu dem der Prinz nicht in London ist."

„Ganz genau", sagte Sebastian und leerte seinen Bierkrug.

Kapitel 40

„Lady Bennett Dunn?", fragte Devlin und starrte Kat an. Sie waren im Salon ihres Hauses in der Harwich Street. Er konnte in der Ferne die Rufe der Kinder hören, die sich draußen auf dem Fußweg mit einem Abzählreim vergnügten. In ihr Lachen mischte sich der abendliche Gesang der Vögel, als die Schatten länger wurden. „Was zur Hölle könnte Lady Benebelt und Dumm bloß mit all dem zu tun haben?"

Kat lachte leise. „Nichts. Anscheinend hat die Modistin versucht, ihr den Satinstoff in diesem speziellen Grünton auszureden, aber sie war so begeistert davon, dass die Frau ihr schließlich ihren Willen lassen musste. Soweit ich weiß, war sie überaus zufrieden damit – bis ihr Schwiegermütterchen, die Herzogin, ihr sagte, sie sähe darin aus wie ein kranker Frosch."

Devlin schritt durch das Zimmer und machte sich daran, zwei Gläser Wein einzuschenken. „Und was hat sie dann gemacht?"

„Sie hat das Abendkleid ihrem Dienstmädchen gegeben, das es wiederum an ein Geschäft für Gebrauchtkleidung verkauft hat. Die Frau behauptet, sie wüsste nicht mehr, an welches genau, wahrscheinlich weil sie es aus Gewohnheit an ihren üblichen Hehler verkauft hat."

Devlin sah auf. Eine Augenbraue hatte er ungläubig hochgezogen. „Das Kleid stammt von einem Händler für Gebrauchtkleidung?"

Kat kam zu ihm und nahm ein Glas aus seiner ausgestreckten Hand entgegen. „Anscheinend schon."

Nachdenklich nahm er einen tiefen Schluck von seinem Wein. „Mal sehen, ob ich das richtig verstanden habe: Jemand tötet Guinevere Anglessey, indem er sie mit Zyanid vergiftet. Sie stirbt – und zwar gewaltsam. So gewaltsam, dass der Mörder es für nötig hält, die Leiche zu baden und ihr ein neues Kleid anzuziehen – ein Abendkleid, das er bei einem Händler für Gebrauchtkleidung kauft, zum Beispiel in der Rosemary Lane. Nur leider kennt unser Mörder sein Opfer nicht gut, sodass er die falsche Größe kauft, weshalb sich das Kleid nicht richtig schließen lässt. Er macht sich auch nicht die Mühe, Unterwäsche, Schuhe und Strümpfe zu besorgen – alles Dinge, die eine Dame normalerweise tragen würde. Er lädt ihren Körper in einen ... was? In einen Karren oder eine Kutsche, wir wissen nicht, was es genau war, und bringt sie nach Brighton, wo es ihm irgendwie gelingt, ihren Körper in den *Pavilion* zu schmuggeln. Er schickt seine Komplizin – die ein ähnliches grünes Abendkleid und einen Schleier trägt – in das Musikzimmer des Prinzen, wo sie dem Innenminister, Lord Portland, eine Nachricht überreicht und dann wieder verschwindet. Eine Nachricht, die mir aus unbekannten Gründen niemand zeigen will. Ach ja, und erwähnte ich schon, dass unser Mörder, nachdem er Guineveres Leiche sorgfältig im Gelben Zimmer platziert hat, auf dieselbe mit einem schottischen Langdolch einsticht, der einst James II gehörte, jetzt aber Teil einer Sammlung des Prinzregenten selbst ist und normalerweise in London aufbewahrt wird?“

„Nun, da bin ich aber froh, dass du alles aufgeklärt hast.“

Er stellte sich an die Fenster, von denen aus man auf die Straße unter ihnen sehen konnte. Die Kinder waren nicht mehr da. „Alles bis auf die Antworten auf die Fragen nach dem *Wer* und dem *Warum*."

Sie kam von hinten auf ihn zu und beobachtete sein Gesicht. „Was ist los? Du siehst immer wieder aus dem Fenster."

„Ich mache mir Sorgen um Tom. Ich habe Morey die Anweisung gegeben, den Jungen hierher zu schicken, sobald er zurückkommt."

„Die Dämmerung hat noch nicht einmal eingesetzt."

„Ich habe Tom gesagt, dass ich möchte, dass er vor Einbruch der Dunkelheit aus Smithfield verschwindet."

Kat schlang ihre Arme um Sebastians Taille und drückte ihn fest an sich, sodass ihre Brüste gegen seinen Rücken gepresst wurden. „Tom ist ein Junge, der auf der Straße aufgewachsen ist. Er kann gut auf sich selbst aufpassen."

Sebastian schüttelte den Kopf. „Diese Leute dort sind gefährlich."

Er bemerkte, dass Kat schwieg. Nach einem Augenblick sagte sie: „Er ist ein Bediensteter."

„Trotzdem ist er nur ein kleiner Junge."

„Und er liebt es, deine Pferde zu pflegen und für dich herumzuschnüffeln und Fragen zu stellen. Das gibt ihm das Gefühl, wichtig und nützlich zu sein. Er wäre sowohl enttäuscht als auch beleidigt, wenn du ihm nicht erlaubst, seinen Teil beizutragen."

Sebastian drehte sich in ihrer Umarmung um und zog sie eng zu sich an seinen Brustkorb. „Ich weiß." Er legte sein Kinn auf ihrem Kopf ab. „Aber ich habe ein schlechtes Gefühl dabei."

Kapitel 41

Tom mochte Smithfield nicht. Das lag nicht nur an dem durchdringenden Geruch nach vergossenem Blut, rohem Fleisch und Fellen, der ihm zusetzte. Es kam ihm auch vor, als läge über dem Ort der Dunst des Todes wie eine unsichtbare, schwere Decke, die alles Leben erstickte, ihm die Luft zum Atmen nahm und schwer auf seinem Brustkorb lastete. Er hatte einen frustrierenden Tag mit seiner Suche verbracht, ohne wirklich zu wissen, wonach er Ausschau hielt, und er hatte nichts gefunden. Mit Erleichterung beobachtete er, wie die Schatten länger wurden, als der Abend dämmerte, und machte sich auf den Heimweg.

Er kam an der engen Gasse vorbei, die hinter dem *Norfolk Arms* entlangführte. Als er zur Seite blickte, sah er einen Karren, der vor den schiefen Doppeltüren stand, die in den Keller des Gasthauses führten. Drei Männer waren schweigend damit beschäftigt, den Karren zu entladen. Sie scherzten nicht miteinander, wie man es vielleicht erwartet hätte. Der Mann auf dem Wagen reichte lauter kleine Fässer, eins nach dem anderen, an diejenigen weiter, die die Kellertreppe hinauf- und hinuntereilten. Ein weiterer Mann, von schlanker Statur und mit dem vornehmen Mantel eines Gentlemans bekleidet, stand in der Nähe und hatte dem Eingang der Gasse den Rücken zugewandt.

Tom duckte sich hinter einen Stapel Kisten, die in der Nähe standen, und beobachtete sie eine Weile lang. Zuerst dachte er, es müsse sich nur um eine Lieferung französischen Weins handeln, der von irgendwo aus

Übersee eingeschmuggelt worden war. Allerdings sahen diese Fässer nicht aus wie Weinfässer. Sie sahen eher aus wie Pulverfässer. Nachdem schon seit ungefähr zwanzig Jahren beinahe ununterbrochen Krieg herrschte, gab es kaum ein Kind in England, das nicht mit dem Anblick von Soldaten, die durch die Straßen marschierten, aufgewachsen war – und auch mit dem Bild der unzähligen Karren, auf denen sich Pulverfässer und Kisten mit Musketen stapelten, die zu den Kaianlagen gebracht werden sollten. Dort wurden sie dann auf Schiffe verladen, die auf die iberische Halbinsel und zu den Westindischen Inseln, nach Indien und in die Südsee fuhren.

Nur dass dieses Pulver nicht zur Küste unterwegs war. Stattdessen verschwand es im Keller des Gasthauses, das Lady Anglessey vermutlich genau am Tag ihres Todes besucht hatte. Und diesen Umstand konnte Tom – nachdem er einige Momente lang still mit sich gehadert hatte – nicht ignorieren.

Auch ohne Lord Devlins Warnungen, die in seinem Kopf widerhallten, hätte er gewusst, dass diese Männer gefährlich waren. Tom hatte genug Zeit auf der Straße verbracht – zuerst mit Huey und dann allein – um eine Gefahr sofort zu erkennen. Manchmal stellte er sich vor, Huey wäre immer noch bei ihm, wie ein Schutzengel, der auf ihn aufpasste und ihn vor Gefahren warnte. Er dachte, er könnte jetzt Hueys Hand auf seiner Schulter spüren und hören, wie er sagte, dass er nicht in diese Gasse gehen sollte. „Ich muss es tun, Huey“, flüsterte Tom. „Du weißt, dass ich es tun muss.“

Er kroch näher heran und presste seinen Rücken gegen die rauen Ziegelsteine der Mauer neben ihm, während die nasskalte, stickige Luft aus der Gasse in seine Nase stieg. Inzwischen war ein anderer Mann aus dem Gasthaus gekommen. Er war groß und glatzköpfig, mit afrikanisch anmutenden Gesichtszügen und Tom erkannte ihn: Es war der Wirt selbst, Caleb Carter.

Carter und der Mann im eleganten Mantel unterhielten sich. Tom beugte seinen Oberkörper vor, bis er beinahe vornüberfiel, und wagte sich mit vorsichtigen Schritten, die von der feuchten Erde in der Gasse gedämpft wurden, noch näher heran.

„Es hätten zwei Karren sein sollen", sagte der Wirt, dessen kahler Kopf im Licht der Laterne hinter ihm leuchtete. „Was ist passiert?"

Tom wagte es nicht einmal, zu atmen. Er kauerte sich hinter einen Haufen verzogener alter Bretter und zerbrochener Fensterrahmen.

„Das ist alles. Sie sagen, das wird reichen."

Der Wirt drehte seinen Kopf zur Seite und spuckte in den Dreck. „Wenn es Gegenwehr gibt -"

„Die wird es nicht geben", sagte der Mann im Mantel und trat in den breiten Lichtstrahl, der durch die offene Tür des Gasthauses drang.

Tom konnte ihn jetzt sehen: Er war ein kleiner Mann, zierlich gebaut, mit ziemlich langem, blassblondem Haar und einem schmalen Gesicht. Seine Kleider war definitiv die eines Adligen und Tom fragte sich, warum er wie ein gewöhnlicher Arbeiter das Entladen eines Karrens beaufsichtigte.

„Das ist nur eine Vorsichtsmaßnahme", sagte der blonde Mann. „Es wird wieder wie damals im Jahr 1688 sein."

Carter grummelte. „Nach dem, was ich gehört habe, hat man sie zwar als unblutige Revolution bezeichnet, aber in Wirklichkeit war sie das nicht. Bei weitem nicht."

Irgendwo auf der Straße ertönte plötzlich der Knall einer Explosion, gefolgt von Kinderlachen, so, als hätte jemand einen Feuerwerkskörper gezündet. Das kam so überraschend und Tom war so nervös, dass er erschrak und sein Fuß unwillkürlich ein Stück zur Seite zuckte und knirschend eine Glasscherbe zertrat.

Der blonde Adlige wirbelte herum und eine seiner Hände schnellte an seine Manteltasche. „Was war das?"

Der Wirt machte einen Schritt nach vorn. Tom glaubte, er könne hören, wie Huey schrie: *Lauf, Tom!* Aber das brauchte man ihm nicht sagen. Er stieß sich von der Wand ab und rannte los.

Er steuerte auf die Giltspur Street zu, in der immer reges, lautes Getümmel herrschte, aber seine Füße rutschten auf dem schlickigen Matsch in der Gasse aus. Als er aus dem Durchgang stürmte, stieß er fast mit einem Dos-á-dos zusammen. Er hörte die laute, wütende Stimme des blonden Mannes hinter sich, der rief: „Haltet ihn auf! Haltet den Dieb!"

Oh, mein Gott, dachte Tom. Sein Herz klopfte so heftig gegen seinen Brustkorb, dass es schmerzte. *O Gott, nein.* Er preschte eine schmale Straße hinunter. Hinter sich hörte er den schrillen, eindringlichen Ton einer Pfeife. Toms Atem strömte zischend durch seine Kehle. Er sprang über einen rauchenden Karren, der ihm im Weg stand, und rannte weiter.

Inzwischen war es fast dunkel. Vor ihm zeichneten sich die Silhouetten der Marktstände ab. Wenn er es bis zum Marktplatz schaffen würde, könnte er seine Verfolger zwischen den verlassenen Buden abhängen, vielleicht könnte er sich auch unter einer verstecken …

Wieder ertönte ein Pfiff. Er warf einen kurzen Blick über seine Schulter und lief dabei direkt in einen Marktvogt, der mit ausgebreiteten Armen hinter dem Stand neben ihm hervorkam. Die großen, kräftigen Hände des Marktvogts packten Toms Schultern und hielten ihn fest. „Hab ich dich, Bürschchen.“

Tom versuchte, sich aus seinem Griff zu winden. Das Blut rauschte in seinen Ohren und sein Atem kam in heftigen, schnellen Stößen. Das Gesicht des Vogts war breit und fleischig und er hatte eine Knollennase. Im letzten Licht des sterbenden Tages schimmerten die Messingknöpfe an seinem Mantel wie Gold.

„Was hassu denn angestellt, Bürschchen? Hmmm?“

„Nichts“, keuchte Tom. „Ich habe nichts gemacht.“

Der blonde Mann überquerte den Platz. Bei jedem Schritt bauschte sich der Saum seines Mantels auf. „Der kleine Lümmel hat meinem Freund die Uhr gestohlen.“

Tom drehte und wand sich im Griff des Vogts. „Hab’ ich nicht!“ Er hatte so große Angst, dass seine Beine zitterten. Nur indem er sich mit aller Kraft darauf konzentrierte, schaffte er es, sich nicht in die Hosen zu machen.

„Ach nein?“, fragte der blonde Mann und streckte die Hand aus. „Was ist dann das hier?“

Es war ein alter Trick. Tom sah die goldene Uhr, die der Mann in seiner Handfläche versteckt hatte, und versuchte zurückzuweichen, aber der Marktvogt hielt ihn fest. Er hielt ihn fest, während der Adlige seine

Hand in Toms Tasche steckte und die Uhr, die er scheinbar dort gefunden hatte, an ihrer Kette wieder herauszog.

„Siehst du? Hier ist sie."

Tom wehrte sich mit aller Kraft gegen den festen Griff des Marktvogts. „*Er hatte sie in seiner Hand.* Das haben sie doch gesehen, oder nicht? Haben Sie das gesehen?"

„Na, na, Bürschchen", sagte der Vogt. „Du bist auf frischer Tat ertappt worden. Das Beste, was du jetzt tun kannst, ist, die Konsequenzen hinzunehmen wie ein echter Engländer."

„Ich sage Ihnen, ich habe niemandem seine verdammte Uhr gestohlen. Ich bin der Tiger von Viscount Devlin und diese Männer da -"

Der Vogt lachte lauthals. „Ha! Natürlich bist du das. Und ich bin Henry VIII." Er sah zu dem blonden Mann hinüber. „Sie werden Anklage erheben?"

Der blonde Mann machte ein seltsames Gesicht, er sah irgendwie nachdenklich und berechnend aus. Plötzlich bedauerte Tom, Lord Devlins Namen in seiner Gegenwart erwähnt zu haben. „Mein Freund wird das tun", sagte der blonde Mann und schenkte Tom ein kaltes, schmales Lächeln. „Wir wollen den kleinen Lümmel hängen sehen."

Kapitel 42

Sebastian erwachte am nächsten Morgen schon früh und erhielt die besorgniserregende Nachricht, dass sein Tiger noch nicht zurückgekehrt sei.

„Lassen Sie Giles sofort die Kutsche vorfahren“, sagte Sebastian zu seinem Kammerdiener.

„Die Kutsche, Mylord? Um nach Smithfield zu fahren?“

„Ganz genau.“ Sebastian beschloss, dass er diesmal keine List versuchen würde. Er beabsichtigte, stattdessen seine Stellung und seinen Reichtum unverhohlen auszunutzen und vor nichts Halt zu machen, um herauszufinden, was mit dem Jungen geschehen war.

Sedlow blickte mit hölzerner Miene starr geradeaus. „Und werdet Ihr heute Morgen einen Eurer Mäntel aus der Rosemary Lane tragen, Mylord?“

Sebastian, der gerade dabei war, sein Halstuch zu binden, hielt inne und blickte zu seinem Kammerdiener hinüber. „Ich denke nicht.“

Sedlow schnaubte und seine normalerweise gelassenen Gesichtszüge wirkten jetzt abgespannt. „Ja, Mylord. Es ist nur so, dass ... also, falls Ihr zufälligerweise Vorfälle erwartet wie solche, die Ihr diese Woche schon zweimal erlebt habt, würde ich doch denken, dass Ihr Eure Garderobe allein aus Rücksicht auf meine Gefühle nicht solcher Zerstörung aussetzen wolltet.“

„Seien Sie versichert, dass meine fehlende Rücksichtnahme auf Ihre Gefühle in keinster Weise dafür verantwortlich war, dass mein Mantel und meine Weste neulich abends in Covent Garden ruiniert wurden.“

„Und Eure Kniehosen aus Rehleder", fügte Sedlow hinzu. „Ich fürchte, sie lassen sich nicht mehr flicken."

„Tun Sie, was in Ihrer Macht steht, Sedlow", sagte Sebastian und drehte sich um, weil gerade sein Verwalter angeklopft hatte. „Ja? Ist er zurückgekommen?"

„Ich fürchte nicht, Mylord. Aber es ist jemand hier, der Euch sehen möchte." So, wie Morey das Wort *jemand* aussprach, wusste Sebastian sofort, was er von dem Besucher hielt. „Sie sagt, sie sei das Dienstmädchen von Lady Anglessey."

Sebastian fluchte leise. Er war halb versucht, ihr von Morey ausrichten zu lassen, dass Seine Lordschaft bereits außer Haus sei. Allerdings musste es ein wichtiger Grund sein, der Tess Bishop zu ihm geführt hatte. Und es würde ohnehin eine Weile dauern, die Pferde einzuspannen. Er schlüpfte in seinen Mantel. „Führen Sie sie in den Morgensalon und sagen Sie ihr, dass ich gleich zu ihr komme. Ach, und Morey", fügte er hinzu, als der Mann sich zum Gehen wenden wollte, „lassen Sie ihr Tee und Kekse bringen."

Morey behielt seinen hölzernen Gesichtsausdruck bei. „Ja, Mylord."

Als Sebastian Tess Bishop antraf, saß sie mit geradem Rücken auf einem der mit Seide bezogenen Stühle im Morgensalon. Sie hatte die Hände in ihrem Schoß gefaltet und das Teeservice stand, ebenso wie der Teller mit den Keksen, unberührt auf dem Tisch neben ihr. Als sie Sebastian erblickte, stand sie hastig auf.

„Nein, bitte setzen Sie sich", sagte er und ging zu dem Teeservice hinüber. „Woher wussten Sie, wer ich bin?"

Sie ließ sich wieder auf ihren Platz sinken und sah zu, wie er eine kleine Portion Milch in eine Tasse goss und dann den Tee hinzufügte. „Ich habe Euch am Montag gesehen, als Ihr Lord Anglessey besucht habt. Sie schnaubte leise. „Ich habe sowieso nie geglaubt, dass Ihr ein Bow Street Runner seid."

Sebastian, der gerade den Tee einschenkte, sah hastig auf. Es musste sich auf seinem Gesicht abgezeichnet haben, wie sehr ihn diese Äußerung überraschte, denn Tess Bishop erklärte eilig: „Versteht mich nicht falsch, Ihr habt den Akzent und das Auftreten wirklich gut getroffen. Aber Ihr wart zu nett."

Sebastian lachte und stellte die Teekanne ab. „Zucker?", fragte er und hielt ihr die Tasse hin. „Oh, nein, vielen Dank, Mylord", sagte sie und wirkte plötzlich verlegen.

„Nehmen Sie den Tee."

„Ja, Mylord." Sie nahm die Tasse entgegen und umklammerte sie samt der Untertasse so fest, dass Sebastian sich darüber wunderte, dass das filigrane Porzellan nicht zerbrach. Sie machte keine Anstalten, auch tatsächlich etwas zu trinken.

Er schenkte sich selbst auch eine Tasse ein und fragte beinahe beiläufig: „Was führt Sie heute zu mir?"

Sie holte tief Luft und brachte dann hastig hervor: „Es gibt ein paar Dinge, die ich Euch nicht gesagt habe. Und ich habe beschlossen, dass Ihr von diesen Dingen wissen solltet."

„Und die wären?"

„Letzten Mittwoch – als Ihre Ladyschaft nicht nach Hause kam – da wusste ich nicht, was ich tun sollte. Ich bin immer wieder in ihr Zimmer gegangen, um nachzusehen, ob sie irgendwie unbemerkt ins Haus gekommen war. Schließlich bin ich dort eingeschlafen."

„In ihrem Zimmer?"

„Ja. Auf dem Kanapee. Ich bin erst Stunden später aufgewacht – es war vielleicht zwei oder drei Uhr morgens. Die Kerze war heruntergebrannt, sodass ich erstmal verwirrt war und nicht genau wusste, wo ich war. Dann habe ich mich wieder erinnert und mir wurde klar, dass ich wach geworden war, weil jemand versucht hat, durch das Fenster einzusteigen. Das Zimmer ihrer Ladyschaft liegt über dem Garten hinter dem Haus, wisst Ihr, und dort steht eine alte Eiche mit einem kräftigen Ast, der recht nah an das Fenster herangewachsen ist.

Sebastian stellte sich an den Kamin, den Rücken der leeren Feuerstelle zugewandt und seine Tasse noch in der Hand. „Was haben Sie getan?"

„Ich habe geschrien. William – er ist einer der Lakaien – hat es gehört und kam. Da ist der Eindringling, wer auch immer es war, geflohen. Damals dachte ich, es wären nur Einbrecher gewesen. Dann erfuhren wir am nächsten Tag, was ihrer Ladyschaft zugestoßen war, und ich vergaß den Herumtreiber vom Vorabend völlig."

Sie hielt inne, aber auf eine Art und Weise, die ihm verriet, dass die Geschichte noch nicht zu Ende war. „Und?", regte er an.

Tess Bishop führte die Teetasse an ihre Lippen und nahm einen kleinen Schluck. „Natürlich habe ich in dieser Nacht in meinem eigenen Bett geschlafen. Aber als ich am nächsten Morgen ins Zimmer ihrer Ladyschaft ging, um die Fenster zu öffnen und zu lüften, bemerkte ich, dass der Riegel an einem der Fenster kaputt war."

Sebastian runzelte nachdenklich die Stirn. „Das war dann also am Freitagmorgen?“

„Ja.“

„Was wurde gestohlen?“

„Nun, wisst Ihr, das war ja das Seltsame. Es wurde nichts gestohlen. Jedenfalls wüsste ich nicht, was. Auf den ersten Blick hätte man nicht gedacht, dass überhaupt jemand im Zimmer war. Aber ich habe schnell gemerkt, dass etwas nicht stimmte. Es war, als ob jemand ihre Sachen durchgegangen wäre und dann versucht hätte, alles wieder an seinen Platz zu stellen, genau wie vorher.“

„Sie meinen, so, als hätte jemand nach etwas gesucht?“

„Ja.“

Sebastian starrte auf die Tasse in seinen Händen hinab. Er hatte Anglessey nie um Erlaubnis gebeten, das Zimmer seiner Frau durchsuchen zu dürfen. Dieses Versäumnis bedauerte Sebastian jetzt – und er beabsichtigte, es nachzuholen.

Er sah auf und bemerkte, dass Tess Bishop ihn beobachtete. „Haben Sie es dem Marquis gesagt?“, fragte er sie.

Sie schüttelte den Kopf. „Es geht ihm nicht gut. Nach dem, was ihrer Ladyschaft gerade zugestoßen war, hatte ich Angst, dass so etwas ihn völlig aus der Fassung bringen könnte. Ich habe William gebeten, das Schloss zu reparieren, weil ich dachte, dass es von dem Eindringling, den ich am Mittwochabend verscheucht hatte, aufgebrochen worden sein musste.“

„Und sind Sie ganz sicher, dass es das nicht war?“

„Oh, ja. Ich habe die Schlösser sehr sorgfältig überprüft.“

Sebastian stellte sich an das hohe Fenster mit Blick über die Straße. Es war ein klarer, ruhiger Morgen angebrochen, der einen weiteren heißen Tag versprach.

Er hatte keinen Grund, die Geschichte des Dienstmädchens anzuzweifeln. Wenn sie allerdings die Wahrheit sagte, dann deutete das darauf hin, dass derjenige, der die junge Marchioness getötet hatte, gefürchtet hatte, man könnte etwas in ihrem Zimmer finden. Etwas, das ihn belasten könnte.

„Da ist noch etwas anderes“, sagte das Dienstmädchen. Ihre Stimme war jetzt nur noch ein verängstigtes Flüstern.

Sebastian drehte sich zu ihr um. „Und was wäre das?“

Tess Bishop fuhr sich nervös mit der Zunge über die Unterlippe. „Ihr habt mich gefragt, ob ich wüsste, wo Ihre Ladyschaft an dem Nachmittag hingegangen sei. An dem Nachmittag, an dem sie getötet wurde.“

„Wollen Sie damit sagen, dass Sie es wissen?“

„Nicht genau, Mylord. Aber ich weiß, mit wem sie sich treffen wollte.“ Sie zögerte und schluckte dann schwer. „Es war ein Gentleman.“

„Kennen Sie seinen Namen?“

Ihr schmaler Brustkorb zuckte heftig, als bekäme sie plötzlich schwer Luft. „Ich weiß, was Ihr denkt, aber Ihr irrt Euch. Ihre Ladyschaft wäre dem Marquis niemals untreu gewesen. Aber ... Seine Lordschaft wollte so unbedingt einen Erben. Und als offensichtlich wurde, dass er keinen haben konnte ...“ Vor Betretenheit versagte ihre Stimme.

„Ich weiß von der Vereinbarung", sagte Sebastian. „Wollen Sie sagen, dass Lady Anglessey mit Ihnen darüber gesprochen hat?"

Das Dienstmädchen schüttelte den Kopf. „Aber sie war so aufgebracht, als Seine Lordschaft es vorgeschlagen hat, dass ich einige Dinge aufgeschnappt habe."

„Wissen Sie, wie es gekommen ist, dass sie ihre Meinung geändert hat?"

Ein Hauch Farbe legte sich auf die blassen Wangen des Dienstmädchens. „Da ist dieser junge Herr in die Stadt gekommen. Ein Gentleman, den sie von früher aus ihrer Zeit in Wales kannte, als sie noch ein Mädchen war."

„Wie ist sein Name?", fragte Sebastian wieder, obwohl er die Antwort bereits kannte.

Tess Bishops Hände zitterten so sehr, dass ihre Teetasse klappernd gegen den Untersetzer schlug und sie beides beiseitestellte. „Sie darf nicht wegen ihm gestorben sein", sagte sie und beugte sich nach vorn. Die Hände hatte sie zu Fäusten geballt und den Kopf gebeugt. „Das darf nicht sein."

Sebastian blickte auf ihren gebeugten Kopf hinunter; die Knochen ihres Genicks zeichneten sich markant auf der blassen Haut ab.

„Als Ihre Ladyschaft an jenem Mittwochabend nicht nach Hause kam, dachten Sie da, sie wäre vielleicht mit diesem Mann davongelaufen?"

„Nein! Natürlich nicht." Das Dienstmädchen hob den Kopf. Ihre grauen Augen funkelten vor Empörung. „Ihre Ladyschaft hätte dem Marquis so etwas niemals angetan."

Aber dann sah Sebastian, wie sie seinem Blick auswich, und wusste, dass dem Dienstmädchen irgendwann in diesen langen, ängstlichen Stunden, in denen sie auf ihre Herrin gewartet hatte, die niemals zurückkehren sollte, *doch* dieser Gedanke gekommen war, wenn auch nur für einen Moment.

„Ihr versteht das nicht", sagte sie und beugte sich nach vorn. „Niemand versteht es. Die Leute sehen eine schöne junge Frau, die mit einem alten Mann verheiratet ist, und sie sehen eine Vernunftehe." Sie strich sich das dünne, stumpfe Haar in einer unbewussten Geste aus der Stirn. „Oh, so hat es zwar angefangen, das stimmt. Aber sie passten gut zueinander – das taten sie wirklich. Sie konnten stundenlang einfach nur miteinander reden und lachen. Man findet unter den Aristos nicht viele solcher Paare."

Das Wort *Liebe* hatte sie zwar nicht verwendet, aber es hing unausgesprochen zwischen ihnen in der Luft.

„Aber sie hat ihren jungen Adligen weiterhin getroffen, auch als sie bereits ein Kind erwartete", sagte Sebastian leise.

Tess Bishop biss sich auf die Lippe und sah weg.

„Ist es möglich, dass sie versucht hat, sich von dem jungen Mann zu trennen?", fragte Sebastian. Es wäre kaum das erste Mal, dass ein leidenschaftlicher, verschmähter junger Liebhaber das Objekt seiner Begierde tötet.

Das Dienstmädchen schüttelte den Kopf. „Nein. Aber sie haben miteinander gestritten."

„Wann war das?"

„An dem Samstag, bevor sie starb."

„Wissen Sie, worüber sie gestritten haben?"

„Nein. Aber es war ... es war so, als hätte sie etwas über ihn herausgefunden. Etwas, das ...“ Sie zögerte und suchte nach dem richtigen Wort.

„Etwas, das sie enttäuscht hat?“

Tess Bishop schüttelte den Kopf. „Es war noch mehr als das. Sie und der Marquis – sie waren gute Freunde. Aber dieser junge Gentleman, den hat sie angehimmelt. Er war wie ein Gott für sie.“

Sebastian drehte sich um und starrte aus dem Fenster. Allerdings betrachtete er nicht wirklich die von der Sonne beschienenen Ziegelsteine der Hauswände auf der anderen Straßenseite oder das Maultier des Bäckers, das mit langsamen Schritten unten vorbei trottete: Er dachte an eine Zeit zurück, als er jemanden auf diese Weise geliebt hatte. Als er erfahren hatte, welch bittere Erschütterung eine solche Enttäuschung auslöste und wie sie die Seele zerfressen konnte.

In Sebastians Fall war diese Desillusionierung allerdings falsch und nichts als eine sorgfältig ausgetüftelte Scharade gewesen, gespielt von einer Frau, die ihn so sehr liebte, dass sie ihn zu seinem eigenen Wohl von ihr wegstoßen wollte – obwohl er das zum damaligen Zeitpunkt nicht gewusst hatte.

Er war wie ein Gott für sie. Was passiert, wenn dein Gott stirbt, fragte sich Sebastian. Wenn jemand für dich so wichtig ist wie die Sonne, der Mond und alle Sterne des Himmels, und du dann etwas herausfindest, das eine bisher unbekannte Schwäche offenbart, die so grundlegend, ja so erschütternd ist, dass sie nicht nur dein Vertrauen in die andere Person zerstört, sondern auch deinen Respekt ihr gegenüber?

Manche Menschen erholen sich nie von einer solchen Enttäuschung. Sebastian war der Armee beigetreten und in den Krieg gezogen. Was hatte Guinevere Anglessey wohl getan?

Sebastian blickte zu Tess Bishop hinüber, die ihn mit bleichem Gesicht beinahe verängstigt beobachtete. „Und sein Name?", fragte Sebastian wieder und diesmal hartnäckiger. Er musste es aus ihrem Mund hören, denn jeden Verdacht, den er hatte, musste er auch beweisen. „Wie war sein Name?"

Einen Moment lang dachte er, sie wollte die Identität des Mannes in einem letzten Akt der Loyalität gegenüber ihrer Herrin, die ihn einst geliebt hatte, für sich behalten. Aber dann ließ sie den Kopf hängen und flüsterte gequält: „Varden. Es war der Chevalier de Varden."

Kapitel 43

Allmählich setzten ihm die Schreie zu. Die Schreie und das endlose Geräusch von tropfendem Wasser.

Tom zog seine Knie an die Brust und schlang fest die Arme darum. Er hatte die Zähne zusammengebissen, aber er zitterte am ganzen Körper. Draußen schien vielleicht die Sonne mit ihren warmen, goldenen Strahlen vor einem klaren Junihimmel, aber hier hinter den feuchten, dreckverkrusteten Mauern von Newgate war alles dunkel und feucht. Hier herrschte die klirrende Kälte eines ewigen Winters.

„Du da. Junge."

Das verlockende Flüstern kam ganz aus der Nähe. Tom wandte sein Gesicht zur Seite und tat, als hätte er nichts gehört.

„Das Angebot steht noch. Bis heute Abend. Fünf Schilling."

Der Mann hatte nie genau gesagt, was Tom für ihn tun sollte, um diese fünf Schillinge zu bekommen, aber Tom war nicht dumm. Er wusste es. Trotz seines leeren Magens musste er würgen.

Er hatte keine Decke, ja nicht einmal eine dünne Pritsche, die ihn ein wenig von der Kälte abgeschirmt hätte, die von dem Steinboden aufstieg. Hier in Newgate mussten solche Luxusgüter wie Essen und Bettzeug gekauft werden. Gäbe es nicht die gelegentlichen Almosen von Wohltätigkeitsvereinen und verschiedenen wohltätig gesinnten Einzelpersonen, würden die ärmeren Gefangenen verhungern. Und viele taten das auch.

Tom rappelte sich aus dem mit Ungeziefer übersäten Stroh hoch und ging ein paar Schritte, um dem verlockenden Singsang der Stimme zu entkommen. Der Raum war nur ungefähr drei mal vier Meter groß und völlig überfüllt mit etwa fünfzehn bis zwanzig Männern und Jungen. Einer der Jungen konnte höchstens sechs Jahre alt sein. Er lag zusammengerollt auf der Seite in einer Ecke. Sein blondes Haar war verfilzt und schmutzig und sein verdrecktes Gesicht tränenüberströmt. Hin und wieder fing er an, nach seiner Mutter zu rufen, bis einer der Männer ihn trat und ihm sagte, er solle still sein.

Tom drückte sein Gesicht gegen die Gitterstäbe. Für einen Moment presste er die Augen zusammen und spürte, wie seine Beine unter ihm nachgeben wollten.

In all den langen, dunklen Stunden der letzten Nacht hatte er es nicht gewagt, die Augen zu schließen. Wahrscheinlich hätte er ohnehin nicht schlafen können – weil er solche Angst hatte und wegen der Ratten, die durch das Stroh raschelten, und der Kälte, die bis in seine Knochen zu sickern schien. Und außerdem wegen der Schreie. Die Schreie der Verzweifelten, der Verrückten, der Kranken und Sterbenden mischten sich in das qualvolle Geschrei der Frauen, die vergewaltigt wurden.

Der Gefängniswärter verschacherte sie stundenweise, das hatte einer der anderen Jungen Tom erzählt. Einige der Frauen waren wahrscheinlich sogar einverstanden damit – sie hatten schon vor langer Zeit gelernt, ihren Körper zu verkaufen, um zu überleben. Aber selbst, wenn sie nicht wollten, hatten sie keine Wahl.

Er hatte gesehen, wie sie ein Mädchen über den Hof gezerrt hatten. Sie konnte nicht älter als zwölf oder dreizehn Jahre gewesen sein. Im flackernden Licht einer Fackel hatte er ihre blassen, dünnen Arme gesehen, mit denen sie um sich geschlagen hatte, und ihre dunklen, wilden Augen in einem verbissenen, schmalen Gesicht.

„Psst. Junge ..."

Tom ging weiter.

Er hatte versucht, den Vogt, der ihn hierhergeschleppt hatte, dazu zu bringen, Viscount Devlin mitzuteilen, was geschehen war, aber der stämmige Mann hatte ihn nur ausgelacht und ihn einen Lügenbaron genannt. Dann hatte der Gefängniswärter Toms Taschen geleert, sodass er nicht einmal jemanden bezahlen konnte, um eine Nachricht in die Brook Street zu schicken.

Wieder hielt er neben den Gitterstäben inne, von wo aus man einen Blick auf den Hof hatte. Immer wieder versuchte er, sich vorzustellen, was Seine Lordschaft denken würde, wenn er nicht zurückkam. Würde er annehmen, dass er einfach weggelaufen sei? Das würde er doch nicht denken, oder?

Sicherlich würde er wissen, dass Tom etwas zugestoßen war. Er würde sich auf die Suche nach ihm machen. Aber er käme nie auf die Idee, hier nach ihm zu suchen. Zumindest nicht gleich. Tom hatte gehört, wie sich ein paar der anderen Gefangenen unterhalten hatten. Sie sagten, dass für morgen eine Sitzung geplant sei. Ein Junge konnte an einem Tag verurteilt und am nächsten schon gehängt werden. Das geschah nicht allzu oft. Meistens wurden solche Urteile dahingehend umgewandelt, dass man die Jungen mit dem Schiff verfrachtete. Aber trotzdem kam es manchmal vor. Tom wusste das.

Er fühlte, wie die Mauern langsam immer näherkamen und sich erdrückend auf ihn zu bewegten. Er atmete tief ein und die Gerüche des Ortes strömten überwältigend auf ihn ein: Es stank nach Exkrementen und Schweiß, nach Krankheit und Angst. Angst vor dem Kerkerfieber, Angst vor der Peitsche und den Schiffsrümpfen auf der Themse. Angst vor dem Galgenstrick und dem Messer des Wundarztes.

„Hilf mir, Huey", sagte Tom leise und sank auf seine Knie. Es war wohl eine Art Gebet, nahm er an, obwohl er sich nicht sicher war, ob Huey an einem Ort war, wo er ihn hören, geschweige denn ihm helfen konnte. Kamen alle Diebe in die Hölle, selbst wenn sie erst dreizehn Jahre alt waren? „Wie hast du das bloß ertragen? Oh Gott, Huey. Es tut mir so leid."

Und dann drückte er sein Gesicht in seine Knie und weinte.

Kapitel 44

Der *Physic Garden* befand sich nördlich der Themse bei Chelsea. Er war ein alter Apothekergarten, der angeblich aus dem siebzehnten Jahrhundert stammte, wenn er nicht sogar noch älter war. Kat selbst war noch nie dort gewesen, aber es war einleuchtend, dass seine sanft geschwungenen Wege und die fast menschenleeren Beetreihen einen idealen Treffpunkt für Geheimagenten und ihre Spione boten, weil man dort verweilen konnte, ohne Verdacht zu erregen.

Früher hätte sie diesem Treffen mit einer gewissen gespannten Vorfreude entgegensehen. Sie hätte die prickelnde Aufregung genossen, die davon herrührte, dass sie immer gefährlich und auf Messers Schneide lebte. Früher hatte sie nichts zu verlieren gehabt außer ihrem Leben. Das war jetzt anders.

Sie fuhr in ihrem zweispännigen Phaeton selbst zu dem Garten, während ihr Pferdeknecht George neben ihr saß. „Heute ist es heiß", sagte sie ihm, als sie am Westtor einlenkte. „Tun Sie, was Sie können, damit die Pferde nicht zu sehr schwitzen."

Sie hielt einen saphirblauen Seidenschirm hoch, um ihren Teint vor der Sonne zu schützen, trat durch das Westtor ein und ging in Richtung des Steingartens am Teich. Hier war es kühler. Eine sanfte Brise zog raschelnd durch die Blätter der Lindenbäume über ihrem Kopf und wehte ein Potpourri aus süßen Düften von sonnenverwöhntem Rosmarin, exotischem Jasmin und frisch geschnittenem Gras herüber.

Eine Zeit lang spazierte sie zwischen den gepflegten Rosenbeeten umher. Irgendwann erblickte sie einen alten Herrn mit gebeugtem Rücken, dessen wettergegerbte Haut von Jahren unter der tropischen Sonne dunkel gebräunt war. Aber er machte keine Anstalten, sich ihr zu nähern, und schließlich verlor sie ihn aus den Augen, als er zwischen einer Gruppe Büsche in der Ferne verschwand.

Sie ging weiter. Bei jedem Schritt stießen ihre mit Sandalen bekleideten Füße den Rockteil ihres Kleides ein Stück nach vorn. Sie fragte sich, wer der neue Geheimagent wohl sein würde. Vielleicht ein französischer Emigrant so wie Pierrepont? Oder ein Engländer, jemand, der so dumm – oder so unglückselig – gewesen war, dass die Franzosen etwas gegen ihn in der Hand und damit die volle Kontrolle über ihn hatten? Vielleicht war es aber auch jemand, der einen Groll gegen sein eigenes Land hegte und der die Franzosen und das, was sie jenseits des Ärmelkanals taten, von ganzem Herzen bewunderte.

Kat selbst war Frankreich keine Loyalität schuldig. So sehr ihr die Ideologie der Revolution zusagte, so sehr stießen sie die Grausamkeit und die Ausschreitungen, die damit einhergingen, ab. Und am Ende hatten die Franzosen ihr eigenes Gedankengut verraten, indem sie sich einem Militärdiktator ergeben hatten, der sie mit Fantastereien von der Weltherrschaft geködert hatte.

Aber für sie galt der alte Leitsatz: „Der Feind meines Feindes ist mein Freund." Und Kats Feind war England. So war es schon immer gewesen, selbst vor jenem nebligen Morgen in Dublin, als ihre Welt mit dem

Getrampel von Soldaten, den Schreien einer Frau und den Schatten zweier Körper, die im Wind schwangen, zertrümmert worden war.

Sie bemerkte noch einen anderen Besucher im Garten – einen großen Mann, der mit beigen Kniehosen und einem akkurat geschnittenen, olivfarbenen Mantel bekleidet war. Er hatte eine schlanke, aber kräftige Statur. Natürlich erkannte sie ihn. Sein Name war Aiden O'Connell und er war der zweitgeborene Sohn von Lord Rathkeale of Tyrawley.

Sie spürte, wie sich ihr Körper versteifte. Als alle anderen Iren von ihren Ländereien vertrieben worden waren, hatten die Tyrawley O'Connells die englischen Eroberer nicht nur mit offenen Armen begrüßt, sondern auch deren Religion angenommen. Infolgedessen hatten die O'Connells nicht nur ihre Ländereien behalten, sie waren auch immer wohlhabender geworden.

Sie hielt am Ufer des Teiches inne und wartete, während er auf sie zukam. Er war ein gutaussehender Mann, mit leuchtenden, grünen Augen und zwei Grübchen, die oft in seinen schmalen, gebräunten Wangen zu sehen waren.

„Einen schönen guten Morgen wünsche ich Ihnen", sagte er fröhlich und seine Grübchen traten deutlicher hervor. „Ein hübscher Garten, finden Sie nicht auch?"

Sie richtete ihren Blick weiterhin auf die sonnenbeschienene Wasserfläche vor sich. Es fiel ihr schwer, zu glauben, dass solch ein Mann Napoleons neuer führender Geheimagent in London sein könnte, und sie wollte sicherlich nicht seine Aufmerksamkeit auf sich ziehen, wenn er nur zufällig hier wäre.

„Er erinnert mich an die Gärten, die ich einmal in Palästina gesehen habe", sagte er, als sie nicht antwortete, „nicht weit von Jerusalem. Die Zedern und Feigenbäume glänzten im Sonnenlicht wie Silber und Gold und sie waren so groß, dass man schwören könnte, sie würden den Himmel berühren."

Sie drehte sich langsam zu ihm herum und stellte fest, dass er älter war, als er auf den ersten Blick wirkte – wahrscheinlich eher dreißig als fünfundzwanzig. In seinem Blick lag ein wacher, intelligenter Glanz, den man nicht bemerkte, wenn man sich von den Grübchen, die einen anderen Eindruck vermittelten, täuschen ließ.

„Ich bin nur aus Höflichkeit zu diesem Treffen erschienen", sagte sie, obwohl das genau genommen nicht stimmte. Sie war hier, weil sie wusste, dass er sie einfach wieder kontaktiert hätte, wenn sie nicht aufgetaucht wäre. „Ich möchte das nicht. Ich will das nicht mehr tun."

Aiden O'Connells Lächeln wurde breiter und um seine Augen bildeten sich Fältchen. „Es ist wegen Lord Devlin, nicht wahr? Ich habe mich schon gewundert."

Sie hielt seinem Blick stand, ohne etwas zu erwidern, und schließlich sah er weg und betrachtete stattdessen die glatte Wasseroberfläche des Teiches. Eine Ente watschelte durch das Schilf, gefolgt von einer Schar Entenküken – zehn an der Zahl. „Weiß er von Ihrer Zuneigung den Franzosen gegenüber?"

„Ich hege keine Zuneigung für die Franzosen. Irland ist das Land, für das ich arbeite."

„Ich bezweifle, dass das für ihn einen Unterschied machen würde."

Kat spürte, wie die Wut in ihr aufstieg, angefacht von ihrer Angst. „Ist das eine Feststellung oder eine Drohung?“

Er warf ihr einen belustigten Blick zu. „Selbstverständlich nur eine Feststellung.“

„Denn wenn es eine Drohung ist, möchte ich Sie und Ihre Herren daran erinnern, dass ich ihnen genauso viel Schaden zufügen kann wie sie mir. Und dieser Schaden ließe sich durch meinen Tod nicht eindämmen.“

Jetzt lächelte er nicht mehr. „Die Franzosen sind nicht meine Herren“, sagte er. „Und ich glaube nicht, dass die Gefahr Ihres vorzeitigen Todes besteht.“

Sie kommentierte den letzten Teil seiner Aussage nicht, denn sie hatte ihren Standpunkt deutlich gemacht. Es blieb abzuwarten, ob O'Connell – und die Franzosen – ihre Drohung ernst genug nehmen würden, um sie in Zukunft in Ruhe zu lassen. Und mit einem Mal überkam sie die bittere Erkenntnis, dass sie diese Gefahr immer verfolgen würde. Dass sie sich von dieser Angst nie wirklich befreien können würde. Sie musterte das ansehnliche Gesicht des Mannes neben sich. „Warum tun Sie das?“, fragte sie plötzlich.

„Aus demselben Grund, aus dem Sie es tun. Oder besser, aus demselben Grund, aus dem Sie es getan haben.“

„Für *Irland*?“

Er zog eine Augenbraue hoch. „Fällt es Ihnen so schwer, das zu glauben?“

„Nach allem, was ich über die O'Connells weiß, ja.“

„Wir O'Connells waren schon immer der Ansicht, dass ein Mann, der mit dem Kopf gegen eine Wand rennt, ein Narr ist.“

„Wollen Sie etwa so die tapferen Männer und Frauen charakterisieren, die im Laufe der Jahre für Irland gekämpft haben und gestorben sind? Als ein paar Narren, die mit dem Kopf gegen die Wand gerannt sind?"

Seine Grübchen traten hervor. „Ganz genau. Die Zeit für die Unabhängigkeit Irlands wird kommen, aber erst, wenn die Engländer geschwächt sind. Und es werden nicht die Iren sein, die sie schwächen, sondern jemand anderes. Jemand wie die Franzosen. Oder vielleicht die Preußen."

„Die Preußen und die Engländer waren Verbündete."

„Sie sind es aber nicht mehr."

Sie standen einen Moment lang schweigend da. Ihr Blick ruhte wie seiner auf der Entenmutter, die ihre Küken eines nach dem anderen ins Wasser geleitete. Die Luft füllte sich mit einem fröhlichen, quakenden Chor und dem sanften Plätschern der Wellen, die immer größere Kreise zogen und sich über die Wasseroberfläche des Teiches ausbreiteten.

„Es herrscht große Unzufriedenheit auf den Straßen", sagte O'Connell nach einer Weile. „Gerüchte. Gerede. Die Menschen sind bereit für Veränderungen."

„Was für Veränderungen?", fragte sie. Ihre Atmung ging plötzlich so schnell und heftig, dass sie all ihre schauspielerischen Fähigkeiten aufwenden musste, um ihre Stimme weiterhin zwanglos und desinteressiert klingen zu lassen.

Er betrachtete immer noch die Entenmutter und ihre Brut. „Ein anderes Herrscherhaus, vielleicht."

„Inwiefern würde das Irland helfen?"

„Die Stuarts waren den Katholiken schon immer wohlgesonnener."

Sie drehte den Kopf, sodass sie ihn direkt ansehen konnte. „Es gibt aber keine Stuarts mehr. Nicht wirklich, jedenfalls. Und die Engländer würden niemals einen katholischen König akzeptieren. Erinnern Sie sich daran, was mit James II geschehen ist?"

„James II hat nie versucht, England wieder zum Katholizismus zurückzuführen. Alles, was er wollte, war Toleranz und ein Ende der lähmenden Restriktionen, die man den Katholiken auferlegt hatte."

„Aber trotzdem hat das Volk ihn nicht akzeptiert. Und wenn sie James II vor hundertzwanzig Jahren nicht akzeptiert haben, wie kommen Sie dann darauf, dass sie jetzt einen solchen Herrscher akzeptieren würden?"

„Weil das Haus Hannover vom Wahnsinn befallen ist und jeder weiß das. Weil die Männer zu Tausenden arbeitslos sind und Frauen und Kinder auf den Straßen verhungern. Weil wir uns schon so lange im Krieg befinden, dass sich die meisten Menschen an gar nichts anderes mehr erinnern können. Wenn ein neuer König versprechen würde, Frieden zu schaffen und den hohen Steuern und der Zwangsrekrutierung ein Ende zu setzen, würden ihn viele Menschen willkommen heißen."

Kat verengte ihren Blick. „Wer steckt dahinter?"

Er betrachtete sie mit einem wohlüberlegten Gesichtsausdruck und sie verstand, dass sie zu viel gesagt und zu viel Interesse gezeigt hatte.

„Das ist ja das Sonderbare bei Verschwörungen", sagte er und lächelte. „Verschiedene Männer können sich aus ganz unterschiedlichen Gründen ein und derselben Verschwörung anschließen. Aus Gründen, die sich manchmal nicht einmal miteinander vereinbaren lassen. Warum ist es denn wichtig, wer dahintersteckt, solange es gut für Irland ist?“

„Sie sagen also, dass eine Restauration der Stuart-Dynastie zum Frieden mit Frankreich führen könnte“, begann sie. Auf der anderen Seite des Teiches blitzte die Sonne hinter den Kastanienbäumen hervor und blendete sie. Kat kippte ihren Sonnenschirm, bis er wieder einen Schatten auf ihr Gesicht warf. „Aber ich dachte, es wäre gut für Irland, wenn England mit Frankreich im Krieg ist. Sie sagten doch, dass wir den Krieg bräuchten, um die Engländer zu schwächen, und dass das der einzige Weg sei, wie die Iren jemals ihre Unabhängigkeit erlangen könnten.“

Er lachte. „Sie sind gescheit, nicht wahr?“ Er beugte sich zu ihr herüber und wirkte plötzlich viel ernster als zuvor. „Aber wenn es gut für Irland ist, dass die Engländer gegen die Franzosen kämpfen, was glauben Sie dann, wie viel besser erst ein neuer Bürgerkrieg in England wäre?“

Sie musterte sein Gesicht, aber er war genauso gut darin, zu verbergen, was er wirklich dachte, wie sie. „Ist es das, was diese Leute wollen? Bürgerkrieg?“

„Wohl kaum. Aber ich vermute, das ist, was sie bekommen werden.“

***

Am Vormittag war Tom so hungrig, dass ihm schwindelig wurde. Er hatte schon in der Vergangenheit Hunger gelitten, in den dunklen Tagen, bevor das Schicksal Viscount Devlin in sein Leben gebracht hatte. Aber in den letzten Monaten hatte er sich an einen vollen

Bauch und ein warmes Bett gewöhnt. Er hatte sogar begonnen, sich wieder sicher zu fühlen, so wie in den goldenen, halb vergessenen Jahren, bevor sein Vater erkrankt war und seine Mutter -

Aber Tom verdrängte diesen Gedanken eilig, bevor die Tränen und die Schrecken, die in der Dunkelheit lauerten und ihre Klauen nach ihm ausstreckten, ihn wieder überwältigen konnten.

Er saß an der hinteren Wand und hatte die Stirn auf den angewinkelten Knien abgelegt, als er hörte, dass im Hof Aufruhr herrschte. Männer schlugen mit Blechtassen gegen die Eisenstangen und ein paar Frauen lachten und gaben im Flüsterton obszöne, einladende Worte von sich.

Die Männer und Jungen in seiner Zelle versammelten sich um die Gitterstäbe. Tom rappelte sich hoch und stapfte nach vorne, um einen Blick nach draußen zu werfen. „Was ist los?“, fragte er.

„Da ist irgendein Richter“, sagte einer der anderen Jungen, ein großer, halbwüchsiger Bursche aus Cheapside, der dabei erwischt worden war, wie er Zinnkrüge aus einer Schänke geklaut hat, und dafür wahrscheinlich gehängt werden würde. „Es heißt, dass er wegen dem Sohn von irgendeinem Aristo hier is’, der gestern Abend im St. James’s Park abgeschlachtet wurde.“

Tom konnte ihn jetzt auch sehen, den komischen kleinen Mann mit gebeugten Beinen und einer Brille mit Drahtgestell, die er auf seiner Nasenspitze trug. Trotz des heißen Tages hatte er einen dicken Mantel an und hielt sich eine Duftkugel an die Nase.

Tom stürmte nach vorne. „*Sir 'Enry*“, rief er und drückte sein Gesicht gegen die Gitterstäbe. „Hey, Sir 'Enry. Ich bin's, Tom. *Sir 'Enry-*“

Eine grobe Hand schlug Tom auf die Schulter und gab ihm einen Schubs, sodass er der Länge nach zurück ins dreckige Stroh fiel. „Du da“, schnauzte der Gefängniswärter. „Du dreckiger kleiner Dieb, du hältst dein Maul. Hast du gehört?“

Tom rappelte sich hoch und stürzte wieder nach vorn, aber da war es schon zu spät. Der Hof war leer und der kleine Richter war verschwunden.

Kapitel 45

Sebastian verbrachte den Morgen in Smithfield und suchte nach Tom.

Er gab sich keine Mühe, zu verbergen, wer er war. Er nahm sogar ein paar kräftige Lakaien mit, um auszuschließen, dass sich das, was bei seinem letzten Besuch in dieser Gegend geschehen war, wiederholen würde. Aber Tom hatte offensichtlich seine Anweisungen befolgt und darauf geachtet, sich seiner Umgebung gut anzupassen und kein Aufsehen zu erregen. Sebastian traf auf eine alte Frau, die Knöpfe verkaufte und sagte, sie hätte kurz vor Sonnenuntergang einen Jungen in seinem Alter durch die Straßen laufen sehen. Sie sagte, er wäre gerannt, als wäre der Teufel selbst hinter ihm her gewesen. Aber sie wusste nicht, was mit dem Burschen geschehen war oder wer ihn verfolgt hatte.

Sebastian suchte nach dem entstellten schottischen Soldaten, der vor dem *Norfolk Arms* bettelte, aber niemand konnte sich erinnern, den Mann in den letzten Tagen gesehen zu haben. Als Sebastian im Schatten der Markise eines Geschäftes für Schleifen und Bänder stand und die alte Backsteinfassade des Gasthauses betrachtete, überkam ihn ein überwältigendes, beunruhigendes Gefühl der Sorge.

Er würde in der Abenddämmerung zurückkehren, beschloss Sebastian, wenn die Geschöpfe der Nacht aus ihren Verstecken krochen. „Andrew, James", rief er knapp. Die beiden Lakaien nahmen Haltung an, als er sich von dem Gebäude entfernte. „Ich möchte, dass Sie jedes Wachhaus, jeden Wachmann und jeden Vogt in der Gegend überprüfen. Haben Sie das verstanden? Irgendjemand muss ihn gesehen haben."

„Jawohl, Mylord."

Sebastian sprang in die Kutsche, knallte selbst die Tür zu und ließ den Kutscher in größter Eile zum Queen Square fahren, nur um dort zu erfahren, dass Sir Henry Lovejoy unterwegs war, um Spuren im Zusammenhang mit dem grausamen Mord im Park nachzugehen. Sebastian wurde immer missmutiger – seine Geduld neigte sich allmählich zu Ende zu. Dann dachte er an den Besuch von Tess Bishop am frühen Morgen und wusste, wie er die verbleibenden Stunden bis zur Dämmerung nutzen würde.

***

Er spürte den Chevalier de Varden in *Angelo's Fencing Academy* in der Bond Street auf, wo Varden eine Fechtpartie gegen den Meister selbst austrug. Sebastian stand eine Zeit lang da und beobachtete die beiden. Der Chevalier war ein guter Schwertkämpfer: Seinen wachsamen Augen entging nichts und er focht wendig aus dem Handgelenk heraus mit schnellen, leichtfüßigen Schritten. Er war barfuß und bewegte sich in Hemdsärmeln und Kniehosen aus Wildleder mühelos über den Hartholzboden, wobei das Florett aufblitzte und ihm sein hellbraunes Haar in die Augen fiel.

Sebastian hatte noch nie etwas Schlechtes über den Mann gehört. Die Damen mochten ihn wegen seiner charmanten Art und weil er ein anmutiger Tänzer war. Die Männer hingegen schätzten ihn wegen seiner Unbeschwertheit und auch weil er bei der Jagd Mut und

Freigiebigkeit an den Tag legte. Zwar war der Chevalier für sein aufbrausendes Temperament bekannt, aber nichts deutete darauf hin, dass der Mann von so einem Schlag war, dass er der Frau, die er liebte, einen langsamen und schmerzhaften Tod durch Gift bescheren würde.

Während Sebastian zuschaute, täuschte der Chevalier einen Stoß nach links an, umging damit die Abwehr seines Gegners und landete einen Treffer an dessen Schulter. Der Lehrmeister lachte und die Partie war beendet. Sie standen einige Augenblicke lang da und unterhielten sich ungezwungen und kameradschaftlich, wie man es bei zwei Männer erwarten würde, die die Liebe zu demselben Sport teilten. Dann ging Varden in Richtung der Umkleidekabine.

Sebastian passte ihn direkt hinter der Tür ab.

Er packte Vardens rechtes Handgelenk und verdrehte den Arm des Mannes, sodass er herumgewirbelt und seine Hand mittig auf seinen Rücken gepresst wurde, wodurch Varden aus dem Gleichgewicht geriet. Sebastian drückte ihn mit dem Gesicht voran gegen die Wand. Dabei schob er seinen linken Arm vor Vardens Hals und hielt ihn von hinten fest. „Sie verdammter Mistkerl", flüsterte Sebastian ihm ins Ohr.

Der Chevalier versuchte, den Kopf zu bewegen, und seine Augäpfel rollten zur Seite. „*Devlin.* Was zum Teufel ...?"

Sebastian erhöhte seinen Druck auf den Hals des Mannes. „Sie haben mich angelogen", sagte er und sprach dabei jedes Wort langsam und überdeutlich aus. „Ich weiß von der Vereinbarung, die der Marquis of Anglessey mit seiner Frau getroffen hatte, und ich weiß auch, welche Rolle Sie dabei gespielt haben. Also denken Sie nicht einmal daran, es zu leugnen."

„Natürlich habe ich Sie angelogen", sagte Varden mit gepresster Stimme. „Welcher Gentleman hätte das nicht getan?"

Sebastian zögerte, dann trat er zurück und ließ den Mann los. Der Chevalier wirbelte herum. Seine dunklen Augen funkelten zornig und mit der linken Hand rieb er sich seinen rechten Arm. „Wenn Sie mich noch einmal anrühren, bringe ich Sie um."

Er goss Wasser in eine der Schüsseln auf dem Waschtisch und schöpfte es sich mit eiligen, wütenden Bewegungen ins Gesicht. „Wer hat Ihnen davon erzählt?", fragte er kurz darauf. „Anglessey? Das hätte ich nicht gedacht."

„Er will, dass ich den Mörder seiner Frau finde."

Varden sah sich um. „Wollen Sie damit andeuten, dass ich etwas anderes möchte?"

Ihre Blicke kreuzten sich starr und entschlossen. Sebastian fragte: „Wo haben Sie und die Marchioness sich normalerweise getroffen?"

Varden zögerte und griff dann nach einem Handtuch. „In verschiedenen Gasthäusern. Normalerweise nicht zweimal am selben Ort. Warum?"

„Haben Sie sich je in Smithfield getroffen?"

„In Smithfield?" Der andere Mann wirkte überrascht, aber in seinem Gesicht lag auch noch etwas anderes. Etwas, das beinahe aussah wie Angst. „Großer Gott, nein. Warum fragen Sie?"

„Weil Guinevere Anglessey an dem Nachmittag, an dem sie getötet wurde, dorthin gefahren ist. Sie wissen nicht zufällig, warum, oder?"

Er zog die Augenbrauen zusammen. „Wo genau in Smithfield?“

Sebastian schüttelte nur den Kopf: „Was haben Sie am letzten Mittwoch gemacht?“

Was er mit dieser Frage andeuten wollte, war offensichtlich. Vardens Nasenlöcher blähten sich auf. „Ich habe lange geschlafen. Den Großteil der Nacht war ich mit Freunden unterwegs gewesen. Ich habe das Haus erst gegen fünf oder vielleicht sechs Uhr verlassen.“ Er war dabei, seine Stiefel anzuziehen, und hielt inne, um Sebastian einen böswilligen Blick zuzuwerfen. „Sie können die Bediensteten fragen, wenn Sie mir nicht glauben.“

Sebastian beobachtete, wie er in seinen Mantel schlüpfte. „Ich möchte etwas über die Zeit in Wales erfahren.“

Varden rückte die Aufschläge seines Mantels zurecht. Zwei Männer betraten den Raum, wobei der ältere dem jüngeren auf die Schulter klopfte und sagte: „Gut gemacht, Charles. Wirklich gut gemacht.“

„Nicht hier“, sagte Varden.

Sebastian nickte. „Lassen Sie uns ein Stück spazieren gehen.“

Kapitel 46

„Ich liebe Guinevere schon solange ich denken kann“, sagte Varden, während sie die Serpentine entlangschlenderten. Ein feiner Nebelschleier ließ allmählich die Farben des Himmels verblassen, bis er weiß erschien. Die Luft war schwül und erfüllt von dem durchdringenden Geruch nach Gras. „Sie war … sie war anders als alle Frauen, die ich je gekannt habe. Stolz und mutig und ganz und gar nobel und dabei so liebevoll, so voller Hingabe.“

Als das flächige Licht die Züge des Chevaliers beschien, musste Sebastian daran denken, wie jung Varden noch war. Er war erst zweiundzwanzig und sein attraktives Gesicht war blass, seine Augen vor Trauer eingefallen. „Guin und ich sind zusammen aufgewachsen“, sagte er. „Claire und Morgana müssen wohl auch ab und zu dabei gewesen sein, aber ich erinnere mich nicht an sie. In meiner Erinnerung waren es immer nur Guin und ich.“

Er starrte über die Parklandschaft, wo zwei Kinder mit ihrem Hund spielten. Der Hund bellte und die Kinder rannten lachend hin und her, während ein Kindermädchen in einer Schürze nach ihnen rief. Ein wehmütiges Lächeln umspielte seine Lippen, aber im nächsten Augenblick war es wieder verschwunden. „Ich wusste immer, dass sie mich liebte. Und ich meine nicht auf die Art und Weise, wie man seinen Bruder oder seine Schwester liebt. Von Anfang an war da mehr zwischen uns, auf beiden Seiten. Auch, wenn wir noch zu jung waren, um zu verstehen, was es war.“

Er verstummte. Sebastian wartete und nach einer kleinen Weile fuhr Varden fort. „Wir sind in dem Glauben aufgewachsen, dass wir immer zusammen sein würden. Dass sie für mich bestimmt sei und ich für sie. Für Guin war es einfach selbstverständlich, dass wir eines Tages heiraten würden.“

„Und für Sie?“

„Ich habe das anfangs genauso gesehen. Aber als ich älter wurde, wurde ich mir der ... Schwierigkeiten bewusst.“

„Wie zum Beispiel Ihr mangelndes Vermögen?“

Er stieß ein schnaubendes, verbittertes Lachen aus. „Vor allem das ... Als Guinevere siebzehn Jahre alt war, lud sie die Schwester ihres Vaters ein, die Saison in London zu verbringen. Sie hatte dasselbe zuvor schon für Morgana getan. Bei ihr hatte der alte Athelstone damals gemault, aber schließlich hat er das Geld für ihre Kleider zusammengekratzt und Morgana weggeschickt. Sie hat eine bessere Partie gemacht, als irgendwer gedacht hätte. Athelstone war überzeugt, dass Guinevere es noch besser treffen würde.“ Varden hielt inne. „Der alte Bastard war darauf angewiesen, dass sie es noch besser traf.“

„Er war hoch verschuldet, oder?“

Varden nickte. „Schlimmer als Guinevere wusste. Sie dachte, er würde die Gelegenheit ergreifen, sich die Kosten einer Saison in London zu sparen. Aber als sie ihm sagte, dass sie keine glänzende Partie brauche, weil sie vorhabe, mich zu heiraten, lachte er. Und dann tobte er natürlich.“

Während ihrer Unterhaltung hatte der Wind etwas aufgefrischt, der das hohe Gras durcheinanderbrachte und zischend durch die langen Zweige der Ulmen rauschte, die die Serpentine säumten. In der Ferne holte eines der Kinder einen Drachen hervor; eine rote Konstruktion aus Papier und Bambus. Jedes Mal, wenn der Junge versuchte, mit ihm zu rennen, schlingerte er sofort wieder zu Boden.

Vardens Stimme klang angespannt. „Alles, was mein Vater mir hinterlassen hätte, alles, was seit Generationen meiner Familie gehörte, ist dahin. Ich habe nichts außer einem Adelstitel und einem noblen Stammbaum und einigen verarmten Verwandten aus dem Königshaus, die fast genauso arm dran sind wie ich."

Sebastian beobachtete, wie der kleine Junge den Drachen aufhob und es noch einmal versuchte. Es gab nicht viele Adlige, die einen mittellosen, halb-französischen Emigranten gerne als Schwiegersohn hätten.

„Guin hat versucht, mit ihm zu reden, aber Athelstone war gnadenlos. Er hat gedroht, sie zu enterben und ohne einen Penny aus dem Haus zu jagen, falls sie sich weigern sollte, nach London zu gehen – oder falls sie dort nicht erfolgreich wäre. Und er meinte das ernst."

„Also hat sie zugestimmt?"

„Zuerst nicht. Sie ist von Zuhause weggelaufen." Varden wandte den Kopf ab und seine Augen verengten sich, während er ebenfalls den Drachen beobachtete. „Ich werde diese Nacht nie vergessen. Sie hat den Weg genommen, der an den Klippen entlangführt, so, wie sie es als Kind immer getan hat. Es ist ein Wunder, dass sie nicht umgekommen ist." Er holte mit zitterndem Brustkorb tief Luft. „Ich war gerade ausgeritten und der Sturm hatte mich überrascht. Sie traf mich in den Stallungen an."

Sebastian stellte sich vor, wie Guinevere Anglessey als junges Mädchen diesen Abend erlebt haben musste: mit nassem Haar, das über ihre Schultern fiel, und einem wilden Blick voller Verzweiflung und Angst. „Was haben Sie ihr gesagt?"

Der Chevalier hatte sein Gesicht immer noch von ihm abgewandt. Sein Kehlkopf trat hervor, als er mühsam schluckte. „Was hätte ich ihr denn sagen sollen? Ich war achtzehn Jahre alt. Ich konnte keine Ehefrau versorgen. Ich durfte nicht einmal ohne Erlaubnis heiraten."

„Ihre Mutter hätte sie nicht bei sich aufgenommen?"

Der jüngere Mann lächelte. „Meine Mutter mochte Guinevere sehr, besonders, als sie noch ein Kind war. Aber sie hätte einer solchen Heirat niemals zugestimmt."

Sebastian dachte an die stolze, elegante Frau, die er kennengelernt hatte. Lady Audley musste die wachsende Zuneigung zwischen dem jungen Chevalier und seiner Kindheitsfreundin mit zunehmender Besorgnis verfolgt haben. Die Pläne einer solchen Frau für ihren enteigneten Sohn sahen sicher keine Heirat mit der Tochter irgendeines verarmten Earls vom Lande vor. London war voller reicher Bankiers und Kaufleute, die nur allzu gern einen mittellosen Schwiegersohn aufnehmen würden, solange dieser Schwiegersohn einen Adelstitel mitbrachte, von vornehmer Abstammung war und Beziehungen zum Königshaus hatte.

„Was hat Lady Guinevere getan, als Sie ihr das sagten?"

„Sie ist wieder hinaus in den Sturm gerannt. Ich habe versucht, ihr nachzulaufen, aber ich konnte sie nirgends finden. Ich hatte Angst, dass sie sich von den Klippen gestürzt hätte." Er hielt inne und Sebastian beobachtete ihn: Die Haut in seinem Gesicht wirkte plötzlich straff, sodass er älter aussah. „Sie hat mir später erzählt, dass sie das auch beinahe getan hätte. Aber dann hat sie beschlossen, nicht zuzulassen, dass ihr Vater ihr Leben zerstört. Sie entschied sich, zu ihrer Tante nach London zu fahren und einen reichen, alten Mann zu heiraten – je älter und reicher, desto besser. Und wenn er dann sterben würde, wäre sie ihn los und wäre unabhängig."

„Unabhängig von ihrem Vater."

„Ja. Das war jedenfalls ihr Plan. Das Problem daran war bloß, dass es zwar viele reiche alte Männer gab, aus denen sie hätte wählen können, aber sie fand den Gedanken, mit einem von ihnen verheiratet zu sein, unerträglich."

„Bis sie Anglessey kennen lernte."

Varden presste seine Lippen zu einer schmalen Linie zusammen. „Sie sagte, dass er zunächst zu sein schien wie alle anderen – alt und grau, mit Hängebacken und eindeutig zu gut genährt. Aber als sie ihn besser kennenlernte, stellte sie fest, dass er ein gutes Herz und einen scharfen Verstand hatte, und sie wurden Freunde. Ich glaube, in vielerlei Hinsicht war er wie der Vater, den sie – ihrem Gefühl nach – nie wirklich gehabt hatte."

Sebastian legte seinen Kopf in den Nacken und richtete den Blick auf den roten Drachen, der zwar immer wieder ein Stück absackte oder trudelnd in den Wind geriet, aber Stück für Stück in den wolkenverhangenen Himmel emporstieg. Was hatte Tess Bishop über die

Marchioness of Anglessey und ihren Lord gesagt? *Sie passten gut zueinander ... Sie konnten stundenlang einfach nur miteinander reden und lachen. Man findet nicht viele solcher Paare ...* Sebastian fragte sich, ob Guinevere ihrer großen Liebe jemals gesagt hatte, wie viel Zuneigung sie mit der Zeit für ihren betagten Ehemann entwickelt hatte. Er bezweifelte es.

Er drehte sich um und musterte das gequälte Gesicht des jüngeren Mannes. „An dem Tag, an dem Lady Anglessey getötet wurde, hat nachts jemand versucht, in ihr Zimmer einzubrechen. Das Dienstmädchen hat ihn vertrieben, aber in der nächsten Nacht ist er wieder zurückgekommen und hat nach etwas gesucht. Sie wissen nicht zufällig, wonach, oder?"

Varden starrte über die Parklandschaft, als dächte er nach. Aber irgendetwas an dem Ausdruck um seine Mundpartie verriet Sebastian, dass der Mann nicht zu überlegen brauchte, weil er ganz genau wusste, was der mysteriöse Einbrecher, den Tess Bishop bemerkt hatte, gesucht hatte. Er schüttelte den Kopf. „Ich habe keine Ahnung."

„Nicht? Wie ich hörte, hatten Sie und Lady Anglessey kürzlich einen Streit. Einen heftigen Streit sogar."

Varden zog eilig die Augenbrauen zusammen. „Wer hat Ihnen das erzählt?"

„Ist das denn wichtig?"

Er blieb stehen und drehte sich zu Sebastian um, wobei der Kies unter den Sohlen seiner Stiefel knirschte. „Was glauben Sie? Dass sie versucht hat, mich zu verlassen, und ich sie deshalb getötet habe? So war es aber nicht."

Sebastian zeigte keine Regung. „Wie war es denn dann?“

Varden zögerte einen Moment, dann presste er hastig hervor: „Sie wollte Anglessey verlassen. Deshalb haben wir uns gestritten. Sie wollte, dass ich mit ihr durchbrenne.“

Sebastian starrte in das angespannte, sorgenvolle Gesicht des jungen Mannes und glaubte ihm kein Wort. „Warum? Warum hätte sie das überhaupt in Erwägung ziehen sollen?“

„Weil sie Angst vor ihm hatte. Oh, ich weiß, was Sie jetzt denken. Er scheint so sanftmütig zu sein – der perfekte Gentleman, erzogen im achtzehnten Jahrhundert. Das dachte Guin anfangs auch. Erst als sie ein paar Jahre verheiratet waren, hat sie erkannt, wie er wirklich ist.“

„Und wie ist er wirklich?“

„Eifersüchtig. Besitzergreifend. Es war seine Idee, dass sie sich einen Liebhaber nimmt. Aber als sie es dann getan hat, konnte er das nicht ertragen. Am Ende hatte Guin Angst, er könnte sie umbringen. Sie und auch das Baby.“

Sebastian schüttelte den Kopf. „Nichts ist Anglessey wichtiger, als seinen Neffen zu enterben. Mein Gott, der Mann hat seine Frau zum Ehebruch ermutigt, in der Hoffnung, einen Erben zu bekommen. Warum sollte er dann kehrtmachen und ihr schaden wollen?“

„Das weiß ich nicht. Aber er hat es ja schon einmal gemacht, nicht wahr?“

„Wovon reden Sie?“

„So ist seine erste Frau gestorben. Wussten Sie das nicht? Sie war schwanger und er hat sie die Treppe hinuntergestoßen. Er hat sie getötet. Sie und auch ihr Kind."

***

Sebastian überquerte gerade die Bond Street und war auf dem Weg zum Anwesen des Marquis of Anglessey in der Mount Street, als er die hohe, besorgte Stimme eines Mannes hörte, der seinen Namen rief.

„Lord Devlin. Hört Ihr, Lord Devlin."

Sebastian drehte den Kopf und entdeckte Sir Henry Lovejoy, der aus dem Fenster einer alten, ramponierten Droschke nach ihm rief. „Dürfte ich Euch wohl kurz sprechen, Mylord?"

Kapitel 47

In London galten andere Regeln als auf dem Land. Auf dem Land hielten die Wanderrichter nur vierteljährlich Sitzungen des Schwurgerichts ab – manchmal sogar noch seltener. In den entferntesten Grafschaften passierte es, dass ein Mann für eine Zeitspanne von drei Monaten bis hin zu einem Jahr im Gefängnis schmachtete und auf seinen Prozess wartete. In London hingegen konnte ein Mann – oder ein Junge – in weniger als einer Woche gefasst, vor Gericht gestellt und gehängt werden.

Sebastian versuchte, nicht daran zu denken, als er und Lovejoy einem Pförtner durch die schmutzigen Gänge des Gefängnisses folgten, die von rauchenden Binsenlichtern erleuchtet wurden. Die Luft hier war schmutzig und stank nach Exkrementen, Urin und Fäulnis. Alles vermoderte hier: Das Stroh verrottete, die Zähne verfaulten, das Leben verweste.

Sie wurden in einen kalten, aber relativ sauberen Raum geführt, der einen bloßen Steinboden hatte und weit oben ein kleines, vergittertes Fenster, durch das nur gedämpftes Licht hereinfiel. In der Kammer standen außerdem ein paar einfache Holzstühle und ein alter, zerschrammter Tisch.

„Weshalb waren Sie hier?", fragte Sebastian Lovejoy, als man ihn zusammen mit dem Richter warten ließ. „Der Wächter hat in der Nacht, als Sir Humphrey Carmichaels Sohn getötet wurde, in der Nähe des St. James's Park ein paar Einbrecher aufgegabelt. Ich hatte gehofft, dass sie vielleicht etwas gesehen hätten."

„Und?"

Lovejoy kräuselte die Lippen. „Nein, nichts."

Schritte hallten über den Flur – der polternde Gang eines Mannes und der leisere Tritt eines Jungen. Sebastian drehte sich zur Tür um.

Tom betrat den Raum mit schleppenden Schritten und gebeugtem Kopf. Sein Mantel war schlammverkrustet und zerrissen, sein Hut fehlte und sein Gesicht war bleich und abgehärmt. Es war, als wären all der Mut, die Entschlossenheit und die kecke Aufmüpfigkeit des Jungen in einer langen, qualvollen Nacht ausgemerzt worden – es musste die Hölle gewesen sein.

„Hier isser, Meister", sagte der Gefängniswärter widerwillig.

„Vielen Dank." Sebastian brachte die Worte mit belegter Stimme hervor. „Das wäre dann alles."

Tom hob ruckartig den Kopf, öffnete den Mund und schnappte keuchend nach Luft. „Mylord!"

Lovejoy streckte eine Hand aus, um dem Jungen, der ungestüm nach vorn stürzte, Einhalt zu gebieten. „Na, na, Junge. Nimm dir nicht zu viel heraus."

„Lassen Sie ihn", sagte Sebastian. Der Junge stürmte an dem Richter vorbei und warf sich an Sebastians Brustkorb. „Ich war's nicht! Ich schwöre, ich habe dem Kerl nicht die Uhr geklaut." Die Schultern des Jungen zuckten ruckartig und er zitterte am ganzen Körper. „Sie haben sich das ausgedacht, weil ich das Schießpulver gesehen hab' und gehört hab', worüber sie sich unterhalten haben."

„Es ist alles gut", sagte Sebastian und umfasste mit einer Hand fest eine Schulter des Jungen, während er über Toms Kopf hinweg zu Lovejoy sah. *Schießpulver?*

„Ich bin hergekommen, um dich nach Hause zu bringen.“

„Sie wollten mich hängen.“ Toms Stimme bebte. „Sie wollten mich hängen, so wie sie es mit Huey gemacht haben.“

Sebastian sah auf das gequälte, tränenüberströmte Gesicht des Jungen hinab. „Wer war Huey?“

„Mein Bruder. Huey war mein Bruder.“

***

Nachdem Sebastian das Gefängnis verlassen hatte, setzte er Tom in die Kutsche und gab dem Kutscher die Anweisung, den Jungen zu Paul Gibson zu fahren.

„Gibson?“, fragte der Tiger und sprang auf. „Ich brauche keinen Wundarzt. Ihr geht wieder dorthin zurück, nicht wahr? Nach Smithfield? Dann komme ich auch mit.“

„Du wirst tun, was ich dir sage“, befahl Sebastian in einem Tonfall, der selbst aufständische Soldaten, die noch blutig aus der Schlacht zurückgekehrt waren, zum Verstummen gebracht hatte.

Der Junge sank zurück auf die Bank und ließ den Kopf hängen. „Ja, Meister.“

Sebastian nickte seinem Kutscher zu, dann drehte er sich um und rief sich eine Droschke.

„Ob es Euch gefällt oder nicht, ich komme mit“, sagte Lovejoy und kletterte hinter Sebastian in die Droschke, als dieser sich vorbeugte, um den Fahrer anzuweisen, nach Smithfield zu fahren. „Das Gesetz sieht keine milden Strafen für diejenigen vor, die falsche Anschuldigungen wegen Diebstahls erheben.“

Sebastian warf dem Magistrat einen zweifelnden Blick zu, sagte aber nichts.

Lovejoy ließ sich in einer Ecke der Kutsche nieder und kaute mit den Zähnen auf seiner Unterlippe herum, während er nachdenklich und still dasaß. Nach einer Weile sagte er: „Dieses ganze Gerede von Pulverfässern und einer erneuten glorreichen Revolution wie im Jahre 1688. Glaubt Ihr, dass es das ist, was hier vor sich geht? Eine Revolution?“

Sebastian schüttelte den Kopf. Tom hatte ihnen ausführlich erzählt, was er vor dem Keller des *Norfolk Arms* gesehen und gehört hatte. Es hatte zwar viele Dinge angedeutet, war aber kaum ein eindeutiger Beweis für irgendetwas. „Es kommt mir eher vor wie eine Palastrevolte, würde ich sagen, und keine Revolution. Aber Gott weiß, wohin so etwas führen könnte. Wenn umstürzlerische Bewegungen erst einmal im Gange sind, lassen sie sich meist nur schwer kontrollieren. Die Französische Revolution wurde von ein paar Adligen angezettelt, die bloß wollten, dass die Generalstände wieder einberufen wurden, erinnern Sie sich? Die Auswirkungen waren gewiss größer, als sie erwartet hätten.“

Die immer dichter werdende Wolkendecke dämpfte das Licht des Tages, sodass es später wirkte, als es tatsächlich war. Sebastian starrte aus dem Fenster auf die rußgeschwärzten Backsteinhäuser hinaus, auf Gin-Schenken, aus denen sich betrunkenes Gelächter auf die Straßen ergoss. Die schwüle Luft roch nach gekochtem Kohl, Pferdemist und brennendem Müll. Ein Junge von zehn oder vielleicht zwölf Jahren, dem Aussehen nach ein Straßenkehrer, sprang ihnen eilig aus dem

Weg. Er hielt seinen Besen dabei fest mit einer Faust umklammert und sah ihnen mit weit aufgerissenen Augen nach, als sie rumpelnd vorbeifuhren. Hinter ihm stand ein kleines Mädchen, das nicht älter als acht Jahre sein konnte und nur zerrissene Lumpen trug. Ihr Gesicht war bleich und trostlos und sie streckte eine schmutzige Hand zu der universell verständlichen, bittenden Geste eines Bettlers aus.

Die Droschke rauschte weiter und der Junge und das Mädchen verloren sich in der zerlumpten Menge.

Sebastian musste an zwei andere Kinder denken, eines davon hieß Huey, das andere Tom. Und an ihre Mutter, eine einfache, aber aufrichtige Witwe, die arbeitslos geworden und mit zwei Kindern, die sie ernähren musste, auf die Straße geworfen worden war. In dieser Lage gab es für sie nur wenige, schonungslose Auswahlmöglichkeiten, genau wie auch für Tausende andere Frauen: Sie mussten wählen zwischen dem Hungertod, Diebstahl oder Prostitution. Toms Mutter hatte sich für Diebstahl entschieden und sich damit eine Fahrt zur Botany Bay eingehandelt – ohne die Möglichkeit, jemals wieder zurückzukommen. Die Prostitution hätte ihr vielleicht Krankheiten und einen frühen Tod eingebracht, aber sie war kein Kapitalverbrechen. Stehlen, um seine hungernden Kinder zu ernähren, war eines.

Aus Toms Erzählungen schloss Sebastian, dass der Junge neun Jahre alt gewesen sein musste, als er und sein Bruder auf dem Kai standen und zusahen, wie ihre Mutter zu einem Frachter gerudert wurde, der in der Themse vor Anker lag. Huey, der drei Jahre älter gewesen war, hatte es sich zur Aufgabe gemacht, sich um seinen jüngeren Bruder zu kümmern, so gut er konnte – bis man auch Huey wegen Diebstahls erwischt hatte. Aber Huey hatte nicht so viel Glück gehabt wie ihre Mutter. Ihn hatte man gehängt.

Lovejoys Stimme unterbrach Sebastians Gedanken. „Wir haben die Identität des Mannes herausgefunden, den Ihr am Fluss getötet habt."

Sebastian lehnte seinen Kopf gegen die rissigen Lederpolster der Droschke. „Ich habe ihn nicht getötet. Er ist gefallen."

Lovejoys Lippen zuckten, was bei dem mürrischen kleinen Untersuchungsrichter in etwa einem Lächeln gleichkam. „Sein Name war Ahearn. Charles Ahearn. Schon mal von ihm gehört?"

Sebastian schüttelte den Kopf. „Was weiß man über ihn?"

„Nichts, was ihn in Verruf bringen könnte. Er war der Hauslehrer für Lord Cochrans Söhne, bis der Jüngste im letzten Herbst nach Eton gegangen ist."

„Was hat er seither gemacht?"

Lovejoy zog ein großes Taschentuch aus seiner Tasche und hielt es sich an die Nase. „Das wissen wir nicht genau."

Sebastian war aufgefallen, dass ein durchdringender, beißender Rauchgestank in der Luft lag, der die anderen Gerüche des Viertels, selbst die stinkenden Gruben der Gerbereien und den üblen Dunst der Metzgereien, überlagerte. Als sie jetzt in die Giltspur Street einbogen, vernahmen sie Rufe, hörten das Getrampel rennender Menschen und das tosende Prasseln der Flammen. Die Droschke hatte Mühe, sich einen Weg durch die dichte

Menge zu bahnen. Aus der Ferne dröhnte das beständige Scheppern der Feuerglocke.

„Irgendetwas brennt hier", sagte Lovejoy und reckte den Hals, um aus dem Fenster zu sehen.

Auch Sebastian konnte es jetzt sehen. Die Flammen tanzten über das alte Giebeldach und schossen aus den Fenstern, die wie klaffende Löcher in der bröckelnden Fassade aus Ziegelsteinen wirkten. Dichter schwarzer Rauch quoll heraus, stieg in die Höhe und mischte sich in die tiefhängenden grauen Wolken vor ihnen.

„Verdammte Scheiße", fluchte Sebastian, warf die Tür auf und sprang aus der Droschke, noch bevor sie ganz zum Stehen gekommen war. „Es ist das *Norfolk Arms*."

Kapitel 48

In der Gasse herrschte ein lärmendes Durcheinander – die Flammen tosten, Frauen schrien und die vom Ruß geschwärzten Männer, in deren schweißüberströmten Gesichtern sich der orangefarbene Schein des Feuers spiegelte, reihten sich in einer Menschenkette aneinander und gaben eilig die Eimer, aus denen das Wasser schwappte, an wartende Hände weiter.

Sebastian bahnte sich seinen Weg durch die Menge und ließ dabei seinen Blick über die Fassade des alten Gasthauses schweifen, die die Flammen züngelnd zu verschlingen drohten. Um ihn herum wirbelte schwarze Asche durch die Luft und schwebte zu Boden wie schmutziger Schnee. Er konnte die Hitze des Feuers auf seinem Gesicht spüren und fühlte, wie sie die Luft aus seinen Lungen saugte. Während er hinsah, drangen Rauchschwaden unter dem Türspalt des kleinen Knopfladens mit dem Erkerfenster hervor, der neben dem Gasthaus lag. Dann explodierte das Vorderfenster und das ganze Gebäude ging in Flammen auf.

In der Menschenmenge, die ihn umgab, erhob sich lautes Klagen. Das war es, was sie alle fürchteten: dass sich das Feuer ausbreitete. Diese Gefahr bestand immer, wenn es brannte, egal in welchem Teil der Stadt. Aber hier, wo sich die dicht an dicht gebauten Häuser aus trocknem, altem Holz über den engen, verwinkelten Straßen beinahe berührten, konnte eine einzige Kerze, zusammen mit ein wenig Unachtsamkeit, einen ganzen Stadtteil in nur einer Nacht verzehren.

Sebastian richtete seine Aufmerksamkeit auf die Menschenmenge. Er hätte erwartet, den großen schwarzen Gastwirt an der Spitze der Männer zu erblicken, die einen Eimer Wasser nach dem anderen in das wachsende Inferno gossen. Aber Caleb Carter war nirgends zu sehen.

Sebastians Blick blieb an einem großen Mädchen mit blassen, grauen Augen und strähnigem, blondem Haar hängen, das in der Nähe des Bordsteins stand. Für einen Moment kreuzten sich ihre Blicke. Er sah, wie sich ihre Augen weiteten, als sie ihn erkannte, und ihr Unterkiefer herunterklappte.

Sie wirbelte herum und wollte davonrennen. Sebastian packte sie, schloss seine Hand fest um ihren Oberarm und riss sie herum, sodass sie ihn ansehen musste. „Wo ist Carter?", fragte er und zog das Mädchen nahe an sich heran.

Sie starrte ihn mit großen Augen an und ihre Nasenlöcher blähten sich vor Angst auf.

Er packte auch ihren anderen Arm und hob sie hoch, bis ihre Füße den Boden kaum noch berührten. Ihr Kopf wackelte vor und zurück, als er sie schüttelte. „Wo ist er, verdammt nochmal?"

„Im Keller! Er hat etwas vom Kellergewölbe gesagt -"

Sebastian stieß sie beiseite. Sie stolperte, war aber schon wieder auf den Beinen und davongelaufen, bevor er sich auch nur umgedreht hatte.

Das Feuer hatte sich noch nicht über die Gasse bis zum hinteren Teil des Gasthauses ausgebreitet, obwohl er das warnende Zischen vernahm, ebenso wie den beißenden Rauchgeruch in der schwülen Luft. Er stellte fest, dass die massive Holztür zum Keller von innen geschlossen und verriegelt worden war. Es müsste noch einen weiteren Eingang geben, der im Inneren des Gasthauses lag, aber die Zeit lief ihm davon. Sebastian griff sich eine Eisenstange, die in der Nähe lag, und hieb damit kräftig auf die Flügeltür ein. Das Holz knackte und zersplitterte.

Jemand rief nach ihm: „He! Was machen Sie da -"

Sebastian ignorierte die Rufe und trat die zerschmetterte Doppeltür ein. Der Luftstrom, der aus dem Keller drang, war unerwartet heiß und trocken und bereits von Rauchgeruch durchzogen. Sebastian zögerte einen Moment lang. Falls das hochexplosive Schießpulver, von dem Tom berichtet hatte, immer noch dort gelagert wurde, würde er in den sicheren Tod laufen, wenn er den Keller betrat. Aber er glaubte nicht, dass die Männer, mit denen er es hier zu tun hatte, so unachtsam waren.

Jemand hatte im hintersten Winkel des Kellers eine Laterne brennen lassen. Sebastian konnte den fernen, diffusen Lichtschein sehen, als er die abgenutzten Steintreppen hinunterstürzte. Der Rauch war hier dichter – er sickerte zwischen den Deckenbrettern über seinem Kopf hindurch und auf ihn herab.

Am Fuß der Treppe blieb er stehen. Der Keller hatte einen gestampften Lehmboden. Um ihn herum türmten sich hohe Regale voller Eichenfässer und Flaschen, die dort aufgereiht lagerten. Die Luft war von den schweren Gerüchen nach französischem Wein und Cognac erfüllt, die sich in den Gestank des brennenden Holzes mischten. Die Geräusche des Feuers waren hier nur gedämpft zu hören, aber sie kamen immer näher. In der Ferne vernahm er das Getöse der Flammen und von irgendwo in der Nähe kam ein unheilvolles, zischendes Knistern.

Noch näher war allerdings das gurgelnde, krampfartige Husten eines Mannes.

Sebastian wandte sich dem Geräusch zu und bahnte sich vorsichtig seinen Weg durch die turmhohen Regale. Er fand den Wirt mit dem Gesicht nach unten auf dem Boden liegend, die Arme weit von sich gestreckt und die Beine gespreizt. Sebastian sah zu, wie der wuchtige Mann die Arme unter seinen Körper zog, sich mit den Ellbogen aufstützte und dann mühsam versuchte, sich hochzustemmen. Die Rückseite seines kahlen Kopfes war von dunklem, glänzendem Blut bedeckt, das seinen Nacken hinunter sickerte und den weißen Kragen seines Hemdes tränkte.

Carter stöhnte auf, presste seine Handflächen flach auf die Erde und stieß sich mit so viel Wucht weg, sodass er auf den Rücken rollte. Dann lag er da und sein Brustkorb hob sich bei jedem Atemzug ruckartig. Der Schlag auf den Hinterkopf hatte ihn offensichtlich fast bewusstlos gemacht. Aber was ihn niedergestreckt hatte und blutigen Schaum aus seinem Mund quellen ließ, war das Messer, das ihm jemand zwischen die Rippen gestoßen hatte.

Der Afrikaner verdrehte die Augen und sein Brustkorb hob sich wieder, als Sebastian neben ihm niederkniete.

„Du", sagte Carter mit schmerzverzerrtem Gesicht. „Was zur Hölle-"

Ein Hustenkrampf überkam ihn. Sebastian schob seine Hände unter die Schultern des Mannes und hob seinen Kopf an, um ihm das Atmen zu erleichtern. „Wer hat Ihnen das angetan?"

Carters Kehlkopf trat hervor, während er sich abmühte, die Worte hervorzubringen, und blutiger Speichel schäumte aus seinem Mund. „F-"

Sebastian beugte sich näher an ihn heran.

Der heiße Geruch nach Urin erfüllte die Luft, als die Blase des schwarzen Mannes sich entleerte. Sein Tod stand kurz bevor und sein Brustkorb zuckte, während er um Luft rang. Seine Oberlippe kräuselte sich und das Licht in seinen dunklen Augen flackerte auf, bevor es allmählich verblasste. „Fick dich", sagte er mit einem rasselnden Keuchen. Dann erlosch das Licht in seinen Augen.

Sebastian zog seine Hände unter den Schultern des großen Mannes hervor und ließ den Leichnam auf die festgetretene Erde gleiten. Das Licht im Keller hatte einen orangefarbenen Schimmer angenommen. Sebastian blickte auf und sah, dass sich züngelnde Flammen über die Decke ausbreiteten.

Er drückte sich hoch. Die Fässer mit Schießpulver waren zwar nicht mehr hier, aber der ergiebige Branntweinvorrat in dem Keller würde fast ebenso schnell in Flammen aufgehen. Sebastian sprang auf die Treppenstufen und im selben Moment explodierte die Tür, die zum Hof des Gasthauses führte, und Feuerzungen schossen über die Treppe auf ihn zu.

Kapitel 49

Eine dichte Rauchwolke schlug Sebastian entgegen. Der Qualm brannte in seinen Augen und schnürte ihm die Kehle zu. Er schützte sein Gesicht mit einem angewinkelten Arm und erklomm die Treppe, die nach oben zur Gasse führte, indem er immer zwei Stufen auf einmal nahm.

Auf halbem Weg hörte er über sich ein reißendes, knackendes Geräusch. Als er einen hastigen Blick über seine Schulter warf, sah er, wie ein brennender Balken auf die Steinstufen hinter ihm stürzte und dabei die halbe Decke mit sich herunterriss. Daraufhin stieß eine heiße Druckwelle in den Raum, prallte gegen Sebastians Rücken und zwang ihn in die Knie.

Er hustete inzwischen stark und trieb sich weiter vorwärts, wobei er die letzten paar Stufen beinahe kriechen musste. Mit einer Hand griff er nach der Kante der zerborstenen Kellertür, zog sich hoch und taumelte in die kühle Nacht hinaus.

Er stützte die Hände auf seinen Knien ab, beugte den Kopf vornüber und sog die frische, lebensspendende Luft in gierigen Atemzügen ein. Von dem Gasthaus hinter ihm war nur noch eine brennende Hülle übriggeblieben. Mit schmerzenden Lungen drehte er sich um und sah zu, wie die Wände in sich zusammenstürzten und dabei eine Fackel aus Flammen und glühender Asche in den wolkenverhangenen Himmel empor stießen.

Er fühlte, wie der Abendwind kühlend über seine Haut strich. Der Abendwind und noch etwas anderes, das auf seinen Augenlidern prickelte und an seinen Wangen hinunterlief, als er sein Gesicht zum Himmel hob: Regen.

***

Sebastian saß auf einer alten steinernen Steighilfe und wickelte ein nasses Taschentuch um seine versengte Hand, als Lovejoy ihn entdeckte.

Der kleine Richter trug keinen Hut mehr, sein Kragen war zerknittert und auf der sonst blütenreinen Vorderseite seines Hemdes prangte ein schwarzer Fleck, der durch den beständigen Regen allmählich zu einem grauen Farbton verblasste. „Wenn, wie Euer Bursche gesagt hat, in diesem Keller Schießpulver gewesen wäre, hätte die Explosion die halbe Straße zerstören müssen", sagte Lovejoy und nahm seine Brille ab, um die Gläser abzuwischen.

Sebastian zog den Knoten in seinem Taschentuch mit den Zähnen fest. „Das Schießpulver ist nicht mehr da. Sie haben es wahrscheinlich letzte Nacht, nachdem man Tom aufgegriffen hatte, weggeschafft. Sie konnten nicht riskieren, dass jemand beschließen würde, der Geschichte des Jungen nachzugehen."

Lovejoy legte seinen Kopf in den Nacken. Die Muskeln in seinem Gesicht zuckten, während er zu der schwelenden Fassade hinauf starrte. „Und wozu das Feuer?"

„Das wurde wohl gelegt, um alle Beweise zu vernichten, die sie eventuell übersehen haben könnten." Sebastian rappelte sich hoch. „Und, um den Mord an Caleb Carter zu vertuschen."

346

Lovejoy warf ihm einen flüchtigen Blick zu. „Sie meinen den schwarzen Gastwirt? Er ist tot?"

„Ich habe ihn im Keller gefunden. Jemand hatte ihm ein Messer zwischen die Rippen gestoßen."

„Aber ... warum?"

„Denken Sie doch mal darüber nach: Letzten Mittwoch wurde die Marchioness of Anglessey dabei gesehen, wie sie dieses Gasthaus betrat. Soweit wir wissen, hat sie außer ihrem Mörder danach niemand mehr lebend gesehen. Ein paar Tage später tauche ich dort auf und stelle Fragen über sie. Dann beobachtet mein Tiger letzte Nacht, wie eine Ladung Schießpulver geliefert wird, und hört Gerede darüber, die Glorreiche Revolution von 1688 rückgängig zu machen. Hier ist etwas Gefährliches im Gange. Aber die einzige Spur, die wir zu alledem hatten, war Caleb Carter mit seinem Gasthaus."

Sebastian hielt inne und starrte an den qualmenden, bröckelnden Wänden des Gebäudes vor sich hoch. „Und jetzt sind sie beide hinüber."

***

Als er in Paul Gibsons Praxis am Fuße des Tower Hill Halt machte, fand Sebastian Tom schlummernd in Gibsons Schlafzimmer im rückwärtigen Teil des Hauses vor.

„Ich hielt es für das Beste", sagte Gibson und schirmte mit einer hohlen Hand den flackernden Schein seines Kerzenhalters ab. „Er war sehr erschöpft."

Sebastian starrte auf den schlafenden Jungen hinab. „Geht es ihm gut?"

„Er hat einen üblen Schrecken davongetragen. Aber nichts Ernsteres.“

Sebastian nickte. Gibson musste nicht näher erläutern, was er meinte. Sie wussten beide, was den Jungen und Mädchen – und Männern und Frauen – zustoßen konnte, die das Pech hatten, in einem der Gefängnisse Seiner Majestät zu landen.

„Er hat immer wieder von jemandem namens Huey gesprochen“, sagte Gibson und ging zu seiner Wohnstube voraus.

Sebastian nickte. „Sein Bruder. Der Junge wurde wohl gehängt.“

Gibson seufzte. „Wir leben in barbarischen Zeiten.“ Er machte sich daran, zwei Gläser Wein einzuschenken. „Was diese Verschwörung angeht, das Haus Hannover abzusetzen ... weißt du, wer dahinterstecken könnte?“

„Um überhaupt eine Aussicht auf Erfolg zu haben, müssten sie einige einflussreiche Männer auf ihrer Seite haben, sowohl in der Armee als auch in der Regierung. Aber haben sie so viel Unterstützung?“ Sebastian zuckte mit den Schultern. „Ich weiß es nicht. Ich habe keine Anzeichen dafür gefunden. Aber das heißt nicht, dass es keine gibt. Das *Norfolk Arms* war sicher nur die Spitze des Eisbergs.“

„Könnte Anglessey involviert sein?“

„Es wäre möglich, nehme ich an. Aber es würde mich überraschen.“ Sebastian nahm den Wein aus Gibsons Hand entgegen und ließ sich in einen der zerfetzten Ledersessel vor dem leeren Kamin sinken. „Ich bin niemandem begegnet, der sich mit dem Tod Lady Anglesseys in Verbindung bringen lässt und sich in einer Machtposition befindet.“ Er hielt inne. „Portland ausgenommen, natürlich. Aber er ist so ein überzeugter Tory, dass er wohl kaum eine Revolution befürworten würde."

Gibson stellte sich vor die leere Feuerstelle. „Hast du schon eine Idee, was Lady Hendons Halskette mit alledem zu tun hat?"

Sebastian sah auf, in das aufrichtige, besorgte Gesicht seines Freundes. Einst, vor einigen Jahren in Italien, hatten sie zusammen die Hölle auf Erden erlebt – und waren ihr entkommen. Ihre Freundschaft gründete sich nicht auf ihren gesellschaftlichen Rang oder ihre Abstammung, sondern auf ihre geteilten Moralvorstellungen und den tiefen gegenseitigen Respekt, den die beiden Männer füreinander hegten, weil sie sich gegenseitig auf die Probe gestellt hatten – weil sie auch unter Beschuss Mut und Besonnenheit an den Tag gelegt und gezeigt hatten, dass sie rational mit Gefahr umgehen konnten.

Aber selbst die beste Freundschaft hatten ihre Grenzen. Sebastian hatte sich nicht einmal Kat gegenüber dazu durchringen können, zu sagen: *Ich will es nicht glauben, aber ich komme immer mehr zu der Überzeugung, dass meine Mutter an diesem Sommertag vor so langer Zeit nicht ertrunken ist. Denn wenn es so gewesen wäre, hätte diese Triskele die letzten siebzehn Jahre irgendwo auf dem Grund des Ärmelkanals verbracht, vergraben im Schlamm. Und dann würde sie jetzt keine Rolle bei alledem spielen, was Guinevere Anglessey zugestoßen ist.*

Also trank Sebastian schlicht seinen Wein aus und sagte: „Nein. Es ist mir immer noch ein Rätsel."

***

Als er sein Haus in der Brook Street erreichte, wollte Sebastian eigentlich ins obere Stockwerk gehen, sich den Tränen seines Kammerdieners wegen eines weiteren ruinierten Mantels stellen und dann Abendgarderobe anlegen. Stattdessen machte er einen Abstecher in die Bibliothek, schenkte sich einen Brandy ein und starrte, ohne sich zu setzen, auf den leeren Kamin hinab.

Es gab eine Zeit für Raffinesse und Gerissenheit, aber es gab auch Gelegenheiten, die nach roher Gewalt verlangten. Dass er Tom geschickt hatte, um die Gegend um die Giltspur Street auszukundschaften, war ein Fehler gewesen, das wusste er jetzt. Er hatte nicht nur den Tiger in unzumutbare Gefahr gebracht, sondern auch die Chance vertan, selbst noch einmal in das *Norfolk Arms* zurückzukehren und die Wahrheit darüber, warum die Marchioness das Gasthaus aufgesucht hatte, aus Caleb Carter herauszubekommen. Jetzt war es zu spät dafür.

Er hörte, wie jemand in einem dreisten, beharrlichen Rhythmus an seine Haustür klopfte.

„Ich bin nicht zu Hause, Morey", sagte Sebastian, als sein Verwalter die Tür öffnen wollte. „Ja, Mylord."

Sebastian nahm einen Schluck von seinem Brandy und blickte aus dem Fenster, von dem aus man einen Blick auf die Straße vor dem Haus hatte. Vor der Treppe hatte eine elegante Kutsche Halt gemacht, gezogen von

350

einem Paar wunderschöner Apfelschimmel. Auch ohne die Adelskronen, die die vertäfelten Seitenwände zierten, hätte er gewusst, wem sie gehörte.

Er konnte Moreys höflichen, besänftigenden Tonfall hören, in den sich eine Frauenstimme mischte, die lauter und ihm nur allzu vertraut war.

„Machen Sie sich nicht lächerlich", sagte seine Schwester Amanda. „Ich weiß ganz genau, dass Devlin zu Hause ist. Ich habe ihn vor wenigen Augenblicken selbst die Stufen hinaufsteigen sehen. Also können Sie mich jetzt entweder ankündigen oder ich werde mich einfach selbst auf die Suche nach ihm machen. Die Wahl liegt bei Ihnen."

Sebastian ging zum Eingang der Bibliothek – das Glas mit dem Brandy balancierte er in der Hand, die nicht verbunden war – und blieb im Türrahmen stehen. Er musterte die große, schlanke Frau in tiefer Trauer, die in seinem marmorgekachelten Hausflur stand. „Hör auf, den armen Mann zu schikanieren. Er befolgt nur meine Anweisungen."

Amanda drehte ihren Kopf und sah ihn an. „Dessen bin ich mir durchaus bewusst." Ihre Augen weiteten sich, während sie ihn genauer betrachtete, und ihre Nasenlöcher bebten, als sie den beißenden Gestank von Rauch und Ruß bemerkte. „Gütiger Himmel. Was hast du angestellt? Hast du dich als Schornsteinfeger verdingt?"

Sebastian lachte, trat einen Schritt zurück und deutete eine schwungvolle Verbeugung an. „Treten Sie ein, Mylady."

Sie rauschte an ihm vorbei, zog sich die Handschuhe von den Fingern, machte aber keine Anstalten, auch ihren Hut abzusetzen. „Sicherlich ist dir bewusst, dass die ganze Stadt über dich redet. Wieder einmal.“

„Oh, es ist gewiss nicht so schlimm wie beim letzten Mal.“

Sie wirbelte herum und sah ihm ins Gesicht. Ihre blauen Augen funkelten vor Wut. „Ist es zu viel verlangt, dass du ein wenig Rücksicht auf deine Nichte nimmst?“ Sie machte eine abweisende Handbewegung. „Oh, nicht meinetwegen. Aber Hendon zuliebe. Sie ist schließlich seine Enkeltochter.

Sebastian legte die Stirn in Falten. „Stephanie? Was hat sie denn mit alledem zu tun?“

„Sie ist siebzehn Jahre alt. In weniger als einem Jahr wird sie in die Gesellschaft eingeführt werden. Wie schätzt du ihre Chancen ein, eine respektierliche Partie zu machen, wenn man von ihrem Onkel weiß, dass er in seiner Freizeit gern Umgang mit Mördern pflegt?“

Sebastian ging dazu über, sich noch einen Drink einzuschenken. „Sherry?“, fragte er.

Amanda schüttelte den Kopf.

„Ich pflege keinen Umgang mit Lady Anglesseys Mörder“, sagte Sebastian. „Ich versuche lediglich, herauszufinden, wer er ist.“

„Ist das dein Ernst, Sebastian? Wie ein gewöhnlicher Bow Street Runner?“

„Mit etwas mehr Raffinesse, will ich hoffen. Und natürlich werde ich nicht dafür bezahlt, also brauchst du dir keine Sorgen zu machen, dass mein Vorgehen nach gewöhnlicher Arbeit riechen könnte.“

„Das will ich auch hoffen.“

Sebastian schenkte ihr ein schmales Lächeln. „Das würde dein empfindliches Zartgefühl verletzen, nicht wahr?"

„Es würde die Gefühle eines jeden gesitteten und kultivierten Menschen verletzen."

„Wirklich? Nun, Mord hingegen verletzt meine Gefühle."

„Du hast keine Gefühle." Sie wandte sich ab und bedeckte mit einer Hand ihre Augen, bevor sie sich plötzlich wieder zu ihm umdrehte. „Warum tust du das bloß?"

Sebastian nahm einen bedächtigen Schluck von seinem Brandy. „Ich dachte, das hätte ich gerade erklärt."

Sie schüttelte den Kopf. „Nein. Warum ausgerechnet du? Warum gerade *dieser* Mord?"

Sebastian zögerte einen Moment, dann sagte er: „Erinnerst du dich an die Halskette aus Blaustein, die Mutter immer getragen hat? Von der sie erzählte, ein altes Weib hätte sie ihr in den Bergen von Wales geschenkt?"

„Ja. Warum?"

„Wusstest du, dass sie die Kette an dem Tag trug, als sie auf See verunglückte?"

„Nein. Was hat die Kette mit alledem zu tun?"

„Die Marchioness of Anglessey hatte sie um den Hals, als man ihre Leiche im *Pavilion* fand."

Amanda riss überrascht die Augen weit auf. „Das kann nicht dein Ernst sein. Wie merkwürdig. Wie ist sie an die Kette gekommen?"

„Das scheint niemand zu wissen. Aber Jarvis hat die Kette wiedererkannt und folgerte, dass ich meine eigenen Beweggründe haben könnte, die Angelegenheit genauer zu untersuchen."

Amanda musterte sein Gesicht. „Bist du dir so sicher, dass der Prinz sie nicht getötet hat?“

Sebastian erwiderte ihren Blick. Was man auch sonst über Amanda sagen mochte, sie war eine nüchterne und äußerst einfallslose Frau. Wenn selbst sie bereits auf den Gedanken gekommen war, Prinny des Mordes zu verdächtigen, dann war der Regent in ernsthaften Schwierigkeiten.

Sebastian schüttelte den Kopf. „Sie wurde am frühen Nachmittag umgebracht. Man hat ihre Leiche einfach in den *Pavilion* gebracht und es so arrangiert, dass der Prinz sie dort finden musste.“

Sie runzelte die Stirn. „Wie viel früher wurde sie getötet?“

„Etwa sechs Stunden zuvor, vielleicht noch mehr.“

Amanda schürzte die Lippen zu einem verächtlichen Lächeln. „Aha. Da hast du es doch, nicht wahr? Das ist kein großes Rätsel. Selbst ich hätte dir sagen können, dass Prinny es nicht getan hat. Er war an diesem Tag ja nicht einmal in Brighton.“

Sebastians Hand krampfte sich fester um sein Brandyglas. „Was?“

Amanda lachte. „Wusstest du das etwa nicht? Er war hier in London. Ich habe ihn selbst gesehen – er ist nach einem Besuch bei Lady Benson aus ihrem Haus spaziert.“

„Letzten Mittwoch? Bist du dir ganz sicher?“

„Letzten Mittwoch war das Frühstück bei Lady Sefton. Ich konnte natürlich nicht selbst hingehen. Aber ich erinnere mich genau daran.“ Sie zupfte unbewusst an dem Rockteil ihres Trauerkleides. „Ich kann gut verstehen, warum Prinny seinen Besuch in der Stadt geheim gehalten hat – eine Dame muss ihren Ruf wahren und so weiter. Nicht dass von Alice Bensons Ruf noch viel übrig wäre. Wenn ihr Vater es Benson nicht so schwer gemacht hätte, an ihre Mitgift zu gelangen, hätte er sich schon vor Jahren von ihr scheiden lassen. Aber ich fürchte, so, wie die Dinge stehen, wäre es für Benson noch beschämender, ohne Alices Vermögen auskommen zu müssen, als von ihr mit dem Prinzen betrogen zu werden, nicht wahr?"

„Um wie viel Uhr war das?", fragte Sebastian nachdrücklich.

„Kurz vor Lady Seftons Frühstück. Ich würde sagen, irgendwann am frühen Nachmittag."

In den Kreisen der besseren Gesellschaft fanden solche Frühstücksgesellschaften am Nachmittag statt, ebenso wie die Morgenbesuche erst nach drei Uhr abgehalten wurden. Sebastian kippte den Rest seines Brandys hinunter und stellte das Glas beiseite. „Wo könnte ich wohl Lord Jarvis heute Abend antreffen?"

„Jarvis?" Sie hielt einen Moment lang inne und dachte nach. „Nun, da wäre der Ball von Lady Crue. Aber ich glaube, ich habe gehört, dass die verwitwete Lady Jarvis eine Feier in Vauxhall ausrichtet." Als er zur Treppe eilte, rief sie ihm nach: „Sebastian, wo gehst du hin?"

„Nach Vauxhall."

Kapitel 50

Sebastian drückte eine Münze in die schwielige Handfläche des Fährmannes, der ihn mit seinem Ruderkahn übergesetzt hatte, und betrat den Kai der Vauxhall Gardens. Neben ihm brannte eine Taufackel vor dem dunklen Himmel und erfüllte die feuchte, schwüle Luft mit dem Geruch von heißem Pech.

Selbst der Regen an diesem Tag hatte wenig Linderung von der Hitze verschafft.

Als er den Park durch das Tor auf der Uferseite betrat, stellte er fest, dass auch der Kies auf dem breiten Hauptweg noch feucht war. Er glänzte im schimmernden Licht der Öllaternen, die den Weg in akkuraten Reihen säumten. Dunst stieg aus den dichten, üppigen Bepflanzungen auf, die ihn weitläufig umgaben.

Auf dem Platz, wo sich die Baumalleen kreuzten und den man den *Hain* nannte, hielt er inne und ließ seinen Blick über die Kolonnaden schweifen. Die lieblichen Klänge von Händels *Wassermusik* zogen vom Orchesterpavillon in der Mitte des Platzes durch die Baumkronen. Die Melodie wurde nur von dem Gejauchze junger Frauen unterbrochen, das aus den dunkleren Ecken des Parks drang.

Es dauerte nicht lange, bis er Jarvis und seine Gesellschaft aufspürte: Sie saßen in einem der überdachten Separees, in denen man dinieren konnte, ungefähr in der Mitte der Kolonnade. Die grimmige alte Witwe mit der Hakennase war anwesend und ebenso Lady Jarvis, deren einst hübsches Gesicht jetzt teilnahmslos und schlaff wirkte.

Sebastian erkannte auch die zwei stämmigen Schwestern des Barons. Von den beiden Frauen mittleren Alters war die eine damit beschäftigt, ihre Finger zu kneten – ein Zeichen stiller, fortwährender Unruhe – und die andere wirkte ebenso schroff und jähzornig wie ihr Bruder. Es sah beinahe aus wie ein typischer Familienausflug, dachte Sebastian – bis man sich in Erinnerung rief, dass die Witwe einmal versucht hatte, ihre Schwiegertochter in ein Irrenhaus einzuweisen, und dass Jarvis mehrfach angeboten hatte, den prasserischen Ehemann seiner Schwester Agnes still und leise beseitigen zu lassen.

Jarvis selbst war jedoch nicht anwesend, ebenso wenig wie seine Tochter Hero und weil zwei leere Stühle am Tisch standen, lag die Vermutung nahe, dass sie einen kurzen Spaziergang unternommen hatten. Sebastian warf einen Blick auf seine Taschenuhr und vermutete, dass Vater und Tochter dem Familientreffen entflohen waren, um dem Wasserspiel des Springbrunnens beizuwohnen. Sebastian ging weiter.

Er traf sie in der Nähe der Einsiedlerklause an. Sie standen halb von ihm abgewandt und hatten ihre Aufmerksamkeit auf das Schauspiel des tanzenden Wassers gerichtet, sodass sie zunächst nicht bemerkten, dass Sebastian näherkam. Wieder einmal erstaunte es ihn, wie ähnlich sich Vater und Tochter sahen. Sebastian hatte schon ab und zu gehört, wie Miss Hero Jarvis eine gutaussehende Frau genannt worden war, denn sie hatte große graue Augen und eine schlanke, eindrucksvolle Statur, die an die Göttin Juno erinnerte. Aber er bezweifelte, dass jemand sie jemals als hübsch bezeichnet hatte, selbst als sie noch ein Kind gewesen war. Dafür war ihr Kinn zu kantig und ihre Nase erinnerte zu sehr an die ihres Vaters. Außerdem war Jarvis' Tochter viel zu groß. Sebastian selbst war etwas über eins achtzig groß und sie konnte ihm fast in die Augen sehen.

Sie bemerkte Sebastian zuerst. Ihre Augen leuchteten, als sie sich umdrehte, weil sie über etwas lachte, das Jarvis eben gesagt hatte. Sie erstarrte und das Lachen verstummte auf ihren Lippen.

Sebastian deutete eine leichte Verbeugung an. „Miss Jarvis", sagte er und lächelte süffisant, als auch Jarvis sich umdrehte. „Wenn Sie uns wohl entschuldigen würden?"

Sie zögerte und Sebastian dachte einen Moment lang, sie wolle sich weigern, zu gehen. Bei ihrer letzten Begegnung war er in ihr Haus eingebrochen, hatte ihr eine Waffe an den Kopf gehalten und sie im Grunde genommen entführt. Aber sie sagte schlicht: „Na schön."

Sie rauschte an ihm vorbei, hielt aber kurz inne, beugte sich nah an ihn heran und sagte leise: „Wenn er nicht in fünf Minuten wohlbehalten und unverletzt wieder zurückkehrt, werde ich Ihnen die Wachen auf den Hals hetzen."

Sebastian beobachtete, wie sie hoch erhobenen Hauptes und mit geradem Rücken wegging. „Ihre Tochter scheint zu befürchten, dass ich Ihnen etwas Böses will."

„Meine Tochter ist der Ansicht, dass man Sie wegsperren sollte."

Sebastian wandte seinen Blick wieder dem Cousin des Königs zu. „Mir wurde kürzlich zugetragen, dass Seine Königliche Hoheit der Prinzregent an dem Tag, an dem die Marchioness of Anglessey ermordet wurde,

Lady Benson in London besucht hat. Um wie viel Uhr ist er wieder in Brighton eingetroffen? Um vier? Um sechs? Oder später?"

Jarvis' fleischiges Gesicht blieb reglos. „Wie bitte? Der Prinz hat Brighton an diesem Tag gar nicht verlassen. Das muss ein Irrtum sein."

Sebastian erwiderte den starren Blick des Barons. „Der Irrtum lag allein bei Ihnen."

Jarvis sah zuerst weg und sein Kiefer verkrampfte sich, während er den Blick über den dunklen Park schweifen ließ. „Wer hat Ihnen das erzählt?", fragte er schließlich. „Es wussten nur wenige Menschen davon."

„Er wurde gesehen."

Sie drehten sich um, um gemeinsam ein Stück spazieren zu gehen. Unter ihren Füßen knirschte der Kies und die fernen Klänge der Musik wehten durch die Bäume zu ihnen herüber. Nach einer Weile fragte Jarvis: „Was genau wollen Sie damit sagen? Dass der Prinz Lady Anglessey in London getötet und dann ihren Leichnam mit sich zurück nach Brighton geschleppt hat? Seien Sie nicht albern."

„Nicht ganz. Aber vielleicht hat jemand anderes sie in den *Pavilion* gebracht, jemand, der wusste, was der Prinz getan hatte, und der entschlossen war, zu verhindern, dass der Regent mit einem Mord davonkäme, so, wie schon sein Bruder Cumberland."

Jarvis drehte sich so abrupt zu ihm um, dass der Kies unter seinen Absätzen in die Luft stob. „Sie sollen einen Weg finden, diese lächerlichen Gerüchte zu unterbinden und nicht selbst neue Gerüchte in die Welt setzen."

Sebastian ließ sich nicht einschüchtern und blieb gelassen. „Das ist aber das, was alle Leute behaupten werden, wenn herauskommt, dass der Prinz an diesem Tag in London war. Und es wird herauskommen, seien Sie sicher. So etwas bleibt nie geheim."

Wortlos drehte Jarvis sich um und ging weiter den Weg hinauf. Nach einer Weile bemerkte Sebastian beinahe im Plauderton: „Wussten Sie eigentlich, dass der Stuart-Dolch wieder an seinem rechtmäßigen Platz in der Sammlung Seiner Majestät ist? Aber natürlich wussten Sie das. Sie sind ja derjenige, der ihn wieder dort hingelegt hat, nicht wahr?"

Jarvis winkte mit einer Hand ab. „Jetzt ist es genug. Ich habe entschieden, dass Ihre Mitarbeit in dieser Angelegenheit nicht länger benötigt wird. Sie werden sich ab sofort da heraushalten."

Sebastian lächelte. „Sie hätten wohl doch einen Bow Street Runner engagieren sollen. Den hätten Sie entlassen können, aber mit mir können Sie das nicht tun."

Sie schritten durch einen langen Gewölbegang, der zu den Seiten hin offen war und von dutzenden Laternen in leuchtenden Farben erhellt wurde. Zwei junge Frauen, die Arm in Arm vorbeispazierten, blickten in ihre Richtung und Jarvis senkte seine Stimme merklich. „Wenn Sie bloß verstehen würden -"

Sebastian schnitt ihm das Wort ab. „Wie prekär die Lage des Prinzen zurzeit ist? Oh, aber ich glaube, das tue ich." Eine Rakete explodierte über ihren Köpfen und ein Lichtregen ging auf den dunklen Park nieder – das Feuerwerk begann. „Sagen Sie mir, was Sie wissen: Welche Gefahr stellen die Stuarts für die Dynastie dar?"

„Es gibt keine Stuarts mehr", sagte Jarvis ungerührt. „Sie sind mit Henry vor vier Jahren ausgestorben."

„Aber es gibt immer noch Anwärter, die einen legitimeren Anspruch auf den englischen Thron haben als König George und seine Söhne. Und Sie können mir nicht weismachen, dass Sie nichts davon wussten, dass deren Anhänger sich wieder gerührt haben."

Jarvis falte die Hände hinter seinem Rücken, drehte sich wieder um und ging auf die Kolonnade zu. Nach einer Weile sagte er: „Wie haben Sie davon erfahren? Hat das etwas mit dem Tod von Lady Anglessey zu tun?"

„Möglicherweise. Es wäre sicher hilfreich, wenn ich wüsste, wer in die Angelegenheit verwickelt ist."

Sebastian rechnete nicht damit, dass er antworten würde. Aber zu seiner Überraschung spitzte Jarvis die Lippen und stieß langsam die Luft aus. „Wir wissen nicht, wer darin verwickelt ist. Wir konnten zwar ein paar Personen in die Finger bekommen, aber sie waren alle nur Laufburschen und wussten nicht wirklich etwas Bedeutungsvolles. Wer auch immer diese Leute sind, sie sind sehr klug und sehr gut organisiert." Jarvis senkte seine Stimme noch weiter. „Wir vermuten, dass es ihnen gelungen ist, sowohl in der Armee Anhänger zu gewinnen als auch in den höchsten Rängen der Regierung, aber niemand scheint genau zu wissen, um wen es sich handelt."

Das waren beunruhigende Neuigkeiten. „Ich kann mir nur schwer vorstellen, dass jemand ernsthaft glauben würde, ein solches Vorhaben könnte gelingen", sagte Sebastian. „Es ist noch nicht lange her, dass die Menschen in London als Reaktion auf das katholische Emanzipationsgesetz die Gordon-Unruhen angezettelt haben. Sie würden niemals einen katholischen Monarchen hinnehmen."

„Ach, aber wissen Sie, der derzeitige Anwärter, der König des Hauses Savoyen, hat eine Tochter, Anne, die mit einem Prinzen aus Dänemark verheiratet ist. Und sie ist protestantisch. Wenn Savoy zu ihren Gunsten auf seinen Thronanspruch verzichten würde ..."

„Ist das denn wahrscheinlich?"

„Es gab einige Hinweise darauf, ja. Der Prinz von Dänemark hat selbst einen Anspruch auf den englischen Thron. Es ist natürlich ein schwacher Anspruch, aber nicht viel schwächer als der von William im Jahre 1688."

Eine zweite Feuerwerksrakete explodierte über ihnen und eine Kaskade aus buntem Licht prasselte in die Nacht hinab. Jarvis hielt inne, um aufzuschauen, und legte seinen Kopf in den Nacken. „Es sind unstete Zeiten", sagte er, als eine weitere Rakete zerbarst und Feuerschwalle über den Himmel spie. „Wer weiß, wo es endet, wenn das Gebäude aus Tradition und Rechtmäßigkeit erst einmal einen Riss hat? Krieg und Zerstörung lassen sich meist viel leichter anfangen als wieder beenden."

Sebastian sah zu, wie der farbige Feuerstrahl sich zurück auf die Erde ergoss. „Wenn der Prinz wirklich dem Wahnsinn verfallen ist, sollten Sie es lieber jetzt einräumen, solange der Schaden noch begrenzt und ein neuer Regent ernannt werden kann. Wenn Sie zu lange damit warten, könnte er, wenn er untergeht, auch die gesamte Monarchie mit sich in den Abgrund reißen."

„Der Prinz ist nicht wahnsinnig", sagte Jarvis mit tiefer, gefasster Stimme. Dann sagte er es noch einmal, so, als könnte er es damit wahr werden lassen. „Er ist nicht wahnsinnig und er hat diese Frau nicht getötet."

„Guinevere", sagte Sebastian. „Ihr Name war Guinevere."

Jarvis fixierte Sebastians Gesicht mit starrem Blick. „Lassen Sie es gut sein, Mylord. Ich warne Sie -"

Sebastian machte einen eiligen Schritt auf ihn zu, hielt sich dann aber selbst zurück. „Nicht. Denken Sie nicht einmal im Traum daran, mir zu drohen."

***

Sebastian überquerte gerade mit großen Schritten den Hain, als sein Blick auf eine andere Besuchergruppe fiel, die an einem Tisch unter den Ulmen saß – bestehend aus Lord Portland, seiner Frau Claire und seiner Schwiegermutter, der verwitweten Lady Audley. Sebastian zögerte einen Moment, dann steuerte er auf sie zu.

Als er näherkam, konnte er hören, wie sich Portland über den Preis von Vauxhalls berühmtem Schinken beklagte, von dem manche behaupteten, er wäre so dünn geschnitten, dass man hindurchsehen und dabei noch Zeitung lesen könnte. „Seht euch das an", sagte er und spießte eine Scheibe Schinken mit seiner Gabel auf. „Wenn man hier für einen Schilling geschnittenen Schinken kauft, bekommt man eine Unze. Das heißt, dass die Eigentümer dieses Zeug für sechzehn Schilling pro Pfund verkaufen. Wenn man jetzt bedenkt, dass man einen dreißig Pfund schweren Schinken für zehn Schilling kaufen kann, verdienen sie vierundzwanzig Pfund an jedem Schinken."

Lady Portland lachte und legte eine Hand auf den Arm ihres Mannes. „Hör auf damit, Portland. Du klingst wie ein Kaufmann in seinem Kontor. Was machen schon ein paar Schillinge hier und da, wenn man sich amüsieren möchte?" Sie lächelte Sebastian an, als er sich ihnen näherte. „Finden Sie nicht auch, Mylord?"

„Zweifellos", sagte Sebastian und deutete vor den Damen eine Verbeugung an. Er drehte sich zu Lady Audley um. „Wie geht es Ihrer Colliehündin?"

Ein leichtes Lächeln umspielte ihre Lippen und ließ ihre Augen erstrahlen. „Oh, wie aufmerksam. Sie ist stolze Mutter von sechs gesunden Welpen."

„Und Varden begleitet Sie heute Abend nicht?"

Er bemerkte, dass Mutter und Tochter eilig einen Blick austauschten, bevor Lady Portland lachend antwortete: „Ich fürchte, es gibt nicht sehr viele junge Männer, die ihre Mutter und Schwester auf eine Feier begleiten würden, wenn man sich auf erquicklichere Weise die Zeit vertreiben kann."

Da war natürlich etwas dran. Wenn Männer wie der Chevalier nach Vauxhall kamen, dann normalerweise, um unter den Sternen mit Kurtisanen zu tanzen und ihnen Küsse oder auch mehr in den dunklen, abgelegenen Wegen des Parks abzuluchsen. Aber obwohl das wohl die Abwesenheit des Chevaliers rechtfertigte, erklärte es nicht den Blick, den Lady Audley und die Halbschwester des Chevaliers, Lady Portland, miteinander getauscht hatten und der Sebastian nicht entgangen war.

„Gehen Sie morgen Abend zum Fest des Prinzen?", fragte Lady Audley und lenkte seine Aufmerksamkeit wieder auf sich.

„Natürlich", sagte Sebastian. „Aber da zweitausend
Gäste erwartet werden, muss ich zugeben, dass ich versucht bin, entgegen allem Anstand einfach zu Fuß zu
gehen, anstatt zu riskieren, eine Stunde oder länger in
dem Gedränge der Kutschen zu warten.

„Vielleicht sollten wir dasselbe tun", sagte Lady Portland und lachte wieder.

„Ja, vielleicht schaffen wir damit eine neue Mode",
sagte Sebastian und entfernte sich unter einer Verbeugung, gerade als der zischende Knall einer weiteren Rakete ertönte und die Nacht mit Feuer erfüllte.

Kapitel 51

Sebastian nahm sich am Kai von Vauxhall einen Ruderkahn und wies den Bootsmann an, zu der Treppe in der Nähe der Westminster Bridge zu fahren, dann setzte er sich auf die dünn gepolsterte Bank, streckte seine langen Beine aus und verschränkte die Arme vor der Brust.

Die Nacht umgab sie schwer und dunkel, denn die dichte Wolkendecke ließ die drückende Hitze des Tages nicht entweichen und schluckte das Licht von Mond und Sternen. Er musste immer wieder an die Frau denken, die Portland die Nachricht überreicht hatte. Was, wenn es keine mysteriöse Frau im grünen Kleid gegeben hatte? Was, wenn Portland nicht nur zufällig Teil der Scharade gewesen war, die jemand an diesem Abend aufgeführt hatte? Was, wenn seine Rolle bei alledem gar nicht so unschuldig gewesen war?

Eine schwache Brise zog über den Bug und trug das Gelächter von ein paar Männern herüber. Als Sebastian aufblickte, sah er den Prahm einer Gilde, dessen Lichter sich im dunklen Wasser der Themse spiegelten, als er vorbeizog. Er spürte, wie der Kahn sanft schaukelte, als das andere Boot vorbeirauschte und hörte, wie sein Kielwasser gegen die Seitenwände des Kahns klatschte und sich das Geräusch in das leise Plätschern der Ruderschläge seines eigenen Bootsführers mischte.

In dem fahlen Licht, das die Laterne des Kahns warf, betrachtete Sebastian den Mann, der an den Rudern saß. Sein dichter und dunkler, fast schwarzer Haarschopf schaute unter einem abgewetzten Filzhut hervor, sein grobschlächtiges Gesicht war verwittert und im Laufe der Jahre von Sonne, Wind und Regen gezeichnet worden. Bei jedem Ruderschlag traten die Sehnen in seinem kräftigen Nacken hervor, die Muskeln auf seinen Schultern und Armen spannten sich an und dehnten den verschlissenen Barchent seines Mantels. Trotzdem waren seine Bewegungen langsam, beinahe lakonisch. Sebastian wollte sich gerade nach vorne lehnen und dem Mann sagen, er solle sich etwas mehr anstrengen, als er den leisen Schlag eines weiteren Ruderpaares vernahm, der hinter ihnen ertönte und eilig näherkam.

Sebastian warf noch einen Blick auf das verschlossene, faltige Gesicht seines Bootsführers. Seine Haltung hatte etwas Wachsames, gar Ängstliches an sich und das ließ Sebastian stutzig werden. Es war, als würde der Mann auf etwas warten. Oder auf jemanden.

Die Geräusche des zweiten Ruderpaares kamen näher. An und für sich war das nicht ungewöhnlich. Der Fluss war voller Jollen, die Passagiere von einem Ufer zum anderen brachten. Da sein Bootsführer so träge voran ruderte, würde sie ein tatkräftigerer Ruderer mühelos überholen können. Und doch ...

Sebastian verlagerte sein Gewicht, sodass er einen kurzen Blick über seine Schulter werfen konnte. Er sah, wie der Bug eines Nachens aus der Dunkelheit auftauchte. Der Rumpf des Bootes war schwarz bemalt und von seinem Ruderer ließ sich nur ein dunkler Schatten ausmachen. Ein Mann, der ein weniger empfindliches Gehör und nicht so scharfe Augen hatte, hätte den Nachen nicht bemerkt. Sebastian drehte dem herannahenden Boot bewusst den Rücken zu.

Es war der perfekte Ort für einen Überfall, dachte Sebastian. Hier konnte er nicht davonlaufen und brauchte nicht auf Hilfe von zufällig vorbeikommenden Passanten zu hoffen. Seine Möglichkeiten waren stark begrenzt: Das ferne Ufer war nicht mehr als eine schwarze Linie vor schwarzem Hintergrund. Sie hatten etwas mehr als die Hälfte der Strecke zurückgelegt und befanden sich ungefähr in der Mitte zwischen den Ufern – auf einem Fluss, der vierhundert Meter breit war. Der Prahm der Gilde mit seiner lachenden Besatzung und den Lichtern, die sich farbenfroh im Wasser spiegelten, war längst verschwunden. Wenn Sebastian die Laterne des Ruderkahns löschte, könnte er es vielleicht schaffen, über Bord zu gehen und im Schutz der Dunkelheit bis ans Ufer zu schwimmen. Allerdings war die Strömung stark und die Laterne könnte auch wieder angezündet werden. Er beschloss, die Gelegenheit hier und jetzt zu ergreifen.

Die Geräusche des zweiten Ruderpaars, das ins Wasser getaucht und durch die Wellen gezogen wurde, rückten näher. Sie mischten sich in das Gurgeln des Flusses, der gegen den Bug des herannahenden Nachens schwappte. Sebastian konnte spüren, wie das Boot zu ihnen aufschloss – er fühlte seine bedrohliche, aus der Dunkelheit geborene Präsenz, die in der Nacht Gestalt annahm.

Sebastian wartete reglos, jeder Muskel seines Körpers war angespannt. Er hörte, wie der Nachen direkt hinter ihm durch das Wasser schnitt. Er hörte auch, wie der Ruderschlag verstummte, und er hörte das verräterische Knarren des Holzes, als der unbekannte andere Bootsführer aufstand.

Der Ruderer des Kahns hielt in seinen Schlägen inne. Er biss die Zähne fest zusammen und starrte konzentriert geradeaus. Sebastian wartete bis zum letztmöglichen Augenblick – bis er hörte, wie das Holz zischend durch die drückende, schwüle Luft rauschte. Dann stürzte er nach vorn und drückte sich flach auf den nassen, schlammigen Boden des Kahns, gerade als im Beiboot der dunkel gekleidete Mann mit der flachen Kante seines Ruders nach genau der Stelle schlug, wo eben noch Sebastians Kopf gewesen war.

Die Wucht des Schlags wirbelte den Körper des Mannes herum und ließ die Boote auseinandertreiben, sodass schwarzes Wasser zwischen ihnen klaffte und das Beiboot schlingerte, während der Bootsführer versuchte, sein Gleichgewicht wiederzufinden.

Sebastian rollte sich auf den nassen, schmutzigen Planken des Kahns auf den Rücken und sah, wie sein eigener Bootsführer die Ruder in die Rudergabeln legte und aufstand. Er hatte die Lippen zu einer Grimasse verzogen und hielt ein Messer in der linken Hand. Sebastians rechter Arm schnellte nach oben und fing den Angriff des Mannes ab. Gleichzeitig packte Sebastian sein Handgelenk und hielt es mit eisernem Griff fest. Unter ihnen schwankte der Kahn bedrohlich. Sebastian wuchtete sich auf seine Knie hoch.

„Du verdammter Mistkerl", fluchte der Bootsmann. Dabei streifte sein fauler Atem Sebastians Gesicht.

Sebastian rappelte sich hoch und spürte, wie der Kahn bebte, als das zweite Boot noch einmal seine Seite rammte. Aus den Augenwinkeln sah er den Schatten eines Ruders im Nachen, das zum Schlag erhoben war. Eilig wirbelte er herum und benutzte den Bootsmann des Kahns als Schild, als das Ruder durch die Luft auf sie zu segelte.

Die Kante des Ruderblattes erwischte den Bootsmann knapp unter dem Ohr und verursachte ein dumpfes Geräusch beim Aufprall. Der Mann stieß einen spitzen Schrei aus und kippte zur Seite. Sein Körper schlug mit einem lauten Platschen auf dem Wasser auf, Tropfen spritzten durch die Luft und der Kahn begann, heftig zu schaukeln.

Die plötzliche Bewegung zwang Sebastian wieder in die Knie. Er befreite eines der Ruder des Kahns, hob es hoch und stieß die Spitze des Griffs wie eine stumpfe Lanze in den Brustkorb des zweiten Bootsführers, gerade als dieser erneut ausholte.

Das Ende des Ruders erwischte den anderen am Brustbein. Er war ein kleiner Mann mit langen blonden Haaren und den schmalen, verweichlichten Gesichtszügen eines Adligen. Für einen Moment kreuzten sich sein Blick und Sebastians, dann verdrehte er die Augen und stürzte vom Bug des Kahns, sodass das Wasser an ihm hoch spritzte.

Sebastians Atem ging stoßweise, als er das Ruder wieder an seinen Platz legte. Sie waren jetzt so nahe an der Westminster Bridge, dass er sehen konnte, wie sich die Lichter der Laternen im schwarzen Wasser des Flusses spiegelten. Er hörte, wie der Ruderer des Kahns panisch seine Stimme erhob. „Hilfe! Ich kann nicht schwimmen.“

Das abgenutzte Holz der beiden Ruder lag glatt unter Sebastians Händen, als er sich auf dem vorderen Platz in Position brachte. Er hielt inne und warf einen Blick auf den Kopf seines einstigen Ruderers, der sich auf und ab bewegte. „Wer hat Sie angeheuert?“

„Verdammte Scheiße. Wirf mir eine Leine zu. Ich kann nicht schwimmen.“

„Dann schlage ich vor, dass Sie Ihre Kräfte aufsparen“, sagte Sebastian und beugte sich zu den Rudern vor.

Der Bootsführer fluchte laut und rief ihm nach: „Der Blondschopf im Mantel. Er hat mich angeheuert. Ich weiß nich’, wer er is’.“

Sebastian suchte das sanft wogende Wasser ab. Der blonde Mann in dem dunklen Mantel war verschwunden.

Wieder drang die Stimme des Bootsführers zu ihm durch: „He! Wirfst du mir jetzt eine Leine zu?“

„Hier.“ Sebastian stieß das treibende Ruder des Nachens ein wenig an, sodass es in die Richtung des strampelnden Mannes trieb. „Ich schlage vor, Sie benutzen das, um aus der Gegend zu verschwinden. Die Themse-Patrouille sieht es nicht gerne, wenn Bootsführer versuchen, ihre Fahrgäste zu ermorden.“

Kapitel 52

Kat beobachtete, wie Devlin sein Hemd auszog. Das weiche Licht des Kerzenleuchters neben dem Waschtisch in ihrem Schlafzimmer tauchte die Haut in seinem Nacken und auf seinem Rücken in einen goldenen Schimmer. Er hatte den Kopf gesenkt und betrachtete die übelriechenden Matschflecken auf dem feinen Stoff seines Abendmantels. „Verdammte Scheiße. Wenn das so weitergeht, wird mein Kammerdiener einen hysterischen Anfall bekommen. Oder kündigen."

Kat kam von hinten auf ihn zu und fuhr mit der Hand über seine nackten Schultern. Ihre Berührung wurde sanfter, als ihre Fingerspitzen auf einen langen Bluterguss trafen, der gerade dabei war, sich violett zu verfärben. „Langsam hinterlässt das alles auch seine Spuren auf deinem Körper."

Er warf den ruinierten Mantel beiseite, drehte sich um und zog sie in seine Arme. „Immerhin wurde nichts Lebenswichtiges verletzt", sagte er und in seiner Stimme lag der Anflug eines Lachens.

„Jemand hat heute Nacht versucht, dich umzubringen."

Er knabberte an der empfindlichen Stelle hinter ihrem Ohr. „Ich glaube, sie hatten vor, dafür zu sorgen, dass mein Leichnam irgendwo in der Nähe von Greenwich angeschwemmt wird."

Sie zog den Kopf ein wenig zurück, sodass sie zu ihm aufschauen konnte. „Aber warum? Warum wollen diese Leute dich töten?"

Er zuckte mit den Schultern. „Sie denken anscheinend, ich wüsste mehr über die Verschwörung, als tatsächlich der Fall ist."

„Vielleicht. Oder vielleicht haben sie einfach Angst, dass du etwas herausfinden könntest." Sie wand sich aus seiner Umarmung und machte sich daran, ihm einen Brandy zu holen. „Was glaubst du, wer dahintersteckt?"

„Selbst Jarvis weiß das nicht." Er goss etwas aus dem Krug in die Schüssel, beugte sich herunter und schöpfte sich Wasser ins Gesicht. „Die Sache ist größer, da steckt nicht nur ein einzelner Mann dahinter – oder auch nicht bloß zwanzig Männer. So etwas braucht breite Unterstützung, wenn es Aussichten auf Erfolg haben soll."

„Trotzdem muss irgendjemand bei der Verschwörung die Fäden ziehen."

Er nickte. „Die Whigs scheinen mir die wahrscheinlichsten Kandidaten dafür. Sie haben die letzten zwanzig Jahre darauf gewartete, dass Prinny sie zurück an die Macht bringen würde, aber obwohl er zum Regenten ernannt wurde, ist die Tory-Regierung immer noch fest etabliert. Allerdings kann ich mir nicht vorstellen, dass die recht radikalen Whigs ihr Leben riskieren würden, nur um eine Dynastie verwöhnter, gekrönter Narren durch eine andere zu ersetzen. Warum sollten sie die Monarchie nicht gleich ganz abschaffen?"

„Du meinst, wie die Franzosen?", fragte Kat mit einem ironischen Lächeln.

„Ich dachte eher an das amerikanische Modell." Er richtete sich auf und griff nach einem Handtuch.

„Die Tories würden bessere Verdächtige abgeben, abgesehen von der Tatsache, dass sie bereits an der Macht sind und es wahrscheinlich noch zwanzig Jahre oder länger bleiben werden. Warum sollten sie Prinny also loswerden wollen?“

„Vor allem, weil die Tories, wenn sie gegen die Hannoveraner vorgehen, sehr wohl genau die Volksbewegung in Gang setzen könnten, die sie am meisten fürchten“, sagte Kat und dachte dabei an das, was Aiden O’Connell an diesem Morgen in Chelsea zu ihr gesagt hatte.

Er sah zu ihr herüber. „Du meinst eine Revolution?“

„Oder einen Bürgerkrieg.“

„Ich bezweifle, dass sie sich dieser Gefahr bewusst wären – als Männer, die sich so sehr selbst überschätzen, dass sie Pläne zum Umsturz einer Dynastie schmieden. Es ist ihnen wahrscheinlich gar nicht in den Sinn gekommen, wie schnell das außer Kontrolle geraten könnte.“

„Aber was hat das alles mit dem Tod von Lady Anglessey zu tun?“

„Ich wünschte, ich wüsste es.“ Devlin warf das Handtuch beiseite. „Sie könnte wohl einfach über etwas gestolpert sein, so wie Tom in der Gasse hinter dem *Norfolk Arms*. Oder ...“ Er zögerte.

„Oder sie könnte selbst darin verwickelt gewesen sein“, sagte Kat und reichte ihm den Brandy.

Er nahm einen Schluck und sah auf, sodass sich ihre Blicke begegneten. „Das wäre möglich, nicht wahr?“

Kat war einen Moment lang in Gedanken versunken. Sie dachte daran zurück, was Aiden O’Connell noch gesagt hatte – dass eine Wiedereinsetzung der Stuarts zum Frieden mit Frankreich führen könnte. Und Alain Varden war Halb-Franzose.

„Der Chevalier de Varden“, sagte sie plötzlich. „Was ist mit seiner politischen Einstellung?“

„Soweit ich es beurteilen kann, ist er nicht politisch – oder zumindest bekennt er sich nicht öffentlich dazu. Sein Schwager, Portland, ist natürlich ein Tory und auch Morganas Ehemann, Lord Quinlan. Aber die meisten wohlhabenden, adligen Männer sind Tories – auch Anglessey. Und auch mein eigener Vater.“ Devlin schwieg einen Moment lang und hielt das Glas Brandy selbstvergessen in der Hand.

„Was ist los?“

„Als ich Varden heute Nachmittag bei *Angelo's* getroffen habe, hat er mir erzählt, dass Guinevere Anglessey verlassen wollte. Dass sie Angst vor ihm hatte.“

„*Angst?* Warum denn das?“

„Er sagte, Anglessey hätte seine erste Frau umgebracht.“

„Kann das sein?“

„Ich habe gehört, dass seine erste Frau bei der Geburt gestorben sei. Ich war gerade auf dem Weg zur Mount Street, um ihn damit zu konfrontieren, als Lovejoy mich heute Nachmittag abgepasst hat.“

„Und was willst du damit andeuten? Dass Guinevere irgendwie von den Verwicklungen ihres Mannes in eine Verschwörung zur Wiedereinsetzung der Stuarts erfahren hat und Angst hatte, er würde sie töten, um sie zum Schweigen zu bringen? Aber ... sie hätte doch sicher nicht ihren eigenen Ehemann verraten. Oder?“

Devlin hob eine Hand und rieb sich über die Stirn. Da wurde Kat klar, wie erschöpft er war. Erschöpft und entmutigt. „Offensichtlich übersehe ich immer noch etwas. Etwas Wichtiges."

Kat schlang ihre Arme um seine Taille und drückte sich dicht an ihn. Sie würde niemals seine Ehefrau sein, aber sie konnte es genießen, ihn im Arm zu halten, ihn zu lieben und von ihm geliebt zu werden. Sie sagte sich, dass das genug wäre. Ihm zuliebe musste es genug sein. „Du wirst den Hinweis finden", sagte sie mit tiefer, heiserer Stimme. „Wenn ihn jemand finden kann, dann du. Und jetzt komm ins Bett."

***

Sie erwachte noch vor der Morgendämmerung und stellte fest, dass der Platz neben ihr kalt und leer war. Kat drehte den Kopf und ließ ihren Blick durch das Zimmer wandern.

Er stand neben dem Fenster und hatte einen der schweren Vorhänge zurückgezogen, sodass er auf die sich allmählich erhellende Straße hinabblicken konnte. Er hatte sich halb von ihr abgewandt, sodass sie nur sein Profil sehen konnte, und sein Kopf war geneigt, so, als würde er nicht auf die Straße unter ihnen blicken, sondern etwas betrachten, das er in der Hand hielt. Erst als sie unter der Decke hervor schlüpfte und ihre Arme um seine Schultern legte, bemerkte sie, dass er die Blaustein-Halskette seiner Mutter in der Hand hielt und die silbernen Glieder durch seine Finger gefädelt hatte.

„Was ist los?", fragte sie und drückte ihr Gesicht in seine Halsbeuge. „Was hast du?"

Er streckte den freien Arm aus, legte eine Hand an ihren Kopf und zog sie zu sich. „Amanda hat mir gestern Abend einen Besuch abgestattet."

„Lady Wilcox?", fragte Kat überrascht. Soweit sie wusste, hatte Devlins Schwester seit Februar nicht mehr mit ihm gesprochen.

„Sie befürchtet, dass mein ungewöhnlicher Zeitvertreib die Aussichten ihrer Tochter auf eine gute Partie zunichtemachen könnte. Sie wollte wissen, was mich dazu bewogen hat, etwas so Primitives zu tun und mich in Mordermittlungen einzumischen."

„Hast du ihr von der Halskette erzählt?"

„Ja." Er hielt das Schmuckstück hoch, sodass die Triskele im Dunkeln an ihrer Kette baumelte und bogenförmig hin und her schwang. „Das hat sie verblüfft, aber nicht überrascht."

Kat musterte die Konturen seines Profils, das im Schatten lag, aber er hatte all seine Emotionen versteckt – in irgendeinem Winkel, wo sie vor ihr verborgen blieben. „Vielleicht hat sie nicht verstanden, was das heißt."

Er hob einen Mundwinkel zu einem spöttischen Lächeln. „Oh, nein. Amanda ist vieles, aber nicht dumm. Vielleicht hat es sie verblüfft, dass meine Mutter etwas hergeben würde, das ihr immer lieb und teuer gewesen ist, aber es ist ihr niemals in den Sinn gekommen, zu hinterfragen, was an diesem Tag vor der Küste Brightons geschah."

Kat holte tief Luft. „Was willst du damit sagen, Sebastian?"

Er drehte seinen Kopf, um sie direkt anzusehen. Für einen Augenblick verlor er seine Beherrschung und sie konnte alles sehen – die verworrene Mischung aus Wut und Kränkung, Bestürzung und Schmerz. „Amanda weiß es. Sie hat es schon immer gewusst." Er stieß ein leises, trockenes Lachen aus. „Der Bootsausflug – dass die Jacht untergegangen ist – das alles war nur Theater. Meine Mutter ist in diesem Sommer nicht ertrunken. Sie ist einfach weggegangen. Sie hat meinen Vater zurückgelassen und auch mich. Aber sie ist nicht gestorben."

Er schloss die Finger so fest um die Halskette, sodass seine Knöchel im ersten Dämmerlicht des Tages weiß wirkten. „Sie ist nicht gestorben."

Kapitel 53

Amanda saß beim Frühstück am Tisch und die *Morning Post* lag ausgebreitet neben ihrem Teller, als ihr Bruder unangekündigt das Zimmer betrat. Sie sah nicht auf.

Die Halskette aus Silber und Blaustein, die der Countess of Hendon gehört hatte, flog auf die Zeitung neben ihr und der unerwartete Aufprall erschreckte sie so, dass sie sich nur mühsam davon abhalten konnte, zusammenzuzucken. Mit Fassung hob sie den Blick und sah Devlin in die Augen.

Die unverhohlenen Gefühle, die sie dort erblickte, loderten so kraftvoll, dass ihr Blick ihm unwillkürlich auswich, bevor sie etwas dagegen tun konnte.

„Sie ist noch am Leben, nicht wahr?", fragte er.

Amanda holte tief Luft, um sich zur Ruhe zu bringen, und starrte dann trotzig in seine entsetzlichen, gelben Augen. „Ja."

„Wie lange weißt du schon davon?"

„Seit jenem Sommer."

Er nickte, so, als hätte sie nur bestätigt, was er ohnehin bereits vermutet hatte. „Und Hendon?"

„Er weiß es natürlich auch. Er wusste es von Anfang an. Er hat dabei geholfen, alles zu arrangieren."

Sie sah, wie in den Tiefen seiner eigenartigen, tierischen Augen etwas aufflackerte ... aber was? Überraschung? Schmerz?

„Und warum hat mir niemand etwas davon erzählt?"

Amanda antwortete mit einem breiten, hämischen Lächeln. „Ich schlage vor, das fragst du Hendon."

***

Es kam nicht oft vor, dass Sebastian sich erlaubte, in Gedanken zurückzureisen bis zu diesem längst vergangenen Sommer, dem Sommer vor seinem zwölften Geburtstag. Es war heiß gewesen, die Tage geprägt von einem unerbittlich blauen Himmel und einer glühenden, goldenen Sonne, die das Getreide auf den Feldern zu Staub werden ließ. Brunnen, die seit hundert Jahren oder noch länger nicht ausgetrocknet waren, versiegten.

Die Countess of Hendon hatte die meiste Zeit dieses Frühlings und Sommers auf dem Hauptsitz der Familie in Cornwall verbracht. Seine Mutter liebte London, sie liebte sowohl den Trubel und die geistige Stimulation, die die politischen Salons boten, als auch die endlosen Bälle, Frühstücksgesellschaften und Einkaufsbummel, mit denen sich die meisten Frauen beschäftigt hielten. Aber Hendon war der Ansicht, dass London ein ungesunder Ort für Frauen und Kinder sei, vor allem wenn die Straßen trocken und staubig wurden und die Luft drückend. Obwohl Hendon selbst wegen seiner Mitwirkung bei Staatsangelegenheiten in der Nähe von Whitehall und des St. James's Palace bleiben musste, bestand er in jenem Jahr darauf, dass seine Frau sich nach Cornwall begab und Sebastian und sein Bruder Cecil ihr nachfolgten, wenn sie aus Eton zurückkehrten.

Sebastian versuchte, sich in Erinnerung zu rufen, womit sich Sophie in jenem Sommer beschäftigt hatte, aber er erinnerte sich nur daran, wie er mit Cecil durch Wald und Flur gestreift und in der verbotenen Bucht unterhalb der Klippen geschwommen war. In seiner Erinnerung war seine Mutter bloß ein ungewöhnlich ferner Schemen und ritt jeden Morgen auf ihrem eleganten braunen Mietpferd aus. Er hatte ein einziges klares Bild vor Augen – von einem Nachmittagstee, der auf der sonnenbeschienenen Terrasse serviert worden war. Sophies Lächeln war strahlend und wirkte trotzdem irgendwie ... abwesend.

Und dann war die Familie im Juli für einen Monat nach Brighton gefahren. Sophie liebte Brighton und schwelgte in den Konzerten auf der *Steyne* und den Bällen im *Castle and Ship*. Aber in jenem Jahr war es selbst in Brighton heiß und staubig gewesen, voller Menschen, die dem stickigen, ungesunden Landesinneren entkommen wollten. Hendon hatte gemurrt, dass Brighton genauso schmutzig und laut geworden sei wie London, und damit gedroht, die Countess und ihre Söhne wieder zurück nach Cornwall zu schicken. Die Countess hatte abwechselnd getobt und geweint und darum gebettelt, bleiben zu dürfen.

Also waren sie geblieben, bis zu dem Morgen Mitte Juli, als Sebastians Bruder Cecil mit roten Wangen und Fieber aufgewacht war. Bei Einbruch der Nacht war er im Delirium gewesen. Die besten Ärzte wurden aus dem fernen London herbeigerufen. Sie schüttelten den Kopf und verordneten Aderlass und Kalomel, aber Cecils Fieber stieg weiterhin. Zwei Tage später war er tot und Sebastian war der neue Viscount Devlin, der einzige überlebende Sohn und Erbe seines Vaters.

Es folgten schwierige Wochen voller Geschrei und zorniger Anschuldigungen. Aber immer, wenn Hendon in Sebastians Nähe war, lag zwischen ihnen ein angespanntes, seltsames Schweigen. Es war, als könnte Hendon nicht verstehen, warum das Schicksal ihm seinen erst- und zweitgeborenen Sohn genommen und ihm nur den Jüngsten gelassen hatte, denjenigen, der seinem Vater von allen am wenigsten ähnelte.

Für Sebastian waren diese Tage nur noch eine leidvolle, verschwommene Erinnerung. Aber er hatte den sonnigen Morgen noch gut vor Augen, an dem Sophie Hendon aufs Meer hinausgesegelt war – angeblich nur für einen Bootsausflug mit Freunden.

Aber sie war nie wieder zurückgekehrt.

Der Schmerz aus jenem Sommer schürte Sebastians Wut, als er jetzt die Stufen nahm, die zum Haus seines Vaters am Grosvenor Square führten.

Er traf Hendon im Hausflur an, wo er gerade die Treppe hinaufgehen wollte. Der Earl war mit Reithosen und Stulpstiefeln bekleidet, hielt die Gerte noch in einer Hand und es war offensichtlich, dass er gerade erst von seinem morgendlichen Ausritt zurückgekehrt war. „Was ist los?" fragte er, als sein Blick auf Sebastians Gesicht traf.

Sebastian durchquerte den Flur und riss die Tür zur Bibliothek auf. „Dieses Gespräch sollten wir unter vier Augen führen."

Hendon zögerte, dann wandte er sich von der Treppe ab. „Na schön." Er trat in das Zimmer und warf seine Gerte auf den Schreibtisch, während Sebastian die Tür schloss. „Also, was ist?"

„Wann hattest du vor, mir die Wahrheit über meine Mutter zu erzählen?“

Hendon drehte sich um. Sein Gesichtsausdruck war verhalten und skeptisch. „Und welche Wahrheit wäre das?“

„Verdammte Scheiße.“ Sebastian stieß in einem spitzen, trockenen Lachen die Luft aus. „Gibt es denn so viele Lügen? Ich meine die Wahrheit darüber, was vor siebzehn Jahren in Brighton passiert ist. Oder bessergesagt, was *nicht* passiert ist. Ist sie heute noch am Leben? Weißt du das überhaupt?“

Hendon rührte sich nicht. Es schien, als würde er seine Antwort sorgfältig überdenken. „Wer hat dir davon erzählt?“

„Spielt das eine Rolle? Du hättest es mir selbst erzählen sollen – lange bevor ich dich nach der Halskette gefragt habe.“

Hendon atmete langsam aus. „Ich hatte Angst.“

„Wovor?“

Der Earl zog seine Pfeife aus einer Schublade. Mit langsamen, bedächtigen Bewegungen füllte er den Pfeifenkopf mit Tabak und presste ihn mit dem Daumen herunter. „Sie ist noch am Leben“, sagte er nach einer Weile. „Oder zumindest war sie das letzten August noch. Jedes Jahr übergibt sie meinem Bankier einen Brief, in dem sie die wichtigsten politischen und militärischen Ereignisse der vergangenen zwölf Monate darlegt. Sobald wir diesen Beweis dafür haben, dass sie noch lebt, schicke ich ihr jährliches Auskommen.“

Sebastian spürte, wie ein leichtes Beben durch seinen Körper ging. Er konnte nicht sagen, ob die Entdeckung, dass Sophie, nachdem er sie siebzehn Jahre lang für tot gehalten hatte, noch lebte, ihm Erleichterung verschaffte oder seine Wut nur anheizte. „Du bezahlst ihr Geld? Und warum? Damit sie sich fernhält?"

„Solch eine Vereinbarung ist nicht so ungewöhnlich. Paare, die nicht länger zusammenleben können, einigen sich häufig darauf, getrennt voneinander zu leben. Sieh dir den Duke und die Duchess of York an."

„Die Duchess of York hat aber nicht ihren eigenen Tod vorgetäuscht."

Hendon machte sich daran, ein Zündwachs zu entflammen, und hielt es an seine Pfeife. „Deine Mutter ... sie hatte eine Beziehung zu einem anderen Mann. Wenn sie offen hier in England mit ihm zusammengelebt hätte, hätte das meine Stellung in der Regierung gefährdet. Sie hat eingewilligt, ins Ausland zu gehen, wenn ich ihr dafür eine jährliche Summe gewähre."

Sebastian schwieg einen Moment lang. Hatte es in diesem Sommer einen Mann gegeben – einen besonderen Mann? Er konnte sich nicht erinnern. Sophie Hendon war immer von Männern umgeben gewesen. „Warum hast du dich nicht einfach von ihr scheiden lassen?", fragte er laut und sah in das grobschlächtige Gesicht seines Vaters. „Was hat sie gegen dich in der Hand?"

Hendon erwiderte seinen Blick und hielt ihm stand. „Ich habe nicht vor, dir das zu sagen."

„Großer Gott. Und was ist mit der Halskette?"

„Ich weiß wirklich nicht, wie Guinevere Anglessey dazu kam, diese Halskette zu tragen. Es wäre wohl möglich, dass deine Mutter sie im Laufe der Jahre jemandem geschenkt hat."

Sebastian bezweifelte das. Sophie Hendon war nie eine besonders abergläubische Frau gewesen und trotzdem hatte sie an die Kräfte dieser Halskette geglaubt. „Wo ist sie jetzt?"

Hendon zog an seiner Pfeife und zündete den Tabak an. „Venedig. Jedenfalls schicke ich dorthin das Geld. Die Bekannten, mit denen sie an diesem Tag fortgegangen ist – diejenigen, die dabei halfen, den Unfall zu arrangieren – waren Venezianer."

Der süße Geruch von brennendem Tabak erfüllte die Luft. Sebastian stand an einem der hohen Fenster mit Blick auf den Platz. „All die Jahre", sagte er halb zu sich selbst, „all die Jahre habe ich sie vermisst, habe um sie getrauert ... aber es war alles eine Lüge." Er musste nicht den Kopf drehen, um zu wissen, dass sein Vater sich jetzt hinter ihn stellte.

„Hätte sie dich mitnehmen können", sagte Hendon mit schroffer Stimme, „dann hätte sie das getan, glaube ich. Ich hatte immer den Eindruck, dass sie dich von all ihren Kindern am meisten liebte."

Sebastian schüttelte den Kopf und richtete seinen Blick weiterhin auf das Geschehen vor dem Fenster. Dort rannten ein Junge und ein Mädchen von zehn oder zwölf Jahren mit einem Reifen umher. Ihr Lachen wurde von der Morgenbrise zu ihm herübergetragen. Was Hendon sagte, hatte auch er gespürt, während er aufgewachsen war. Sophie Hendon hatte alle ihre Kinder geliebt, aber bis zum heutigen Tag hätte Sebastian gesagt, dass er einen besonderen Platz in ihrem Herzen innegehabt hatte. Und trotzdem hatte sie ihn verlassen.

Er spürte eine schmerzvolle innere Leere, die dafür sorgte, dass sich sein Magen verkrampfte und ein bitterer Geschmack in seiner Kehle aufstieg. Eine schwere Stille breitete sich zwischen den beiden Männern aus. Schließlich brach Sebastian diese Stille, indem er eine Hand auf die Fensterbank schlug, sich vom Fenster wegdrehte und wieder seinem Vater zuwandte. „Warum zum Teufel hast du mir nicht die Wahrheit gesagt? Du hast mich glauben lassen, sie sei tot. Jeden Tag bin ich auf die Klippen geklettert, um nach ihr zu suchen. In der Hoffnung, es sei alles ein Irrtum und ich würde sehen, wie sie nach Hause gesegelt kommt. Aber letztendlich habe ich aufgegeben. Ich habe geglaubt, was du mir gesagt hast. Und es war alles eine verdammte Lüge!"

Sebastian starrte seinen Vater an. Der Earl bewegte seinen Unterkiefer knirschend hin und her, aber er sagte nichts.

„*Warum?*"

„Ich hielt es für das Beste."

„Für wen? Für dich, für mich oder für sie?"

„Für uns alle."

Sebastian drängte sich an seinem Vater vorbei und ging zur Tür. „Tja, da hast du dich geirrt."

Kapitel 54

Die verwitwete Duchess of Claiborne schreckte aus dem Schlaf hoch und griff hastig mit einer Hand nach ihrer Nachtmütze, bevor sie ihr über die Augen rutschen konnte. Eine große, schemenhafte Gestalt trat über den Boden ihres abgedunkelten Schlafzimmers auf sie zu. Sie keuchte leise und setzte sich im Bett auf. Vor Entrüstung schoss ihr das Blut heiß in die Wangen, als sie ihren einzigen überlebenden Neffen erkannte.

„Gott im Himmel, Devlin. Du hast mir fast einen Herzanfall beschert. Was machst du hier zu dieser unchristlichen Stunde? Und warum starrst du mich so wütend an?"

Er trat neben das geschnitzte Fußende ihres kolossalen Tudor-Bettes. Sein schlanker Körper wirkte angespannt. „Vor siebzehn Jahren ist Sophie Hendon nicht bei einem Bootsunglück gestorben. Sie hat einfach ihren Mann und ihre noch lebenden Kinder zurückgelassen und ist davongesegelt. Sag mir, dass du nichts davon wusstest."

Henrietta stieß einen Seufzer aus. Sie wünschte, sie könnte es leugnen. Stattdessen sagte sie nur: „Ich wusste davon."

Er drehte sich abrupt herum und zog mit einem Ruck einen der schweren Samtvorhänge am Fenster beiseite, sodass die helle Morgensonne das Zimmer flutete und Henrietta aufstöhnen ließ. Sie hob eine Hand vor ihre Augen und setzte sich weiter auf. „Ich war damals der Ansicht, dass du es verdient hättest, die Wahrheit zu erfahren. Aber die Entscheidung lag nicht bei mir."

„Ich habe gehört, dass sie mit einem Mann fortgegangen ist. Stimmt das?“

Sie starrte auf die unbeugsame Haltung seiner Schultern. „Ja.“

Er nickte. „Ich kann mich entsinnen, dass es andere Männer in ihrem Leben gab – schon seit Jahren. Warum hat sie sich dazu entschlossen, ausgerechnet mit diesem Mann fortzugehen?“

„Die anderen dienten nur der Zerstreuung – oder der Rache. Ich kann nur vermuten, dass es mit diesem Mann irgendwie etwas anderes war.“

„Wer war er?“

„Ich erinnere mich nicht an seinen Namen. Er war ein Dichter, glaube ich, und er hatte eine sehr romantische Ausstrahlung.“

„War er Venezianer?“

„Er hatte Beziehungen nach Venedig. Aber der junge Mann selbst war Franzose.“

„Er war jünger als sie?“

„Ja.“

„Hast du ihn getroffen?“

Henrietta zupfte an dem hohen, bestickten Kragen ihres Nachtkleides herum. „Er war in jenem Frühling der Liebling der Londoner Gesellschaft. Obwohl er, wenn ich mich recht erinnere, die Stadt verlassen hat, bevor die Saison zu Ende war.“

„Wohin ist er gegangen? Nach Cornwall?“

„Natürlich.“

Devlin hob eine Hand und rieb sich die Augen. Während Henrietta ihn betrachtete, dachte sie, dass er älter – und erschöpfter – wirkte als je zuvor.

„Weißt du, wo sie jetzt ist?“, fragte er.

„Deine Mutter? Nein. Wir standen uns nie besonders nahe und wir sind bestimmt nicht in Verbindung geblieben, nachdem sie fortgegangen war. Ich glaube, nicht einmal Hendon weiß genau, wohin sie gegangen ist, obwohl er ihr jedes Jahr Geld schickt."

„Warum tut er das? Sicher nicht aus reiner Herzensgüte. Sie weiß ganz offensichtlich etwas über ihn. Etwas, das er um jeden Preis geheim halten will, sodass er auch bereit ist, sie für ihr Schweigen zu bezahlen. Was ist das?"

Die Herzogin von Claiborne blickte in die besorgten Augen ihres Neffen und tischte ihm zum ersten Mal an diesem Morgen eine schamlose Lüge auf: „Das weiß ich wirklich nicht."

***

Sir Henry Lovejoy war verärgert. Er machte kaum Fortschritte bei seinem Versuch, den Mann zu fassen, den die Presse inzwischen als den *Schlächter vom St. James's Park* bezeichnete. Die Untersuchungsrichter aus der Bow Street mischten sich in seine Ermittlungen im Mordfall Carmichael ein. Und jetzt musste er auch noch wertvolle Zeit, in der er vielversprechenden Spuren hätte nachgehen können, darauf verwenden, sich mit einer erzürnten ausländischen Botschaft und einem ausgesprochen gereizten Außenministerium auseinanderzusetzen.

Als er Whitehall verließ, rief sich Lovejoy eine Droschke und machte sich auf den Weg zu Viscount Devlin.

Als er Devlin antraf, war dieser gerade dabei, die Treppe zu seinem Haus hinaufzusteigen. „Ich muss mit Euch sprechen, Mylord", sagte Lovejoy und machte auf dem Gehweg eine kleine Verbeugung.

Der Viscount sah blass aus und wirkte ungewöhnlich abwesend. Er zögerte, dann sagte er knapp: „Natürlich" und wies den Weg in seine Bibliothek. „Bitte nehmen Sie Platz, Sir Henry. Wie kann ich Ihnen weiterhelfen?"

„Ich werde Euch nur einen Moment lang aufhalten", sagte Sir Henry, der stehengeblieben war und seinen runden Hut mit beiden Händen festhielt. „Einer der Fährmänner hat gestern Abend eine Leiche aus der Themse gefischt."

Auf dem Gesicht des Viscounts zeichnete sich plötzlich Interesse ab. „Ist es jemand, den ich kenne?"

„Ein Ausländer", sagte Lovejoy und betrachtete die Züge des jungen Mannes. „Aus Norditalien."

Devlin runzelte die Stirn und zog die Augenbrauen zusammen. „Ein dünner Mann mit blondem Haar?"

„Ah, also kennt Ihr ihn doch."

„Er hat letzte Nacht versucht, mich zu töten."

„Und deshalb habt Ihr ihn umgebracht?"

„Er ist in die Themse gestürzt", sagte der Viscount tonlos. „Warum kommen Sie damit zu mir?"

Lovejoy gab ein uneindeutiges Geräusch von sich, das tief aus seiner Kehle kam. „Er war ein Bekannter Eures früheren Opfers." Als Sebastian ihn einfach nur verwirrt anstarrte, fügte Sir Henry hinzu: „Charles Ahearn. Der Gentleman, den Ihr in der Nähe des Hungerford Market umgebracht habt."

„Ich habe Ahearn nicht umgebracht, wenn Sie sich recht erinnern. Er ist auch gefallen", sagte Devlin und lächelte sanft. Gleich darauf verblasste sein Lächeln. „Sind Sie sicher, dass der blonde Mann Italiener war?“

„Ganz sicher.“ Lovejoy setzte seinen Hut wieder auf und wandte sich zum Gehen. „Er war ein Cousin des Königs von Savoyen.“

Kapitel 55

Nachdem Lovejoy gegangen war, stand Sebastian noch eine Zeit lang da und hatte den Blick auf ein altes Paar gekreuzter Schwerter geheftet, die an der gegenüberliegenden Wand der Bibliothek hingen. Die Verbindung zwischen dem König von Savoyen und dem weibischen blonden Mann, der Tom durch die Straßen von Smithfield gejagt und versucht hatte, Sebastian in der Themse zu ertränken, lag auf der Hand. Aber was die Verschwörung zur Absetzung der Hannoveraner mit dem Mord an Lady Anglessey und der alten Blausteinkette zu tun hatte, die einst Sophie Hendon gehört hatte, war weniger offensichtlich. Aber Sebastian wusste, dass er dieses Rätsel niemals lösen würde, solange seine Gedanken immerzu um die Ereignisse in jenem vergangenen Sommer kreisten und um die Lügen, die daraus hervorgegangen waren.

Also zwang er sich, seine Wut und seinen Schmerz für den Moment zu ignorieren und sich stattdessen darauf zu konzentrieren, wie ihm sein neu erlangtes Wissen über das wahre Schicksal seiner Mutter helfen konnte, den Tod Guinevere Anglesseys zu verstehen. Die Bande zwischen der Countess of Hendon und einem unbekannten französischen Dichter, der über Beziehungen nach Venedig verfügte, waren beunruhigend, aber Sebastian war noch nicht davon überzeugt, dass sie auch von Bedeutung waren.

Als er in Gedanken noch einmal all das durchging, was er in den letzten Tagen erfahren hatte, beschloss er, dass es an der Zeit wäre, dem trauernden Marquis of

Anglessey einen längst überfälligen Besuch abzustatten.

Sebastian streckte die Hand nach dem Glockenstrang neben dem Kaminsims aus und zog kurz daran. „Lassen Sie Giles meinen Zweispänner vorfahren", sagte er zu Morey, als der Verwalter eintrat.

Morey verbeugte sich majestätisch. „Ja, Mylord."

Aber als Sebastian eine Viertelstunde später sein Haus verließ, war es sein Tiger Tom, der am Fuße der Treppe stand und die Füchse zügelte.

„Was zum Teufel machst du hier?", fragte Sebastian. „Ich habe dir gesagt, du sollst ein paar Tage freinehmen und dich ausruhen."

„Ich brauche keine freien Tage", sagte der Junge mit einem entschlossenen, verkniffenen Gesichtsausdruck. „Das hier ist meine Aufgabe, also erfülle ich sie auch."

Sebastian sprang in den Zweispänner und nahm ihm die Zügel ab. „Deine Aufgabe ist, zu tun, was ich dir sage. Und jetzt runter mit dir."

Der Junge schniefte lautstark und starrte stur geradeaus. „Ihr macht das, weil ich Euch im Stich gelassen habe, oder? Ich hab's vermasselt und meinetwegen wärt Ihr fast Fischfutter geworden."

„Nein, du hast mich nicht im Stich gelassen. Ich habe *dich* im Stich gelassen, weil ich dich einer unzumutbaren Gefahr ausgesetzt habe. Diese Leute sind gefährlich und ich will verdammt sein, falls ich deinen Tod zu verantworten habe. Und jetzt spring runter." Der Tiger starrte weiterhin geradeaus, aber Sebastian bemerkte, dass er mehrmals blinzelte und die Muskeln in seinem Hals hervortraten, als er schwer schluckte.

„Es gibt Jungen, die sind jünger als ich und dienen als Schiffsjungen in der Marine Seiner Majestät oder sie ziehen als Trommler in den Krieg. Aber wahrscheinlich glaubt Ihr, ich wär' gar nich' in der Lage zu sowas."

„Verdammte Scheiße", sagte Sebastian und gab seinen Pferden das Kommando, sich in Bewegung zu setzen. „Geh einfach keine unnötigen Risiken mehr ein, hörst du? Und wenn ich dir das nächste Mal etwas auftrage und du mir nicht gehorchst, dann bist du gefeuert. Hast du das verstanden?"

Tom griff mit einer Hand nach seinem Hut, um ihn festzuhalten, dann kletterte zurück auf seinen Platz und grinste. „Ja, Meister."

***

Der Marquis of Anglessey lief mit bedächtigen, schmerzerfüllten Schritten über den Boden seines Gewächshauses. Als Sebastian ihn beobachtete, hatte er den Eindruck, dass der Mann in der vergangenen Woche sichtlich gealtert war.

Er blickte über die Schulter, als er Sebastians Schritte hinter sich hörte, und dabei krampfte sich eine Hand um die Kante des mit Orchideen bestückten Regals neben ihm, so, als müsste er sich festhalten. „Was gibt es?"

Sebastian blieb in der Mitte des Raumes stehen. Die warme, feuchte Luft, die dort herrschte, umfing ihn wie eine Decke und die Gerüche nach feuchter Erde und üppigem Blattwerk lagen schwer in der Luft. „Ich möchte, dass Sie mir erzählen, wie Ihre erste Frau gestorben ist."

Zu seiner Überraschung zuckte ein Mundwinkel des alten Mannes nach oben und er lächelte schmal. Dann wandte er sich ab und begann, vorsichtig die gelb verfärbten Blätter einer großen China-Rose abzuzupfen. „Sie haben wohl die Gerüchte darüber gehört, dass sie gestorben ist, weil ich sie gestoßen habe."

„Sie gestoßen?"

Anglessey nickte. „Sie ist auf der Treppe in Anglessey Hall ausgerutscht. Sie war hochschwanger und unbeholfen. Sie konnte ihr Gleichgewicht nicht wiederfinden." Seine Hände verharrten plötzlich, er unterbrach seine Tätigkeit, hob den Kopf und sein Blick schweifte in die Ferne, so, als würde er zurück in die Vergangenheit starren. „Vielleicht wäre sie ohnehin bei der Geburt gestorben", fügte er leise hinzu. „Es ging ihr in den letzten Monaten nicht gut. Aber das kann man nicht wissen."

Er richtete seinen Blick wieder auf Sebastians Gesicht. „Wer hat Ihnen erzählt, dass ich sie getötet hätte?"

„Spielt das eine Rolle?"

„Nein. Vermutlich nicht." Anglessey zupfte ein weiteres Blatt ab und ließ es in den Korb fallen, den er über einen Arm gehängt hatte. „Was wollen Sie andeuten? Dass ich die schlechte Angewohnheit habe, meine schwangeren Ehefrauen zu töten? Welches Motiv hätte ich denn gehabt, Guinevere zu töten?"

„Eifersucht vielleicht."

„Wegen des Kindes, das sie in sich trug? Sie vergessen, wie verzweifelt ich mir dieses Kind gewünscht habe."

„Menschen, die von starken Emotionen ergriffen werden, handeln oft gegen ihre eigenen Interessen. Es könnte auch sein, dass sie etwas über Sie herausgefunden hat. Etwas, dass Sie vor ihr geheim halten wollten."

„Guinevere wusste von meiner ersten Frau. Ich habe ihr von den Gerüchten erzählt, bevor wir geheiratet haben."

„Ich sprach auch nicht von dem Tod Ihrer ersten Frau."

Der alte Mann sah sich verwirrt um. „Von was denn dann?"

„Vielleicht hat sie herausgefunden, dass Sie in eine Verschwörung zur Restauration der Stuarts verwickelt sind."

Der Marquis sah ihn unerwartet nachdenklich an und seine Augen wurden schmal. Der Körper des Mannes mochte zwar immer schwächer werden, dachte Sebastian, aber es wäre ein Fehler, zu denken, dass auch sein Verstand nachließ.

„Ich habe Gerüchte darüber gehört – Andeutungen und missmutiges Geflüster. Aber ich muss zugeben, dass ich das nie ernstgenommen habe. Ich habe angenommen, es alles sei nur wildes Gerede und Wunschdenken. Wollen Sie damit sagen, dass da etwas dran ist? Aber ... was könnte das denn mit Guineveres Tod zu tun haben?"

„Das konnte ich bisher noch nicht herausfinden." Sebastian hielt inne. „Ich würde mich gerne im Zimmer Ihrer Frau umsehen, wenn ich darf."

Die Anfrage überraschte Anglessey anscheinend. Er schnappte kurz nach Luft, sagte aber: „Ja, natürlich. Wenn Sie das wünschen. Es wurde nichts angerührt. Ich weiß, ich sollte Tess damit beauftragen, Guins Sachen zusammenzupacken und sie den Armen zu geben, aber irgendwie habe ich mich noch nicht dazu durchringen können."

Guin. Sebastian erinnerte sich, dass auch Varden sie so genannt hatte. Er ließ seinen Blick über den betagten Adligen vor sich schweifen. Wenn Guinevere einfach erschossen oder gar erstochen worden wäre, wäre es Sebastian wohl leichter gefallen, den Marquis als Verdächtigen in Betracht zu ziehen. Aber es war schwer, sich vorzustellen, dass dieser gebrechliche, alte Mann eine Rolle in der komplizierten Scharade gespielt haben sollte, die auf ihre Ermordung gefolgt war.

Sebastian wandte sich dem Haus zu, aber dann hielt er inne, blickte noch einmal zurück und fragte: „Bestand die Möglichkeit, dass Ihre Frau vorhatte, Sie zu verlassen?"

Der Marquis stand immer noch neben der Rose und hielt den Korb mit gelben Blättern mit einer Hand umklammert. „Nein. Gewiss nicht."

„Sind Sie sich da ganz sicher?"

Ein Hustenkrampf schüttelte den Körper des alten Mannes. Er wandte sich halb ab und suchte mit der anderen Hand nach einem Taschentuch, das er zum Mund führte. Als der Husten nachließ, steckte er das Tuch eilig wieder weg, aber Sebastian hatte die leuchtenden Blutflecken auf der Seide bereits bemerkt.

Anglessey sah auf und bemerkte, dass Sebastian ihn beobachtete. Die blassen Wangen des alten Mannes erröteten leicht. „Also, da sehen Sie es. Warum sollte Guinevere in Erwägung ziehen, mich zu verlassen, wenn sie ohnehin bald Witwe geworden wäre? Meine Ärzte sagen, ich kann froh sein, wenn ich den Sommer überlebe."

„Wusste Ihre Frau davon?"

Anglessey nickte. „Sie wusste es. Wie ironisch, nicht wahr? Ich denke immer wieder an den Tag zurück, bevor ich nach Brighton fahren sollte. Normalerweise trug sie das, was mit mir geschehen würde, mit Fassung, aber ich hatte eine schwere Nacht hinter mir und das setzte ihr zu. Sie hat versucht, ihr Gesicht vor mir zu verbergen, aber ich wusste, dass sie geweint hatte. Und dann sagte sie -"

Seine Stimme versagte. Er sah beschämt weg, blinzelte mehrmals und presste seine Lippen für einen Moment zusammen, bevor er weitersprechen konnte. „Sie sagte, sie könne sich nicht vorstellen, wie sie jemals ohne mich weiterleben sollte."

Als Sebastian Guineveres Zimmer betrat, war es in stille Dunkelheit gehüllt und die Vorhänge vor den Fenstern waren zugezogen, sodass kein Tageslicht hineindrang. Ein leichter Duft lag in der Luft, so, als ob von der Frau hier noch etwas verweilen würde, wie eine flüchtige, traurige Erinnerung.

Er ging durch den Raum, um die Vorhänge zu öffnen, und der dicke Teppich schluckte die Geräusche seiner Schritte. Von den Fenstern aus hatte man einen Blick auf den darunter liegenden Garten. Er konnte Anglesseys Wintergarten sehen und den Ast der großen, alten Eiche, der nahe genug an das Haus heranragte, um einem Eindringling Zugang zum Schlafgemach zu verschaffen, so, wie Tess Bishop es ihm beschrieben hatte.

Sebastian drehte sich wieder um und betrachtete das Zimmer. Die Behänge des Bettes waren, genau wie die Vorhänge vor den Fenstern und die Polster der Stühle neben dem Kamin, in einem sanften Gelb gehalten. Die

Morgensonne erfüllte den Raum mit einem warmen, fröhlichen Licht. Er konnte nicht sagen, was er erwartet hatte, aber gewiss nicht das, nicht dieses Gefühl von Gelassenheit und stiller Freude. Es schien nicht zu dem zu passen, was er von Guinevere Anglessey wusste – von einer Frau, die zwischen ihrer Leidenschaft für den Mann, den sie seit Kindertagen liebte und ihrer wachsenden Zuneigung für ihren alternden, sterbenden Ehemann hin- und hergerissen war.

Er arbeitete sich methodisch durch die Zimmer und begann in ihrem Ankleidezimmer, obwohl er gar nicht genau wusste, wonach er suchte. Der Einbrecher, der nach Guinevere Anglesseys Tod hierhergekommen war, hatte verzweifelt versucht, etwas in die Finger zu bekommen. Hatte er das geschafft, fragte sich Sebastian, oder nicht?

Als er eine Truhe neben dem größten Kleiderschrank öffnete, entdeckte er winzige Mützchen, die mit feinen Biesen und Spitzenborten verziert waren, eingebettet zwischen Stapeln sorgfältig gefalteter, ebenso winziger Roben und weißer, mit Vögeln und Blumen bestickter Flanelldecken. Sein Brustkorb zog sich auf sonderbare, fast schmerzhafte Weise zusammen und sein Atem stockte. Er durchsuchte die Truhe hastig und schloss dann leise den Deckel wieder.

Als er in das Schlafgemach zurückkehrte, stellte er sich in die Mitte des Teppichs und ließ nachdenklich das sonnendurchflutete Zimmer auf sich wirken. Auf dem Sims über dem leeren Kamin hatte Guinevere eine Sammlung von Muscheln aufbewahrt, die zwanglos neben einer Uhr aus Goldbronze angeordnet waren.

Vielleicht Erinnerungsstücke an ihre Kindheit in Wales?

Neugierig ging er hinüber, um sie zu betrachten. Da stach ihm etwas Weißes hinter dem kalten Kamingitter ins Auge. Er hockte sich neben die Feuerstelle, griff nach hinten, um es vom Rost zu befreien, und schloss seine Hand um das fest zusammengeknüllte Blatt Papier. Er richtete sich auf, zog das Papier vorsichtig auseinander und glättete es auf der flachen Oberseite des marmornen Simses. Es handelte sich um eine kurze Nachricht, geschrieben in einer schnörkellosen, männlichen Handschrift.

Liebste,
Ich muss dich noch einmal sehen. Bitte, bitte lass es mich erklären. Triff mich am Mittwochnachmittag im Norfolk Arms in der Giltspur Street in Smithfield und bring den Brief mit. Bitte lass mich nicht im Stich.
Die Unterschrift war verschmiert, aber trotzdem noch leserlich.
Varden.

Kapitel 56

Es dauerte eine Weile, aber schließlich spürte Sebastian den Chevalier de Varden bei *White's* in der St. James's Street auf.

„Da is' er, Meister", sagte Tom, sprang von seinem Sitz herunter und lief zu den Köpfen der Füchse.

Der Chevalier kam gerade in Begleitung eines weiteren jungen Burschen die Eingangstreppe des Clubs heruntergelaufen, als Sebastian mit seiner Kutsche am Gehweg hielt. „Dürfte ich Sie vielleicht kurz sprechen, Sir?", rief er.

Der Chevalier tauschte ein paar Höflichkeiten mit seinem Begleiter aus, dann spazierte er zu dem Zweispänner herüber. „Was gibt es, Mylord?" Seine Worte wurden zwar von einem freundlichen Lächeln begleitet, aber seine Augen blickten verhalten und misstrauisch.

Sebastian erwiderte das Lächeln. „Fahren Sie doch ein Stück mit mir, ja? Es gibt etwas, das ich Ihnen gerne zeigen würde."

Der Chevalier zögerte, dann zuckte er mit den Schultern und kletterte neben ihn auf den Sitz.

„Geh von ihren Köpfen weg", rief Sebastian und beugte seine Hand, um den Pferden das Kommando zum Loslaufen zu geben. „Was gibt es denn?", fragte Varden, als Tom zurück auf seinen Platz sprang.

„Ich habe mich gefragt, was Sie wohl hierzu sagen können." Ohne seinen Blick von der Straße zu wenden, zog Sebastian den zerknitterten Zettel aus seiner Tasche und hielt ihn Varden hin. Er bemerkte, dass Vardens Atmung sich beschleunigte, als er das Blatt aus seiner Hand nahm und las. Seine Finger krampften sich um das Papier und als er aufblickte und Sebastians fragendem Blick begegnete, war sein Gesichtsausdruck zornig. „Wo haben Sie das her?"

„Es steckte hinter dem Kaminrost in Lady Anglesseys Schlafzimmer."

„Aber ... das verstehe ich nicht." Er schlug mit dem Handrücken auf die zerknitterte Seite und seine Stimme klang vor Zorn ganz verzerrt. „Ich habe das nicht geschrieben."

„Ist das nicht Ihre Handschrift?"

„Nein." Varden schüttelte den Kopf, sowohl weil er verwirrt war als auch, um die Anschuldigung abzustreiten. „Es sieht zwar so aus, aber das ist nicht meine Schrift. Ich sage Ihnen: Ich habe das nicht geschrieben."

Falls das eine Lüge war, war es eine sehr gute. Trotzdem: Sebastian kannte Menschen, die so leichtfertig logen und dabei so aufrichtig wirkten, dass es dem Unachtsamen nie in den Sinn käme, ihre Aussagen zu hinterfragen. Kat konnte das. Diese Gabe leistete ihr auf der Bühne gute Dienste.

„Würden Sie sagen, dass diese Zeilen ihrer Handschrift so ähnlich sind, dass sie Lady Anglessey in die Irre geführt haben könnten?", fragte Sebastian vorbehaltlos.

Varden las die Nachricht noch einmal durch. „Offensichtlich muss es so gewesen sein. Dieses Gasthaus – das *Norfolk Arms* – ist sie dorthin gegangen? An dem Nachmittag, an dem sie starb?"

Sebastian nickte. „Und was ist das für ein Brief, den sie dorthin mitbringen sollte?"

„Das weiß ich nicht", sagte Varden, erwiderte dabei Sebastians Blick und hielt ihm stand, ohne zu blinzeln.

Aber dieses Mal dachte Sebastian: *Diese Lüge hast du allerdings nicht sehr überzeugend vorgebracht, mein Freund.* Er lenkte den Zweispänner durch das Tor des Hyde Parks und sagte: „Erzählen Sie mir noch einmal von Ihrem Streit."

Die schlanken Wangen des Chevaliers erröteten schwach. „Was gibt es da noch zu erzählen? Sie wollte Anglessey verlassen -"

„Nein", unterbrach ihn Sebastian mit scharfer, zorniger Stimme. „Das ist mehr als nur gelogen. Anglessey liegt im Sterben und seine Frau wusste das. Sie hatte keinen Grund, ihn zu verlassen – genaugenommen hatte sie allen Grund, das nicht zu tun."

Sebastian dachte einen Moment lang, Varden hätte immer noch vor, das beharrlich zu leugnen. Dann spitzte er die Lippen und atmete hörbar aus, so, als hätte er zuvor die Luft angehalten. „Na schön. Ich gebe zu, dass ich mir das ausgedacht habe."

„Der Streit", drängte ihn Sebastian. „Worum ging es dabei?"

Varden spannte seinen Kiefer an. „Was an diesem Abend passiert ist, geht nur Guin und mich etwas an. Es hat nichts mit ihrem Tod zu tun."

„Diese Nachricht legt aber etwas anderes nahe."

„Ich sagte Ihnen doch: Es hatte nichts mit ihrem Tod zu tun."

„Sind Sie da so sicher?"

„Ja!"

Sebastian bezweifelte das zwar, aber er beschloss, es für den Moment gut sein zu lassen. Wer auch immer diese Nachricht verschickt hatte – ob es nun Varden oder jemand anders gewesen war – hatte offensichtlich von dem Streit gewusst. Er hatte davon gewusst und das ausgenutzt, um Guinevere Anglessey in ihren Tod zu locken.

„Sagen Sie mir", begann Sebastian und tat, als würde seine Aufmerksamkeit ganz dem Fahren gelten, „was glauben Sie wirklich, wer sie getötet hat?"

Varden richtete seinen Blick auf die Köpfe der Pferde, deren Mähnen wegen der spätmorgendlichen Brise und ihrer fließenden Schritte sacht hin und her wehten. Kurz darauf sagte er: „Als ich gehört habe, dass sie tot ist, habe ich natürlich angenommen, dass Bevan Ellsworth dafür verantwortlich ist. Dann habe ich erfahren, dass sie in den Armen des Prinzen aufgefunden worden war, und ich dachte, er hätte es getan. Irgendetwas in mir glaubt immer noch, dass Ellsworth verdächtig ist, selbst, wenn Sie sagen, dass er es nicht gewesen sein kann, weil er an diesem Tag anderweitig beschäftigt war." Er rieb sich mit der flachen Hand über das Gesicht und die Augen. „Und jetzt? Ich weiß es nicht." Dann wiederholte er noch einmal leise: „Ich weiß es wirklich nicht."

Sebastian zog die Blausteinkette aus seiner Tasche und hielt sie ihm hin. „Haben Sie die schon einmal gesehen?"

Der Chevalier starrte die Halskette an, seine Nasenlöcher blähten sich auf, als er hastig die Luft einsog, und er riss die Augen wie vor Entsetzen weit auf. „Großer Gott. Wo haben Sie die her?"

Sebastian ließ die Silberkette durch seine behandschuhten Finger gleiten. „Lady Anglessey trug sie um den Hals, als man sie im *Pavilion* fand."

„Was? Aber das ist -" Er verstummte.

„Das ist unmöglich? Warum? Sie haben sie schon einmal gesehen, oder? Wo war das?"

Varden starrte in den Park hinaus. Selbst so früh am Tag war er bereits überfüllt. Ein klarer Morgen war angebrochen und die Sonne stand warm an dem weiten, blauen Himmel. Doch am Horizont zogen bereits bedrohliche, dunkle Wolken auf, die davon kündeten, dass es noch vor Einbruch der Nacht Regen geben würde. „In dem Sommer, als ich zwölf oder dreizehn Jahre alt war, hat uns meine Mutter mit nach Südfrankreich genommen. Damals herrschte Frieden, falls Sie sich erinnern. Zwar nur für kurze Zeit, aber meine Mutter hat Frankreich vermisst und sie wollte, dass wir das Land kennenlernen. Wir haben Guinevere mitgenommen."

„Nur Lady Guinevere?"

Varden schüttelte den Kopf. „Morgana auch. Wir wohnten bei Leuten, die ein Schloss in der Nähe von Cannes hatten. Irgendwie hatten sie es geschafft, die Revolution zu überleben, obwohl sie schwere Zeiten hinter sich hatten. Dort haben wir eine Frau kennengelernt – eine Engländerin, die ebenfalls in dem Schloss zu Gast war. Die Halskette gehörte ihr. Sie erzählte uns eine seltsame Geschichte, davon, dass die Kette einst einer Geliebten von James II gehört habe und dass die Halskette selbst seine nächste Besitzerin auswählen würde, indem sie sich in ihrer Hand erwärmt." Er lehnte sich mit verschränkten Armen in den Sitz des

Zweispänners zurück. „Ich habe kein Wort davon geglaubt, obwohl es eine wunderbare Geschichte war. Aber als die Frau die Halskette von ihrem Hals nahm und sie Guinevere reichte ...“ Er verstummte.

„Da wurde sie warm?“

„Ja. Sie glühte förmlich.“ Er stieß ein kurzes, atemloses Lachen aus. „Ich weiß, das klingt unglaublich. Ich erinnere mich noch daran, dass Morgana so eifersüchtig war, dass sie ihrer Schwester die Halskette praktisch aus der Hand gerissen hat. Aber sie wurde sofort wieder kalt.“

Sebastian sah ihn konzentriert an. Als er Morgana die Halskette beschrieben hatte, hatte sie abgestritten, etwas darüber zu wissen. Hatte sie den Vorfall schlicht vergessen? Oder erinnerte sie sich nur allzu genau daran? „Und diese Frau ... hat sie Guinevere die Kette geschenkt?“

„Nein. Das ist es ja gerade. Das letzte Mal, als ich die Halskette sah, trug diese Engländerin sie noch um den Hals. Und das war vor acht oder neun Jahren.“

„Wie hieß sie?“ Die Frage kam schroffer über seine Lippen, als Sebastian beabsichtigt hatte. „Erinnern Sie sich noch?“

Varden schüttelte den Kopf. „Es hieß damals, sie sei die Geliebte eines Franzosen – einer von Napoleons Generälen, glaube ich. Aber ich erinnere mich nicht mehr an ihren Namen. Ich könnte Ihnen nicht einmal sagen, wie sie aussah.“

„War sie blond?“, fragte Sebastian. Sein Brustkorb war jetzt so eng, dass er kaum noch Luft bekam. „Zierlich und blond?“

„Es tut mir leid“, sagte Varden. Die Sonne fiel golden auf sein Gesicht, als er sich umdrehte und Sebastian direkt ansah. „Ich weiß es nicht mehr.“

Kapitel 57

Kats Kleider wurden von den beliebtesten Modistinnen Londons genäht, ihre Slipper waren aus feinster Seide und Ziegenleder gefertigt und ihre Unterkleider waren verziert mit filigraner belgischer Klöppelspitze. Aber es hatte einmal eine Zeit gegeben, in der sie sich gut ausgekannt hatte auf Londons florierendem Markt für gebrauchte Kleidung. Sie hatte gewusst, wo man ein Seidentaschentuch verpfänden konnte und sie hatte auch gewusst, wer den besten Preis für eine gestohlene Uhr bezahlte.

Nicht alle gebrauchten Kleidungsstücke, die zum Verkauf angeboten wurden, waren gestohlen. Männer und Frauen, die in Schwierigkeiten gerieten und nichts mehr zu verkaufen hatten, konnten ihre Kleider veräußern, sodass sie immer zerlumpter aussahen, je weiter sie in die Gosse abrutschten. Aber der große Absatz an gebrauchter Kleidung lockte auch Diebe an. Und weil Kat früher eine Diebin gewesen war, wusste sie genau, wohin sie gehen musste, als sie sich dazu entschlossen hatte, den Händler ausfindig zu machen, der das grüne Satinkleid von Lady Bennett Dunn an Guinevere Anglesseys Mörder weiterverkauft hatte.

Viele der Händler für Gebrauchtkleidung hatten Buden auf dem Lumpenmarkt in der Rosemary Lane, während andere ihre Waren direkt aus einem Karren in Whitechapel verkauften, wobei gelegentlich ein gestohlener Käselaib oder ein Stück Speck unter den zerrissenen Petticoats und Kniehosen versteckt war. Aber die Waren von der besten Qualität fand man in dem kleinen Laden von Mütterchen Keyes in der Long Acre.

Dort stellte Mütterchen Keyes in ihrem eleganten Rundbogenfenster feine Seidentaschentücher und Nachtkleider aus Leinen und Spitze aus, genau wie schneeweiße Ziegenlederhandschuhe und Ballkleider, die einer Königin würdig wären – und alles sah neu aus, obwohl es das nicht war. Einige Kleidungsstücke waren von ihren Eigentümern an sie verkauft worden oder von deren Bediensteten, denen man sie geschenkt hatte. Andere waren auf frevelhafteren Wegen in den Laden gekommen, wobei alle Initialen oder Abzeichen sorgfältig entfernt wurden, bevor die Artikel ausgestellt wurden.

Die Glocke an der Eingangstür läutete hell, als Kat den Laden betrat und die sachte Brise und den warmen Geruch des sonnigen Morgens mit hereinbrachte. Mütterchen Keyes sah hinter ihrer Ladentheke auf. Ihre scharfen, haselnussbraunen Augen verengten sich, als ihr Blick an Kats mit Fransen und Stickereien verziertem Spazierkleid aus Seiden-Faille hoch wanderte, den Wert des Päckchens, das sie in den Händen hielt, abschätzte und schließlich an ihrem Gesicht hängen blieb.

Es war inzwischen fast zehn Jahre her, dass eine deutlich jüngere Kat durch die Tür von Mütterchen Keyes geschlüpft war, und sie hatte weder weiche Ziegenlederhandschuhe getragen noch einen Spanhut mit einer zart gelockten Straußenfeder, der genug gekostet hatte, um eine Familie monatelang zu ernähren. Aber Kat wusste, dass die Frau sie trotzdem wiedererkannte. Weil sie sich Gesichter einprägte und die subtilen, verräterischen Hinweise auf die Persönlichkeit ihres Gegenübers darin lesen konnte, hatte es Mütterchen Keyes schon sechzig Jahre lang oder noch länger geschafft, Newgate fernzubleiben.

Kat hielt dem Blick der alten Frau stand, breitete das grüne Satinkleid auf der polierten Theke zwischen ihnen aus und sagte: „Wenn ich das Dienstmädchen der Schwiegertochter eines Herzogs wäre, und meine Herrin mir ein Kleid wie dieses hier schenkte, das sie nicht mehr wollte, dann würde ich es wohl Ihnen zum Verkauf anbieten."

Mütterchen Keyes blickte auf das Kleid hinab und ihre Augen wurden schmal, obwohl sich auf ihren Zügen ansonsten keine Regung abzeichnete. Sie war eine kleine Frau von zierlichem Körperbau und ihr faltiges Gesicht war schlank und ebenmäßig. Sie hob den Blick wieder zu Kat. „Sie halten mich wohl für blöd?"

Kat lachte. „Ich weiß sehr wohl, dass Sie das nicht sind. Und dieses Dienstmädchen, von dem ich spreche – diejenige, die Ihnen dieses Kleid verkauft hat – sie hat die Wahrheit gesagt. Lady Bennett Dunn hat ihr das Kleid geschenkt. Ihre Schwiegermutter meinte, die Farbe ließe sie aussehen wie einen kranken Frosch."

Mütterchen Keyes blinzelte. „Sie haben das Kleid und Sie wissen, wer es verkauft hat. Also warum sind Sie hier?"

Kat legte eine Guinee auf den schimmernden Satin. „Ich möchte wissen, wer es gekauft hat."

Mütterchen Keyes zögerte einen Moment, dann hoben ihre geschickten Finger eilig die Münze auf. „Ihre Namen kenne ich nicht, aber ich erinnere mich an sie."

Das überraschte Kat nicht. Menschen waren Mütterchen Keyes' Hobby. Sie vertrieb sich die Zeit damit, Leute zu beobachten, genau zu betrachten und zu analysieren. „Sie waren ein eigenartiges Paar", sagte sie. „So viel ist sicher." Sie hielt erwartungsvoll inne.

Kat legte eine zweite Münze auf den Tresen. „Sie waren zu zweit?"

„Ganz genau. Einer von beiden war aus den Kolonien. Den Kolonien im Süden, dem Akzent nach." Sie beugte sich näher heran und senkte ihre Stimme. „Es war tatsächlich ein Afrikaner. Er war zwar so hellhäutig wie ein Portugiese, aber er hatte die Gesichtszüge, wenn Sie versteh'n, was ich meine. Diese platte Nase und die vollen Lippen. Groß war er auch. Und so kahl wie ein gerupftes Huhn."

Kat legte pflichtbewusst eine weitere Münze hin. „Und der andere? Wie sah der aus?"

„Es war kein Mann, sondern ein Mädchen. Aus London. Sie war jung. Höchstens fünfzehn oder sechzehn, würde ich sagen. Vielleicht auch jünger. Blond und groß, aber ansonsten sah sie recht gewöhnlich aus. Ich erinnere mich nicht mehr an viel, abgesehen von ihren Augen.

„Ihre Augen?"

„Sie waren so blass. Sie erinnerten mich an Regenwasser in den Pfützen an einem bewölkten Tag. Sie waren so leer, man konnte sich darin spiegeln."

„Sie erinnern sich nicht zufällig daran, was sie gesagt haben, oder?"

Mütterchen Keyes blickte aus dem Schaufenster des Ladens auf die Straße hinaus, wo Soldaten vorbeimarschierten, und schürzte ihre Lippen, so, als müsste sie nachdenken. „Nun, mal überlegen ...”

Kat legte noch eine Münze auf den Tisch.

Die Münze verschwand unter Mütterchen Keyes’ zierlicher Hand. „Sie haben sich ein wenig über die Größe des Kleides gestritten. Das Mädchen bestand darauf, dass sie etwas Größeres bräuchten, aber der Afrikaner meinte, das wäre genau richtig, und dann hat er etwas wirklich Merkwürdiges gesagt.“

Die alte Frau hielt erwartungsvoll inne. Kat unterdrückte einen ungeduldigen Seufzer und zog eine weitere Münze hervor. Mütterchen Keyes verzog ihre Lippen zu einem Lächeln und entblößte dabei ihre unerwartet gesunden und vollzähligen Zähne. „Er hat gesagt, dieses Kleid wäre genau das, was eine Dame zu einem Abend im *Pavilion* in Brighton tragen würde.“

Kapitel 58

„Ich möchte, dass du dich ein bisschen in der Nähe von Lady Quinlans Haus umsiehst", sagte Sebastian zu seinem Tiger, nachdem sie den Chevalier in die St. James's Street zurückgebracht hatten. „Versuch, herauszufinden, was Ihre Ladyschaft an dem Tag gemacht hat, als Guinevere Anglessey getötet wurde."

„Glaubt Ihr, Lady Quinlan hat ihre eigene Schwester kaltgemacht?", quietschte Tom überrascht.

„Zumindest wüsste ich gern, was sie letzten Mittwoch gemacht hat."

„Das finde ich heraus, keine Sorge", versprach Tom.

Sebastian grummelte. „Und versuche, dieses Mal nicht von einer Wache festgenommen zu werden, hörst du?"

„Ich habe nie -", begann Tom, als sie in die Brook Street einbogen, aber dann verstummte er und sagte: „Gott! Schaut mal da! Ist das nicht Miss Kat?"

Sie stand auf dem Gehweg vor Sebastians Haus, hatte den bestickten Rock ihres Spazierkleides aus Seiden-Faille mit einer Hand hochgerafft und wollte gerade seine Treppe hinaufsteigen. Kat besuchte ihn nie in seinem Haus. Sie fand, das wäre nicht angemessen. Und dass die Zeit, die sie zusammen verbrachten, von dem Leben getrennt sein sollte, das er in Mayfair führte – als Sohn des Earl of Hendon und als Bruder von Lady Wilcox. Sie wusste, dass ihn das zur Weißglut brachte, aber sie war keine Frau, die sich von der Wut eines Mannes einschüchtern ließ. Ganz gleich, wie oft er ihr sagte, dass ihm die Konventionen egal waren, dass er nur ein

Leben hatte und sie ein wesentlicher und wichtiger Teil davon sei, sie hielt sich stur von seinem Haus fern. Nur einmal war sie hierhergekommen, aber zu diesem Zeitpunkt war sie bewusstlos gewesen und hatte stark geblutet.

Als sie die Kutsche hörte, drehte sie den Kopf und die Krempe ihres Spanhutes tauchte ihr Gesicht in Schatten.

„Bring die beiden in den Stall", sagte er zu Tom, übergab dem Jungen die Zügel und sprang mühelos vom Hochsitz des Zweispänners. „Was ist los? Was ist passiert?", fragte er und umfasste mit den Händen Kats Schultern, als sie auf ihn zukam.

Sie schüttelte den Kopf. „Nichts ist passiert. Aber ich habe die Händlerin ausfindig gemacht, die Lady Bennetts grünes Satin-Abendkleid verkauft hat."

Er hütete sich davor, sie zu fragen, woher sie bei all den Händlern für Gebrauchtkleidung, die es in London gab, gewusst hatte, zu welchem sie gehen musste. „Und?"

„Sie sagt, sie hätte es an einen Afrikaner und ein großes, junges Mädchen mit blassen, grauen Augen verkauft."

***

Es war nicht schwer, das Mädchen zu finden. Nach Angaben eines der Männer, die Sebastian dabei ertappte, die noch rauchenden Trümmer des *Norfolk Arms* in der Giltspur Street zu durchwühlen, hieß sie Amelia Brennan. Sie war das älteste von acht Kindern und lebte mit ihrer Mutter und ihrem Vater in einer baufälligen, weiß getünchten Hütte, die in einen Garten gebaut worden war, der einst zu einem größeren

Haus an der Cock Lane gehört hatte. Diese Häuser selbst waren schon lange in Mietunterkünfte aufgeteilt worden und ihre Gärten waren inzwischen unter einem Durcheinander aus Hütten und Baracken verschwunden, durch das ein schmaler Nebenweg führte, der zur Hälfte mit Aschehaufen und dampfenden Müllbergen zugeschüttet war.

Als Sebastians Kutsche in die Gasse einbog, bemerkte er zerlumpte Kinder, die aus offenen Türen hinaus starrten. Ihr Haar war verfilzt und stumpf und ihre Gesichter und Arme waren so dreckverkrustet wie frisch ausgegrabene Kartoffeln. Die meisten hatten wahrscheinlich noch nie die Kutsche eines Lords gesehen – die wohlgenährten Pferde mit glänzendem Fell und die livrierten und gepuderten Lakaien, die hinten auf der Kutsche standen. Solch ein Anblick hatte sich ihnen hier in der ärmlichen Straße sicherlich noch nie geboten.

Sebastian wartete in der Kutsche, während einer der Lakaien hinuntersprang und an der verzogenen Tür der Brennans klopfte. Diese prahlerische Zurschaustellung seines Einflusses und Reichtums war Absicht – Sebastian wollte beides zu seinem Vorteil nutzen.

Er bemerkte, dass die Hütte der Brennans besser gepflegt war als die ihrer Nachbarn: Wo die Scheiben fehlten, waren die Fenster mit gefettetem Papier bedeckt und nicht einfach mit Lumpen ausgestopft worden und die Eingangstreppe war frisch gekehrt. Aber die Anzeichen des fortschreitenden Verfalls zeigten sich an der faulenden Traufe an einer Ecke und an einem Fensterladen, der schief an einem kaputten Scharnier hing.

Eine Frau öffnete die Tür. Ein etwa zweijähriger Junge saß auf einer ihrer Hüften. Sie hatte das verlebte Gesicht und das graue Haar einer Greisin, obwohl Sebastian angesichts des Alters ihrer Kinder schätzte, dass sie erst Mitte dreißig war. Er beobachtete, wie ihr Blick vom gepuderten Lakaien zu der prächtigen Kutsche wanderte, die die Gasse vor ihrer Hütte ausfüllte, und sah die schreckliche Angst, die ihre Augen flutete. Sie öffnete die Lippen und ihr Arm krampfte sich so fest um das Kind, dass es ein protestierendes Wimmern von sich gab.

Sebastian drückte die Tür der Kutsche auf und stieg gespielt träge hinab, während er sich ein duftendes Taschentuch an die Nase hielt. „Ihre Tochter Amelia ist in die Ermordung der Marchioness of Anglessey verwickelt", sagte er und ließ seine Stimme dabei so vornehm und herablassend klingen, wie er nur konnte. „Wenn sie kooperiert, kann ich ihr helfen. Aber nur, wenn sie kooperiert. Wenn sie nicht kooperiert, werden wir keine Gnade walten lassen." Er ließ seinen Blick mit unverkennbarer Bedeutung über die bescheidene Hütte schweifen. „Weder mit ihr noch mit Ihnen und Ihren anderen Kindern."

„Oh, Mylord", presste die Frau hervor und sank auf die Knie. „Unsere Amelia ist ein gutes Mädchen – wirklich, das ist sie. Sie hat nur gemacht, was man ihr aufgetragen hat, wie eine anständige Dienerin, als -"

Sebastian schnitt ihr das Wort ab. „Ist sie jetzt hier?"

„Nein, Mylord. Sie ist -"

„Holen Sie sie."

Eine Schar Kinder unterschiedlichen Alters hatte sich in den Eingangsbereich hinter der Frau gedrängt. Sie drehte sich um und fixierte mit ihrem Blick einen schmächtigen Jungen von vielleicht elf oder zwölf Jahren. Normalerweise würde ein Junge in diesem Alter Geld verdienen, um seine Familie zu unterstützen. Dass er jetzt hier war, deutete darauf hin, dass der Junge wie seine Schwester im *Norfolk Arms* gearbeitet haben musste. Das Feuer von gestern Abend würde diese Familie hart treffen.

„Nathan“, sagte die Frau. „Los. Und mach schnell.“ Sebastian sah zu, wie der Junge davonlief, und drehte sich dann wieder zu der Frau um. „Ich möchte hereinkommen und mich setzen.“

Mrs Brennan rappelte sich hoch. Ihr schmaler Brustkorb zuckte bei jedem hastigen Atemzug zusammen. „Ja. Natürlich, Mylord. Bitte, kommt herein.“

Das Haus war sauber und ordentlich, der Lehmboden gekehrt und die Wände gescheuert. Es gab zwei übereinanderliegende Räume und an einer Wand eine steile Treppe, die in den zweiten Stock führte, wo zweifellos die Kinder schliefen. Es war ein Luxus für eine Familie, zwei Zimmer zu haben. In einigen Teilen Londons schliefen Familien mit zwanzig Leuten oder mehr in einem Zimmer.

Amelias Mutter drückte das Baby in die Arme eines etwa siebenjährigen Mädchens und führte Sebastian zu einem Sofa neben der leeren Kochstelle. Davor stand ein grober, aufgebockter Tisch mit Bänken. Die Feuerstelle nahm den Großteil der hinteren Wand ein. In einer Ecke stand ein Schrankbett, auf dem Sebastian im gedämpften Licht die zusammengekauerte Gestalt eines Mannes erkennen konnte, der so auf einer Seite lag, dass er der Wand zugewandt war.

„Er hat sich vor einigen Monaten an den Beinen verletzt", sagte die Frau und folgte Sebastians Blick. „An
den Beinen und am Kopf. Seitdem kann er nich' mehr
arbeiten. Er kann nich' einmal mehr laufen."

Was die verfaulende Traufe und das kaputte Scharnier an einer ehemals gepflegten Hütte erklärte, dachte
Sebastian. Durch die offene Hintertür konnte Sebastian einen kleinen Hof mit einem Waschhaus und einem großen Kupferkessel erspähen, der dampfend
über einer Feuerschale stand. Der Mann im *Norfolk
Arms* hatte gesagt, dass Amelias Mutter als Wäscherin
arbeitete. Als sie ihm einen Krug Bier brachte, fiel Sebastians Blick auf ihre rissigen, spröden Hände. Eine
Frau konnte Kleider schrubben, bis ihre Hände blutig
waren, und dennoch würde sie nicht genug verdienen,
um eine zehnköpfige Familie ernähren zu können.

„Unsere Amelia ist ein gutes Mädchen, das ist sie
wirklich", sagte Mrs Brennan wieder und ihre roten
Hände krampften sich in den Stoff ihrer Schürze. „Sie
hat nur gemacht, was man ihr gesagt hat."

„Und das wäre?" Sebastian umschloss den Bierkrug
mit seinen Händen, aber hütete sich davor, das Getränk
zu probieren. Nach dem, was Guinevere Anglessey in
dieser Gegend zugestoßen war, war er besser vorsichtig.

Beim klackernden Geräusch einer Frau, die in Stelzenschuhen über das schlammige Kopfsteinpflaster
vor der Tür lief, drehte sich Mrs Brennan um und ihr
Gesichtsausdruck war plötzlich verkniffen und ängstlich. Amelia blieb auf der Schwelle der offenen Tür stehen. Sie stützte sich mit beiden Händen am Türrahmen
ab und ihre blassen Augen weiteten sich.

Als sie Sebastian erblickte, wirbelte sie herum, um wegzurennen, dann stieß sie einen leisen Schrei aus, als Andrew, einer der strammen Lakaien, die Sebastian mitgebracht hatte, nach vorne trat und sie an den Armen packte.

„Na, na, mein Fräulein", sagte Andrew. „Ich glaube, Seine Lordschaft wollte mit Ihnen sprechen."

Kapitel 59

„Amelia, bitte", sagte Mrs Brennan. Sie streckte einen Arm aus, schlang ihn um den Hals eines der jüngeren Kinder und zog es näher an sich heran, so, als könnte sie es irgendwie vor dem, was passieren würde, beschützen. „*Bitte.*"

Amelias blasse, graue Augen trafen auf den besorgten Blick aus den dunkleren Augen ihrer Mutter. Sie zögerte, dann beugte sich hinunter, um ihre Stelzenschuhe abzuschnallen. Als sie sich wiederaufrichtete, hatte sie jede Gefühlsregung in ihrem Gesicht sorgfältig verborgen.

Sie rutschte auf die Bank auf der anderen Seite des Tisches. Vier der jüngeren Kinder drängten sich um sie und starrten Sebastian mit ernsten Gesichtern an. Das Mädchen mit dem Baby blieb an der gegenüberliegenden Wand stehen, aber wie ihre Geschwister hatte sie den Blick auf Sebastian gerichtet. Nur Amelia weigerte sich, ihn anzuschauen und hatte den Blick auf die Tischplatte vor sich gerichtet.

„Ich möchte, dass du mir genau erzählst, was am vergangenen Mittwoch im *Norfolk Arms* passiert ist", sagte er zu ihr. „Ich weiß bereits von dem Mord. Du musst mir nur die Einzelheiten bestätigen."

Sie hob beide Hände und strich sich ihr strähniges Haar seitlich aus dem Gesicht. Ihre Miene mochte zwar gefasst sein, aber ihre Finger zitterten. Sie atmete tief ein und kaute mit den Zähnen auf ihrer Unterlippe herum. „Ich habe nichts darüber gewusst, bis alles schon vorbei war." Sie blickte kurz zu ihm auf und sah dann hastig wieder weg. „Ich schwöre, ich habe nichts davon gewusst. An diesem Nachmittag war viel los und ich habe im Gastraum gearbeitet. Dann ist Mr Carter zu mir gekommen und hat gesagt, dass ich ihm helfen soll, ein Kleid für ... für die Dame zu kaufen."

Sebastian wartete. Ein angewiderter, fast schon von Entsetzen überwältigter Ausdruck ließ die Gesichtszüge des Mädchens erzittern. „Er wollte, dass ich mit ihm mitkomme, um sicherzugehen, dass er die richtige Größe kauft. Er sagte, sie sei groß, so wie ich. Aber er zwang mich, sie mir anzusehen, damit ich sicher wäre."

„Und dann bist du mit ihm in die Long Acre gefahren?"

Sie nickte. „Dieses grüne Kleid – ich habe ihm gesagt, dass es zu klein ist, aber er wollte es unbedingt kaufen. Er hat gesagt, genau sowas würde -" Sie verstummte.

„Würde eine Dame zu einem Abend im *Pavilion* in Brighton tragen?", beendete Sebastian ihren Satz.

Sie neigte den Kopf, sodass er die schiefe weiße Linie dort, wo sich ihr Haar scheitelte, sehen konnte, und knetete ihre Hände auf der abgenutzten Tischplatte. „Er hat gesagt, dass es passen würde und dass Ihre Ladyschaft nicht so ein kräftiges Frauenzimmer sei wie ich."

„Aber du hattest Recht, nicht wahr? Es war zu klein. Haben sie dich auch gezwungen, den Leichnam ihrer Ladyschaft zu waschen und anzuziehen?"

Amelias Blick wanderte zu ihrer Mutter. Mrs Brennan presste ihre Lippen zusammen und nickte dann kaum wahrnehmbar mit dem Kopf.

Wieder holte Amelia zitternd Luft. „Mama ist hier in der Gegend meistens dafür zuständig, die Leute aufzubahren. Als Mr Carter und ich weg waren, hat er sie hereinbringen lassen, um sich um die Dame zu kümmern."

Sebastian sah flüchtig zu der Frau hinüber, die neben der leeren Feuerstelle stand. Ihre schmalen Schultern waren nach vorn gebeugt. Mit den Händen hatte sie ihre Ellbogen umfasst, die sie eng an ihren Körper zog. „Hat er euch gesagt, was sie mit der Leiche vorhatten?", fragte Sebastian.

Jetzt antwortete ihm Amelia. „Nein. Aber wir haben sie reden gehört. Sie standen auf der anderen Seite des Zimmers und haben sich gestritten, während Mama und ich die Dame anzogen und die Sauerei aufgeräumt haben."

„Die Sauerei?"

„In dem Zimmer, in dem sie gestorben ist."

„Und wo war das?"

Das Mädchen legte verwirrt die Stirn in Falten, so, als hätte sie erwartet, dass er das wüsste, wo er doch sonst so viel wusste. „Im vornehmsten Salon, im Obergeschoss."

Sebastian stellte den Bierkrug unangetastet beiseite und drückte sich hoch, bis er stand. „Erzähl mir von der Halskette", sagte er. „Die silberne Halskette mit der Scheibe aus Blaustein. Hat Ihre Ladyschaft sie getragen, als du sie zum ersten Mal gesehen hast?"

Wieder tauschten Mutter und Tochter verstohlene Blicke aus. „Nein. Sie lag auf dem Boden unter ihr", sagte Amelia. „Der Verschluss war ein bisschen verbogen, aber ich konnte ihn so weit geradebiegen, dass wir ihr die Kette wieder um den Hals legen konnten."

„Und was habt du dann gemacht?"

Amelia schluckte. „Wir haben die Dame in ein Stück Leintuch eingerollt und Mr Carter und ich haben sie die Hintertreppe hinunter und auf die Gasse hinausgetragen. Dort hat schon ein Karren gewartet."

„Was für ein Karren?"

Amelia hob eine Schulter und ließ sie wieder fallen. „Irgendein Karren, so, wie ihn die Eisenwarenhändler benutzen. Er war leer, bis auf ein paar mit Eis gefüllte Leinensäcke und eine große Truhe."

„Eine Truhe?"

„Genau. Eine von diesen schicken chinesischen Truhen, schwarz lackiert und in Gelb und Rot mit Bildern von Drachen und Bäumen bemalt.

Sebastian lächelte bitter. Er erinnerte sich daran, dass ihm die Truhe aufgefallen war, als er sich im Gelben Zimmer im *Pavilion* umgesehen hatte. Er hatte die Truhe gesehen und nicht weiter darüber nachgedacht. Der Prinz bestellte immer wieder karrenweise Kuriositäten und Kleinigkeiten für den *Pavilion*. Niemand hätte je die Lieferung einer weiteren chinesischen lackierten Holztruhe in Frage gestellt oder sich auch nur daran erinnert, wohingegen das Eis …

Das Eis könnte sehr wohl aus dem Keller des Gasthauses selbst stammen. Das war heutzutage nicht besonders ungewöhnlich. Die Kühlung hätte das Einsetzen der Totenstarre so weit hinausgezögert, dass Guineveres Mörder ihren Leichnam mit dem Karren nach Brighton hätten befördern können, um sie dann in die Truhe zu stopfen und in den *Pavilion* zu tragen.

Aber all diese Stunden in dem Karren hatten ihre Spuren hinterlassen – sie hatten die Leichenflecke beeinflusst, die dem fachkundigen Paul Gibson an

Guineveres Leichnam aufgefallen waren. Und ebenso hatte die Zeit, die seit dem Mord verstrichen war, ihre Zeichen hinterlassen. Und diese Zeichen konnten gelesen werden, wenn man wusste, wie sie zu deuten waren. Aber wer auch immer Guinevere Anglessey getötet und versucht hatte, den Prinzregenten in ihre Ermordung zu verwickeln, hatte nichts von alledem gewusst und er hatte nicht geahnt, dass der Leichnam seines Opfers selbst ihn verraten würde.

„Wer kam sonst noch an diesem Nachmittag in das Gasthaus?", fragte Sebastian. „Erinnerst du dich noch?"

Amelia schüttelte den Kopf. Auf ihrem Gesicht lag ein verwirrter Ausdruck, so, als würde sie nicht ganz verstehen, worauf er mit dieser Frage hinauswollte. „Die üblichen Leute. Der Gastraum war voll."

„Ich spreche nicht vom Gastraum. Ich interessiere mich für die Leute, die vielleicht ins Obergeschoss gegangen sind."

„Davon weiß ich nichts. Wie gesagt: Wir hatten viel zu tun."

„Du hast keinen jungen Adligen gesehen? Einen gutaussehenden Herrn mit dunklen Augen und hellbraunem Haar?"

„Nein. Ich habe doch gesagt, dass ich niemanden gesehen habe!" Das Mädchen wurde langsam unruhig. Ihr Rücken war steif und gerade, die Augen hatte sie weit aufgerissen. Sebastian beschloss, ein wenig lockerzulassen. „Vor ein paar Nächten haben einige Männer Güter in den Keller des Gasthauses verfrachtet. Einer von ihnen war ein Adliger, ein dünner Mann mit langem, blondem Haar. Weißt du, wer das war?"

„Nein."

Sebastian presste seine flachen Hände auf die Tischplatte, stütze sich auf und beugte sich mit durchgedrückten Armen zu dem Mädchen vor. „Die Frau, deren Ermordung du zu vertuschen geholfen hast, war eine Marchioness. Die Marchioness of Anglessey. Wusstest du das?"

Amelia sah zu ihm auf. Ihr Atem ging so hektisch, dass sich ihr Brustkorb schnell hob und senkte. „Aber wir haben nichts gemacht!" Sie kletterte von der Bank herunter und wich vor ihm zurück. „Wir haben nur gemacht, was man uns gesagt hat."

„Das reicht, um dich zu hängen. Dich und auch deine Mutter." Sebastian blickte zu den zusammengekauerten, schweigenden Kindern hinüber. „Und was wird dann aus ihnen werden?"

Die Frau neben der leeren Feuerstelle stieß einen spitzen Schrei aus. Sebastian sah nicht einmal in ihre Richtung.

Amelia bedeckte ihren Mund mit einer Hand und presste die Lider zusammen. Dann nahm sie ihre Hand weg und öffnete langsam wieder die Augen. „Ich habe ihn ein paar Mal im Gasthaus gesehen", sagte sie und erwiderte Sebastians Blick, der keine Ausflüchte zuließ. „Aber ich weiß seinen Namen nicht. Ich schwöre bei Gott, dass ich nicht weiß, wie er heißt. Normalerweise kommt er zusammen mit seiner Lordschaft."

„*Seine Lordschaft?*"

„Sie waren beide an dem Tag dort. Ich dachte, das wüsstet Ihr. Er ist derjenige, der den Karren dorthin gebracht hat."

Sebastian musterte ihr Gesicht und suchte es nach einem Anzeichen dafür ab, dass sie log. „Bist du sicher, dass dieser andere Mann ein Lord war?"

Sie nickte so kräftig, dass ihr Kopf auf und ab wippte. „Es war ein großer Adliger mit rotem Haar. Lord ... Ich kann mich nicht mehr ganz genau erinnern. Er hieß wie der Kalkstein, den sie verwenden. Kennen Sie den? Den nehmen sie für all die prächtigen Gebäude."

„*Portland?*"

„Ja. Genau. Lord Portland."

Kapitel 60

Fest entschlossen, den Innenminister abzufangen, bevor er Whitehall verließ und sich zur Feier des Regenten aufmachte, wies Sebastian seinen Kutscher an, nach Westminster zu fahren.

Die Schatten begannen gerade erst, länger zu werden, und die ersten Gäste des Regenten würden frühestens in ein paar Stunden eintreffen. Aber die Straßen waren bereits voller Menschenmassen, die in Richtung *Carlton House* drängten, in der Hoffnung, einen Blick auf die im Exil lebende französische Königsfamilie und zweitausend adlige Herren und Damen zu erhaschen, die zu dem Abendessen eintrafen, das als das prächtigste und verschwenderischste Dinner in der Geschichte der europäischen Monarchie bezeichnet wurde. Als Sebastians Kutsche das Tor von Temple Bar passiert hatte und auf die *Strand* abbog, bewegten sich die Pferde kaum noch. Sie tänzelten nervös in ihren Geschirren und die leicht gefederte Kutsche schaukelte in der drängelnden Menge hin und her.

Sebastian riss die Tür auf. „Schaffen Sie die Kutsche hier raus", rief er seinem Kutscher zu. „Ich werde zu Fuß besser vorankommen."

„Ja, Mylord."

Sebastian ließ die Kutsche in dem Meer aus zerlumpten Menschen zurück und schlängelte sich durch eine Menge, die immer missmutiger wurde, je näher er dem *Somerset House* kam. „Es heißt, dass sie uns morgen reinlassen werden, damit wir uns den Saal anschauen können", rief ein Mann. „Diese Aristos, sie dürfen sich satt fressen und trinken. Und was dürfen wir? Nur schauen.“

„So ist es“, murmelten über ein Dutzend Männer um ihn herum.

Sebastian drängte sich durch die Menge. Er war sich der missmutigen Blicke bewusst, die man ihm zuwarf und bedauerte den exquisit geschnittenen Mantel aus feinem, blauem Wollstoff, die hautengen ledernen Kniehosen und die glänzenden Stulpstiefel, die ihn unmissverständlich als Adligen kennzeichneten. Prinny wollte mit diesem prächtigen Fest seine Amtseinsetzung als Regent feiern. Aber als Sebastian die schwitzenden, verbitterten Gesichter um sich herum betrachtete, ging ihm auf, dass der Prinz sein Volk falsch eingeschätzt hatte. Die Menschen waren verärgert, sogar zornig. Morgen würde der Prinz London wieder verlassen, um nach Brighton zu reisen. Es gäbe wohl keinen besseren Zeitpunkt, um einen Staatsstreich durchzuführen, dachte Sebastian.

Weiter vorne begann jemand, zu singen: *„Kein Fisch so fett wie er, schwimmt strampelnd durch's Polarmeer ...“*

Hohngelächter schwoll in der die Menge zu einem hässlichen Chor an. Ein Dutzend weitere Menschen stimmten in das Spottlied ein: *„Seht den Walspeck und die Kiemen an, und wie viel Gesöff er runterkippen kann ...“*

„He, was denkst du dir dabei, mich anzurempeln?“, knurrte eine Stimme hinter Sebastian.

Sebastian sah über seine Schulter nach hinten. Ein dunkelhaariger Mann mit zerfurchtem Gesicht und grässlich verzerrten Lippen, die den Blick auf seine entschlossen zusammengebissenen Zähne freigaben, drängte sich durch die Menge und hatte den Blick starr auf Sebastian gerichtet.

Der Mob wogte und Sebastian war umzingelt. Das Furchengesicht stürzte nach vorn. Mit seiner rechten Hand hielt er einen Dolch umklammert. Sebastian versuchte, ein Manöver nach links anzutäuschen, aber die Menschenmenge war zu dicht. Die scharfe Klinge glitt über seine Rippen, schnitt durch seinen Mantel, die Weste und das Hemd und ritzte die Haut darunter an.

„Jeder Fisch von edler Art", sang die Menge, *„eilt davon, bleibt ihm erspart ..."*

„Verdammte Scheiße", fluchte Sebastian und schlug mit seiner Handkante auf das Handgelenk des Mannes ein. „Du hast meinen Mantel erwischt! Schon wieder ist einer ruiniert."

Das Furchengesicht jaulte auf. Er öffnete reflexartig die Faust und das Messer fiel zu Boden, mitten in das Gewühl aus lauter Füßen in derben Stiefeln.

„Ihm Gesellschaft leisten gern", brüllte die Menge, *„Ungeheuer der Tiefsee fern ..."*

Der Mann griff nach Sebastians Arm. Sebastian umfasste mit seiner linken Hand seine eigene rechte Faust, um die Wucht zu verstärken, und stieß dem Furchengesicht den Ellenbogen in den Bauch. Der Mann riss die Augen weit auf, stieß durch geschürzte Lippen die Luft aus und krümmte sich dabei. Er stolperte zurück und taumelte gegen den Lehrling eines Zimmermanns, der eine Papiermütze trug.

Der Lehrling fluchte: „He, was zum Teufel?", und erhob die Fäuste.

Sebastian drehte den Kopf und ließ seinen Blick über das schweißbenetzte Meer feindlicher Gesichter um sich herum schweifen, das jetzt in das prächtige goldene Licht des schwindenden Tages getaucht wurde. Bei den intensiven Gerüchen nach trockenem Stein und sonnenbeschienenen, heißen Ziegeln, nach schwitzenden Männern und stinkendem Atem wurde ihm schwindelig. Er sah einen glattrasierten Mann mit dunklem Haar und einer aristokratischen Nase und erkannte in ihm seinen Angreifer aus der Gasse in der Nähe des *Norfolk Arms* wieder. Dann traf Sebastians Blick auf die strengen grauen Augen eines Mannes, dessen rotbrauner Schopf aus der zerlumpten Menge herausragte.

Der Earl of Portland trug einen dunklen, unauffälligen Mantel, ganz so wie ein Mann, der seine Garderobe in der Absicht gewählt hatte, keine Aufmerksamkeit zu erregen. Neben ihm entdeckte Sebastian einen vertrauten halbwüchsigen Burschen: Nathan Brennan aus dem Armenviertel.

„Verdammte Scheiße", fluchte Sebastian leise. Wie viele waren es denn noch?

Ein fetter Bäcker mit graumeliertem Bart warf seinen Kopf zurück und sang: *„Merkst du seinen Namen oder Titel schwer? Ist er der Herrscher über's Meer?"*

Sebastian warf einen kurzen Blick die *Strand* hinauf. Die Menschenmenge, die er dort vor sich erspähte, war zu dicht zusammengedrängt und auch zu feindselig, als dass Sebastian eine Chance gehabt hätte, sich einen Weg hindurch zu bahnen. Er begann, sich seitwärts treiben zu lassen, und kämpfte sich zu einer engen

Gasse durch, die direkt hinter einer Bierschenke zu seiner Rechten abzweigte.

„Er ist so füllig und korpulent“, sang die Menge und ihre Stimmen wurden lauter, als es auf die Pointe zuging, *„und glitschig wie Öl, wer ihn kennt ...“*

Sebastian zwängte sich zwischen einem Fischhändler und einem zerlumpten Bettler hindurch und war an der Ecke. Die Seitenstraßen lagen hier im Schatten und die Läden der Geschäfte waren aus Angst vor dem unruhigen Gedränge bereits geschlossen worden. Ohne noch einmal zurückzublicken, rannte Sebastian die Gasse hinunter.

„Daher, wenn meine Augen mich nicht täuschen“, brüllte das Stimmenmeer. *„Wird dieser Mann der Prince of Whales geheißen!“*

Sebastian hörte, wie jemand hinter ihm einen Schrei ausstieß, gefolgt von einem Chor wütender Protestrufe aus der Menge, als seine Verfolger sich nach vorne drängten.

Kapitel 61

Die mit Kopfsteinpflaster versehene Gasse erstreckte sich vor ihm. Nach einem kurzen Blick über die Schulter entschied sich Sebastian für die erste Abzweigung zu seiner Linken. Gleich darauf hörte er hinter sich die gehetzten Schritte seiner Verfolger. Eilig bog er noch einmal ab und verschwand in einer anderen Nebenstraße.

Er hoffte, in dem Gewirr der Mittelstraßen zwischen der Bedford Street und der St. Martin's Lane untertauchen zu können. Aber er kannte sich in der Gegend nicht aus. Er wich dem tiefhängenden, schwingenden Schild einer verschlossenen Gin-Schenke aus, bog um eine Ecke und fand sich in einer Sackgasse wieder. Uralte, rußbefleckte Backsteingebäude türmten sich rings um ihn auf. Sie waren mindestens drei Stockwerke hoch. Er saß in der Falle.

Sebastian wirbelte herum und sog keuchend die Luft in seinen Brustkorb, der hektisch auf und ab zuckte. Mehrere Türen gingen von dem Gehweg ab, aber alle waren von außen mit Vorhängeschlössern verschlossen. Das Geräusch der Schritte, die eilig auf dem Boden aufschlugen, kam immer näher. Es war unmöglich, jetzt wieder zurückzulaufen.

Sein Blick fiel auf den gewölbten Eingang des Abwasserkanals zu seinen Füßen. Einst war das Gewölbe durch ein Eisengitter versperrt gewesen, aber jetzt war das Gitter verrostet und die Stäbe waren so weit auseinandergebogen worden, dass ein Mann sich hindurchzwängen konnte.

Er hatte Geschichten von Männern gehört, die ihren Lebensunterhalt damit verdienten, die alten Viadukte und Kanäle, die unter den Straßen Londons verliefen, zu plündern. *Tosher* nannte man sie. Aber die Arbeit war gefährlich. Die Gewölbe wurden schnell geflutet, wenn der Wasserspiegel des Flusses, in den sie mündeten, anstieg, oder auch, wenn es einen schweren Sturm gab, den die Menschen, die sich unter der Erde abmühten, manchmal gar nicht bemerkten. Es gab auch tödliche Gase, die die Unachtsamen überwältigen konnten. Manchmal gab der Boden eines Tunnels nach und brach in ein älteres Gewölbe ein, das darunter verlief. Der Krater war meist trügerisch flach und von Schlick bedeckt, den man erst bemerkte, wenn man die glatte, tödliche Oberfläche betrat.

„Hier entlang", rief jemand.

„Verdammte Scheiße", fluchte Sebastian.

Er ließ sich in den Graben fallen und zwängte sich durch das Gitter. Die verrosteten Stäbe schürften über seine verletzte Seite, als er sich in den Schacht hinunterließ. Er spürte, dass sein Mantel an einem der Stäbe hängen blieb, zog kräftig daran und fluchte wieder, als er hörte, wie der Stoff riss.

Er tastete nach den Eisenringen, die im Mauerwerk des Schachts befestigt waren, und kletterte so in die Dunkelheit hinab. Nach etwas mehr als zwei Metern baumelten seine Beine in dem Hohlraum eines Gewölbes. Er ließ los und stürzte die letzten knapp anderthalb Meter hinunter, bis er in einer widerlichen Mischung aus Schlamm und Dreck landete, die dabei an seinen Beinen hoch spritzte.

Die stickige, faulig riechende Luft brannte in seiner Nase und der Gestank sorgte dafür, dass sich sein Magen umdrehte. Schwer keuchend hielt er inne, um seinen Augen Zeit zu geben, sich an die Dunkelheit zu gewöhnen. Da hörte eine Stimme. Sie kam von der Straße über ihm und fragte: „Wo zum Teufel ist er hin?"

Sebastian rührte sich nicht.

Er hörte, wie Portland sagte: „Da! Er ist in den Kanal hinuntergegangen. Sieh doch -" Dann ertönte ein dumpfes Geräusch von klirrendem Metall. „Er hat sich den Mantel zerrissen. Du, Rory, hol ein paar Laternen, und zwar schnell."

„Himmelherrgott nochmal", antwortete die barsche Stimme eines Mannes. „Ich geh da nich' runter. Da unten sterben die Menschen."

„Du Narr", fauchte Portland. „Wenn wir ihn nicht finden und aufhalten, werden wir alle sterben. Und jetzt los!"

Sebastian biss seine Zähne zusammen, um den Gestank zu ertragen, und schlich weiter vom Schacht weg. Er konnte jetzt schon mehr sehen, denn seine Augen hatten sich an das gedämpfte Licht gewöhnt, das durch die vereinzelten Gitter fiel. Er befand sich in einem gemauerten Tunnel, der sich so dicht über ihm wölbte, dass Sebastian gebückt gehen musste, um sich nicht den Kopf an der Decke aufzuschürfen. Ein kleines Rinnsal Wasser lief mittig durch den Tunnel, aber er befürchtete, dass das nicht ausreichen würde, um seine Fußspuren gänzlich wegzuspülen. Wenn Portland und seine Männer Laternen auftreiben könnten, wäre die Richtung, die er eingeschlagen hatte, nur allzu leicht auszumachen.

Die unebenen, mit Unrat bedeckten Ziegelsteine unter seinen Füßen waren heimtückisch. Er bewegte sich vorsichtig so schnell er konnte und folgte dem Wasser bergab, in der Hoffnung, noch ein offenes Gitter zu finden, das ihm Zugang zu der Straße darüber verschaffen würde. Aber er hatte nicht viel mehr als hundert Meter zurückgelegt, als er hinter sich ein Plätschern hörte, dazu Männerstimmen, und kurz darauf einen flackernden Lichtschimmer bemerkte. Rory hatte deutlich schneller Laternen aufgetrieben, als Sebastian gedacht hatte.

„Devlin." Portlands Stimme hallte durch den dunklen Tunnel. „Devlin? Ich weiß, dass Sie mich hören können."

Sebastian hielt inne und lauschte.

„Sie werden hier unten nicht weit kommen, Devlin. Nicht ohne eine Laterne. Es wird bald dunkel werden. Wollen Sie etwa in einem Abwasserkanal sterben wie eine Ratte? Und wofür? Für einen kreischenden, verrückten König und seinen aufgeblasenen Hanswurst von einem Sohn?"

Stille breitete sich aus, angefüllt lediglich von den Tropfgeräuschen des Wassers und dem verstohlenen Wuseln unsichtbarer Rattenfüße.

Wieder hallte Portlands Stimme zu ihm herüber. „Sie wissen, dass unser Vorhaben richtig ist, Devlin. Sie haben gesehen, was da oben los war. Die Menschen in England haben es satt. Sie sind unruhig und wütend. Wenn wir jetzt nicht handeln, wird das Volk selbst die Monarchie stürzen. Aber dann werden sie nicht nur diesen König und seinen Regenten vom Thron stürzen. Dann wird es unser aller Ende sein. Wir wissen doch, was in Frankreich passiert ist. Wollen Sie das etwa? Wollen Sie, dass England eine Republik wird? Mit einer Guillotine auf Charing Cross? Sodass jeder Mann, jede Frau und jedes Kind adliger Herkunft zur Zielscheibe wird?“

Sebastian konnte spüren, wie die feuchte Kälte des Ortes durch die Sohlen seiner Stiefel sickerte und sich wie eine stinkende Umarmung um ihn schloss. Er blickte flüchtig zu den rauen Ziegelsteinen über seinem Kopf und versuchte, nicht darüber nachzudenken, wie viele erdrückende Tonnen Erde sich wohl über ihm befanden.

„Schließen Sie sich uns an“, sagte Portland. „Sie wollen dasselbe wie wir. Ein starkes England mit einer starken Monarchie. Das ist möglich. Alles, was es dafür braucht, sind ein paar selbstlose, entschlossene Männer auf der richtigen Position. Morgen reist der Regent nach Brighton ab. In seiner Abwesenheit werden wir einfach die Kontrolle übernehmen. Wir erklären Anna of Savoy und ihren Mann zum Herrscherpaar und stellen die Welt vor vollendete Tatsachen. Was kann Prinny schon machen? In London einmarschieren? Das wird nicht passieren. Welches Regiment würde ihm denn folgen? Das wird die unblutige Revolution von 1811 sein. Schließen Sie sich uns an, Devlin. Das wird ein historischer Moment sein.“

Der Innenminister verstummte.

„Da!“, sagte ein Mann. Seine barsche Stimme dröhnte durch die Dunkelheit. „Seht Ihr die Fußabdrücke? Er geht zum Fluss.“

Sebastian stürzte im Matsch vorwärts, ohne auf den Lärm zu achten, den er dabei verursachte. Seine Füße rutschten über den Schlamm und sein Kopf streifte die rauen Ziegelsteine darüber. Er konnte Portland und seine Männer hinter sich hören. Ihre Stiefel trafen klatschend auf den Dreck und ihre Stimmen klangen, als wären sie außer Atem. Das schwache Licht ihrer Laternen wurde von den feuchten Wänden des Tunnels zurückgeworfen und verfolgte ihn flackernd.

Er folgte einer langgezogenen Kurve und stieß auf einen weiteren Tunnel, der sich zu seiner Rechten abzweigte und bergauf führte. Dieser Tunnel war sowohl höher als auch breiter als der Tunnel, in dem er sich befand, und einen Moment lang überlegte Sebastian, diesen Weg einzuschlagen. Er hatte ohnehin längst jegliche Orientierung verloren. Aber als er zögerlich an der Abzweigung innehielt, bemerkte er, dass die Luft, die aus dem breiteren Tunnel kam, vollkommen reglos und stickig im Dunkeln dalag, während ein schwacher Luftzug von dem unteren Weg heraufzuwehen schien.

Er folgte dem Luftzug. Bevor er sich von der Kreuzung abwandte, entfernte sich Sebastian behutsam von den Seiten des Tunnels und watete stattdessen absichtlich in den trägen Wasserlauf, der durch die Mitte floss. Das Wasser war hier tiefer; es würde seine Fußspuren wegspülen und somit verbergen, welche Richtung er eingeschlagen hatte.

Das mit Unrat verschmutzte Wasser waberte um seine Stiefel und ließ seine Schritte langsamer werden, weil es im Minutentakt stieg. Er wagte es jetzt nicht mehr, sich allzu schnell fortzubewegen, denn der geringste Laut würde seinen Verfolgern verraten, in welche Richtung er gegangen war. Er legte noch einmal sechzig oder siebzig Meter zurück, bald waren es hundert. Dann hörten die Lichter hinter ihm auf, sich zu bewegen, und die plätschernden Geräusche und vorsichtigen Schritte verstummten.

Sebastian blieb sofort stehen und verweilte vollkommen reglos. Er konnte seinen eigenen Atem rauschen hören, als er schmerzhaft ein- und ausatmete. So laut dröhnte es in seinen Ohren, dass er sich darüber wunderte, dass Portland und seine Männer ihn nicht hören konnten.

„Dieser Hurensohn!", fluchte Portland. „In welche Richtung ist er gegangen?"

Sebastian atmete durch den Mund ein und versuchte, den Gestank des Kanals zu verdrängen. Der aufgedunsene Kadaver eines Hundes trieb neben ihm her. Als er sich in dem feuchten, beengten Gewölbe umsah, bemerkte er, dass ihn eine Myriade Augenpaare anstarrten, die wie winzige Lichtpunkte in der Dunkelheit leuchteten. Er begriff, dass es noch mehr Ratten waren – Dutzende und Aberdutzende Ratten.

„Wir müssen uns aufteilen", hörte er Portland sagen. „Bledlow, Sie und Hank gehen weiter geradeaus. Rory, du kommst mit mir."

Die plätschernden Geräusche waren wieder zu hören. Vorsichtig ging Sebastian weiter. Aber er musste sich noch leiser bewegen als zuvor, damit die beiden Männer, die hinter ihm waren, nicht auf ihn aufmerksam wurden und die anderen wieder zurückriefen.

Der Tunnel, dem er folgte, verlief bergab und wurde breiter und höher, als es auf den Fluss zuging. Sebastian kam jetzt besser vorwärts, weil er aufrecht gehen konnte und sich nicht mehr bücken musste. Aber das Wasser unter seinen Füßen stieg stetig an, schwappte gegen den Schaft seiner Stiefel und spritzte an seinen Schenkeln hoch.

Er bemerkte, dass von vorne das Geräusch rauschenden Wassers kam. Ein kalter Luftzug wehte zu ihm herüber und brachte einen neuen Geruch mit sich: den salzigen Hauch des Flusses, der sich jetzt mit dem beißenden Gestank von Schwefel und Verwesung vermischte. Als Sebastian um eine Kurve gegangen war, konnte er sehen, dass der Tunnel, dem er folgte, in ein größeres Gewölbe mündete. Der Kanal war breiter und flacher als der, den er gerade durchquerte, und wirkte alt – wahrscheinlich stammte er noch aus dem Mittelalter. Er war nicht aus Ziegeln, sondern aus Stein erbaut worden und hatte in seiner Mitte einen tiefen Durchlass. Ein breiter Wasserstrom rauschte so schnell hindurch, dass er die Luft mit feinem Nebel erfüllte.

Kurz bevor der Tunnel, in dem sich Sebastian befand, in den älteren Kanal mündete, verbreiterte er sich zu einem Becken, das so ausladend war, dass das Wasser nur in der Mitte hindurchlief, während sich zu beiden Seiten ebene, mit tiefem Schlamm bedeckte Uferstreifen erstreckten. Sebastian entdeckte einen kleinen Zwischenraum in der Ziegelmauer neben sich, wich in die Dunkelheit zurück, zog den Dolch aus seinem Stiefel und wartete auf die beiden Männer, die ihn verfolgten.

Er musste nicht lange warten. Der Adlige mit der aristokratischen Nase, den Sebastian in Smithfield gesehen hatte, kam zuerst an ihm vorbei. Bledlow hatte Portland ihn genannt. Er trug die Laternen mit ausgestrecktem Arm vor sich her, aber dabei zitterte er so heftig, dass das Licht wie trunken über die gewölbten

Wände und die Decke waberte. Sebastian rührte sich nicht und ließ den ersten Mann passieren.

Der Griff des Messers lag glatt und hart in Sebastians Handfläche und die Kälte, die von der feuchten Erde um ihn herum aufstieg, sickerte durch seine verschwitzten Kleider. Er wartete, bis der zweite Mann – der Dunkelhaarige mit dem zerfurchten Gesicht, der ihn auf der *Strand* angegriffen hatte, – erst einen und dann zwei Schritte an dem Zwischenraum vorbeigegangen war. Der Mann bewegte sich unbeholfen und als er mit seinen Füßen über die schleimigen, unebenen Ziegelsteine schlurfte, verursachte er so viel Lärm, dass die flüsterleisen Geräusche übertönt wurden, die zu hören waren, als Sebastian aus dem Zwischenraum schlüpfte.

Sebastian packte den zweiten Mann von hinten, hielt ihm mit der linken Hand den Mund zu und schlitzte ihm mit einem schnellen, zielsicheren Zug der Klinge die Kehle auf. Der Mann starb auf der Stelle. Sebastian ließ seinen Körper langsam auf die schlammigen Ziegelsteine zu seinen Füßen sinken. Aber etwas, das der Mann in seiner Tasche hatte, prallte so laut auf dem Boden auf, dass der erste Mann – Bledlow – sich umdrehte.

„Oh mein Gott“, kreischte er. Bledlow schwang die Laterne wie eine Waffe und ging zum Angriff über.

Sebastian wich der scharfen Kante der Laterne aus und machte einen Ausfallschritt. Dabei rutschte er auf den glitschigen Ziegelsteinen aus und ging auf einem Knie zu Boden, wobei das Messer aus seiner Hand geschleudert wurde. Bledlow wirbelte herum und griff erneut an. Noch immer hielt er die Laterne mit einer

Hand fest. Sebastian wich noch in der Hocke zurück und nutzte die Wucht des angreifenden Mannes, um ihn über eine Schulter zu hieven, sodass Bledlow in den tiefen Schlamm des Beckens schlingerte.

Die Laterne flog durch die Luft, landete plätschernd im Wasser und erlosch. Der Tunnel wurde in nahezu vollkommene Dunkelheit getaucht. Sebastian hörte ein tiefes, unterirdisches Grollen.

Dann bewegte sich der Schlamm und zog Bledlow nach unten.

„Hilfe!" Der Mann im Schlick strampelte und sank noch tiefer ein. Jetzt steckte er bis zu den Hüften im Sickerschlamm. „Um Himmels willen, helfen Sie mir!"

Sebastian hielt inne. Er machte sogar einen unüberlegten Schritt vom Ziegelsteinpflaster auf den tückischen, schmatzenden Schlamm. Aber der Mann war weit in den Schlick hineingestolpert. Selbst, wenn Sebastian sich flach auf die unsichere Oberfläche werfen würde, könnte er nicht einmal mit ausgestreckten Armen die wild um sich schlagenden Hände des Todgeweihten ergreifen. Sebastian spürte, wie sich die Erde unheilvoll unter ihm bewegte. Er machte einen Satz zurück.

Von weit weg, am anderen Ende des Tunnels, hallten Rufe wider und das Flackern einer Laterne war zu sehen. Portland.

„Hören Sie auf, zu strampeln, und versuchen Sie, stillzuhalten", sagte Sebastian, obwohl er wusste, dass der Mann ihm längst nicht mehr zuhörte, weil er völlig panisch und jenseits aller Vernunft war. Der Schlamm hatte ihn bereits bis zum Hals heruntergezogen. Seine

Schreie wurden nur von hastigem Keuchen und Schluchzen unterbrochen.

Als Sebastian wieder festen Halt auf dem Ziegelpflaster gefasst hatte, rannte er los.

Kapitel 62

Mit der herannahenden Abenddämmerung drang immer weniger Licht durch die Gitter nach unten. Bald, das wusste Sebastian, würde es Nacht werden. Und bei Einbruch der Nacht würde das Wasser mit der Flut ansteigen.

Als er den Hauptkanal erreichte, wandte sich Sebastian nach links und entfernte sich vom Fluss. Das Wasser war hier bereits so tief und es floss so schnell, dass es einen Mann mit sich reißen konnte. Er hielt sich deshalb an den schmalen, erhöhten Gehweg, der neben der Kluft verlief. Aber der Pfad war tückisch, die Steine waren zerbrochen, bröckelten unter seinen Füßen weg und zwangen ihn, seine Schritte zu verlangsamen. Es dauerte nicht lange, bis er bemerkte, dass hinter ihm ein Licht aufflackerte. Dazu hörte er die laute, wütende Stimme Portlands. „Lass ihn! Es gibt nichts, was du für ihn tun kannst. Der Mann ist tot."

Sebastian eilte weiter.

Irgendwann kam er zu einem breiten Schacht, der auf die Straße darüber führte und mit einer stabilen Eisenleiter versehen war, die fest mit der feuchten Steinmauer verschraubt war. Sebastian versuchte sein Glück und kletterte die Leiter hinauf, aber die Gitterstäbe über dem Schacht saßen fest an Ort und Stelle. Im Bewusstsein, dass er kostbare Sekunden verschwendet hatte, ließ er sich wieder nach unten fallen und lief weiter.

Nach knapp fünfhundert Metern kam er an eine Stelle, an der ein Nebentunnel in das Hauptgewölbe gestürzt war und einen Haufen aus Schutt und Dreck zurückgelassen hatte, der einen provisorischen Staudamm bildete. Ein Wasserfall stürzte über den Rand des Einsturzkraters. Aber als er zur Spitze des Hügels kletterte, fand Sebastian eine ausladende Wasserfläche vor, die sich hinter den Trümmern aufgestaut hatte. Ein unterirdischer See erstreckte sich von einer Seite des Gewölbes zur anderen und setzte die Gehwege auf beiden Seiten unter Wasser.

„Ach, scheiße.“

Das Licht schwand zusehends und der Damm wimmelte vor Ratten, die quietschend über den Unrat zu seinen Füßen krabbelten. Als er sich bückte, um einen kräftigen Ast aufzuheben, starrte er auf die blasse Leiche eines Neugeborenen herab. Es lag zwischen den Kadavern toter Katzen und Hunde und den zerbrochenen Stühlen und dreckigen Lumpen, die sich um die Trümmer gewickelt hatten. Der Gestank hier war beinahe unerträglich.

Sebastian bewegte sich behutsam durch die fast undurchdringliche Dunkelheit und stieg in das kalte, schmutzige Wasser auf der anderen Seite des Dammes hinab. Sein Halstuch war zwar nicht mehr wirklich weiß, aber er riss es sich trotzdem vom Hals und knöpfte auch seinen dunklen Mantel zu, um das verräterische Schimmern seiner Seidenweste zu verbergen. Er nahm eine Handvoll Schlamm hoch und schmierte ihn sich ins Gesicht. Dann kauerte er sich hin und wartete, während er den Ast angriffsbereit in der Hand hielt.

Der Lichtschein der Laterne kam immer näher. Er hörte, wie ein Mann sagte: „Oh Gott.“ Seine Stimme war vor Ekel halb erstickt. „Ratten. Und schaut, was sie fressen.“

„Hier“, blaffte Portland. „Gib mir die Laterne.“

Sebastian konnte ihn jetzt sehen: Das Licht der zerbeulten Blechlaterne flackerte über die Gewölbedecke des Kanals, als Portland über den Schutthaufen kletterte. Der Hut des Innenministers war verschwunden, sein einst feiner Mantel zerrissen und mit Schlamm bespritzt. Über eine Wange verlief eine zerklüftete Schramme, von der Blut hinab rann. Oben auf dem Damm hielt er inne.

„Heilige Mutter Gottes, das ist ein See“, sagte der andere Mann, der jetzt neben Portland stand. „Da kommen wir nicht rüber.“

„Devlin hat es offensichtlich geschafft.“

„Das könnt Ihr nicht wissen. Vielleicht ist er ertrunken.“

„Er ist nicht ertrunken.“ Portland stellte die Laterne am Ende einer Trümmerplatte ab, die in die Höhle ragte, und watete in den See. Das Wasser waberte über seine Stiefel, reichte bald bis zu seinen Oberschenkeln und dann bis zu seinen Hüften. Als er die Arme über der dunklen Wasserfläche erhob, konnte Sebastian die Pistole sehen, die im Bund seiner Kniehosen steckte.

Sebastian, der sich hinter einem Müllhaufen versteckt hatte, glitt noch tiefer in das Wasser und ließ ihn vorbeiwaten.

Der andere Mann zögerte, dann huschte er hinter Portland her. Er griff nach hinten, um die Laterne zu holen, als Sebastian sich wie ein Gespenst aus dem Wasser erhob, den Ast mit beiden Händen umklammert.

Der Mann riss die Augen auf, seine Lippen öffneten sich und er stieß einen schrillen Schrei aus. Sebastian setzte sein gesamtes Körpergewicht ein und schlug das Holz mit voller Wucht gegen die Beine des Mannes. Das krachende Geräusch brechender Knochen hallte durch das dunkle, nur vom Lampenschein beleuchtete Gewölbe. Der Mann schrie vor Schmerz auf und seine Beine gaben unter ihm nach. Sebastian schlug erneut zu, als der Mann ins Wasser klatschte. Der Ast traf den Kopf des Mannes und zersplitterte in Sebastians Händen.

Portland drehte sich um und bewegte sich unbeholfen durch das hüfttiefe Wasser. *„Devlin!"*

Der Körper des anderen Mannes trieb mit dem Gesicht nach unten zwischen ihnen.

Portland kämpfte sich vorwärts und watete in das seichte Wasser. Mit einem grimmigen Lächeln zog er die Pistole aus seinem Hosenbund. Er streckte den Arm aus und hielt sie mit ruhigem Griff so, dass die dunkle Mündung des Laufs direkt auf Sebastians Brustkorb gerichtet war. „Du hast verloren, mein Freund", sagte er und drückte den Abzug.

Sebastian lauschte auf das klickende Geräusch, das die Zündnadel verursachte, als sie auf den Stahl traf, und lächelte. „Schießpulver verzeiht keine Nässe."

„Du Mistkerl." Portlands Nasenlöcher blähten sich auf und er presste seine Lippen zu einer schmalen, verbissenen Linie zusammen. Er veränderte den Griff, in dem er die Pistole hielt, schwang sie wie einen Knüppel über seinen Kopf und stürzte sich auf Sebastian.

Sebastian wich zur Seite aus und spürte, wie der schlammbedeckte Schutt unter seinen Füßen verrutschte. Er verlor das Gleichgewicht und stürzte in die Tiefe. Er konnte gerade noch hastig nach Luft schnappen, bevor sich das Wasser über seinem Kopf schloss.

Er hatte Mühe, sich wieder einen Weg an die Oberfläche zu bahnen, denn der Boden unter seinen Füßen war immer noch tückisch. Als er durch die Wasseroberfläche stieß, stand Portland direkt vor ihm. Der Innenminister hob die Pistole an, um damit wieder nach Sebastians Kopf zu schlagen. Der Lauf glänzte blauschwarz im schwachen Schein der Laterne und von dem dunklen, polierten Holz des Griffs tropfte Wasser.

Sebastian hatte noch immer die zersplitterten Überreste seines Knüppels mit einer Hand umschlossen. Wie einen Dolch stieß er sie in Portlands Bauch, gerade als der Mann sich auf ihn stürzte.

Portland riss die Augen weit auf und ein Keuchen drang tief aus seiner Kehle, als das scharfkantige Holz tief in seinen Bauch getrieben wurde. Sebastian machte eilig einen Schritt zurück. Portlands Beine gaben unter ihm nach.

Er sank schnell. Die Wasserfläche des Sees schloss sich über seinem Kopf und sein Körper wurde von der Strömung mitgerissen, sodass Sebastian durch das trübe Wasser tauchen musste, um ihn wiederzufinden.

Sebastian packte Portlands Mantel mit den Händen, zog den Mann aus dem Wasser und schleifte ihn den Trümmerhaufen hinauf. „Warum Guinevere Anglessey?", fragte Sebastian keuchend und ließ sich neben ihn fallen. „Warum musste sie sterben?"

Portlands Augen waren geöffnet und sein Brustkorb hob sich bei jedem Atemzug ruckartig. „Varden war unvorsichtig", sagte er. Seine Stimme war nur noch ein heiseres Flüstern. „Er hat nicht aufgepasst und sie hat den Brief gefunden …"

Wasser lief über Sebastians Wangen und rann in seine Augen. Er wischte sich mit einem nassen Ärmel über das Gesicht. „Welcher Brief?"

„Ein Brief von Savoy. Varden … er hat geschworen, sie würde es niemandem sagen. Aber wir konnten das Risiko nicht eingehen."

„Also haben Sie sie ins *Norfolk Arms* gelockt und sie getötet?"

„Nein. Nicht ich." Portland schüttelte den Kopf. Durch die Bewegung hob sich sein Brustkorb noch stärker und er begann, zu husten. „Carter hat Hilfe gebraucht, um die Leiche aus seinem Gasthaus zu schaffen. Es war meine Idee, ihren Tod dazu zu benutzen" – sein Gesicht verzerrte sich vor Schmerzen – „den Prinzen in Verruf zu bringen. Das hat auch funktioniert. Bis Sie sich eingemischt haben."

„Was wollen Sie damit sagen? Dass Carter sie getötet hat?"

Portlands Augenlider zitterten, dann fielen sie zu.

Sebastian packte den Mann an den Schultern und schüttelte ihn. „*Verdammte Scheiße!* Wer hat sie getötet?"

Portlands Kiefer war erschlafft. Sebastian drückte seine Finger seitlich an den Hals des Mannes und spürte einen Puls. Mit einer Bauchverletzung konnte ein Mann noch stunden- oder sogar tagelang überleben.

Sebastian ließ sich in die Hocke fallen, ohne den Blick von dem Mann vor sich abzuwenden. Wenn er versuchen würde, den Innenminister allein aus der Kanalisation zu schleifen, würde er den Mann bloß umbringen.

Er schob seine Hände unter Portlands Schultern und zog den schlaffen Körper des Mannes bis zum höchsten Punkt des Erdrutsches, wo er hoffentlich sicher wäre, wenn das Wasser stieg. Er ließ ihm auch die Laterne da, für den Fall, dass Portland wieder zu Bewusstsein kommen sollte.

Dann folgte er demselben Weg, den er gekommen war, wieder zurück an die Oberfläche.

***

Es dauerte über eine Stunde, bis Sebastian mit einer Truppe von Wachtmeistern zurück in den alten, aus Stein gemauerten Abwasserkanal kam. Die Lichter ihrer Laternen wurden von den dunklen Wänden und der hoch aufragenden Decke auf gespenstische Weise zurückgeworfen. Aber als sie den Einsturzkrater erreichten, war der Innenminister verschwunden.

Sebastian stand oben auf dem Schutthaufen und ließ seinen Blick über das dunkle Wasser gleiten. Die Leiche des anderen Mannes, den er getötet hatte, lag am Fuße des Schutthaufens und war schon halb untergegangen. Aber der Innenminister befand sich noch an der Oberfläche – seine Leiche trieb mit dem Gesicht nach unten in dem unterirdischen See.

„Ich verstehe das nicht", sagte der oberste Wachtmeister und stellte sich neben Sebastian. „Der Fels ist hier gar nich' nass. Die Flut hätte nich' hoch genug steigen können, um ihn wegzutragen. Also was ist passiert?"

Sebastian starrte auf die Blutspur, die zum Wasserrand führte, und schwieg.

Kapitel 63

Sebastian humpelte über den schwarzweißen Marmorboden hinter seiner Haustür. Bei jedem Schritt schmatzte das übelriechende Wasser in seinen Stiefeln. Sein Halstuch und sein Zylinder waren verschwunden, seine Kniehosen und sein Mantel zerrissen und mit stinkendem Schlamm beschmiert. Sein Kammerdiener würde bei diesem Anblick wahrscheinlich einem hysterischen Anfall erliegen.

Morey stand ebenfalls in der Nähe der Tür, aber er achtete darauf, Sebastian nicht zu nahezukommen.

„Schicken Sie Sedlow unverzüglich zu mir", sagte Sebastian und steuerte auf die Treppe zu.

„Ich bedauere, Eurer Lordschaft mitteilen zu müssen, dass Sedlow heute Nachmittag von seinem Posten zurückgetreten ist", sagte der Verwalter mit hölzerner Stimme.

Sebastian hielt inne, dann lachte er leise. „Natürlich. Dann werde ich mit einem der Lakaien vorliebnehmen müssen. Ich brauche ein heißes Bad. Schnell."

„Ja, Mylord." Morey verbeugte sich würdevoll und entfernte sich.

Nachdem Sebastian gebadet hatte, rieb er seine unzähligen Schnitte und Kratzer mit einem Kräuterbalsam aus der Apotheke ein. Da klopfte Tom an die Tür seines Ankleidezimmers.

„Ich habe herausgefunden, was Ihr über diese Lady Quinlan wissen wolltet", sagte der Junge und warf Andrew, dem Lakaien, einen verwirrten Blick zu.

„Ja?", fragte Sebastian, ohne sich umzudrehen.

„Am letzten Mittwoch gab es in ihrer Wohnung eine wissenschaftliche Vorführung – irgendein Herr mit einem Haufen Glasröhren voller seltsam gefärbter Flüssigkeiten, die schäumten und rauchten. Das Dienstmädchen von unten hat gesagt, sie hätte Angst gehabt, dass die das ganze Haus in die Luft sprengen würden, bevor die Vorführung beendet wäre. Ihre Ladyschaft war den ganzen Nachmittag dort. Sie hat sogar dabei geholfen, die Chemikalien zu mischen."Tom hielt inne und rümpfte die Nase. „Wonach riecht es denn hier?"

„Nach der Kanalisation", sagte Sebastian und zog sich ein feines Hemd über den Kopf.

Tom nahm seine Worte kommentarlos hin. „Ihr seht nicht überrascht aus", sagte der Junge und klang ziemlich enttäuscht.

„Nein. Ich weiß bereits, wer Guinevere Anglessey getötet hat."

***

Als Sebastian die Curzon Street erreichte, lag Audley House im Mondlicht dunkel und ruhig da. Er trug elegante Kniebundhosen und einen Mantel mit langen Rockschößen, so, wie es sich für die Abendgarderobe eines Adligen gehörte, und stieg die niedrigen Stufen zur Eingangstür hinauf. Sie war nicht verriegelt. Er hielt einen Moment inne und lauschte in die Stille. Dann drückte er die schwere Tür auf und trat ein.

Der Flur war abgedunkelt und Sebastian folgte dem schwachen, flackenden Schein einer Kerze, der von weiter hinten im Haus kam. Das Licht drang aus der Bibliothek, wo ein einzelner Kerzenständer auf dem

Kaminsims angezündet worden war. Der Chevalier stand daneben, hatte der Tür den Rücken zugewandt und war damit beschäftigt, Unterlagen auf dem Schreibtisch einzusammeln.

„Ihre Bediensteten scheinen alle verschwunden zu sein", sagte Sebastian und lehnte sich gegen den Türpfosten. Beim Klang von Sebastians Stimme zuckte der Chevalier heftig zusammen. Er wirbelte herum. Sein blasses Gesicht wirkte angespannt und verhärmt. „Meine Mutter hat sie heute Nachmittag alle entlassen."

„Sie gehen aus London weg, nicht wahr?"

Varden drehte sich wieder zum Schreibtisch um. „Das tue ich, ja."

„Der Earl of Portland ist tot."

„Gut", sagte Varden und schob die Papiere in eine Ledertasche, die offen auf dem Tisch lag.

Sebastian drückte sich von der Tür weg und trat ein paar Schritte in den Raum. „Er hat sie nicht getötet."

„Ich weiß."

Sebastian stellte sich vor den leeren Kamin und richtete seinen Blick auf die flackernden Kerzenflammen, die vom Spiegel über dem Sims reflektiert wurden. „Erzählen Sie mir von dem Brief von Savoy."

„Wie viel wissen Sie schon?"

„Über den Plan, den Regenten zu stürzen? Nicht viel. Aber was mich interessiert, ist, was Guinevere Anglessey zugestoßen ist. Wie ist sie an den Brief gekommen?"

Einen Moment lang glaubte er, der Chevalier würde ihm nicht antworten. Dann wandte sich der Mann vom Schreibtisch ab und verbarg sein Gesicht in den flachen Händen, wobei sich sein Brustkorb hob, weil er tief Luft holte. „Am Samstag vor ihrem Tod haben wir uns in einem Gasthaus in der Nähe von Richmond getroffen.“

„Ich verstehe.“

Varden ließ seine Hände fallen, dann fuhr er sich damit über das Gesicht. „Ich weiß, was Sie denken, aber so war es nicht. Nachdem sie das Kind empfangen hatte, trafen wir uns nur noch als Freunde. Sie sagte, alles andere wäre Anglessey gegenüber illoyal. Wir haben an diesem Samstag einen Spaziergang durch den Park gemacht und danach Tee in einem Privatzimmer des örtlichen Gasthauses bestellt. Ich war am Abend zuvor bis spät in der Nacht aus gewesen und nach all der frischen Luft und der Bewegung bin ich auf dem Stuhl eingeschlafen. Ich hatte meinen Mantel ausgezogen und ihn beiseite geworfen.“ Seine Lippen zuckten und bogen sich zu einem sanften Lächeln, das beinahe augenblicklich wieder schwand. „Guin war immer so ordentlich. Sie hat den Mantel aufgehoben, um ihn glattzustreichen. Der Brief ist einfach aus der Tasche gefallen.“

„Hat sie ihn gelesen?“

„Ja. Es sah ihr allerdings gar nicht ähnlich, so etwas zu tun. Ich glaube, ihr müssen in der letzten Zeit manche meiner Aktivitäten verdächtig vorgekommen sein. Als sie das Siegel der Savoyen gesehen hat – nun, da konnte sie einfach nicht widerstehen.“

„Hat sie Sie zur Rede gestellt?“

Varden nickte. „Ja, als ich aufgewacht bin.“

Er stellte sich neben den langen Tisch der Bibliothek und nestelte mit einer Hand an den Büchern herum, die über das schimmernde Holz verstreut lagen. „Sie war entsetzt beim Gedanken daran, was wir vorhatten. Ich begreife das immer noch nicht. Sie hatte nie etwas anderes als Verachtung für das Haus Hannover übrig. In ihrer Familie hat man sich sogar erzählt, dass eine ihrer Ururgroßmütter einst die Geliebte von James II gewesen sein soll. Aber alles, worüber sie gesprochen hat, war das Elend des Krieges, das wir über das Volk bringen würden – und wie gefährlich das für mich war, natürlich. Ich habe versucht, ihr klarzumachen, dass wir England nur retten können, wenn wir den Prinzregenten loswerden – dass allein das England davor bewahren kann, den gleichen Weg einer gewaltsamen Revolution einzuschlagen wie Frankreich."

„Sie hat Ihnen nicht geglaubt?"

„Nein." Er stieß in einem langen Seufzer die Luft aus, so, als hätte er den Atem schon sein Leben lang angehalten. „Ich werde nie vergessen, wie sie mich angesehen hat. So, als wäre ich ein Fremder für sie. Jemand, den sie noch nie zuvor gesehen hatte."

„Warum hat sie den Brief mitgenommen?", fragte Sebastian leise.

„Ich glaube ehrlich gesagt nicht, dass sie das mit Absicht getan hat. Sie hatte ihn weggeworfen, als wir uns gestritten haben. So, als wäre er etwas Widerwärtiges und sie könnte es nicht ertragen, ihn anzufassen. Ich kann es mir nur so erklären, dass der Brief dabei in die Falten ihres Mantels gefallen sein muss. Sie hat den Mantel nicht angezogen, als sie ging – sie hat ihn einfach zusammengerafft und ist aus dem Zimmer gerannt. Ich habe erst bemerkt, dass der Brief fehlte, als sie schon fort war."

„Sie haben doch sicherlich nicht geglaubt, dass sie Sie verraten würde?"

„Nein. Aber als ich versucht habe, sie zu sprechen, wollte sie mich nicht sehen. Ich musste sie eines Morgens, als sie auf dem Weg war, um im Park auszureiten, praktisch auf der Straße behelligen. Sie schwor, dass sie den Brief vernichtet hätte, sobald sie gemerkt hatte, dass sie ihn bei sich hatte." Er hielt inne und sein Kehlkopf trat hervor, als er schwer schluckte. „Und dann hat sie mir gesagt, dass sie mich niemals wiedersehen will."

Sebastian musterte das angespannte Profil des jungen Mannes. „Aber als Sie Ihrer Mutter erzählten, dass der Brief vernichtet worden ist, hat sie Ihnen nicht geglaubt?"

Ein schmerzverzerrter Ausdruck legte sich auf sein Gesicht. „Nein."

„Also schrieb Ihre Mutter Guinevere eine Nachricht in Ihrer Handschrift und bat sie darin, den Brief mit nach Smithfield zu bringen. Nur hat Guinevere den Brief nicht mitgebracht. Sie konnte es nicht, weil sie ihn bereits vernichtet hatte. Aber Ihre Mutter hat sie trotzdem getötet."

„Ja", flüsterte Varden gequält. „Sie hat gesagt, sie konnte Guinevere nicht am Leben lassen. Dafür wusste sie zu viel."

„Wann ist Ihnen das alles aufgegangen?"

„Heute Nachmittag. Als ich die Nachricht gesehen habe und Sie mir von der Halskette erzählt haben. Als ich nach Hause kam, habe ich sie zur Rede gestellt. Sie hat nicht einmal versucht, es zu leugnen. Sie sagte, sie hätte es um meinetwillen getan." Er sog zitternd die Luft ein, sodass sein Brustkorb bebte. „Gott steh mir bei – sie hat es um meinetwillen getan."

„Ihr Vater war verwandt mit dem Hause Savoyen?"

Varden drehte den Kopf und sah Sebastian mit verengtem Blick an. „Ja, aber nicht mit den Stuarts. Woher wussten Sie das?"

„Sie haben einmal etwas von verarmten Verwandten aus dem Königshaus erwähnt. Was hat man Ihnen als Gegenleistung für Ihre Unterstützung versprochen? Eine reiche Ehefrau?"

Ein schwacher Hauch von Farbe legte sich auf seine hohen Wangenknochen. „Ja."

„Kein Wunder, dass Guinevere Sie nie wiedersehen wollte."

„Tja, was zum Teufel hätte ich denn tun sollen?", gab Varden zurück und drückte sich vom Fenster weg. „Den Rest meines Lebens in Armut verbringen und darauf warten, dass Anglessey stirbt? Der Mann hätte noch zwanzig oder dreißig Jahre lang weiterleben können."

„Oder er hätte tot sein können, noch bevor der Sommer vorbei ist."

Varden riss den Kopf zurück, so, als hätte ihm jemand eine Ohrfeige verpasst. „Davon hat sie mir nie etwas gesagt. Ich höre das von Ihnen zum ersten Mal." Er stieß ein tiefes, schallendes Lachen aus. „Wissen Sie, was sie zu mir sagte, als ich sie das letzte Mal gesehen habe? Sie sagte, sie sei froh, dass ihr Vater ihr damals verboten hatte, mich zu heiraten. Sie sagte ... sie sagte, sie hätte mich ihr ganzes Leben lang geliebt, aber jetzt wäre ihr klar geworden, dass der Junge, in den sie sich verliebt hat, nicht zu einem Mann herangewachsen ist. Im Gegensatz zu ihrem Ehemann."

Die Stille des Hauses, die sie umgab, schien sich auszubreiten, dicht und unheilvoll.

„Ihre Mutter", begann Sebastian, „wo ist sie?"

„Oben."

Sebastian drehte sich zur Tür um und hielt dann inne, um den Mann zu betrachten, der immer noch neben dem Schreibtisch stand und eine Faust um den Griff der Ledertasche geballt hatte. „Diese Verschwörung gegen den Prinzen ... wer außer Portland war noch daran beteiligt?"

„Das weiß ich nicht. Portland war der Kontaktmann zwischen Savoy und den anderen. Er hat ihre Identität geheim gehalten."

Sebastian nickte. Das könnte zwar eine Lüge sein, aber er bezweifelte es. Männer in einer Machtposition waren in der Regel sehr, sehr vorsichtig, wenn sie in Hochverrat verwickelt waren. „Was haben Sie vor?"

Varden zuckte mit der Schulter. „Ich reise auf das Festland."

„Nach Savoyen?"

„Vielleicht. Aber vielleicht gehe ich auch nach Frankreich. Und mache meinen Frieden mit Napoleon." Er warf Sebastian unter seinen dunklen, dichten Brauen einen eindringlichen Blick zu. „Fühlen Sie sich nicht bemüßigt, mich aufhalten zu wollen?"

„Nein. Aber es gibt Menschen, die das zweifellos anders sehen werden." Sebastian wandte sich wieder der Treppe zu. „Ich würde Ihnen raten, sich zu beeilen, um so schnell wie möglich an die Küste zu gelangen."

Kapitel 64

Eine adlige Dame legte sich nie auf ihr Bett, bevor es Zeit für die Nachtruhe war. Für Schwächeanfälle oder wenn sie sich tagsüber ausruhen wollte, hatte eine Dame von Stand ein kleines Tagesbett in ihrem Ankleidezimmer stehen.

Daher fand Sebastian Lady Audley auch dort vor – auf einer mit grünem Samt bezogenen Récamiere im griechischen Stil. Sie trug ein Abendkleid aus schwarzer Seide, das reich bestickt und mit Chantillyspitze verziert war, und hatte ihr Haar geöffnet, sodass es sich auf dem Kissen ausbreitete und wie eine leuchtende Flamme ihr Gesicht umrahmte. Ihre Atmung hatte sich bereits verlangsamt und ihre Wangen waren blass. Die Colliehündin Cloe lag auf dem Teppich neben ihr und jaulte leise.

„Was haben Sie genommen?", fragte Sebastian und blieb im Türrahmen stehen. „Zyanid?"

Ihr Blick wanderte zitternd zu ihm herüber. „Nein. Opiate. Ich werde einfach einschlafen und nie wieder aufwachen."

„Das ist ein sehr viel gnädigerer Tod als der, den Sie Guinevere vergönnt haben."

„Bei Guinevere brauchte ich etwas, das schnell wirkt."

Er betrat das Zimmer. Die Colliehündin drückte sich hoch und trottete schnüffelnd zu ihm herüber. Er hockte sich hin und streichelte über ihr weiches Fell.

„Woher wussten Sie, dass ich es war?", fragte Isolde, als er schwieg. „Es war die Halskette, nicht wahr?"

„Die Halskette und die Nachricht." Und das Wissen, dass Portland niemals abgestritten hätte, für Guineveres Tod verantwortlich zu sein, wenn Claire die Mörderin gewesen wäre.

„Die Nachricht." Isolde bewegte ihren Kopf unruhig auf dem Kissen hin und her. „Damit hätte ich nicht gerechnet. Welche Frau vernichtet eine Nachricht von ihrem Liebhaber nicht?"

„Aber Sie haben doch jemanden geschickt, der nach Guineveres Tod ihre Zimmer danach durchsucht hat."

„Nein. Er hat nach dem Brief von Savoy gesucht."

„Den hatte sie vernichtet."

Winselnd kehrte der Collie an die Seite seiner Herrin zurück. Isolde streckte den Arm aus und legte eine Hand in das Genick des Tieres. „Varden hat mich zur Rede gestellt, nachdem Sie mit ihm gesprochen hatten. Die Nachricht hätte ich abstreiten können, aber nicht die Kette." Sie lachte leise. „Wie ironisch. Sie sollte ihrem Besitzer doch ein langes Leben bescheren. Stattdessen hat sie mir den Tod gebracht."

Sebastian stand auf. „Aber die Kette war auch nicht für Sie bestimmt, nicht wahr? Sie hatte einst einer von Guineveres Urgroßmüttern gehört. Diese Frau, die Sie in Südfrankreich getroffen haben, hat Sie gebeten, Guinevere die Kette zu geben, nicht wahr? Aber stattdessen haben Sie sie behalten."

Isoldes Tonfall wurde eindringlicher. „Diese Halskette hat Macht. Ich konnte das fühlen, als ich sie in der Hand hielt. Die Macht. Ich habe sie nicht oft getragen. Es genügte mir, sie einfach nur zu besitzen." Ihre Zunge glitt über ihre trockenen Lippen, um sie zu befeuchten. „Jetzt ist sie verschwunden und ich bin tot."

„Genau wie Guinevere."

Für einen Moment verzerrte ein so erbitterter Ausdruck voller Wut und Hass Isoldes gleichmütige Züge, dass Sebastian überrascht war.

„Sie hätte alles ruiniert. Alles, wofür ich so hart gearbeitet habe."

Sebastian schüttelte den Kopf. „Sie liebte Varden. Sie hätte ihn niemals ruiniert."

„Aber am Ende hat sie sein Leben zerstört."

„Nein." Sebastian wandte sich zur Tür um. „Das haben Sie getan. Sie haben sowohl Varden als auch Claire ins Verderben gestürzt."

„Claire wusste nichts von alldem. Gar nichts."

„Und Portland?"

„Portland war ein Narr."

Er hörte, wie sie keuchend die Luft einsog, und drehte sich um, um sie zu betrachten. Sie war jetzt beinahe verschieden. „Ich habe nie verstanden, warum Sie sich in all das eingemischt haben", sagte sie heiser.

„Die Frau mit der Halskette", sagte Sebastian.

Lady Audleys Lippen teilten sich und ihre fein geschwungenen Brauen zogen sich zu dem Ansatz eines Stirnrunzelns zusammen. „Ich verstehe nicht."

„Sie war meine Mutter."

***

Der Prinzregent war in eine stattliche scharlachrote Uniform gekleidet, trug einen Säbel an seiner Seite und amüsierte sich prächtig. Er war ein fabelhafter Gastgeber; alle sagten das. Die Leute lobten ihn ständig für seine Großzügigkeit und seinen Charme.

Der Ballsaal war so überfüllt, dass niemand wirklich tanzen konnte, aber das machte nichts. Das Orchester spielte tapfer weiter, während die Gäste sich verlustierten, indem sie die erstaunlichen architektonischen Neuerungen bewunderten, die er jüngst am *Carlton House* vornehmen lassen hatte. Er hatte gehört, wie die Leute ehrfürchtig um Luft gerungen hatten, als sie den Thronsaal sahen, der dank der mit Vorhängen versehenen Erker, der vergoldeten Säulen, der schweren, roten Brokatbehänge und der überbordend mit Schnitzereien verzierten Stühle Erhabenheit ausstrahlte. Der runde Speisesaal mit seinen verspiegelten Wänden, die das Bild der sechzig Meter langen Tafel zurückwarfen, die sich bis in den Wintergarten erstreckte, würde sicherlich noch wochenlang in aller Munde sein.

Um halb zwei sollte das Nachtmahl angekündigt werden und dann würde jeder den echten Bachlauf bestaunen, den er sich ausgedacht hatte und der mitten über den Tisch floss und sich in Serpentinen um die massiven silbernen Terrinen und Servierteller schlängelte. Der Bach lief zwischen zwei Uferbänken hindurch, die aus Moos und Felsen aufgetürmt worden waren. Es gab echte Blumen und Miniaturbrücken und lebendige gold- und silberfarbene Fische – ein beeindruckendes Spektakel. Er hoffte nur, dass die Fische nicht während des Essens verenden würden.

Als George in den Garten hinausblickte, der mit etlichen Fackeln und Lampions dekoriert war, erfüllte ihn Stolz. Für die Gäste, die nicht das Glück hatten, am Tisch des Prinzen zu sitzen, gab es ein riesiges, mit vergoldeten Seilen und Blumen geschmücktes Festzelt. Dann fiel Georges Blick auf die große, dunkelhaarige

Gestalt, die sich einen Weg durch die Menge bahnte, und sein Lächeln erstarrte.

Viscount Devlin war in angemessene – ja sogar exquisite – Abendgarderobe gekleidet; er trug Kniebundhosen und mit Silberschnallen besetzte Schuhe. Aber trotzdem drehten sich die Köpfe nach ihm um und die Gespräche verstummten, wo er vorbeiging.

„Wir müssen reden“, sagte der Viscount und blieb dort stehen, wo Georges Cousin Jarvis stand, der gerade mit dem Comte de Lille plauderte.

„Großer Gott“, sagte Jarvis mit einem Lachen. „Doch nicht jetzt.“

Devlin hatte immer noch ein Lächeln auf den Lippen, aber seine schrecklich gelben Augen verengten sich auf eine Art Weise, die George einen kalten Schauer über den Rücken jagte. Er tastete nach seinem Riechsalz.

„Jetzt“, sagte Devlin.

„Es wäre wesentlich vorteilhafter gewesen“, begann Jarvis, zog eine emaillierte goldene Schnupftabakdose aus seiner Tasche und klappte sie mit einer routinierten Bewegung auf, „wenn Sie herausgefunden hätten, dass Lady Anglessey von einem eifersüchtigen Liebhaber getötet wurde. Wir können den Leuten kaum die Wahrheit erzählen, nicht wahr?“

Sebastian starrte ihn an und schwieg. Sie befanden sich in einem kleinen Gesellschaftszimmer, das abseits der wichtigsten Prunkräume im *Carlton House* lag. Aber die Stimmen und das Gelächter der zweitausend Gäste des Prinzen, die eiligen Schritte seiner Bediensteten, das Klirren von feinem Porzellan und Kristallgeschirr umgaben sie als surrendes Getöse.

Jarvis hob eine Prise Schnupftabak an ein Nasenloch. „Wir werden Varden die Schuld geben müssen.“

Sebastian stieß ein kurzes Lachen aus. „Warum auch nicht? Bei Pierrepont hat es ja ebenfalls funktioniert. Was würden wir bloß ohne die Franzosen machen?“

Jarvis schnupfte. „Sie haben nicht zufällig die Namen der anderen Mitverschwörer erfahren?“

„Nein. Aber es gibt noch mehr, dessen können Sie sicher sein.“

„Ja.“ Jarvis schüttelte die Tabakkrümel von seinen Fingern. „Ich bezweifle jedoch, dass sie in unmittelbarer Zukunft etwas unternehmen werden. Nicht nach dem, was war. Vor allem, wenn wir die Regimente umverteilen und dafür sorgen, dass der Prinz hier in London bleibt.“

Der Prinz wäre nicht glücklich über diese Planänderung, das wusste Sebastian. Seine Königliche Hoheit war schon jetzt beunruhigt und wollte unbedingt nach Brighton zurückkehren. Die Menschen in Brighton neigten nicht dazu, ihn auszubuhen, wenn er die Straße entlangfuhr, so wie es die Londoner taten.

„Und die Halskette?“, fragte Jarvis. „Haben Sie herausgefunden, wie Lady Anglessey dazu gekommen ist, sie um den Hals zu tragen?“

Etwas an dem Lächeln des beleibten Mannes sagte Sebastian, dass Jarvis Bescheid wusste: Er wusste, dass Sebastians Mutter noch lebte, auch wenn er nicht genau verstand, wie es dazu gekommen war, dass eine ermordete Frau in Brighton ihre Kette um den Hals getragen hatte.

Sebastian zog die Triskele aus seiner Tasche. Allein ihr Anblick ließ in ihm eine solche Wut und solchen

Schmerz aufsteigen, dass er es plötzlich nicht mehr ertragen konnte. Er hielt die Kette einen Moment lang und der glatt polierte Stein lag kühl in seiner Handfläche. Er fragte sich, was seine Mutter vor all den Jahren in Frankreich dazu gebracht hatte, ihre Meinung zu ändern. Warum hatte sie sich entschieden, die Kette doch Guinevere zu überlassen?

„Nein", sagte Sebastian und erwiderte Jarvis' falsches Lächeln mit derselben Verlogenheit. „Aber vielleicht können Sie dafür sorgen, dass sie ihr zurückgegeben wird."

Aus dem Handgelenk heraus warf er die Halskette auf den Tisch, sodass sie neben dem Ellbogen des stattlichen Mannes landete. Dann drehte er sich um und verließ das Zimmer.

Kapitel 65

Der Kirchhof von St. Anne's lag friedlich und ruhig da. Der Wind peitschte die Äste der Bäume hin und her und dunkle Schatten huschten über die Grabsteine, die blass im Mondlicht aufragten. Doch in der Nähe von Guinevere Anglesseys Ruhestätte erspähte Sebastian einen Lichtschimmer.

Er wies seinen Kutscher an, Halt zu machen, und bahnte sich seinen Weg zwischen den Bäumen hindurch. Das Licht war zu gleichmäßig, als dass es zu Grabräubern hätte gehören können. Es war nicht unüblich, dass Familien einen Wächter anheuerten, der die Nacht am Grab eines frisch begrabenen geliebten Menschen durchwachte. Im tiefsten Winter, wenn es sehr kalt war, musste das Grab manchmal über Monate hinweg bewacht werden. Aber die Hitze, die im Sommer herrschte, sorgte in der Regel innerhalb einer Woche dafür, dass ein Leichnam für die Wundärzte unbrauchbar wurde.

Allerdings handelte es sich hier nicht um eine angeheuerte Wache. Der Marquis of Anglessey war selbst gekommen, um über den Leichnam seiner schönen jungen Frau zu wachen. Er saß neben ihrem Grab in einem Feldstuhl und hatte trotz der warmen Nacht eine Wolldecke über seinen Schoß ausgebreitet. Eine Donnerbüchse lag quer über seinen Knien.

„Hier ist Devlin", rief Sebastian mit lauter, deutlicher Stimme. „Nicht schießen."

„Devlin?" Der alte Mann setzte sich in seinem Stuhl auf. Sein Gesicht verzerrte sich, als er in die Dunkelheit hinausspähte. „Was machen Sie denn hier?"

Sebastian trat in den Lichtkreis, den die Messinglaterne warf, und hockte sich neben den Stuhl des alten Mannes. „Ich habe Ihnen etwas zu erzählen", sagte er. Und so, neben Guinevere Anglesseys Grab und mit dem Nachtwind, der sacht um seine Wangen strich, erzählte Sebastian Guineveres Ehemann, wie sie gestorben war und warum.

Als Sebastian fertig war, saß der Marquis einige Augenblicke lang schweigend da. Er hatte den Kopf gesenkt und seine Atmung ging langsam und schwerfällig. Dann hob er den Kopf, um Sebastian mit einem erbitterten Blick zu fixieren: „Diese Frau – diese Lady Audley. Sind Sie sicher, dass sie tot ist?"

„Ja."

Er nickte. Der Wind frischte auf, raschelte durch die Blätter der Eiche über ihren Köpfen und wehte die Gerüche des Friedhofs herüber – es roch nach hohem Gras, Verwesung und Tod.

„Glauben Sie an Gott?", fragte Anglessey plötzlich und brach damit das Schweigen, das sich zwischen ihnen ausgebreitet hatte.

Sebastian begegnete dem gepeinigten Blick des alten Mannes und antwortete ehrlich: „Nicht mehr, nein."

Anglessey seufzte. „Ich wünschte, ich täte es nicht. Wenn ich nicht an Gott glauben würde, würde ich diese Pistole hier nehmen und Bevan das Hirn wegpusten. Das hätte ich schon längst tun sollen."

„Wenn Sie lange genug am Leben bleiben, haben Sie vielleicht Glück und jemand anderes wird das für Sie erledigen.“

Anglessey knurrte. „Diejenigen, die den Tod verdienen, sterben selten.“

Er starrte über den Friedhof hinweg, bis dorthin, wo das Mondlicht von den hohen Bogenfenstern der alten Steinkirche zurückgeworfen wurde. „Als ich hier heute Abend gesessen habe, habe ich mich gefragt, wie es wohl gewesen wäre, wenn ich dreißig Jahre später geboren worden wäre – oder Guinevere dreißig Jahre früher. Glauben Sie, dass sie mich dann geliebt hätte?“

„Sie hat Sie geliebt. Ich glaube, am Ende hat sie erkannt, dass Sie ihr als Einziger etwas geschenkt haben, was ihr in ihrem Leben niemand sonst je gegeben hat.“

Anglessey schüttelte verständnislos den Kopf. „Und was wäre das?“

„Ihre selbstlose Liebe.“

Der alte Mann verengte den Blick, bis seine Augen fast geschlossen waren – so, als würde er zusammenzucken, weil ihn ein tiefer, innerer Schmerz überkam. „Aber ich war selbstsüchtig. Wenn ich nicht so besessen davon gewesen wäre, einen Erben zu bekommen, wenn ich sie nicht wieder in die Arme dieses jungen Mannes getrieben hätte, wäre sie nicht gestorben.“

„Das können Sie nicht wissen. Ich glaube vielleicht nicht an Gott, aber ich bin zu der Überzeugung gekommen, dass es eine Art Muster gibt. Ein Muster, nach dem sich die Dinge entwickeln, das wir aber nicht einmal ansatzweise verstehen können.“

„Ist das nicht bloß eine andere Art, Gott zu beschreiben?“

„Vielleicht", sagte Sebastian. Er war plötzlich sehr müde und verspürte das starke Bedürfnis, Kat in seinen Armen zu halten. Sie für immer festzuhalten und zu beschützen. „Vielleicht ist es das."

***

Er kam in der stillen Nacht zu ihr. Die letzte Kutsche war längst über die Straßen gerumpelt und der Mond war nur noch ein blasses Abbild am Horizont. Kat schlief in der ungewöhnlich heißen Nacht schlecht und bewegte sich unruhig hin und her. Als sie erwachte, entdeckte sie Devlin neben sich.

„Heirate mich, Kat", sagte er. Seine Hand zitterte, als er das Haar aus ihrer vom Schweiß benetzten Stirn strich.

Sie betrachtete sein Gesicht im erlöschenden Mondlicht und sah zu, wie die Hoffnung zu schwinden begann und sich die Enttäuschung in seine Züge schlich. Und als sie es nicht länger ertragen konnte, lehnte sie sich an ihn und presste ihre Stirn gegen seine Schulter, sodass sie sein Gesicht nicht sehen konnte und auch er ihres nicht.

„Ich kann nicht. Es gibt etwas, das du nicht von mir weißt. Etwas, das ich getan habe."

„Es ist mir egal, was du getan hast." Er webte seine Finger durch ihr Haar und seine Daumen glitten unter ihr Kinn, um ihren Kopf ein Stück anzuheben. „Es gibt nichts, das du hättest tun können, um mich -"

Sie drückte ihre Fingerspitzen auf seine Lippen, um seine Worte aufzuhalten. „Nein. Das kannst du nicht

469

sagen, wenn du nicht weißt, was es ist. Und ich habe nicht den Mut, es dir zu sagen.“

„Ich weiß, dass ich dich liebe“, sagte er und seine Lippen bewegten sich unter ihren Fingern.

„Dann lass es genug sein. Bitte, Sebastian, lass das genug sein.“

***

Jarvis warf seinen Zweispitz und die Handschuhe auf einen Tisch im abgedunkelten Flur, ging in seine Bibliothek, zündete einen kleinen Kerzenleuchter an und schenkte sich ein Glas Brandy ein.

Mit einem zufriedenen Lächeln auf den Lippen trug er den Brandy zu einem Stuhl neben dem Feuer. Aber kurz darauf stellte er sein Getränk unangerührt beiseite und zog Lady Hendons Halskette aus Silber und Blaustein aus seiner Tasche.

Er ließ die Kette durch seine Finger gleiten und hielt sie ins Licht. Die Blausteinscheibe und die darauf gesetzte silberne Triskele beschrieben einen Bogen durch die Luft, während sie langsam hin und her schwangen. Natürlich war das alles Unsinn – die Legende, die um das Ding entstanden war; rein verstandesmäßig wusste er das. Und doch schien es ihm, als könnte er die Kraft des Anhängers spüren. Als könnte er sie fühlen und doch nicht begreifen.

„Papa?“

Als er sich umdrehte, entdeckte er seine Tochter Hero, die im Türrahmen stand. Seine Faust schloss sich über dem Anhänger, sodass er sich nicht länger bewegte.

„Warum bist du noch auf?“, fragte sie und betrat das Zimmer. In dem weißen Abendkleid aus Satin, das sie für das Fest des Prinzen ausgewählt hatte, mit dem sanften Licht der Kerzen, das ihre Haut golden leuchten ließ und dem Haar, das um ihr Gesicht herum gelockt worden war, sah sie beinahe hübsch aus.

Er ließ die Halskette auf den Tisch fallen und griff nach seinem Glas. „Ich dachte, ich trinke noch einen Brandy, bevor ich zu Bett gehe.“

Ihr Blick fiel auf die Halskette neben ihm. „Was für ein interessantes Stück“, sagte sie, griff nach der Kette und nahm sie hoch, bevor er sie davon abhalten konnte.

Sie wog den Anhänger in ihrer Handfläche. Während er sie beobachtete, veränderte sich ihr Gesichtsausdruck allmählich: Ihre Lippen teilten sich und sie zog die Augenbrauen zusammen.

„Was?“, fragte er in einem schärferen Tonfall, als er beabsichtigt hatte. „Was ist denn?“

„Nichts. Es ist nur …“ Sie stieß ein nervöses Lachen aus. „Es klingt albern, aber ich spüre fast, dass die Kette sich in meiner Hand erwärmt.“ Sie sah zu ihm auf. „Wem gehört sie?“

Jarvis leerte sein Glas in einem langen Zug, dann stellte er es beiseite. „Ich glaube, sie gehört dir.“

Anmerkung der Autorin

Im georgianischen England wurden die Jakobiten als durchaus reale Bedrohung für die hannoversche Dynastie betrachtet. Das katholische Emanzipationsgesetz aus dem Jahre 1778 war an die Bedingung geknüpft, dass die Katholiken einen Eid schworen, in dem der Herrschaftsanspruch der Stuarts geleugnet wurde. Aber der Tod Henry Stuarts, des Bruders von Bonny Prince Charlie, im frühen 19. Jahrhundert hat die Stuart-Dynastie faktisch beendet. Ihr Thronanspruch ging damit auf den König von Savoyen über, der von der Tochter Charles' I abstammte (die Hannoveraner stammten von einer Tochter James' I, dem Vater Charles' I, ab).

So viel zum realen geschichtlichen Hintergrund. Tatsächlich hat der Prince of Wales im Juni des Jahres 1811 ein großes Fest gegeben, um den Beginn seiner Regentschaft zu feiern. Es entsprach recht genau meiner Beschreibung, obwohl detailverliebten Experten auffallen wird, dass ich das Datum um einen Tag vorverlegt habe, um meine Geschichte besser unterbringen zu können. Die Besessenheit des Prinzregenten mit allen Dingen, die mit der Stuart-Dynastie zu tun haben, ist ebenfalls eine historische Tatsache, genau wie seine enorme Unbeliebtheit. Das Lied, das am Abend des Festes von der Menge gesungen wird, ist eigentlich Teil eines Gedichts, das Charles Lamb im Jahre 1812 schrieb.

Dass es 1811 eine Verschwörung gab, mit dem Ziel, die Hannoveraner durch das Haus Savoyen zu ersetzen, ist jedoch meine eigene Erfindung, ebenso wie die Existenz einer Tochter Anne, die mit einem dänischen Prinzen verheiratet gewesen sein soll.

Die Geschichte der walisischen Geliebten von James II und ihrer Halskette basiert zum Teil auf der wahren Geschichte einer Frau namens Goditha Price. Sie gebar James zwei Kinder, von denen eines, Mary Stuart, einen schottischen Laird namens McBean heiratete. Als Hochzeitsgeschenk erhielt sie die Halskette ihrer Mutter von ihrem königlichen Vater. Es handelt sich dabei um ein antikes Schmuckstück in Form einer silbernen Triskele vor einer Scheibe aus Blaustein. Die Halskette soll sich in den Händen desjenigen, der dazu bestimmt ist, sie zu besitzen, erwärmen. Es heißt auch, dass sie dem Träger langes Leben bringt.

Mary Stuart schenkte die Halskette ihrem Sohn Edward McBean, als er wegen seiner Teilnahme an einem Aufstand gegen die hannoversche Dynastie im Namen seines Onkels, genannt der „Old Pretender", zum Exil verdammt wurde. McBean segelte nach Amerika, wo er das hohe Alter von 102 Jahren erreichte und eine große Familie gründete, von der ich abstamme. Die Halskette wurde leider nicht innerhalb meines Familienzweigs weitergegeben. Ihre jüngste Besitzerin, eine grantige alte Dame, die ich zum ersten Mal über das Internet kennengelernt habe, verstarb im Alter von 103 Jahren.